Niccolò Ammaniti – Andrea Camilleri
Massimo Carlotto – Sandrone Dazieri
Giancarlo De Cataldo – Diego De Silva
Giorgio Faletti – Marcello Fois
Carlo Lucarelli – Antonio Manzini

PETITS CRIMES ITALIENS

Nouvelles réunies et préfacées par Giancarlo De Cataldo

Traduites de l'italien par François Rosso

Bernard Grasset

TEXTE INTÉGRAL

TITRE ORIGINAL
Crimini
ÉDITEUR ORIGINAL
Einaudi, 2005

ISBN 978-2-7578-2187-9
(ISBN 978-2-246-70431-7, 1re publication)

Avant-propos

Qu'elle soit une marque de fabrique ou une heureuse formule de synthèse simplement descriptive, l'expression « littérature noire italienne », désormais, est sans conteste – hélas, diront certains – familière à une communauté de plus en plus vaste de lecteurs.

Mais de quoi parlons-nous lorsque nous évoquons ce « noir italien » ?

Nous parlons, je crois, d'un groupe d'auteurs qui, par le recours aux lieux et aux paramètres d'un genre très minoritaire dans notre pays (quasi inexistant, même), ont en quelques années fondé et imposé une manière résolument originale de raconter les mythes, les rites, les splendeurs (rares) et les misères (nombreuses) de la réalité contemporaine.

Chacun, bien sûr, a parcouru son propre chemin en toute autonomie et sans payer de tribut à aucune école, académie ou autre cénacle littéraire. Ces auteurs diffèrent par le mode narratif, par la langue, par les obsessions personnelles qui les habitent et qu'ils décrivent tantôt sur un ton implacablement sombre, tantôt sur celui du sarcasme ravageur, tantôt en usant du registre pathétique, ou épique. Et c'est uniquement parce que la communauté des lecteurs l'a perçu ainsi que cet heureux et anarchique mélange de différences est devenu un « ensemble », appelé « noir italien ».

Une telle variété de styles et de tempéraments ne pouvait manquer de se retrouver dans la présente anthologie, née d'un projet télévisuel – raconter un « tour d'Italie » en noir – et devenue une sorte de « photographie » du noir italien.

Ainsi cette anthologie, comme toute œuvre « noire » qui se respecte, ne se contente-t-elle pas de subordonner la structure logique à l'émotion, mais ne permet qu'à la toute fin de la lecture de décanter (et de capter) les thèmes fondamentaux qui la parcourent.

Le premier, le plus reconnaissable, présent dans tous les récits, est celui de la corruption. Corruption patrimoniale, d'abord, au sens de l'appât du gain facile, de recherche compulsive de « raccourcis » vers les séductions infernales du paradis de la richesse. Mais aussi la plus subtile et inquiétante corruption morale, où s'entremêlent la perte de tout sens des limites, l'effacement de toute rigueur éthique, et les conduites toujours plus violentes et criminelles. Corruption nourrie d'une mystique du « passage à l'acte », qui se traduit par l'indifférence aux conséquences de tout comportement, fût-il extrême.

Le deuxième thème, qui a fait irruption depuis quelque temps dans la nouvelle fiction italienne (et d'autres pays), est celui de l'étranger. Ces récits fourmillent de personnages de truands, de tâcherons, de femmes de mœurs légères, d'assassins, de voleurs, de vagabonds, de désespérés et même de *deus ex machina*, rattachés par l'appartenance à un flot migratoire perçu autant comme une menace que comme une occasion providentielle de renouveau pour un pays vieilli, fatigué et aigri. Les immigrés sont la nouvelle réalité avec laquelle il faut compter. Avant tout le monde, et avec une grande lucidité, les auteurs de la littérature noire italienne l'ont compris.

Le troisième thème est celui de l'obsession du succès. Le succès individuel, à atteindre à tout prix, indissociable de la corruption morale et de l'indifférence aux conséquences. Mais aussi, plus spécifiquement, le succès en tant que renom, célébrité, montée vers les échelons nobles de la société du spectacle. Le succès comme garantie d'immortalité et antidote à la fadeur de la vie ordinaire qui attend la plupart des gens et semble n'être désormais qu'une source de dépression pathologique.

En ressort un tableau du monde contemporain parfois glaçant, qui recèle pourtant quelques discrets signes d'espérance. La représentation d'un horizon sans repères fixes, où l'on doit naviguer à vue en s'efforçant de ne pas perdre la boussole. Ou de la perdre, s'il le faut, avec style.

GIANCARLO DE CATALDO.

I

Niccolò Ammaniti
avec Antonio Manzini

Mon trésor

« Vous avez entendu, je suppose, le nom de Groppone da Ficulle. Il fut le plus grand capitaine de Tuscia et je suis celui qui, d'un seul coup de hache, le coupa en deux. »

L'Armata Brancaleone.

En le voyant étendu sur son divan, un filet de salive collé au menton et une demi-bouteille de rhum Pampero serrée contre la poitrine, on ne lui aurait pas donné une lire. Et pourtant, c'était un homme important.

Né en 1960 à Città di Castello dans une famille d'artisans ébénistes. Lycée classique à Pérouse. Diplôme de médecine avec mention très bien à l'université de Florence. Spécialisation en chirurgie plastique à l'université de Burlington, puis en reconstruction maxillo-faciale auprès du professeur Roland Château-Beaubois, de Lyon. À trente-cinq ans, établi à Rome, médecin-chef-adjoint à l'hôpital de l'Enfant-Jésus, et à quarante, premier chirurgien de la clinique privée San Roberto Bellarmino, sur les pentes du Monte Mario.

Son nom était Paolo Bocchi. Professeur Paolo Bocchi.

Le professeur dormait sur un divan dans un appartement au dernier étage d'où l'on apercevait les mosaïques de Sainte-Marie-Majeure et, plus loin, le dôme de Saint-André-de-la-Vallée qui surgissait d'entre les frondaisons jaunies des platanes des bords du Tibre.

Le téléphone se mit à sonner et il lui fallut environ trois minutes pour exciter le système nerveux central du professeur, chargé de cocaïne et de rhum.

Bocchi tendit un bras, chercha à tâtons par terre le combiné sans fil et le saisit en émettant une diphtongue gutturale qu'on aurait pu prendre pour un substantif dans une langue celtique mais qui se voulait un simple « Allô ! ».

La voix à l'autre bout du fil était nettement plus dynamique.

« Professeur Bocchi, ici la clinique San Bellarmino. Je vous téléphone pour vous rappeler qu'à dix heures trente, vous avez une mastoplastie bilatérale d'implantation. Si vous ne pouvez pas être là à temps, le Dr Cammarano est disposé à vous remplacer. »

De ce bref monologue, Bocchi parvint à saisir trois concepts :

1) il devait refaire une paire de nichons ;

2) l'opération n'avait pas lieu demain, mais aujourd'hui ;

3) ce salaud de Cammarano était prêt à le niquer.

Sa réponse fut rapide et concise :

« J'arrive ! »

Puis il raccrocha et ouvrit finalement les yeux. Son regard tomba sur la table basse signée Gae Aulenti sur laquelle se dessinaient trois lignes de poudre blanche à côté d'un sachet en cellophane contenant un bon kilogramme de cocaïne très pure, qui provenait de la Cordillère orientale, à quelque cent cinquante kilomètres de La Paz.

Du mouvement souple et sinueux d'un serpent corail qui vient de repérer sa proie, Bocchi s'inclina vers le dessus de la table et, d'un adroit coup de narine, inhala une des trois lignes.

Maintenant, il se sentait beaucoup mieux.

Il se regarda.

Ses mocassins Ferragamo étaient couverts de boue, comme les revers de son pantalon. Sur sa chemisette en coton Ralph Lauren, il y avait des dizaines d'épines et d'une de ses chaussettes dépassait une tige d'ortie. Ses poches étaient pleines de terre.

Bon sang, où suis-je allé finir hier soir ?

Il se rappelait être arrivé sur la terrasse de l'hôtel Radisson en même temps que… Que qui ? À cet endroit, sa mémoire achoppait et ensuite, il n'y avait plus que le noir.

Quoi qu'il en fût, son impression d'ensemble était d'avoir passé une excellente soirée.

Il tituba jusqu'à la terrasse. Un beau soleil éclairait les toits mais n'avait pas encore commencé à rôtir la Ville éternelle. En contrebas, dans le vicolo del Cinque, c'était le barouf habituel. Les klaxons, les voix, les chiens. Il ne supportait plus le Trastevere. Une villa à Saxa Rubra, dans la banlieue « verte » de Rome : tel était son prochain objectif.

Il ôta ses vêtements et se mit à se laver avec le tuyau d'arrosage des plantes.

À voir le corps du professeur Bocchi, on devinait facilement que dans sa jeunesse il avait fait du sport. Il avait été un modeste joueur de tennis et avait remporté à diverses reprises le tournoi Aureggi de Borgo Sabotino. Mais à présent, son tonus musculaire s'était nettement relâché. La seule tension qui lui restait était celle de son ventre, dilaté et ovale comme un ballon de rugby. Ses cheveux, qu'il aimait porter coiffés en arrière et enduits de gel, étaient salis de terre rougeâtre. Ses yeux, petits et enfoncés dans leurs orbites sous son front carré comme une brique, étaient séparés par un nez qu'il qualifiait d'« important » mais qui n'était qu'une grosse protubérance épatée.

Tandis qu'il se séchait avec la toile du parasol, son regard descendit le long de la façade de la maison d'en face et courut jusqu'à l'angle de la ruelle, où se trouvait la vitrine du vieux snack-bar Quattroni. Là, debout, se tenait un type qu'à première vue on aurait pu prendre pour un touriste suédois. Blond, en short, avec un petit sac à dos et une paire de Pataugas, il faisait semblant de lire un plan de Rome.

Les salauds ! Maintenant, ils se déguisaient même en touristes scandinaves. « Et vous croyez m'avoir comme ça ? » Le type n'était pas un touriste, mais un agent de la Brigade des stups.

Ils le tenaient sous surveillance.

Au cours du mois précédent, il en avait repéré au moins cinq, en civil, qui l'épiaient devant le snack-bar ou ailleurs : une fausse ménagère chargée de sacs contenant des emplettes, un balayeur, un punk avec trois chiens (de toute évidence renifleurs de drogue), un électricien qui feignait de changer la lampe d'un réverbère, et sûrement Charin, sa femme de ménage philippine à qui il faisait moins confiance qu'à un Boeing de l'Egyptian Airways.

Il s'habilla en toute hâte d'un costume en laine Comme des garçons et mit sa Rolex à son poignet. Neuf heures trente-cinq !

Il devait filer à la clinique. Il ne se rappelait pas du tout si aujourd'hui Charin venait faire le ménage. Et si, profitant de son absence, elle montait avec une escouade des Stups ? Et avec les chiens ?

Pas question de laisser la coke dans l'appartement. Il sniffa les deux lignes qui restaient, passa et repassa sa langue sur le plateau en verre, puis saisit le sachet en cellophane, le fourra dans la poche de sa veste et sortit de chez lui.

Bon sang, où était sa Jaguar ? Noir total.

Il vit approcher une Fiat Multipla surmontée du signe « TAXI » et leva le bras.

Les rues longeant le Tibre étaient bouchées comme les toilettes de la gare de Rome Tiburtina. Ses mains étaient moites de transpiration. Il en souleva une. On aurait dit qu'il souffrait de la maladie de Parkinson.

Derrière, ce n'était qu'une masse compacte de tôles trompettantes et un gros scooter s'était collé comme un taon au cul du taxi depuis le pont Garibaldi. Une jeune femme le conduisait, assez éloignée de la figure classique du flic en civil pour en être sûrement un vrai. Pourquoi ne zigzaguait-il pas entre les voitures comme tout bon scooter qui se respecte ?

Mais à présent, il lui fallait arrêter le tremblement qui de ses mains s'était diffusé à ses épaules et commençait à lui couper le souffle. Une autre prise, même toute petite, s'imposait de toute urgence, sans quoi il serait incapable d'opérer.

Il se tapit sur la banquette et glissa une main dans sa poche. Puis il fourra son nez à même le sac de cocaïne et inhala résolument.

Il perdit connaissance.

« Monsieur ? Monsieur ! »

Le chirurgien revint à lui quand le taxi le déposa devant la clinique. Il glissa au chauffeur un billet de cinquante euros et descendit.

Ses articulations étaient raides comme si on lui avait injecté de la plasticine. Ses genoux et ses coudes, pareils à des barres d'aluminium. Il entra en chancelant et traversa la réception, avançant comme Robocop après un échange de tirs. Pour se donner un air détendu, il avait glissé entre ses dents un long havane retrouvé par hasard au fond de sa poche. Il gratifia d'un salut romain les demoiselles de la réception et alla prendre l'ascenseur.

Le couloir qui menait au bloc opératoire semblait interminable. Paolo Bocchi le parcourut le cœur battant à ses tympans. Dans sa gorge, un goût de fiel.

Je n'ai même pas bu un café, pensa-t-il en croisant un aide-soignant noir qui accompagnait une vieille femme accrochée à son déambulateur.

« Bonjour, docteur. »

D'un sourire las, Bocchi lui rendit son salut.

Bon sang, qui c'est, celui-là ?

Encore un flic infiltré.

Il entra dans le vestiaire et y trouva Sara, son assistante.

« Ah, vous y êtes arrivé.

– Ce qui veut dire ?

– Rien du tout. Avec cette circulation… »

Même Sara, avec laquelle il travaillait depuis dix ans, était passée dans l'autre camp. Salope ! Elle aussi lui préférait cette petite tapette de Cammarano.

Il était seul, entouré d'ennemis.

Il se stérilisa les mains, tandis que l'infirmière l'aidait à enfiler sa blouse.

« Vous ne voulez pas enlever votre veste, professeur ?

– Pas question. »

Il toucha sa poche gonflée.

On lui mit ses gants, son masque et son bonnet. Il inspira profondément et, les mains levées, entra dans la salle d'opération.

Une belle femme gisait, nue et anesthésiée, sur la table d'opération. Elle était grande, blanche et très mince.

« Qui est-ce ? demanda Paolo Bocchi à l'anesthésiste.

– Simona Somaini. L'actrice de la télévision.

– Et qu'est-ce qu'elle a contre son nez ? »

Durant le trajet en taxi, l'esprit du chirurgien, pareil à une passoire, s'était vidé de ce que la secrétaire de la clinique lui avait dit au téléphone. L'équipe le regarda d'un air embarrassé, puis Sara s'approcha de lui.

« Il s'agit d'une mastoplastie d'implantation. »

Et elle désigna deux énormes prothèses en silicone déjà prêtes sur le chariot.

La jeune femme, en effet, n'avait pas beaucoup de poitrine ; mais c'étaient deux jolis petits seins, bien formés. Il aurait peut-être mieux valu la raisonner : elle risquait une lordose avec tout ce poids devant elle.

Et qu'est-ce que j'en ai à foutre, hein ?

Le chirurgien ferma les yeux. Ses mains se détendirent et redevinrent agiles comme celles de Glenn Gould jouant les *Variations Goldberg*. Ses peurs, ses angoisses disparurent dans un tiroir de son esprit.

« Bistouri. »

Au contact de l'acier contre la pulpe de ses doigts, il fut de nouveau le grand chirurgien, celui qui avait rendu leur jeunesse à des escadrons de rombières romaines. Ses mains se déplaçaient, habiles et gracieuses comme la Plissetskaïa dans *Le Lac des cygnes*.

D'un coup de lame, il pratiqua une longue incision au-dessous du sein gauche et commença de dégager la glande mammaire. Assistantes et infirmiers reconnurent le toucher du maître.

Puis, comme il avait commencé, l'enchantement s'évanouit. Ses mains redevinrent raides et la pointe du bistouri heurta une côte. Il transpirait, et la sueur coulant dans ses yeux l'aveuglait.

« Infirmière, s'il vous plaît, essuyez-moi le front !

– L'incision n'est pas trop large ? On risque de voir la cicatrice…, osa observer un des assistants.

– Non, non… Ça vaut mieux ainsi. La prothèse est grosse. »

Il leva les yeux, regarda en face les membres de son équipe un par un. Ils savaient… Ils savaient tout de lui. Et ce qui lui fit le plus mal fut de comprendre qu'ils avaient peur. Peur qu'il fasse du mal à cette femme. Il se remit à l'ouvrage en serrant les dents et en désirant une autre ligne de coke comme jamais de sa vie il ne l'avait désirée.

À un moment, une infirmière entra, s'approcha de lui et lui dit à l'oreille :

« Professeur, deux messieurs demandent à vous parler.

– Maintenant ? Vous ne voyez pas que j'opère ? Qui est-ce ? »

Embarrassée, l'infirmière murmura :

« Des policiers. Ils disent que c'est urgent. »

La pièce se mit à ondoyer. Il dut s'accrocher à la cuisse de la patiente anesthésiée pour ne pas s'écrouler au sol.

« Professeur, qu'est-ce qui se passe ? »

Il fit signe que tout allait bien. Il se tourna vers l'infirmière.

« Dites à ces policiers que je ne peux pas ! Bon sang, je suis en train d'opérer… »

Bocchi, alors, se rendit compte à quel point il avait attendu ce moment. Finalement, tout était fini. À présent, tout ce qu'il pouvait espérer, c'était une gentille communauté où il pourrait se désintoxiquer et apprendre à tresser des paniers. Et cette perspective n'était même pas pour lui déplaire.

Il faut savoir faire contre mauvaise fortune bon cœur, disait son père. Saintes paroles.

Mais une autre petite voix, beaucoup plus antipathique, murmurait dans un coin de sa tête : *Mon garçon, où crois-tu aller ? Rappelle-toi que tu as sur toi une telle quantité de poudre que tu en prendras au moins pour dix ans.*

« Professeur, qu'est-ce qui vous arrive ? Vous vous sentez mal ? »

Les paroles de son assistante le réveillèrent.

« Excusez-moi… Passez-moi la pince numéro cinq », bredouilla-t-il.

On la lui passa et il commença, en retenant à peine ses larmes, à retirer du tissu conjonctif.

Allez, crétin, trouve une solution. Vite !

Et la solution vint.

Le cerveau givré de cocaïne du chirurgien la fit surgir comme ça, spontanément, comme si la bonne petite fée des toxicomanes la lui avait soufflée.

Il inspira profondément, demanda à son assistante d'aller prendre du fil dans l'autre salle d'opération, au responsable des instruments de regarder si le tensiomètre fonctionnait bien, et pria l'autre infirmière d'aller lui chercher la fiche clinique de la patiente.

Ainsi se ménagea-t-il un moment, un bref instant où il fut seul.

Seul avec l'actrice endormie.

Il saisit la prothèse stérile en silicone et la fit disparaître dans la poche gauche de sa veste ; tandis que de la droite, il tirait prestement le sachet de cocaïne et le glissait dans le sein de Simona Somaini.

Parfait.

L'opération se poursuivit, rapide et sans complication. Il incisa l'autre sein de la femme, y introduisit la seconde prothèse – la vraie – et, d'une main ferme, il les ajusta l'une et l'autre à l'arrière des glandes mammaires.

« Bien ! Nous avons fini. Suturez et conduisez-la en salle de réanimation », dit le chirurgien. Puis : « Maintenant, voyons ce que me veulent ces messieurs. »

Deux ans plus tard

Sous un ciel de plomb, les portes de la prison de Rebibbia s'ouvrirent et livrèrent passage à trois hommes.

Le premier était Abdullah Barah, un Algérien, voleur à la tire récidiviste qui venait de purger six mois. Le deuxième, Giorgio Serafini, un employé de la Société des auteurs et compositeurs italiens qui avait détourné à son profit les droits de la chanson *Gioca Jouex*, du DJ Claudio Cecchetto. Le troisième, un chirurgien esthétique du nom de Paolo Bocchi.

L'incroyable dans l'histoire, c'était qu'il n'avait pas été condamné pour détention et trafic de stupéfiants. Mais en 1994, Paolo Bocchi s'était largement servi dans la caisse du Fonds d'aide humanitaire aux enfants mutilés du Cambodge. La somme prélevée se montait à plusieurs milliards de lires, qu'il avait ultérieurement investis dans :

1) un appartement sous les toits dans le Trastevere ;

2) un pied-à-terre sur l'île de Pantelleria, rénové par la célèbre décoratrice Scintilla Greco ;

3) un hors-bord modèle Riva Superacquarama qu'il avait fait sombrer dans le lac de Bracciano ;

4) une quantité indéfinie de substances stupéfiantes ;

5) enfin, une inscription à vie au Cercle des canotiers Biondo Tevere.

Il sortait de prison débarrassé de sa dépendance à la drogue, mais aussi de tous ses biens.

C'était un homme pauvre.

Durant les deux ans où le chirurgien avait croupi dans une cellule qu'il partageait avec trois mafieux chinois, l'actrice Simona Somaini, grâce – entre autres – à ses seins refaits, était devenue un astre de la fiction télévisuelle italienne. L'histoire de l'art dramatique retiendra son interprétation de Maria Montessori dans le feuilleton homonyme qui avait durant huit mois et quarante-six épisodes tenu la nation en haleine. Grâce au petit téléviseur chinois de sa cellule, Bocchi n'en avait pas manqué un seul. Il était hypnotisé par la poitrine stupéfiante de la grande pédagogue romaine et la dévorait à travers le tube cathodique. Mais cette fascination ne répondait pas à une primitive pulsion sexuelle.

Là-dedans bringuebalait son trésor.

Au-dessus de sa couchette, il avait suspendu le calendrier d'un mensuel « pour hommes » en couverture duquel Mlle Somaini, parcimonieusement vêtue, montrait son décolleté exagéré. Avec un surligneur, Bocchi avait entouré le sein gauche. À Rebibbia, on le considérait comme le fan numéro un de Simona Somaini, et tous les détenus lui passaient par brassées des exemplaires de journaux « people » qui suivaient l'actrice dans son parcours sentimental. La seule autre lecture qu'il s'était autorisée durant son séjour derrière les barreaux était *Le Comte de Monte-Cristo*.

Bocchi sortit de prison avec quinze kilos de plus. Le sevrage, la bouffe ignoble et les hectolitres de saké l'avaient fait engraisser. Et sa peau avait la couleur des statues de Mme Tussaud. Quant à ses cheveux, devenus grisonnants, il avait préféré se les raser. Il portait le même complet en flanelle qu'à son arrivée, mais n'y entrait qu'à grand-peine. Il ne lui restait plus qu'un ticket de métro, cadeau de son codétenu Ling Huao, trente mille lires qui n'avaient plus cours depuis deux ans, un sac plein de *Holà !*, de *Novelle 2 000* et autres journaux de potins et un plan infaillible pour récupérer son trésor.

Une fois rentré en possession de son bien, il s'envolerait vers un paradis tropical et y passerait le reste de ses jours.

Il prit le métro et descendit au Circo Massimo. Deux ans avaient passé, mais Rome était toujours aussi sale. Il s'achemina vers l'élégant quartier de San Saba et, arrivé au 36 de la via Aventina, appuya sur la sonnette de l'appartement numéro quinze. La voix qui lui répondit était celle d'une servante philippine.

« Vous désirez ?

– Je suis un ami de Flavio… Est-ce qu'il est là ?

– Flavio qui ? Pas Flavio ! »

Un portier bien mis qui affichait les manières aristocratiques d'Alec Guinness l'observait avec le même dégoût que s'il se trouvait devant une crotte de chien. Dans ce regard pénétrant comme une tomographie axiale, Paolo Bocchi vit sa condition. Un homme déchu, marginalisé, qui sur l'échelle sociale était à peine une marche au-dessus d'un Sénégalais tout juste débarqué sur l'île de Lampedusa.

Lui, le chirurgien des VIP, se sentait à présent intimidé devant un portier. Dans le temps, jamais il n'aurait pu se figurer une chose pareille.

« Puis-je vous être utile ?

– Je suis un ami de Flavio Sartoretti », dit Bocchi dans un souffle.

Le portier dodelina négativement de la tête.

« Quoi, non ?

– Il n'habite plus ici. »

L'homme fit volte-face et s'éloigna. Bocchi, d'un geste qui lui était devenu habituel, s'agrippa aux barreaux de la grille.

« Et où habite-t-il, maintenant ? »

Le lord leva les mains vers le ciel et rentra dans sa loge.

Flavio Sartoretti était un comique renommé dans tout le pays. Grand imitateur, bon artiste de cabaret mais aussi acteur dans quelques films engagés, sa carrière avait explosé grâce à ses participations à l'émission *Joyeux Dimanche*.

Flavio Sartoretti et Paolo Bocchi avaient fait connaissance en fréquentant tous deux le Body and Soul, un centre de remise en forme sur la route d'Ostia Antica où derrière les peelings et les massages ayurvédiques se cachaient un trafic intensif de filles de l'Est et un commerce actif de stupéfiants et d'armes à feu.

Là, ils baisaient tous les deux Irina, sniffaient quelques lignes de coke et s'étaient acheté deux Kalachnikov pour aller tirer les brebis des pâturages de Maccarese, à une vingtaine de kilomètres de Rome.

L'apogée de sa popularité, Flavio Sartoretti l'avait atteinte grâce à son irrésistible imitation de l'avant-centre de l'AS Rome, Paco Jiménez de la Frontera, acheté trente milliards de lires au River Plate de Buenos Aires, Ballon d'or en 2001 et idole incontestée de la capitale.

Et puis, en 2002, Flavio Sartoretti s'était dissous comme un calcul rénal sous l'effet des champs magnétiques. De lui, le public n'avait plus rien su.

Après une recherche exténuante, Bocchi finit par découvrir un entrefilet du *Gazzettino dell'Agro Pontino* annonçant que son vieil ami donnerait ce soir-là un spectacle à la Kermesse des ravioli dans la commune de Nettuno.

Paolo Bocchi descendit de l'autocar quelques minutes avant que le comique termine son récital devant un groupe de vieillards de la Maison de repos Mimosa.

Sartoretti ne se montra pas particulièrement heureux de revoir son vieux compagnon des années fastes, mais il accepta d'aller manger un morceau à la Pagoda Azzurra, un restaurant chinois au cent deuxième kilomètre de la via Portina. Devant leur bol de soupe aigre-douce, ils se regardèrent et chacun se dit *in petto* que l'autre avait bien mal vieilli.

« Alors, qu'est-ce qui t'est arrivé ? », se demandèrent-ils à l'unisson.

Paolo Bocchi raconta qu'il avait passé les deux dernières années en Afghanistan, où il avait rejoint Médecins sans Frontières pour soulager les horreurs de la guerre. Sartoretti le fixa des yeux.

« Incroyable ! Moi aussi, figure-toi… Je suis parti en Angola pour amuser les enfants des hôpitaux. J'ai compris qu'on ne vit qu'une fois et qu'il est important de donner le sourire à ceux qui en ont vraiment besoin… »

Ils commandèrent du poulet aux amandes et du calamar aux pousses de bambou. Puis, tandis qu'ils se remplissaient la panse, Bocchi décida que le moment était venu de passer aux choses sérieuses.

« J'ai un plan, Flavio… Pour nous faire un peu d'argent. Et je pensais…

– Combien ? interrompit Sartoretti.

– Dix mille euros.

– Qu'est-ce que je dois faire ?

– Tu dois m'aider à entrer en contact avec Simona Somaini.

– L'actrice ? Je vois, répondit-il en tirant avec ses dents sur un anneau de calamar. Mais tu sais… Comme j'étais en Angola, mes contacts…

– Assez de conneries ! Tu n'as pas besoin de la connaître. Écoute, je vais t'expliquer. J'ai longuement étudié la biographie de Simona Somaini. En apparence, une vie magnifique. Grand succès professionnel. Depuis son prix du Petit écran d'or pour *SMS de l'au-delà*, elle est la reine de la fiction télé. Et elle est riche comme Crésus. Elle présentera le Festival de la chanson à San Remo. Dans ces conditions, tu me diras, qu'est-ce qui lui manque ? Eh bien, crois-moi si tu veux, mais ce qui lui manque pour achever son ascension, c'est une grande histoire sentimentale pour faire tourner les rotatives. Son flirt avec Michael Simone, le guitariste d'Excalibur, ce n'était qu'une mayonnaise montée par les paparazzi. Et cette affaire avec ce play-boy, comment s'appelle-t-il… Graziano Biglia, eh bien ! Même chose, une bulle de savon. Non, ce qui lui manque, à Simona, je le sais, moi : un footballeur ! »

Et du doigt, il désigna Sartoretti.

« Quel rapport avec moi ? »

Bocchi hocha la tête, l'air matois.

« Le rapport, je vais te le dire. Tu vas te déguiser en Paco Jiménez de la Frontera et tu l'inviteras à dîner ! »

Au nom de l'avant-centre argentin, le comique faillit s'étouffer avec une pousse de bambou.

« Laisse tomber tout de suite, marmonna-t-il. Pour ça, on ne me paiera jamais assez cher. »

Après deux théières de saké chaud, Flavio Sartoretti confia à son ami que le 25 mars 2002, à seize heures trente, il s'était rendu chez son dentiste, le Dr Froreich, via Chiana, pour une radiographie des molaires. Tandis qu'il était dans la salle d'attente avaient fait irruption quatre hooligans : Bresaola, Pitbull, Rosario et Undertaker.

Bresaola, qui sur son biceps droit avait tatoué Romulus et Rémus sous la louve romaine et, sur le gauche, les douze premiers hendécasyllabes de *L'Énéide*, l'avait saisi par le collet et jeté dans le coffre d'une Ford Ka. Quand on l'en avait tiré, il se trouvait sur le ferry-boat de Civitavecchia à Olbia, en Sardaigne. Les quatre types l'avaient traîné par les cheveux jusqu'à la proue du ferry, puis Rosario, théologien du groupe, avait pris la parole :

« L'image de Paco Jiménez de la Frontera n'est reproductible en aucune circonstance. Ni par le dessin, ni – moins encore – à travers tes bouffonneries. Ton imitation est blasphématoire ! Et selon notre charia, elle mérite un châtiment ! »

Sur ce, ils l'avaient attaché par une cheville à une lourde barre et lui avaient fait faire, à l'ancienne manière des boucaniers, quatre plongeons de tout le corps dans l'eau.

Quand ils l'avaient remonté, plus mort que vif, Undertaker (qui s'était fait tatouer sur le dos le Grand boulevard périphérique autoroutier, avec toutes les sorties et les échangeurs) lui avait gentiment suggéré que son imitation du mythique avant-centre devait quitter son répertoire.

Paco Jiménez de la Frontera ne la trouvait pas drôle.

« Désormais, tu seras plus invisible et silencieux qu'une truffe blanche du Piémont, avait conseillé Rosario.

– Oublie la télévision. Sauf peut-être le téléachat », avait ricané Pitbull.

De ce jour, l'étoile de Sartoretti s'était donc complètement éclipsée.

« Merde… Ça, ce n'est pas une bonne nouvelle… Et pour vingt mille euros ?

– Non, non. Je ne peux pas. Ils me tueraient !

– Allons, personne ne te verra. Tu dois seulement l'inviter à dîner dans un restaurant. Et ensuite, mettre dans son verre quelques cachets de Rohypnol. Le reste, je m'en occupe. »

Le reste consistait à opérer l'actrice et à récupérer sa cocaïne. Après quoi, il prendrait l'avion et atterrirait sur une plage de l'île Maurice ou des Seychelles pour y finir ses jours, riche et heureux.

Bocchi mit exactement trois heures et vingt-trois minutes à convaincre l'ex-vedette comique.

À vingt-cinq mille euros, Sartoretti capitula.

Simona Somaini s'efforçait de lire le scénario de *Docteur Cricri 2*, la suite de la série télévisée à succès dont elle était la star absolue.

Il ne lui plaisait pas du tout. Trop technique. Tous ces mots scientifiques ! Épidurale, mammographie, cartilage. Elle se sentait la tête près d'exploser. Ce qui manquait, c'était l'amour, les grands sentiments, la passion. C'était cela qu'attendait son public. Pas des histoires d'avortement, de toxicomanes et de handicapés.

Elle appela pour la quatrième fois son agent, Elena Paleologo Rossi Strozzi.

« Elena, ça ne va pas ! On se croirait à la Cour des Miracles. Des paralytiques, des boiteux, des mongoliens, des drogués… Qu'est-ce que c'est que ce truc ?

– Simona, calme-toi ! J'ai une grande nouvelle. Tu es assise ? »

L'actrice se regarda. Elle était sur son vélo d'appartement, donc assise.

« Oui. Je t'écoute. Hollywood ?

– Mieux que ça !

– Mon Dieu, le téléthon !

– Encore mieux…

– Je t'en prie, dis-moi ! Tu sais bien que je n'aime pas qu'on me laisse sur des charbons ardents.

– C'est une invitation à dîner.

– Tu parles d'une nouvelle ! Et moi qui me figurais je ne sais quoi…

– Tu ne veux pas savoir avec qui ? Paco Jiménez de la Frontera. »

Elena Paleologo Rossi Strozzi entendit le bruit sourd d'une chute, suivi d'un silence préoccupant.

« Simona, tu es là ? »

Simona Somaini, rampant sur le sol, saisit de nouveau le sans-fil.

« Ne me fais plus jamais un coup pareil ! Je ne supporte pas qu'on se moque de moi.

– Mais c'est la vérité ! Après-demain. Simona, c'est une affaire conclue ! Ton grand tournant ! Tu n'as plus qu'à te préparer. Moi, je m'occupe des photographes. »

L'actrice bondit sur ses pieds comme si on lui avait fourré un pétard dans le derrière.

« Qu'est-ce que je vais me mettre ? hurla-t-elle. Je n'ai rien de présentable ! Mon Dieu, mon Dieu…

– Simona, demain nous dégainons les cartes de crédit. Les boutiques nous attendent !

– D'accord… D'accord…, râla l'actrice. Dommage que je n'ai pas le temps de me faire retendre un peu les joues… »

Le plan machiné par Bocchi était en fait assez complexe.

En premier lieu, il fallait trouver une voiture de luxe digne du grand footballeur argentin. Ses compagnons de cellule chinois l'adressèrent à un certain Huy Liang, qui sans un mot lui tendit les clefs d'une Fiat 131 Mirafiori vert bouteille, millésime 1979.

Puis Sartoretti, avec la voix rauque de Paco, réserva une table au restaurant Le Regioni, un des plus sélects de la capitale, tenu par l'imprévisible chef bulgare Zoltan Patrovitch, grand ami de Mlle Somaini.

Dans leur organisation impeccable, ils se heurtèrent à un obstacle imprévu : Jiménez ne portait que du Prada. Or, Sartoretti, dans son studio du morne quartier de Forte Boccea, ne possédait qu'un costume en acétate Sergio Tacchini et un smoking incrusté de paillettes.

Ce fut alors que la question du look fut étudiée par Mbuma Bowanda, berger soudanais de soixante-trois ans à la peau ravagée par un psoriasis dévastateur, qui pour le moment partageait avec Bocchi un appartement de carton sous le pont Sisto. Le seul bien de Mbuma était la tenue qu'il avait portée pour son initiation à la vie pastorale et qu'il conservait jalousement dans un grand sac en plastique C & A : une longue tunique en coton grège décorée de fantaisies rupestres. Selon Mbuma et Paolo Bocchi, Sartoretti ainsi vêtu était tout à la fois élégant et décontracté.

« Vous êtes sûrs ? », demanda-t-il, en s'observant dans le miroir putride du fleuve.

Outre la tunique africaine, il portait les vieux mocassins de Bocchi, qui furent préférés à une paire de savates ensablées sur la berge du Tibre. Pour finir, on lui teignit les cheveux en blond Barbie avec de l'ammoniaque chipé à un employé du nettoyage du Secours populaire.

Il était parfait.

Elena Paleologo Rossi Strozzi était affalée sur le divan, épuisée par le shopping frénétique. Telle une horde de Wisigoths, elles avaient pillé les vitrines de la moitié de la via dei Condotti.

Simona Somaini, nue, allait et venait dans le salon. Toute personne ayant dans l'organisme un soupçon de testostérone aurait massacré sa famille pour ne rien manquer du spectacle. Ses cuisses étaient longues comme la via del Corso et se terminaient par deux hémisphères qui semblaient dessinés par Renzo Piano en personne. Sa taille étroite, ses abdominaux discrètement sculptés descendaient vers un pubis couvert d'un léger pelage de la teinte d'un whisky pur malt. Ses cheveux abondants, brillants et un peu rebelles encadraient un visage ovale d'où ressortaient ses lèvres charnues, couleur prune, et deux yeux noirs de Berbère.

Mais tout cela pâlissait auprès de ce chef-d'œuvre de la chirurgie moderne qu'étaient les seins de Simona. Opulents, énormes, plantés sur son buste comme deux montgolfières.

Elena Paleologo Rossi Strozzi était parfaitement hétérosexuelle, mais n'aurait pas répugné à quelques galipettes avec sa cliente préférée.

Elle se regarda. Maigre comme un coureur de fond éthiopien, plate comme l'électrocardiogramme d'un mort et haute comme trois pommes desséchées, elle se demanda pourquoi le Père Éternel, dans son infinie Providence, distribuait ses dons au petit bonheur la chance.

« Alors, qu'est-ce que je vais mettre ? demanda Simona.

– Le moins possible, trésor. »

À dix-neuf heures et quarante-deux minutes, Sartoretti-Jiménez était prêt.

Il monta dans la Fiat Mirafiore, que Bocchi et Mbuma durent pousser sur l'avenue bordant le Tibre. Il passa la seconde et partit.

L'appartement de Simona Somaini se trouvait dans le prestigieux quartier des Parioli, à mi-hauteur de la via Cavalier d'Arpino qui, grâce au Ciel, était en descente.

Sartoretti sonna au numéro 15. Ce fut la voix éraillée d'une Philippine qui lui répondit. « Oui ?

– Soy Paco.

– Madame descend tout de suite. »

Le cœur du comique sembla se glisser dans son œsophage. Il se mit à faire les cent pas en se répétant : « Tu peux y arriver. Tu peux y arriver. »

Dans l'ascenseur, Simona Somaini se répétait de même : « Tu peux y arriver. Tu peux y arriver. » Un dernier regard dans le miroir. Même au concours des Voix nouvelles de Castrocaro, elle n'avait pas montré tant d'audace. Sous un petit tube qui ressemblait à du papier crêpon, elle était pratiquement nue. Les portes de l'ascenseur s'ouvrirent. Une profonde respiration, puis, dans le tac-tac de ses talons aiguilles, elle traversa le hall de marbre et de trompe-l'œil.

Quand l'ingénieur Caccia la croisa, qui rentrait avec son alamut d'Alaska du petit pipi vespéral, il eut un haut-le-corps et faillit laisser tomber sa carte magnétique.

L'actrice ouvrit la grille et sortit. Sans voir Paco tout de suite. Devant elle se tenait un homme déguisé en nègre. Elle se demanda si c'était Carnaval, mais non, on était en juin. Et puis, le visage ressemblait à celui de Jiménez. Sauf qu'il semblait amaigri par une attaque de typhus pétéchial. Sans conteste, elle se le rappelait plus attirant et plus en forme. Et puis, elle était sûre que c'était un vrai blond, non un type aux cheveux délavés et aussi rares sur le devant. Mais ce n'était pas le moment de se poser des questions oiseuses.

Le footballeur s'approcha d'elle.

« *Olá… Chica…*

– Salut, Paco. Je suis un peu émue de rencontrer un Ballon d'or ! »

Elle s'avança pour qu'il lui donnât un baiser sur la joue. Mais Paco se borna à lui serrer la main.

« *También, también... Vamos !* »

Et il lui montra un long machin posé sur quatre roues, garé en double file. Simona ne parvint pas à dissimuler son malaise.

« Elle ne te plaît pas ? C'est une auto *vintage* ! Très à la mode à Londres. *Sabes cuanto costa ?* »

Simona secoua la tête.

« *Más... Muy más !* »

Simona, perplexe, monta dans la Mirafiore. Elle fut assaillie par une odeur d'ail et de friture qui fit remonter à ses lèvres la mousse de fruits allégée qu'elle avait mangée l'avant-veille.

Au point mort, Paco laissa glisser la voiture le long de la rue en pente. Puis, d'un geste décidé, il passa la seconde et la voiture partit dans un grand coup de toux, tandis qu'une lumière de crèche de Noël illuminait le tableau de bord et les banquettes en imitation léopard.

« *Esto es un carro, chiquita !* »

Bocchi, sur la petite moto Fantic Caballero du beau-frère de Sartoretti, suivait la Mirafiore comme une ombre et la vit s'engager en crachotant dans le viale Bruno Buozzi.

Le plan médité pendant deux ans dans l'ombre d'une cellule était maintenant en passe de se réaliser. Son trésor était là !

Et Sartoretti faisait des merveilles.

Flavio Sartoretti conduisait et souffrait. Jamais sa condition de *has been* ne l'avait fait autant souffrir.

À cause d'un footballeur aussi brutal que dénué d'humour, il se retrouvait en relégation aux confins éloignés du monde scintillant du spectacle. Et dans ces zones sans lumière, il n'avait plus à se mettre sous la dent que des kermesses de la tourte aux blettes, des night-clubs de la province profonde et des concours de Miss dans les bourgades de l'Aspromonte. Or, voilà que maintenant, comme par un châtiment dantesque, il se voyait contraint en échange de quelques billets d'interpréter le rôle de l'artisan de sa disgrâce !

Pourtant, à une époque, il aurait levé une fille comme cette Somaini aussi facilement qu'il aurait mangé un sandwich.

Il se regarda, vêtu comme un marchand de tapis pour exécuter cette farce ignoble.

« Qui a dessiné ton costume folk, Paco ? »

La voix de Simona brisa la toile d'araignée de ses pensées.

« C'est un *estilista* maghrébin. *Muy famoso…* », fit-il, en évitant de tourner la tête – car s'il avait regardé ses nichons, il l'aurait baisée là, tout de suite, au milieu de la piazza Quadrata.

Il jeta un coup d'œil dans le rétroviseur. Bocchi, sur la petite moto, restait collé à lui comme un poisson-pilote.

Le restaurant Le Regioni avait été construit sur les plans de l'architecte japonais Hiro Itoki en forme d'Italie en miniature. Vu de haut, le long édifice avait la forme et les proportions de la péninsule, îles comprises. Il était divisé en vingt salles dont chacune correspondait par sa forme et ses spécialités à une des régions d'Italie, et les tables portaient le nom des villes principales. Sartoretti et Mlle Somaini furent conduits vers la « Sicile », une des régions les plus chic et les plus intimes, à cinq mètres de la « Calabre ».

Un des avantages de l'établissement était que personne ne vous cassait les pieds pour obtenir un autographe ou vous faire poser pour une photo, car la clientèle y était sélectionnée avec la plus grande attention. Leur table réservée était la « Syracuse », séparée des autres par un grand aquarium marin où se mouvaient des langoustes, des mérous et des murènes. La serveuse qui les escorta portait le costume traditionnel des Siciliennes.

De la table « Catane », le président du Comité olympique national italien vit entrer Paco Jiménez de la Frontera portant sa drôle de tunique et lui souffla au passage :

« Eh bien, Paco, te voilà réfugié clandestin ? »

Et il s'esclaffa de sa grosse vanne, de même que Madame son épouse.

« *Olá chico...* », se borna à répondre Sartoretti.

Du bout de la table « Agrigente », Sergio Pariani, gardien de but de l'AS Roma, vit l'avant-centre prendre place avec cette bombe de Somaini. Il en recracha sur son assiette sa première fourchettée de *caponata* d'aubergines, qui s'écrasa sur la porcelaine comme les membres déchiquetés d'un Marine dans la jungle vietnamienne.

« Baisse-toi, baisse-toi ! dit-il à Rita Baldo. Putain, il y a Paco là-bas au bout ! »

À ce nom, la présentatrice du journal télévisé de Canale 4 sauta sur son siège.

« Où ça ? »

Sergio, presque à quatre pattes sous la table, l'arrêta.

« Ne dis rien ! Tu ne comprends pas que si ma femme… Et s'il m'a vu ?

– Bien sûr qu'il t'a vu. Et il a fait semblant de rien. Lui, c'est un gentleman, pas comme toi ! »

Le gardien, utilisant la technique respiratoire du Qi Yi, tenta d'évacuer l'anxiété qui le tenaillait : il détendit ses muscles abdominaux, provoquant un abaissement du diaphragme et émettant un râle étranglé.

« Mais qu'est-ce que tu fabriques ? lança la journaliste.

– Angoisse angoisse angoisse… Qu'est-ce que je fais, je l'appelle ? Oui ? Non ? Oui, je l'appelle. »

Et il saisit son portable.

Il était acculé. Plus de cartouches, sa torche à court d'énergie. Ne lui restait que son piolet. Trois infirmières zombies l'entouraient et s'avançaient vers lui. Il en frappa une, qui se désintégra. Mais à présent, les deux autres allaient le mordre.

Son téléphone sonna. Paco posa le joy-pad de sa PlayStation et répondit :

« Qui est l'emmerdeur… ?

– Salut, Paco, c'est Sergio. »

Paco Jiménez de la Frontera détestait être appelé après huit heures du soir.

« Jé t'écoute…

– Tu ne m'as pas vu ! »

Paco resta interdit.

« Comment ça ?

– Tu ne m'as pas vu, c'est tout. Si Luana apprenait…

– Ma qu'est-ce que tou racontes ? Habla plus fuerte, qué je n'entends pas, cabrón ! Où es-tou ?

– Je suis à Agrigente ! Tu me vois ?

– Noooon, qué jé té vois pas ! » Paco se passa une main sur le front. « Après-demain, nous avons le derby… Qu'est-ce que tou as foumé ?

– Attends, je lève la main pour que tu me repères… Alors, tu me vois ? »

Paco mordit dans une saucisse qu'il prit sur le petit grill électrique posé à côté de son divan.

« Sergio, tou commences à m'emmerder !

– Oh, je comprends, puisque tu es avec cette Somaini… Une bombe, hein ?

– Oui, oui. »

Il ne comprenait rien.

« Mais tu te rends compte ? Nous sommes tous les deux en Sicile. La vie, quelquefois… En tout cas, c'est la meilleure région. Je mange de la *caponata*. Je te conseille la *pasta alla Norma*.

– Sergio, tou es casse-couilles, maintenant !

– Excuse-moi, je ne voulais pas te déranger… Seulement, comme tu es à Syracuse, je voulais te donner un conseil. Si tu le prends comme ça… »

Les deux footballeurs ne s'en sortaient pas. Mais après un petit quart d'heure, le quiproquo commença de se lever.

« Tu as raison, ça ne peut pas être toi. Je te vois et tu n'as pas de portable.

– Sois clair. J'y souis, dans ce resto, mais ce n'est pas moi ?

– Exact. Mais il parle comme toi, il a les mêmes gestes que toi. Bien sûr, il est habillé bizarrement, mais…

– D'accord, Sergio, j'ai compris. Merci. Je m'en occoupe. »

Paco raccrocha.

Simona Somaini se sentait fatiguée et ses paupières étaient très lourdes.

Incroyable. Depuis deux ans, elle ne dormait que trois ou quatre heures par nuit et n'était jamais fatiguée. Plus précisément, cette « pêche » étonnante remontait à son opération des seins : depuis, elle se sentait envahie d'une énergie inépuisable, d'une vigueur qui la tenait toujours sur la brèche et lui permettait d'affronter des horaires de travail qui auraient épuisé un éléphant.

Alors que ce soir, ce soir où elle dînait avec Paco Jiménez de la Frontera et où son agent avait sans doute placé une armée de photographes à l'extérieur du restaurant, elle n'avait qu'une envie : se glisser entre ses draps.

Il ne fallait pas qu'elle s'endorme. Pas maintenant, pas ce soir. Pas avec Paco.

Qu'est-ce que ça pouvait être ? Le Chardonnay Planeta glacé, le *sfincione* d'anchois à la Syracusaine, le pain à la rate de porc ? Flavio Sartoretti n'aurait su le dire, mais il ne se sentait pas aussi à son aise que lorsqu'il avait gagné le prix Telegatto du meilleur imitateur en 1999. Pourtant, la seule difficulté était d'observer Simona Somaini qui croulait de sommeil et commençait à ne plus l'écouter. Les trois Rohypnol qu'il avait dissous dans son verre quand elle était allée aux toilettes faisaient maintenant leur effet.

Quel dommage. Ce soir, il aurait pu la mettre dans son lit. Mais il avait une urgence à satisfaire avant que l'actrice ne perde connaissance.

« Simona, écoute-moi bien, est-ce que tu connais un acteur, un grand comique, un *actor muy lindo que se llama* Flavio Sa… »

Tout à coup, il se retrouva dans une ambiance différente, liquide : devant lui, il n'y avait plus Simona Somaini, mais un mérou qui le regardait, perplexe. Déformés par le verre de l'aquarium, il distingua Bresaola, Pitbull, Rosario et Undertaker qui lui faisaient bonjour de la main.

Puis il se sentit saisi par les cheveux.

Paolo Bocchi, hors du restaurant, regardait nerveusement sa montre. Ils étaient entrés depuis un bon bout de temps et, selon ses calculs, Simona Somaini devait à cette heure avoir perdu conscience. D'un moment à l'autre, Flavio sortirait avec elle dans les bras. Il monta dans la Mirafiore et observa l'entrée du restaurant. Enfin, il vit la porte s'ouvrir et quatre monstres sortis du *Seigneur des anneaux* traîner une espèce de gros paquet qui ressemblait à la tunique de Mbuma.

Il jura. Le plan avait foiré.

Il vit une chose entièrement contre nature. Un des monstres plia Sartoretti comme un prospectus et le glissa, en dépit de toutes les lois de la physique des solides, dans le coffre d'une Ford Ka.

Puis les quatre montèrent en voiture et partirent.

Bocchi sortit en toute hâte de la Mirafiore et enfourcha la Fantic Caballero. Pas question d'abandonner comme ça.

« Tu te rappelles *Ben Hur*, avec Charlton Heston ? », demanda Rosario à Flavio Sartoretti qui gisait sur le sol au milieu du Circo Massimo, enchaîné à une Harley Davidson Wilde Glide de 1983.

Sartoretti poussa un râle qui voulait dire oui.

Bresaola donna un grand coup d'accélérateur à la moto. Celle-ci émit un nuage de gaz qui intoxiqua le comique.

« Et la course de chars, tu t'en souviens ? »

Sartoretti avait compris. C'était un de ses films préférés, avec *Kramer contre Kramer*.

« Ils font combien de tours ?

– Qua... tre..., murmura Sartoretti.

– Bravo. »

Rosario se tourna vers Bresaola.

« En avant ! »

Bresaola fit se cabrer la Harley en produisant avec le pneu une fumée chorégraphique. Puis il accéléra, fit un dérapage contrôlé et partit sur une seule roue.

Bocchi, des hauteurs de la roseraie municipale, vit son ami traîné dans l'antique cirque romain. Il se débattait derrière la moto comme un espadon pris dans des filets parmi les cailloux, les crottes de chien et les tessons de bouteille.

L'ancien chirurgien plongea son visage dans ses mains. Tandis que le vacarme de la Harley résonnait contre les murs de la Domus Augustea, le désespoir l'assaillit.

Il lui fallait trouver un autre plan !

Deux mois plus tard

Les deux mois qui suivirent furent très durs pour Paolo Bocchi.

Les quinze premiers jours après son échec, il les passa étendu sous ses cartons du ponte Sisto à écouter les voitures passer comme des flèches au-dessus de sa tête. Il avait beau se creuser la cervelle, aucun autre plan ne lui semblait envisageable. Mbuma rentrait tard et ne le réconfortait guère, car il avait la nostalgie des étendues arides de son Soudan natal. Bocchi décida qu'il était temps de réagir.

Sartoretti, dans le coma à l'hôpital Fatebenefratelli, n'était plus utilisable.

Un matin qu'il gagnait quelques fifrelins en lavant les vitrines d'un grand magasin d'électroménager, il vit sur un téléviseur plasma Simona Somaini qui donnait une interview dans *La Vie en direct*. Il posa son chiffon et se glissa à l'intérieur.

« Je serai de nouveau le Dr Cricri, expliquait-elle. Comme toujours dévouée aux gens en détresse. Nous avons essayé de coller le plus possible à la réalité. On se croira tout à fait dans un vrai hôpital.

– Est-ce qu'il y aura des nouveaux noms parmi les acteurs ? demanda le présentateur bien lustré.

– Oh, oui, mais il y aura surtout un nouveau réalisateur. Michele Morin. Un maître ! Et puis… »

Bocchi ressentit un séisme dans l'hémisphère droit du cerveau, du côté de la mémoire.

Michele Morin…

Il l'avait opéré cinq ans plus tôt. Sans doute son chef-d'œuvre. Une de ces opérations qui auraient mérité de figurer dans les journaux télévisés et les pages de *Nature*, mais dont on ne pouvait parler. Moyennant une somme exorbitante, Bocchi avait signé un contrat de confidentialité, compte tenu du caractère extrêmement intime de son intervention. Le chirurgien avait porté à vingt-cinq centimètres la taille du membre de Michele Morin, qui en érection en atteignait à peine neuf. L'opération avait duré sept heures.

Michele Morin était à sa merci.

Antonella Iozzi était nue sur le divan de cuir d'un appartement du viale Angelico. Elle avait les cheveux blond cendré, coupés court. Gracile, ses lunettes rondes attachées par une petite chaîne pendaient sur sa poitrine molle. Son nez était un peu busqué entre ses petits yeux bleu clair. Elle était immobile comme dans une salle d'attente de gare. Devant elle, debout, les jambes écartées, le corps couvert seulement d'un kimono, se tenait le célèbre réalisateur Michele Morin.

Morin n'était pas particulièrement impressionné par la beauté de sa secrétaire éditoriale, mais Umberto, le chef électricien de son équipe, lui avait assuré qu'Antonella faisait des pipes avec un enthousiasme et une sincérité qui faisaient passer tout le reste au second plan. Sans compter qu'il avait pour règle, avant de commencer un tournage, de se faire sucer par toutes ses collaboratrices. Non par goût sordide des turpitudes, mais pour deux raisons : l'une (professionnelle) était qu'il entendait créer de cette façon une plus grande complicité avec elles ; l'autre (personnelle) relevait d'une juste gratification de ses vingt-cinq centimètres.

« Prends-le dans ta bouche, ce gros brochet bien dur ! » dit-il, cédant à son goût pour les images colorées, et il tira de son kimono son membre en érection.

Antonella, à qui manquaient plusieurs dioptries, chaussa ses lunettes et choisit la bonne focale.

« Un brochet ? Tu parles, un requin plutôt ! », s'exclama-t-elle, filant la métaphore.

Le réalisateur la saisit par les cheveux comme Persée saisissant la Méduse et l'attira contre lui.

Ce fut à ce moment délicat qu'à trente mètres de distance, la sonnette de la porte retentit.

« Qui est-ce qui vient nous emmerder ? »

Il pensa que si c'était Grazia, la costumière, la chose pouvait s'avérer intéressante. Il resta un moment indécis, puis la perspective de cabrioles à trois l'emporta sur toute autre considération.

« Attends-moi ! J'ai une surprise… »

Quand il ouvrit la porte, il fut déçu. Le visiteur était un homme.

« Non, s'il vous plaît, je n'ai besoin de rien. Et puis, qui vous a laissé monter ? »

À la prochaine réunion de la copropriété, il demanderait la tête du concierge.

« Monsieur Morin ! Vous ne vous souvenez pas de moi, n'est-ce pas ? »

Le réalisateur effectua une rapide recherche dans sa célèbre mémoire photographique, mais ce visage ne lui disait vraiment rien. Ce devait être un de ces petits acteurs qui ont coutume de mendier des apparitions dans les téléfilms.

« Non, excusez-moi… De toute façon, je suis très occupé. »

Et il tenta de refermer la porte. Mais l'homme avait glissé un vieux mocassin Ferragamo dans l'entrebâillement.

« Monsieur Morin, vous me semblez bien sûr de vous. Alors, vous avez dépassé votre blocage psychologique ? »

Et les yeux de l'intrus descendirent vers son membre qui pendait par la fente du kimono comme un battant de cloche de la cathédrale d'Orvieto.

Morin renoua nerveusement sa ceinture.

« Allez-vous-en ! Qu'est-ce que vous voulez, à la fin ?

– Je viens d'apercevoir mon chef-d'œuvre ! », dit l'autre en indiquant l'entrejambe du réalisateur.

Soudain, l'esprit de Morin fut projeté dans le passé. Cinq ans plus tôt, quand, à la clinique San Roberto Bellarmino, il avait rencontré… Comment s'appelait-il ? Bo… Bocchi ! Paolo Bocchi. Il se revit dans le cabinet du chirurgien qui soupesait son appendice.

« Avec quatre ou cinq centimètres de plus, votre problème devrait être résolu, disait-il.

– Non, docteur. J'ai envie d'exagérer. »

Si cette éminence avait pris la peine de se déranger, peut-être avait-il découvert des contre-indications, craignait-il une crise de rejet imminente…

« Professeur, pardonnez-moi ! Je ne vous remettais pas. Entrez, je vous en prie. »

Il le fit asseoir dans son bureau. Antonella pouvait attendre.

« Dites-moi tout, professeur. Un problème ? »

Bocchi prit ses aises et alluma une cigarette.

« Un problème ? Oh, oui, et très sérieux !

– Je vous en prie, dites-moi tout… »

Sans même qu'il s'en rendît compte, sa main palpa son entrejambe.

« Eh bien, imaginez que vous avez tourné un film. Un chef-d'œuvre, je ne sais pas, *Apocalypse Now* par exemple. Que vous l'avez tourné, mais que vous ne pouvez le montrer à personne. Vous comprenez ? Comment vous sentiriez-vous ? »

Où voulait-il en venir ?

« Je serais très frustré…

– Exactement. Et moi aussi. Ceci (et il désigna de nouveau l'engin du réalisateur) est la plus belle réussite de ma carrière. Que diriez-vous si je lui faisais enfin un peu de publicité ? »

Michele Morin blêmit.

« Que… Qu'est-ce que ça veut dire ?

– Vous devez vous rappeler qu'il existe une documentation photographique de l'organe avant et après l'opération. Je suis convaincu que bon nombre de journaux paieraient une somme rondelette en échange de ces photos. D'autant plus rondelette que vous êtes un réalisateur célèbre. »

Deux ou trois images passèrent dans l'esprit de Morin. Des centaines de femmes ricanaient dans son dos, en lançant des railleries assassines. Peu après, il était pendu à une corde. Et la troisième chaîne de la RAI diffusait une rétrospective de ses œuvres.

Cette ordure était venue pour le faire chanter !

Il pleurnicha :

« Vous ne pouvez pas ! C'est contre les lois d'Hippocrate et d'Esculape. Vous me réduiriez à néant. Vous avez signé un contrat de confidentialité et je…

– Qu'est-ce que vous comptez faire ? Me faire radier de l'Ordre ? C'est déjà fait. M'envoyer en prison ? Déjà fait aussi. Un procès ne vous servirait à rien. Comme vous voyez, je n'ai rien à perdre. Alors que vous… Ces photos dans la presse à scandale, ça ne ferait pas bon effet, hein ?

– Je vois. Vous êtes un type immonde, sans cœur, vous profitez des faiblesses d'autrui…

– Bravo. Vous avez tout compris. »

Il n'y avait pas d'échappatoire. Cet abominable salaud l'avait coincé comme une Range Rover dans une ruelle de la vieille Rome. Morin se laissa tomber, accablé, sur un petit divan Louis XVI.

« Combien voulez-vous ?

– Demandez-moi plutôt *ce que* je veux.

– Soit. Qu'est-ce que vous voulez ? »

Bocchi éteignit sa cigarette.

« Vous allez commencer le tournage de la suite de la série *Docteur Cricri*. Le troisième épisode, c'est moi qui l'écrirai. »

Morin ne comprenait pas.

« Pourquoi ?

– Parce que. Dans cet épisode, la pauvre Dr Cricri se découvrira un nodule au sein gauche et se fera opérer. De médecin, elle deviendra patiente. Du point de vue dramaturgique, ça ne pose aucun problème. Et pour l'opération, on fera venir un célèbre chirurgien des États-Unis. Moi. Accompagné par mon assistant afro-américain Mbuma Bowanda Junior. »

Morin se demanda s'il avait pris trop de Xanax la veille au soir.

« Mais pourquoi, professeur ? Vous... Vous voulez faire l'acteur ?

– Non.

– De toute façon, je ne peux pas... Je compte pour rien, vous savez ? C'est la RAI qui décide de tout. Simona Somaini s'y opposera. Je...

– Monsieur Morin, je n'ai pas l'intention de discuter. Dans deux jours, vous aurez mon scénario. Ou vous tournerez mon troisième épisode, ou ce sera les photos dans *Holà !* Au revoir. »

Bocchi se leva et s'en alla.

SCÈNE 12. SALLE D'OPÉRATION INTÉRIEUR JOUR

Le docteur Cricri est étendue sur la table d'opération, anesthésiée. L'équipe attend avec anxiété l'arrivée du fameux chirurgien James Preston.

CLAUDIO

Est-ce qu'il va bientôt arriver ?

LINDA

Son jet privé a déjà atterri. Je ne comprends pas...

À ce moment, la porte de la salle d'opération s'ouvre. Entre James Preston, suivi de son fidèle bras droit Mbuma Bowanda Junior. Les assistants sont intimidés : ils ont devant eux une légende de la médecine moderne. Les femmes ont peine à croire à la beauté de cet artiste du bistouri.

LINDA

Docteur Preston ! C'est un honneur…

DOCTEUR PRESTON

Pour commencer, appelez-moi James. Nous sommes une équipe et dans ce bloc, nous sommes tous égaux. J'attends de vous le meilleur de vous-mêmes et je sais que pour le docteur Cricri, vous le donnerez.

CLAUDIO

Professeur, je voudrais être dispensé de participer à l'opération. Pour moi, le docteur Cricri…

Le docteur Preston arrête l'assistant d'un geste.

DOCTEUR PRESTON

Ne flanche pas maintenant, Claudio. J'ai besoin de toi. Cette femme…

« Cette femme ? » Bocchi souleva la tête de son feuillet. « Cette femme… ? », demanda-t-il à Mbuma qui faisait griller du pain artisanal sur le feu de camp allumé près de la rive du Tibre.

L'Africain regarda au loin, en direction de l'île Tibérine. Le soleil couchant teignait d'orange les toits des maisons, et des traînées de nuages violets tachaient le ciel. Lent et solennel, il déclara :

« Cette femme sera la mère de tes enfants, Claudio, et elle mènera ton troupeau jusqu'au grand fleuve.

– Génial ! Tu es un grand, Mbuma ! »

Et il se remit à écrire avec son crayon mâchonné.

Au troisième étage d'un immeuble du viale Mazzini, une réunion extraordinaire était en cours depuis trois heures. Autour de la longue table en orme verni, encombrée de bouteilles d'eau et de gobelets en plastique, étaient assis, dans l'ordre, Ezio Mosci, directeur des programmes de la RAI, le réalisateur Michele Morin, Francesca Vitocolonna, productrice, l'actrice Simona Somaini, son agent Elena Paleologo Rossi Strozzi et le directeur de la fiction Ugo Maria Rispoli.

La lecture du troisième épisode venait de s'achever. Et personne ne parlait.

Ce fut Mosci qui rompit le silence.

« Vous êtes sûre, Simona, que vous voulez montrer votre sein ? On pourrait penser à un calcul rénal, à un kyste sébacé… »

Simona Somaini essuyait ses larmes.

« Non ! C'est trop beau comme cela… Il y a enfin du cœur, de l'âme, de la vie. C'est le plus bel épisode de la série. Pour une telle émotion, je suis plus que disposée à montrer mon sein. C'est un problème qui touche tant de femmes ! »

En grande professionnelle, Elena Paleologo Rossi Strozzi saisit la balle au bond :

« Évidemment, il faudra réviser le cachet de ma cliente.

– Bien sûr, bien sûr, dit Ugo Maria Rispoli, agacé. D'accord, mais cette scène dans la salle d'opération n'est-elle pas un peu trop sanglante ? Le sang, les défibrillateurs… Souvenez-vous : nous touchons un public familial.

– Non. Dans tout le pays, on croira que notre héroïne est vraiment en train de mourir. Un pic d'audience !

– C'est vrai, intervint Simona avec ferveur. C'est une scène maîtresse. Le sang, pour une fois, c'est approprié. Le public doit comprendre que le docteur Cricri est une femme normale, qu'elle peut mourir en cours d'opération comme n'importe qui. Il s'y reconnaîtra ! »

Ugo Maria Rispoli était dubitatif.

« Soit. Espérons tout de même que nous n'aurons pas de problèmes avec les associations en tout genre…

– Soyez tranquille. Nous ne montrerons pas grand-chose. Mon intention est d'émouvoir, pas de faire une boucherie.

– Morin, faites bien attention. Si vous m'attirez des ennuis, vous pouvez oublier la mini-série sur le président Pertini. »

L'air se refroidit, comme si l'on avait réglé au maximum la climatisation. Le réalisateur se passa la main dans les cheveux et pensa : *Je risque la peau de mon cul, mais au moins je sauve ma bite.* Il regarda Rispoli et dodelina de la tête, l'air serein.

« Ne vous inquiétez pas. Laissez-moi faire !

– Et à qui avez-vous pensé pour le rôle de James Preston et de son assistant, comment s'appelle-t-il… Mbuma ? demanda Francesca Vitocolonna, qui prenait des notes sur son calepin.

– Je les ai trouvés, répondit Morin. Deux acteurs encore peu connus. Ils viennent du théâtre. »

Personne n'eut rien à objecter.

« D'accord. Alors, allons-y », conclut Rispoli. Il alluma un cigare toscan et se leva. « Mais je vous en prie, attention avec les nichons. Nous passons en *prime time* ! »

Dans le studio N° 2, les décorateurs avaient déjà monté la salle d'opération. Selon le plan de travail de la journée, la dernière scène à tourner serait la fameuse intervention mammaire du docteur Cricri.

Dans la loge N° 12, Paolo Bocchi et Mbuma Bowanda avaient déjà revêtu leurs costumes. Bocchi, en blouse verte de chirurgien, se regarda dans le miroir. Cette blouse était sa seconde peau, il se sentait très à son aise. Mbuma, un peu moins. La maquilleuse lui avait recouvert le visage de trois kilos de fard pour cacher son psoriasis, ce qui lui donnait une coloration vert zombie.

« Cette fois, c'est la bonne ! Je le sens, Mbuma. Nous partons pour l'île Maurice. Les plages blanches, les créoles bien girondes. La mer. Et rien à faire de toute la journée… »

On frappa. C'était l'assistant réalisateur.

« Bon, si vous voulez descendre, nous sommes prêts. »

Bocchi regarda Mbuma, puis il fit oui de la tête.

« Prêts aussi, répondit-il. »

Il saisit un petit paquet et le glissa dans la poche de son pantalon.

« Ici, en frost ! Ce spot, un peu plus fort ! Allez, allez ! »

C'était Marzio De Santis, le chef opérateur, qui allait et venait comme un rhabdomancien en brandissant son exposimètre. Les électriciens fatigués traînaient les halogènes et les projecteurs, n'attendant que la fin de cette journée infernale durant laquelle ils avaient tourné pas moins de dix-huit scènes.

« Alors, Marzio, quand est-ce qu'on finit ? Six heures passées ! On ne va pas rester ici jusqu'à Noël ! » protesta Umberto, le chef électricien.

Un machiniste apportait le chariot des instruments opératoires.

« Hé, Umberto ! Au moins, on aura un beau point de vue sur cette bombe de Somaini ! »

Et de ses mains, il dessina dans l'air les rondeurs de l'actrice.

« Écoutez-moi, les gars ! lança l'assistant réalisateur, un jeune homme à queue-de-cheval et barbiche. Tous ceux qui n'ont plus rien à faire, évacuez le plateau. Pas de spectateurs dans nos jambes pendant le tournage. Simona n'en veut pas.

– Et merde ! lui répondit un chœur désappointé.

– Corrige. Deux et huit et nous sommes prêts, dit Marzio De Santis au premier cadreur, qui changea aussitôt le diaphragme de sa caméra.

– Tout le monde y est ? Allons-y, je dois tourner. Les acteurs ! »

Michele Morin était devant son moniteur, à côté d'Antonella Iozzi avec son inséparable bloc-notes.

Simona Somaini entra, couverte d'un peignoir. La coiffeuse continuait à domestiquer ses longs cheveux.

« Salut Simona… Nous y sommes !

– Bonsoir tout le monde, lança l'actrice à la cantonade.

– Bonsoir, madame… »

On la traitait avec déférence, mais en même temps on lorgnait sur elle dans l'espoir d'apercevoir un peu de chair.

« Dehors, tous ceux qui n'ont plus rien à faire ! »

Morin mit son casque et régla le contraste du moniteur.

L'acteur principal fit son entrée : Fabio Saletti, un ancien du reality-show *Guantanamo* où huit concurrents avaient vécu enchaînés quatre mois dans une cellule de trois mètres sur deux et subi divers actes de torture. Le jeune homme au physique d'habitué des salles de gym s'avança vers Michele Morin.

« Alors, qu'est-ce que je dois faire ? »

Le réalisateur le prit par le bras, l'amena à côté de la table d'opération, près des autres acteurs déjà prêts pour la scène.

« Eh bien, Fabio, tu restes là, sagement, tu ne bouges pas, tu ne touches à rien et quand tu dois dire tes répliques, tu les dis. Calmement. Personne ne va te manger. »

Morin retourna à son moniteur en secouant la tête. Il avait eu moins de mal à diriger l'essaim de guêpes africaines de son premier long métrage, *Piqûre fatale*, qu'à faire dire deux répliques à ce décérébré de Fabio Saletti.

Bocchi et Mbuma firent leur entrée. Le régisseur s'avança vers Bocchi.

« Qui joue le chirurgien, vous ou le Noir ?

– Moi, dit Bocchi.

– Alors… » Il lui fourra un bistouri dans les mains. « Je vais vous expliquer comment on s'en sert. Vous le prenez avec deux doigts… »

Bocchi l'arrêta.

« Je sais comment on s'en sert. Merci. »

Entre-temps Simona Somaini, allongée sur la table d'opération, s'était recouverte du drap et avait ôté son peignoir. On aurait dit qu'entre elle et le drap, on avait posé deux pastèques mûres.

« Donc, nous commençons avec Simona qui est déjà anesthésiée. Au premier coup de bistouri… Le faux sang est prêt ?

– Prêt ! répondit la voix du régisseur.

– Bien. Effectuez l'opération et continuez jusqu'à ce que je dise stop. Attention : au moment de la réanimation, je veux vous voir authentiques, énergiques. Vous devez penser qu'elle est vraiment en train de mourir. Et toi, Simona, je te rappelle, tu dois trembler comme… comme… » Aucune image ne lui venait. « Enfin, tu sais. Tu es une grande actrice. Caméras prêtes, clap dans le champ.

– Silence tout le monde ! Et par pitié, éteignez vos portables ! hurla Roberto, l'ingénieur du son, qui n'en pouvait plus de la pagaille sur le plateau.

– Clap dans le champ… »

Bocchi s'avança vers la table d'opération et tira de sa poche une seringue, en la cachant avec la paume de sa main.

Combien de fois avait-il rêvé de ce moment ! Son trésor était là, à moins de cinquante centimètres, enseveli sous la glande mammaire de Simona Somaini. Son cœur battait à tout rompre comme la première fois où il avait opéré. Mais il se calma. Il lui fallait faire preuve de précision et de célérité. Il regarda le berger soudanais, qui semblait prêt lui aussi.

« J'ai dit clap dans le champ ! » cria Morin.

Bocchi s'inclina vers la table et, d'un geste preste, planta la seringue sous le sein gauche de l'actrice. À l'intérieur, il y avait un cocktail de lidocaïne, de mépivacaïne et de benzodiazépine qui entraînerait une anesthésie locale du thorax, sans que Simona perde conscience pour autant.

Elle sursauta.

« Aïe ! Qu'est-ce que c'était ?

– Une épingle dans le drap, répondit Bocchi en ne laissant voir que la pointe de l'aiguille.

– Faites un peu attention ! s'énerva l'actrice.

– Clap dans le champ ! répéta Morin.

– 12-24, première !

– Moteur ! »

La caméra filmait.

Bocchi approcha le bistouri du sein gauche de Simona. Il le pressa contre la peau et tenta d'inciser. En vain. La lame n'avait pas de tranchant.

Un faux bistouri ! Comment n'y avait-il pas pensé ?

Pourtant le sang, pompé par l'accessoiriste, se répandait copieusement sur la poitrine de l'actrice. Mbuma regarda Bocchi. Il s'était aperçu que quelque chose allait de travers.

À ce moment, Simona Somaini, conformément au script, se mit à trembler très fort.

« Bien, bien ! murmura Morin devant son moniteur. Zoome, zooooome… Droit sur le sein », ordonna-t-il au chef opérateur.

Bocchi observa Simona. Ou c'était vraiment une grande interprète, ou… Nom de Dieu ! Tous les symptômes étaient réunis. Tremblement musculaire. Dépression de l'activité respiratoire. Pupilles dilatées. Teint cyanosé.

Overdose de cocaïne !

Quand il avait fait la piqûre, l'aiguille avait percé le sachet gonflé de drogue et celle-ci, maintenant, circulait dans l'organisme. Simona agonisait.

Bocchi regarda le moniteur de l'électroencéphalogramme. Éteint ! Il le frappa du poing, sans se rendre compte qu'il s'agissait d'un simple élément de décor.

« Défibrillateurs ! » hurla-t-il à l'actrice à côté de lui.

Elle les lui passa et Bocchi les saisit.

« Deux cent cinquante joules ! Décharge ! »

Michele Morin était en extase. Jamais dans sa carrière il n'avait tourné une scène aussi vibrante de réalité.

Simona ne respirait plus. Sa bouche ouverte essayait d'aspirer un peu d'air, mais les muscles de son thorax étaient paralysés. Bocchi lui plaça les deux électrodes sur la poitrine. Mais rien ne se produisit. Il prit l'appareil dans sa main et s'aperçut que les fils n'étaient rattachés à rien.

« Mais qu'est-ce que c'est que ce truc ? cria-t-il en direction de Fabio Saletti.

– Une imitation, marmonna l'apprenti acteur.

– Merde ! »

Et il jeta en l'air le défibrillateur qui atterrit sur la cloison nasale du bellâtre.

« Aïe, mon nez ! »

Fabio se plia en deux tandis que du sang lui ruisselait sur le menton.

« Les répliques ! Les répliques ! » hurla Morin en faisant un mouvement vers ses acteurs.

L'ingénieur du son intervint :

« De toute façon, ce sera doublé. Je m'en fiche si le texte n'est pas le bon.

– Vite, docteur Preston ! Nous allons perdre le docteur Cricri ! » récita une infirmière.

Mbuma regarda autour de lui, et l'antique sagesse africaine lui dicta de faire volte-face et de fuir au plus vite ce bloc opératoire.

Cependant, Bocchi s'efforçait d'effectuer un massage cardiaque, mais le cœur de Simona Somaini était loin, très loin, éteint comme une étoile mourante. Ensanglanté, mais toujours dans son rôle, Saletti récita sa réplique :

« Docteur, il faut l'intuber !

– Et avec quoi veux-tu l'intuber, imbécile ? Elle est en train de mourir ! »

Antonella Iozzi, imperturbable, vérifiait les feuillets du script.

« Michele, cette réplique n'y est pas !

– Et qu'est-ce que ça peut foutre, hein ? Continuez, continuez ! La scène est magnifique, magnifique ! »

Bocchi ôta son masque.

« Elle est morte ! » dit-il, déconfit.

Puis il remarqua que Mbuma avait pris la poudre d'escampette et, tournant le dos au plateau, il s'empressa de l'imiter.

Quatre jours plus tard

Sur la piazza del Popolo, le soleil était déjà haut et rôtissait le tapis humain qui recouvrait trottoirs et pavés. La population de Rome et des faubourgs avait réagi avec la plus grande émotion à la mort de la grande vedette de la fiction télévisée. Beaucoup étaient là depuis l'aube pour lui adresser un dernier adieu. Des équipes de chaînes publiques et privées surgissaient de tous côtés. La police avait formé un cordon de sécurité pour permettre aux autorités d'accéder à l'église Santa Maria in Montesanto – par tradition l'église des artistes. Au-dessus du centre-ville ronronnaient les hélicoptères de la police et des carabiniers comme des mouches sur une carcasse. On avait pris des mesures préventives contre d'éventuels mouvements de foule incontrôlés, voire une attaque terroriste. La circulation avait été déviée, et le maire avait fait mettre les drapeaux en berne sur les édifices publics.

L'église, bondée au-delà du vraisemblable, attendait en silence le cercueil. Des centaines de couronnes étaient appuyées à l'autel drapé de couleurs de deuil. L'Orchestre symphonique de Santa Cecilia avait commencé de s'accorder, et le maestro Renzo di Renzo, la tête inclinée, priait. Dix enfants de chœur porteurs d'encensoirs inondaient les nefs de vapeurs méphitiques. Assise au premier rang se trouvait la nombreuse parentèle de Simona Somaini, arrivée en autocar spécial de Subiaco, où la famille habitait depuis des siècles.

« Mais qui est-ce qui se marie, à la fin ? »

Grand-mère Vitalia, gravement artérioscl érotique et la tête un peu fantasque, n'avait rien compris à ce qui se passait. Giovanna Somaini, la sœur aînée de Simona, lui expliqua pour la énième fois que sa petite-fille était morte. À côté, Giuliana Somaini n'avait plus de larmes pour pleurer et ne parvenait toujours pas à comprendre la cause de la mort de sa fille chérie. Effondrée, elle appuyait sa tête sur l'épaule d'Elena Paleologo Rossi Strozzi, en tailleur Chanel de grand deuil. Il y avait aussi des cousins, des neveux, des beaux-frères, des belles-mères et la moitié de Subiaco.

Dans cette foule accablée de tristesse, un homme tendu et concentré fixait des yeux le tapis où l'on déposerait la bière. Pour Paolo Bocchi, c'était la dernière occasion de récupérer ce qui lui appartenait.

Son plan, cette fois, était d'une simplicité presque alarmante. Après la cérémonie, il s'emparerait d'une manière ou d'une autre du corbillard et le conduirait dans la pinède de l'Infernetto, près d'Ostie, où Mbuma armé de pinces l'attendait pour profaner le cercueil. D'Ostie, l'aéroport de Fiumicino et donc l'île Maurice étaient à deux pas.

Le maestro souleva le bras et l'orchestre attaqua le douloureux *Adagio* de Barber.

« Il arrive ! », murmura la foule.

Toutes les têtes se tournèrent vers l'entrée. Dehors était garé le long corbillard Mercedes. On ouvrit la portière arrière. De loin, un homme commença de marcher d'un pas martial vers l'autel. Paolo Bocchi ne comprenait pas.

Comment un homme seul pouvait-il porter un cercueil ?

Mais il n'y avait pas de cercueil. Dans ses mains, il tenait une urne.

Cette immonde salope s'était fait incinérer !

Paolo Bocchi avait supporté avec stoïcisme deux ans à l'ombre d'une cellule. Il avait vu un plan parfait échouer à cause d'un comique imbécile. Il était presque parvenu à toucher ce qui lui revenait de droit, il avait surmonté un grave accès de dépression. Mais en voyant anéanti ce qui était sa raison de vivre, une rage primitive et folle, qui avait trop longtemps couvé, explosa en lui comme une bombe atomique. Il se dressa debout sur sa chaise et poussa ce cri déchirant :

« Mon trésor ! Rendez-moi mon trésor ! »

La foule le regarda. Un fan, sans doute, délirant sous l'effet du chagrin.

« Calmez-vous… »

Le beau-frère de la défunte le saisit par le bras.

« Tu parles si je vais me calmer ! »

Et il s'élança vers la nef centrale, bondissant pardessus des rangées de chaises et finissant sur grand-mère Vitalia, qui fit deux tours sur elle-même et s'écroula sur le dallage. Crac ! Le fémur céda.

« Putain de nom de Dieu ! », jura la vieille, dont la voix couvrit l'*Adagio*.

Bocchi se releva, et tous se jetèrent sur lui comme dans une mêlée de rugby. Il donna un grand coup de coude dans la figure du petit Pietro et lui enfonça dans la gencive son appareil orthodontaire.

« Aaaaah ! »

Le petit Somaini se jeta par terre en larmes.

« Espèce de con ! Je vais te massacr… », hurla le père.

Mais Bocchi, d'un vigoureux coup de pied dans les couilles, le fit taire. Une forêt de mains cherchait à se saisir de lui. Le chirurgien fit un écart imprévu et s'empara de l'encensoir que tenait un enfant de chœur, puis le fit tourner comme une masse d'armes prête à faucher quiconque aurait l'audace de s'approcher.

« Au nom de la loi, arrêtez ! » Le gendarme La Rosa saisit son Beretta de service. « Je vous ordonne de vous arrêter. »

Bocchi, brandissant son arme fatale, marchait dans un nuage d'encens comme un des cavaliers de l'Apocalypse et se dirigeait vers l'employé des pompes funèbres. Il l'étendit d'un coup sur la nuque. Quand l'homme s'écroula, le chirurgien saisit l'urne au vol comme après une passe d'un coéquipier des Miami Dolphins et s'envola vers la place.

À la sortie de l'église, il fut accueilli par des applaudissements qui s'éteignirent dès qu'il fit un écart et se rua parmi les tables du Café Rosati. Rita Baldi et son équipe de la RAI 4 furent les seuls à filmer à temps le fan devenu fou qui titubait parmi les vestiges de Campari-sodas et d'assiettes de canapés au saumon.

Le gendarme La Rosa l'avait rejoint. Jambes écartées et bras tendus, il le visait avec son pistolet.

« Arrêtez-vous ! Arrêtez-vous ! »

Bocchi, comme un ninja affolé, saisit un cendrier en verre et le jeta vers le militaire, qu'il atteignit aux incisives. Le représentant de l'ordre tomba à genoux sur l'asphalte.

« Ve venais vufte de me les faire refaire, falaud ! »

Le chirurgien en profita pour s'emparer du pistolet gisant à terre et tira trois coups en l'air. La foule s'ouvrit devant lui et commença de fuir par les rues adjacentes.

Marco Civoli, de la section spéciale antiterrorisme, fusil de précision en main, était suspendu à l'hélicoptère qui faisait du surplace au-dessus de la piazza del Popolo.

« Mais qu'est-ce qui se passe, là-dessous ? », cria-t-il aux pilotes.

Deux cents mètres plus bas, un homme courait au milieu de la via Ferdinando di Savoia, vers le Tibre, suivi par une foule en fureur.

La radio envoya un message :

« À toutes les unités. Sujet dangereux et armé se dirige vers pont Savoia. Je répète : sujet dangereux. Arrêtez-le ! »

Marco Civoli sourit. Il avait passé trop de temps à tirer sur des silhouettes en carton. Une bonne occasion s'offrait enfin à lui.

L'hélicoptère descendit, résolu, en direction du fugitif.

« Allez-y, que je le chope ! », dit Civoli, et il arma son fusil.

Bocchi serrait l'urne sous son bras et courait. Il jeta le pistolet. Se retourna. Il avait un point de côté et se sentait à bout de souffle. Au-dessus de lui, il entendait les pales des hélicoptères.

Il traversa l'avenue bordant le Tibre en évitant une Micra, mais non une Smart qui l'envoya valdinguer en lui enfonçant trois côtes. Il se releva à grand-peine et fut embouti par un Burgman 250. L'urne roula sur le bord du trottoir. Bocchi avait perdu la sensibilité de sa jambe droite, mais il s'en approcha en boitillant et parvint à la ramasser.

« C'est à moi ! C'est à moi ! », articula-t-il en crachant des flots de sang.

Tout lui apparaissait embué, maintenant : les platanes, les autos, le ciel éteint. Il s'aperçut alors que le parapet bordant le trottoir s'interrompait à cet endroit et qu'une volée de marches abruptes descendaient vers la berge du fleuve. Il lui sembla que Dieu les avait mises là exprès pour lui et gagna le quai en hurlant de douleur à chaque marche.

Un silence d'outre-tombe régna soudain. Dans ses oreilles, il n'entendait que sa respiration. La mer devant lui était étale et transparente, et les mouettes se poursuivaient en planant sur le miroir de l'eau.

L'île Maurice ! Il était arrivé.

Au bout du compte, il avait réussi. Sans problème.

Il fit un pas vers la plage, un seul, et sa poitrine explosa. Il baissa les yeux. Dans sa veste de flanelle souillée, il y avait un trou rouge où il enfonça un doigt.

Du sang.

Il s'effondra à genoux en levant les bras au ciel. L'urne roula devant lui et s'ouvrit. Les cendres se répandirent sur les pavés du quai. Un voile rouge colora son champ de vision. Sa tête se balança lentement, en arrière, en avant, et il resta comme en équilibre sur les genoux avant de tomber le visage dans les cendres.

« Mon… tré… s… or ! », fit-il dans un râle, et il rendit son dernier soupir.

Civoli avait mis dans le mille au premier coup de fusil. Le pilote leva le pouce en signe de félicitations et l'hélicoptère reprit de la hauteur.

Le cadavre étendu sur la rive du Tibre, le pont, les gens aux fenêtres, les voitures de patrouille, les toits, le château Saint-Ange, la basilique Saint-Pierre, le boulevard périphérique, l'autoroute, la mer.

La mer.

II

Massimo Carlotto

Mort d'un indic

L'inspecteur Giulio Campagna se sentait ridicule dans sa chemise à fleurs, son jean déchiré et ses tennis aux semelles décollées. Il n'avait jamais aimé les déguisements mais, ce jour-là, il lui fallait ressembler à un des nombreux étrangers mal nourris qui grouillaient dans la gare de Padoue. Lui et deux collègues de la Brigade mobile attendaient l'arrivée d'un intermédiaire chargé d'approvisionner en cocaïne une bande de Boliviens. Il évita de croiser les agents de la police ferroviaire de crainte d'être reconnu : ces imbéciles étaient capables de lui faire un clin d'œil en passant et de saboter toute l'opération, pour peu que les Boliviens aient envoyé en éclaireurs un ou deux sous-fifres pour s'assurer que la voie était libre. L'inspecteur s'appuya contre une des colonnes soutenant la marquise en métal et vérifia le tableau des arrivées. L'Eurostar en provenance de Milan et à destination de Venise n'avait que cinq minutes de retard. Les deux autres policiers étaient postés dans le passage souterrain et surveillaient les escaliers qui menaient aux deux sorties. Le messager n'avait aucun moyen de passer inaperçu, à condition que les informations soient exactes. Pour le repérer, ils n'avaient à leur disposition qu'une description, mais assez détaillée. Son physique, surtout.

Les passagers descendirent du train et se répandirent sur le quai, plus nombreux que l'inspecteur ne s'y attendait. Un instant, il craignit que l'intermédiaire ne lui glissât entre les doigts. Puis, soudain, il le vit passer près de lui. Ou plutôt, il la vit. Le messager était une messagère. Belle fille, très sexy même, pensa-t-il en l'observant. Dans les vingt-cinq ans, grande, cheveux noirs coupés à la Louise Brooks, jambes longues, rondeurs affriolantes, elle marchait avec l'élégance d'un mannequin. Mais elle faisait un tout autre métier. En réalité, elle était entraîneuse dans un night-club sur le lac de Varese et se laissait tripoter ou davantage par des industriels quinquagénaires qu'elle choisissait avec soin, tout en arrondissant ses revenus grâce au transport de cocaïne pour le compte de la pègre bolivienne. À ce que savait l'inspecteur Campagna, elle était française et les Boliviens l'avaient rencontrée dans une boîte de Toulon. C'étaient des trafiquants habiles et bien organisés, connus pour leur brutalité quand ils voulaient décourager leurs clients de les berner, mais il leur restait à apprendre à ne pas se faire remarquer. Ils claquaient leur pognon à pleines mains dans les boîtes de nuit, entretenaient des filles coûteuses auxquelles ils faisaient tester la qualité de leur marchandise et finissaient toujours par attirer l'attention des flics.

Dans une main, la jeune Française tenait une élégante pochette en crocodile, dans l'autre un petit sac de voyage. On n'aurait pas grand mal à trouver la cocaïne. Elle descendit l'escalier, suivie de l'inspecteur qui la désigna à ses collègues d'un rapide mouvement du menton. L'un d'eux fit une moue de contentement. Ce n'était pas tous les jours qu'on avait l'occasion de prendre en filature un aussi beau brin de fille.

La messagère monta dans un taxi, les trois policiers grimpèrent en voiture et le quatrième démarra. Elle se fit conduire à l'autre bout de la ville, où avait surgi de terre un nouveau lotissement de maisonnettes à un étage dont le style imitait vaguement les vieilles fermes de la campagne padouane. L'inspecteur se souvint avec nostalgie qu'autrefois ces quartiers n'étaient qu'une étendue de champs sillonnée de fossés d'irrigation riches en grenouilles dont les cuisses agrémentaient souvent le risotto préféré de sa grand-mère. Mais ces dernières années, la ville avait beaucoup changé, sans doute pas pour le meilleur. Trop d'étrangers. Trop de truands étrangers, surtout. L'inspecteur préférait la vieille pègre de Vénétie : avec elle, tout était plus simple.

La fille appuya sur une sonnette et prononça dans l'interphone son vrai prénom :

« Lise. »

La porte s'ouvrit automatiquement, et elle se retrouva aussitôt entourée de policiers. Elle comprit tout de suite ce qui se passait, pâlit, mais n'eut pas le temps de réagir. La main de Campagna se plaqua sur sa bouche tandis que les trois autres se ruaient à l'intérieur. L'inspecteur la prit par le bras et la poussa dans l'escalier, en haut duquel deux hommes au teint olivâtre étaient tenus en respect face au mur.

Lise les regarda, puis se tourna vers Campagna.

« Je suis prête à collaborer, dit-elle d'une voix assurée. La poudre est là, dans le sac. »

L'inspecteur ne put s'empêcher de lorgner son décolleté. La fille saisit son regard et lui sourit. Le message était clair : la « collaboration » pouvait prendre les formes qu'il voudrait pourvu qu'elle s'en tire à bon compte.

Le lendemain, dans les bureaux de la Brigade mobile, Giulio Campagna lisait le compte rendu de l'opération contre les Boliviens lorsque son portable sonna. Il reconnut tout de suite le numéro sur l'écran et ne prit pas la peine de répondre, car il savait qu'au bout de cinq sonneries le téléphone se tairait. Chacun de ses indicateurs avait un nombre attitré de sonneries pour prévenir l'inspecteur qu'il devait le rencontrer d'urgence. Cinq, c'était Giancarlo Ortis. Campagna referma le registre, prit son pistolet dans son tiroir, le glissa dans l'étui sous sa veste et sortit rapidement de son bureau.

La circulation était fluide à cette heure de la matinée. Il franchit le boulevard périphérique, traversa le faubourg de Prato del Valle, prit un raccourci le long des digues qui bordaient la Brenta et au bout d'une vingtaine de minutes atteignit la petite ville d'Abano Terme. Ortis l'attendait au bar d'un grand hôtel fourmillant d'Allemands et de Néerlandais attirés par les eaux de la vieille station thermale. Il reconnut deux ou trois gigolos qui cherchaient de la clientèle dans les établissements de la ville. Trois cents euros pour susurrer des douceurs à des étrangères sur le retour en quête de dernières fredaines. Ortis buvait un apéritif, et Campagna commanda un jus de tomate avec un peu de poivre. L'indic était un petit homme approchant la cinquantaine. Comme toujours, il portait un costume bien coupé et sa chemise était ouverte pour mettre en valeur une grosse chaîne en or. Manies de truands de la vieille école. Ortis avait purgé quelques peines pour trafic de drogue, et à présent gérait une pizzeria à la périphérie de Padoue avec sa femme, une ancienne prostituée qu'il avait rachetée à une bande de petits souteneurs. Campagna le tenait grâce à une histoire de cocaïne qui aurait pu le conduire derrière les barreaux pour une dizaine d'années. Trop, à son âge. Ortis savait que pour supporter la prison, il fallait être jeune et vaillant ou faire partie du gratin de la pègre, sinon les autres en profitaient. Surtout les jeunes Maghrébins. Même la taule n'était plus comme dans le temps. Ortis n'était pas enchanté d'être devenu un mouchard, mais c'était à ce prix qu'il avait pu choisir entre la liberté et la maison d'arrêt.

« Merci du tuyau, lui dit Campagna. Les Boliviens ont fermé boutique.

– Mignonne, la petite Française, pas vrai ?

– Bien roulée, oui. Et pas bête. On n'était pas encore rentrés qu'elle avait déjà déballé tout ce qu'elle savait. Elle s'en tirera avec trois fois rien.

– J'ai un problème, dit Ortis, changeant de ton.

– Je t'écoute.

– Un type est venu trouver ma femme. Un Croate.

– Rien d'étonnant, puisque ta femme est croate, l'interrompit Campagna.

– Ils sont originaires du même patelin. Mais lui, c'est un ancien militaire. Du mauvais côté, vous voyez ce que je veux dire…

– Purification ethnique et autres saloperies ?

– Exactement. Il a demandé à Dunja de louer un appartement sur la côte, à Jesolo pour être précis. Avec un garage. Il en a besoin pour deux mois, à ce qu'il dit.

– Et Dunja ?

– Elle a gagné du temps. Elle voulait refuser, mais ce type lui a fait peur.

– Et en quoi ça me concerne ?

– Je ne crois pas que ce soit un appartement pour des vacances. Il a quelque chose en tête, ce militaire. »

Campagna prit quelques cacahuètes dans la coupelle posée sur le bar et les glissa dans sa bouche l'une après l'autre, songeur. Ortis avait peut-être raison. Les Croates étaient assez actifs dans tout le Nord-Est de l'Italie. Rackets, trafics. Oui, souvent d'anciens militaires, ou même la mafia nationale, dangereuse et bien organisée. Et tous ces gens traversaient la frontière sans aucune difficulté.

« Le nom du visiteur ? »

Ortis prit un papier dans sa poche et le posa sur le bar. Campagna le prit.

« Je vais voir ce que je peux faire. »

Ortis secoua la tête, l'air désemparé.

« Le type repasse demain soir. Et il veut une réponse. »

Le policier écarta les bras.

« Creuse-toi la tête, Ortis, invente quelque chose. Dis à Dunja de gagner encore du temps.

– Dunja est tentée de faire ce qu'il demande. Elle a peur. Au pays, elle a encore ses parents et une sœur. »

Campagna se passa une main sur le front.

« Alors vous seriez complices, à supposer qu'il s'agisse vraiment d'une sale affaire.

– Vous pourriez nous couvrir.

– Ne dis pas d'âneries, Ortis. Sans l'accord de mes chefs, je ne peux rien faire du tout. Et pour le moment, je n'ai aucun élément pour enquêter. Faites ce que je vous dis, sinon vous risquez des ennuis. »

De retour au commissariat central, l'inspecteur s'assit devant son ordinateur et tapa le nom du Croate. Josip Persen. Il ne lui fallut que quelques minutes pour découvrir que l'homme avait quarante-neuf ans, qu'il avait été longtemps le meneur d'un club de hooligans supporters du Dinamo de Zagreb et s'était distingué par ses actes de violence. Puis la guerre avait éclaté et il s'était enrôlé dans un corps paramilitaire proche d'un parti d'extrême droite. On l'avait accusé de crimes de guerre, mais il s'en était sorti sans condamnation. Campagna imprima ces informations, puis se dirigea vers le bureau de Giorgio Veronesi, son chef de service. Par acquit de conscience, il lui expliqua la situation, mais, comme il s'y attendait, son supérieur lui dit d'attendre d'avoir quelque chose de concret. Il n'était pas exclu que le nommé Josip Persen voulût vraiment passer deux mois de vacances à Jesolo.

« Même les brutes épaisses prennent parfois des vacances », dit Veronesi.

Il savait bien qu'il venait de proférer une imbécillité, car lorsqu'une brute épaisse décide de prendre des vacances, elle ne va pas chercher une femme du même village pour qu'elle lui loue un appartement.

Mais Campagna garda le silence, se bornant à le regarder fixement. Ce jour-là, il n'avait pas envie de discuter. Veronesi était un policier d'une compétence indéniable, mais il n'avait jamais fait confiance aux indicateurs, surtout à Ortis. Plus d'une fois, il lui avait dit que l'ex-trafiquant était un petit malin qui s'arrangeait pour éviter la prison en lui refilant des informations sans intérêt. Le chef de service se plongea dans les paperasses éparpillées sur son bureau et Campagna l'envoya mentalement se faire foutre.

Quelques heures plus tard, il rentra chez lui et trouva sa mère dans la cuisine, en train de préparer le dîner. Il l'embrassa sur la joue et souleva le couvercle d'une des casseroles sur le feu en faisant un commentaire approbateur.

« Mais tu vas me faire grossir, ajouta-t-il en feignant l'indignation.

– Quelques kilos en plus, ça ne te ferait pas de mal. Tu es maigre comme un clou. »

Campagna passa une main sur son ventre plat.

« Et Ilaria ?

– Elle joue avec son grand-père. »

Campagna parcourut le couloir et entra dans la chambre de sa fille, qui lui sauta au cou dès qu'elle l'aperçut. À genoux par terre, son père se contenta d'un bonjour de la main. Il était trop occupé à la construction d'un robot en Lego.

« Maman a téléphoné, annonça Ilaria. Elle a dit qu'elle rentrait dans une semaine.

– Espérons, grommela le grand-père. Comme ça, je reprendrai ma vie tranquille de retraité. »

Campagna sourit. Son père se plaignait, mais attendait toujours avec impatience que le travail de Gaia, sa femme, l'oblige à s'absenter pour se consacrer à plein temps à sa seule petite-fille.

Il passa dans sa chambre pour se changer et appeler Gaia.

« Alors, tu dois rester une semaine de plus ?

– Ilaria a ses grands-parents pour s'occuper d'elle, répondit sa femme froidement. Et tu peux t'amuser avec l'une ou l'autre de tes putains toxicomanes sans m'avoir sur le dos.

– Bon sang, Gaia, ne recommence pas avec ces conneries ! »

Elle ne dit rien et se borna à interrompre la communication sur un au revoir expéditif. Sa femme ne lui pardonnait pas d'avoir été accusé de violences sexuelles par une petite dealeuse d'ecstasy, un an plus tôt. Celle-ci, une donzelle de bonne famille, fille d'un universitaire de renom, avait raconté qu'elle s'était tirée d'affaire en échange d'une « gâterie » sur le parking d'une discothèque. L'enquête interne l'avait blanchi, mais Gaia avait cru quand même à la version de la fille. Parce qu'elle le connaissait trop bien.

Gaia était architecte paysagiste et s'occupait de concevoir des jardins. Elle avait du talent et on la réclamait un peu partout. Cette fois, il s'agissait d'un parc dans une petite ville de Toscane. Depuis l'affaire de la dealeuse d'ecstasy, elle cherchait des missions toujours plus éloignées ; Campagna savait bien qu'ils finiraient par se séparer, mais il s'inquiétait pour leur fillette. Et pour lui-même. La vie de père divorcé ne lui disait rien.

Il retourna dans la cuisine avec une expression pensive que sa mère ne manqua pas de remarquer.

« Tu ne fais rien pour arranger les choses, le gronda-t-elle.

– Maman, je t'en prie ! Assez avec ces histoires.

– Un mariage, ça ne tient pas debout tout seul, Giulio. Il faut se donner un peu de mal. »

C'est bien le problème, songea Campagna. Est-ce que j'ai l'énergie qu'il faut pour me donner du mal ?

Le lendemain, il se présenta à la Direction des enquêtes antimafia et prononça le nom de Josip Persen en demandant si l'on avait remarqué des allées et venues récentes de mafieux ou de délinquants croates dans la région. Le fonctionnaire âgé auquel il s'adressa éclata de rire.

« Des allées et venues ? Ils nous font passer sous le nez des camions chargés d'armes tous les jours, dimanches compris. Mais votre Persen… Non, on ne connaît pas. »

Et pourtant, Campagna n'était pas tranquille. Il connaissait Ortis de longue date et savait que son flair de malfrat consommé ne le trahissait pas souvent. Le soir, avant de partir, il frappa à la porte de la commissaire Amelia Di Natale.

« Si on sortait manger quelque chose ? », proposa-t-il.

Elle ôta ses lunettes et le regarda fixement. Amelia était une jolie femme dont l'ex-mari, policier aussi, s'était fait muter loin de Padoue et qui n'avait jamais caché une sympathie marquée à son égard.

« Tu veux dire que tu m'invites ?

– Dans une pizzeria, c'est tout. Il faut que je voie ce qui s'y passe. »

Elle se mit à rire.

« Et moi qui m'imaginais des choses ! » Elle prit son sac. « D'accord, du moment que tu paies, je te suis. »

Le petit établissement d'Ortis était bondé. Les deux policiers s'étaient installés à une table d'où ils pouvaient voir la porte d'entrée et celle de la cuisine. L'indic avait fait semblant de ne pas les reconnaître quand il avait pris leur commande, deux pizzas à la mozzarella. Mais au moment où deux types étaient entrés et s'étaient dirigés d'un pas résolu vers la cuisine, il s'était arrangé pour croiser le regard de l'inspecteur et lui faire comprendre que le Croate était de retour.

Campagna les scruta de son œil expérimenté. Josip Persen devait être le plus âgé, l'autre n'avait que trente ou trente-cinq ans. Ils avaient les cheveux en brosse et le plus jeune arborait de longs favoris taillés au rasoir et une boucle d'oreille. Visiblement des durs. D'emblée, l'inspecteur eut la conviction qu'Ortis ne se trompait pas. Ces deux-là n'avaient pas l'intention de passer de tranquilles vacances au bord de l'Adriatique.

Amelia s'était aussitôt aperçue de l'intérêt de son collègue pour les deux nouveaux arrivants, mais sans faire de commentaire. Cette enquête n'était pas la sienne et si elle se trouvait là, c'était seulement parce qu'un couple éveillait moins la suspicion. Giulio Campagna avait vraiment trop l'air d'un flic et, tout seul, n'aurait dupé personne.

Josip et l'autre homme ressortirent de la cuisine quelques minutes plus tard. Leur expression contrariée semblait indiquer qu'ils n'avaient pas encore obtenu ce qu'ils voulaient. Campagna attendit que la porte se fût refermée et les suivit hors de la pizzeria, puis reparut quelques instants plus tard.

« Tu as pu relever le numéro de la plaque ? demanda sa collègue.

– Non. Une Mercedes les attendait, sombre, avec le moteur allumé. Elle a filé tout de suite.

– Merde », marmonna Amelia.

L'inspecteur haussa les épaules.

« Ça n'a peut-être pas d'importance. Tu sais, je ne mène pas une enquête à proprement parler…

– Un soupçon d'instinct et une montagne de scrupules, c'est ça ? plaisanta sa collègue.

– Exactement.

– Tout à fait le genre d'initiative que déteste notre chef bien-aimé. Veronesi est un bon flic, mais trop asservi aux schémas classiques.

– Un con, en somme. »

Tandis qu'il raccompagnait Amelia chez elle, son portable sonna cinq fois. Elle comprit tout de suite.

« Je ne peux même pas te proposer de monter boire un verre », soupira-t-elle, déçue.

Ortis l'attendait sur le parking d'un supermarché, complètement désert à cette heure tardive.

« Qui est-ce, l'autre ? demanda Campagna.

– Jamais vu, répondit l'indic. Croate aussi. Il a dit qu'il s'appelait Zoran.

– Ils faisaient une sale tête en sortant.

– Ils étaient furieux, vous voulez dire ! Dunja leur a dit qu'elle avait besoin de réfléchir et Josip l'a plutôt mal pris. Il repassera demain dans la journée.

– Eh bien, cette fois, qu'elle leur dise qu'elle est d'accord. Et même, qu'au cas où il y aurait quelque chose à gagner, vous êtes prêts à vous démener un peu.

– Je ne crois pas que ce soit une bonne idée…

– Réfléchis, Ortis. Ces types sont sur un coup, ils sont pressés de passer à l'action et ils n'ont personne d'autre à qui s'adresser. Sinon, ils n'insisteraient pas autant.

– Ça ne me plaît pas. Beaucoup de risque et pas grand-chose à y gagner. »

Le ton du policier se fit plus dur.

« Tu y gagnes de rester en liberté. Envers moi, tu as une dette que rien ne peut effacer, Ortis. Mets-toi bien ça dans la tête. »

« Tu n'avais aucune autorisation, siffla Veronesi. Il fallait m'en parler d'abord !

– Je t'en ai parlé, mais tu n'as pas voulu m'écouter.

– Je suis ton chef de service et tu es censé me respecter.

– Calme-toi. Je n'ai encore rien fait, à part encourager un peu les Croates. Dunja louera l'appartement et nous n'aurons qu'à le surveiller.

– Qui, nous ? Nous n'avons rien qui justifie une enquête.

– Je les ai vus en face. Deux criminels, je t'assure. Je le sens, je suis flic depuis assez longtemps.

– Tu sais à quel point le préfet de police se fout de ton intuition ?

– Mais toi, tu sais que tu peux te fier à moi. Reconnais-le.

– Giulio, tu as fait une connerie. Et c'est tout ce que j'en dirai jusqu'à ce que tu m'apportes quelque chose de concret. »

Campagna secoua la tête. Veronesi savait se montrer insupportable quand il s'enfermait dans un rôle de bureaucrate. Il retourna à son bureau et fit une recherche par ordinateur sur Zoran, mais ne trouva rien.

Ce soir-là, il rencontra de nouveau Ortis. L'indicateur était tendu, préoccupé.

« Je te vois plus souvent que ma fille, observa le policier.

– Ils ont changé d'avis, coupa court Ortis. Ils ne veulent plus d'appartement. Josip a dit qu'ils se serviront de l'entrepôt de la pizzeria. »

L'attention de Campagna s'aiguisa.

« Quand ?

– Sais pas. Ils nous feront signe le moment venu.

– Qu'est-ce qu'ils vous ont dit d'autre ?

– Rien. Seulement qu'ils nous paieront pour le dérangement.

– Combien ?

– Pas grand-chose.

– Ortis, ne joue pas avec ma patience ! Combien ?

– Cinq mille.

– Eh bien, voilà. En fin de compte, tu as même réussi à te faire payer, ironisa le policier. Dès que tu as de leurs nouvelles, appelle-moi. »

Campagna se montra à la porte du bureau d'Amelia.

« J'ai besoin d'aide.

– Encore une pizza dans ce boui-boui ?

– Il faut que je trouve ces types de la dernière fois. Deux Croates qui sont peut-être dans un hôtel du quartier. »

Amelia le regarda de travers.

« Veronesi est au courant ?

– Non. Et il ne serait pas d'accord. »

Amelia leva les yeux au ciel.

Ils renoncèrent après deux heures de recherche. Josip et Zoran ne séjournaient dans aucun hôtel.

« Ils doivent avoir un appartement, dit Amelia.

– Alors, pourquoi ont-ils besoin de l'entrepôt d'Ortis ? »

L'indicateur lui fit de nouveau signe le surlendemain, et ils se rencontrèrent à l'hôtel d'Abano Terme comme la première fois. Ortis semblait plus sombre que jamais. Ce matin-là, il ne s'était pas rasé.

« Qu'est-ce qui s'est passé ? demanda Campagna.

– Ils sont venus hier soir, juste après la fermeture. Ils ont déchargé quelques caisses d'un fourgon et Zoran s'est enfermé dans l'entrepôt. Il ne m'a même pas laissé prendre des bières pour le bar. Et puis, ce matin, un autre camion est arrivé et les caisses ont disparu.

– Pourquoi tu ne m'as pas appelé ?

– J'ai eu peur. S'il s'était passé quelque chose, ils auraient tout de suite compris que c'était moi qui avais mouchardé.

– Tu as noté le numéro des plaques ? »

Ortis secoua la tête.

« Et l'argent ?

– Ils m'ont laissé une enveloppe dans l'entrepôt.

– À ton avis, qu'est-ce qu'il y avait dans ces caisses ?

– Elles étaient très lourdes. Je jurerais que c'étaient des armes. »

Campagna finit son jus de tomate.

« Écoute-moi bien. La prochaine fois, appelle-moi. Je veux seulement suivre le chargement. Si tu ne le fais pas, je vais trouver le juge avec cette vieille histoire de coke et je t'envoie au trou. »

Sur le chemin du retour à Padoue, son portable sonna. Le commissariat central. Son chef de service voulait lui parler.

Veronesi n'était pas seul. Dans son bureau se trouvaient trois bonshommes qu'il n'avait jamais vus, mais qui avaient l'air de flics. Des carabiniers, supposa Campagna. Non, ils étaient de la Brigade financière. Du Gico, pour être précis : le Groupe d'investigation contre le crime organisé. Son chef alla droit au but :

« Tu interfères dans une opération de nos collègues ici présents. Ils sont venus te demander de rompre tout contact avec Ortis.

– Mais c'est mon indic, protesta l'inspecteur.

– Plus maintenant, répondit un des trois hommes. À partir d'aujourd'hui, c'est le nôtre.

– Il me fait confiance.

– Il nous fera confiance aussi », dit un autre.

Campagna regarda le chef de service, espérant son aide.

« Qu'est-ce qui nous empêche de collaborer ? Je garderais le contact avec Ortis et je passerais les informations au Gico.

– Ce n'est pas comme ça que les choses se passent, tu le sais bien, coupa Veronesi.

– Puis-je au moins savoir de quelle opération il s'agit ?

– Quand nous en aurons terminé, nous tiendrons une conférence de presse, comme d'habitude », répondit l'homme qui s'était tenu coi jusque-là.

Veronesi dit au revoir à ses trois collègues, puis sermonna vertement Campagna. Il lui parla même de sanctions, mais l'inspecteur savait que c'étaient des menaces en l'air : lui aussi était vexé, très vexé même, que le Gico lui eût soufflé une enquête sous le nez. Même s'il ne l'avait pas autorisée.

Dans les jours qui suivirent, Ortis appela à plusieurs reprises, mais Campagna s'abstint de répondre. Il ne le pouvait pas. Et en souffrait. Non qu'il se souciât beaucoup des heurs et malheurs d'Ortis, mais il était convaincu qu'un bon policier ne doit jamais trahir la confiance d'un indicateur.

Il en parla à Amelia, qui se contenta de hausser les épaules.

« Je n'ai jamais eu affaire à des indics, mais à ta place je ne m'inquiéterais pas tant. Ces gens-là sont des crapules qui balancent pour de l'argent ou pour éviter la prison.

– Donc, tu es de l'avis de Veronesi. Mais vous vous trompez tous les deux. Sans ces crapules, comme tu dis, il y a beaucoup d'affaires que nous ne résoudrions jamais. Ils nous sont très utiles et il est difficile d'en trouver de bons », avait-il répondu, piqué.

Et puis, pendant un mois, il ne se passa rien. Ortis était sorti de ses pensées, Veronesi avait fini par l'absoudre. Avec Gaia, en revanche, il avait eu plusieurs disputes. La faute à un architecte qui téléphonait un peu trop souvent, y compris le soir chez eux. Ilaria sentait les choses et devenait nerveuse et irascible. D'un commun accord, ils avaient décidé de s'obliger au calme et de définir un parcours de séparation qui éviterait de traumatiser l'enfant.

Un samedi après-midi, Campagna se trouvait dans un hypermarché avec sa femme et sa fille et poussait avec lassitude un chariot débordant de denrées et de produits d'entretien, tandis qu'Ilaria courait entre les rayons et revenait les bras chargés de friandises. Son portable sonna, et il espéra que ce fût le commissariat. Il n'en pouvait plus de ce rite hebdomadaire des courses monstres. C'était Amelia. Ce jour-là, elle était de permanence.

« Il va peut-être falloir que tu viennes, dit-elle.

– "Peut-être" ?

– On ne sait pas encore si l'affaire est de notre ressort, même si nous connaissons les deux morts qu'on a trouvés.

– Quels morts ?

– Ortis et sa femme. »

C'étaient deux dames d'une quarantaine d'années qui avaient découvert les cadavres. Pour se maintenir en forme, elles faisaient chaque matin du jogging le long de la digue d'un canal et se rendaient trois fois par semaine dans une salle de gymnastique. Elles portaient des chaussures et des tenues de sport à la dernière mode et semblaient sèches comme des pruneaux.

Leurs cheveux coiffés dans des salons coûteux étaient retenus par des barrettes griffées, leurs ongles très soignés et, toutes deux divorcées, elles cherchaient frénétiquement un bon parti. En l'espace de cinq minutes, elles avaient réussi à raconter tout cela à Amelia, qui était douée pour amener les gens à raconter leur vie.

Quand elles avaient remarqué les corps, la plus vive des deux avait appelé les urgences de la police, et Campagna, maintenant, observait le travail de ses collègues de la Scientifique. Photos, prélèvements. Mais son regard d'expert avait déjà assimilé la scène. La position des cadavres, les deux douilles retrouvées à côté parlaient d'ailleurs d'elles-mêmes. Sous la menace d'armes à feu, on les avait conduits là en voiture, puis on les avait fait s'agenouiller avant de leur tirer la classique balle dans la nuque.

« Une exécution, dit Veronesi, qui venait d'apparaître à son côté.

– Oui, commenta l'inspecteur, laconique.

– J'ai déjà prévenu toutes les autorités, poursuivit le chef de service en désignant un juge qui parlait avec le médecin légiste. Quand les prélèvements seront terminés, nous ferons un saut au Gico, qui a l'intention de passer à l'action, si j'ai bien compris. Avec ce double meurtre, les choses vont s'accélérer. »

Campagna lui mit une main sur l'épaule et serra.

« Tu aurais mieux fait de m'écouter, murmura-t-il durement. Ortis et sa femme ne seraient pas morts et nous aurions chopé les Croates la main dans le sac.

– Fous-moi la paix avec ça ! cria Veronesi. Et lâche mon épaule. »

Tout le monde se tourna pour regarder. Campagna alluma une cigarette.

Les groupes d'intervention spéciale de la Brigade financière se mirent en action dès la nuit suivante. À l'échangeur autoroutier de Mestre, ils bloquèrent un semi-remorque qui, sous une couche de matelas, dissimulait plusieurs caisses de Kalachnikov et d'explosifs destinés à la *'ndrangheta*, la mafia calabraise, et, à la même heure, firent irruption dans trois appartements, arrêtant une dizaine de personnes. Le lendemain matin, lors d'une conférence de presse, quelques officiers entourés d'agents cagoulés rendirent compte de ces opérations. Après un long et patient travail d'infiltration, le Gico était parvenu à démanteler un gang de bandits croates spécialisés dans le trafic d'armes. Leur chef était sans conteste le nommé Josip Persen, mais il avait réussi à s'enfuir avec son second Zoran Bakocevič et trois autres complices. Sur Ortis et sa femme, pas un mot. Il fallait s'y attendre, se dit Campagna en suivant la conférence sur une chaîne de télévision régionale.

Il ne s'attendait pas, en revanche, à ce qu'un des trois hommes du Gico rencontrés dans le bureau de Veronesi vienne frapper à sa porte.

« Le procès-verbal n'est pas encore prêt, dit-il.

– Je suis venu vous parler », annonça l'homme. Il lui tendit la main. « Commandant Ernesto Fiore. »

L'inspecteur l'invita à s'asseoir. Son collègue de la Financière avait le physique imposant et l'attitude des groupes d'intervention spéciale.

« C'est moi qui ai maintenu le contact avec Ortis, expliqua-t-il. Je tenais à vous dire que je me suis montré prudent. Ce n'est pas moi qui l'ai grillé.

– Qui, alors ?

– Aucune idée. Il s'est peut-être trahi tout seul. En essayant de jouer un jeu trop dangereux. Ortis était du genre à vouloir gagner de l'argent quoi qu'il arrive et par tous les moyens.

– Vous savez qui les a exécutés ?

– Oui. Un des types arrêtés a commencé à parler. C'est Josip qui a tiré. Avec lui, il y avait Zoran, Mate Mihanovič et deux autres dont nous ne connaissons que les noms.

– Le groupe qui est en cavale.

– Le groupe de feu. Tous d'anciens paramilitaires bien entraînés. »

Campagna chercha en quels termes poser la question qui lui trottait dans la tête depuis le début de l'entretien.

« Je vous remercie pour l'amabilité de cette visite… »

Le commandant l'arrêta d'un geste de la main.

« Si je suis venu vous voir, c'est pour un motif très simple. Je ne voulais pas que vous me croyiez incapable de gérer les contacts avec un indic.

– Je ne l'ai jamais pensé.

– Tant mieux, ça me fait plaisir. »

Fiore lui serra la main et se dirigea vers la porte, puis il sembla se raviser et ajouta :

« Je ne devrais sans doute pas vous le dire, mais nous sommes convaincus que Josip et ses comparses n'ont pas abandonné la région. »

L'inspecteur fut soudain plus attentif.

« Qu'est-ce qui vous fait penser ça ?

– Celui qui collabore nous a dit qu'ils étaient aussi recherchés par la mafia croate. De vieilles bisbilles qui se sont envenimées et ont abouti à de vraies condamnations à mort. Il est donc très peu plausible qu'ils aient repassé la frontière.

– Mais la mafia croate est aussi solidement implantée en Vénétie.

– Au dire du repenti, ils ne sont que de passage. Ils veulent se faire un peu d'argent avant de partir s'installer au Canada.

– Et maintenant, ils sont à sec…

– Selon nos calculs, ils ont tout juste de quoi se cacher pendant deux semaines, à peu près. Ensuite, il faudra qu'ils trouvent des fonds. Ça coûte cher d'être en cavale. »

Le commandant sourit et s'en alla. Campagna souriait aussi. Le message était clair.

Alors qu'il réfléchissait à ce qu'il venait d'apprendre, Veronesi l'appela et l'informa que la sœur de Dunja Ortis venait d'arriver pour l'identification du corps et son transfert en Croatie.

« Elle t'attend à la morgue, dit-il.

– Il faut que ce soit moi qui y aille ?

– Tu veux que je t'envoie un ordre par écrit ? »

Mara Sabič était une jolie femme d'environ trente-cinq ans, pas très grande mais bien proportionnée, avec un visage aux traits délicats et un sourire timide.

« Inspecteur Giulio Campagna, se présenta-t-il en lui tendant la main. Je suis désolé pour votre sœur.

– Elle avait fui la Croatie pour échapper à la mort, dit la jeune femme en bon italien. Tout ça pour se faire tuer par d'autres Croates.

– Où avez-vous appris à parler si bien notre langue ?

– Je suis infirmière. Pendant la guerre, j'ai travaillé pour un hôpital de la Croix-Rouge italienne. »

Un employé les conduisit jusqu'au local où était conservée la dépouille de Dunja. Mara se montra forte et digne. Elle caressa légèrement le visage de sa sœur et dit :

« Oui. C'est bien elle. »

Campagna l'aida à remplir le dossier pour le transfert du corps. Après quoi, il insista pour lui offrir un café. En réalité, il voulait l'interroger mais aurait trouvé cruel de l'emmener au commissariat en un pareil moment. Il tira de la poche de sa veste les photos de Josip Persen, de Zoran Bakocevič et de Mate Mihanovič.

« Vous les connaissez ? »

Elle fit oui de la tête.

« Tous les trois. Ils sont du même village que nous.

– Qu'est-ce que vous pouvez m'en dire ?

– Des fanatiques du football qui sont devenus ensuite des fanatiques de la politique. Des ultra-nationalistes. De vrais sales types. Ils ont fait du mal à beaucoup de gens.

– Pourquoi se sont-ils adressés à votre sœur ?

– Au pays, on savait qu'elle avait eu des rapports avec la pègre et qu'elle n'aimait pas beaucoup la police. »

Campagna remit les photos dans sa poche.

« Nous espérons les arrêter rapidement, dit-il. Dès que nous aurons du nouveau, je vous préviendrai.

– Je ne rentre pas en Croatie, répondit Mara en secouant la tête d'un air résolu.

– Pourquoi ?

– Je veux aider la police à arrêter les assassins de ma sœur.

– Je comprends votre colère et votre chagrin, mais vous ne pouvez pas collaborer à l'enquête. Je vous assure que je ferai tout mon possible. Faites-moi confiance.

– Alors, je me débrouillerai toute seule. »

Campagna s'impatienta.

« Eh bien ! Faites comme il vous plaira. »

Il paya les cafés et s'éloigna du bar sous le regard de la jeune femme.

Deux jours plus tard, il fut réveillé au milieu de la nuit. C'était encore Amelia.

« Qu'est-ce qui se passe ? demanda l'inspecteur en regardant l'heure.

– Un coup de filet chez les prostituées. Il y en a une qui n'a pas de papiers et qui prétend qu'elle te connaît. »

Il se leva, et sa femme le gratifia d'un commentaire peu amène sur son fichu métier. Un instant, Campagna fut tenté de lui répondre, mais il y renonça.

« À partir de demain, je dormirai sur le divan. Comme ça, je ne te dérangerai plus.

– Ce sont tes collègues qui me dérangent. Je parie que c'était encore cette Di Natale.

– Occupe-toi de ton architecte et laisse Amelia tranquille. Elle m'appelle exclusivement pour des raisons de travail. »

Une heure plus tard, d'une humeur noire, il cntra dans le couloir des cellules du commissariat en buvant un café dans un gobelet en plastique. Comme toujours après les rafles de filles, une grande confusion régnait. Amelia, fatiguée par ses longues heures de travail, s'efforçait de rétablir l'ordre. Quand elle aperçut l'inspecteur, elle lui indiqua une cellule.

« Mara ! », s'écria-t-il, interloqué, en voyant la jupe très courte et le maquillage outrancier de la jeune femme.

À haute voix, elle l'insulta en croate. Exaspéré, l'inspecteur appela un agent pour la faire sortir de la cellule, puis la prit par un bras et l'emmena dans son bureau. Mara avait une attitude indignée.

« Maintenant, nous allons te faire un bel avis de reconduite à la frontière et te réexpédier chez toi », siffla le policier d'un ton agressif.

Mara eut un rire bref.

« Je ne suis pas une putain. Je cherchais quelqu'un.

– Fagotée comme ça ?

– Je ne voulais pas qu'on me remarque.

– Tu t'es fait si peu remarquer que tu as fini dans le panier à salade !

– Crois-moi. S'il te plaît.

– Peut-on savoir qui tu cherchais ?

– Si je te le dis, tu ne me renverras pas en Croatie, d'accord ?

– Ça dépend. Essaie d'abord de me prouver que tu ne faisais pas le trottoir.

– L'ancienne fiancée de Zoran se prostitue dans ce quartier. Je suis sûre qu'il lui a demandé de l'aide. »

Campagna fut de nouveau interloqué.

« Et pourquoi ne me l'as-tu pas dit quand nous nous sommes vus à la morgue ?

– Tu n'as pas voulu que je me mêle de quoi que ce soit ! »

L'inspecteur la regarda fixement quelques instants.

« D'accord, dit-il. Maintenant, je veux bien. Comment s'appelle-t-elle ?

– Je ne sais pas. Elle était d'un village voisin. Mais je me la rappelle très bien. »

L'inspecteur sortit de la pièce et en revint avec un album de photographies signalétiques. Mara se mit à le feuilleter, observant chaque visage avec soin. Il faisait déjà jour quand elle repéra le bon.

« Voilà. C'est elle ! »

Campagna découvrit une blonde peroxydée au visage rond et aux yeux sombres. Elle s'appelait Ranka Zadro. Il appela aussitôt ses collègues de la Mondaine, qui lui apprirent que la femme s'était installée à Mestre depuis quelques mois.

Il alla en discuter avec Veronesi, puis revint et dit à Mara de ne pas quitter le commissariat. Il comptait revenir très bientôt.

Amelia conduisait vite. À côté d'elle était assis le chef de service, qui expliquait dans son portable la situation au sous-préfet de police de Mestre. Campagna, à l'arrière, parlait avec sa femme.

« Écoute, je ne pourrai pas aller chercher Ilaria à l'école. Je suis pris pour la matinée », murmura-t-il afin de ne pas se faire entendre de son supérieur.

Il écouta les protestations de Gaia pendant quelques instants, puis, faute de pouvoir parler librement, coupa la communication.

Elle le fait exprès, pensa-t-il. Elle le sait bien, que Veronesi ne supporte pas les conversations d'ordre privé pendant le service.

De fait, le chef maugréa un commentaire, mais Amelia et lui firent mine de ne rien entendre. La voiture quitta l'autoroute, emprunta la bretelle et entra dans Mestre. Le rez-de-chaussée qu'habitait Ranka Zadro se trouvait dans un immeuble à proximité de la gare. Quand ils arrivèrent, ils découvrirent leurs collègues de Mestre déjà postés aux alentours.

« Il y a quelqu'un dans l'appartement, les informa un commissaire en civil, mais ce n'est pas la fille. Nous l'avons interceptée alors qu'elle rentrait après le boulot. »

Ranka était assise dans une voiture sous la garde d'une femme-agent. Campagna alla ouvrir la portière.

« Qui est chez vous ? Zoran ? »

La fille éclata en sanglots et fit oui de la tête.

« Il est seul ?

– Je ne sais pas. »

L'inspecteur rejoignit ses collègues qui se disposaient à faire irruption dans l'appartement.

« Pas de doute, c'est Zoran. Peut-être seul.

– Ne prenons rien pour argent comptant, répliqua Veronesi. Ces types sont armés et dangereux. »

Un officier aux cheveux blancs, l'air expérimenté, fit observer que plus ils attendraient, plus celui ou ceux qui se trouvaient à l'intérieur risqueraient de s'apercevoir de leur présence. Auquel cas, il faudrait assiéger l'immeuble avec toutes les négociations compliquées que cela entraînerait et beaucoup de risques en plus.

Ils se divisèrent en deux équipes et se préparèrent à l'assaut. Campagna et Amelia entrèrent les premiers dans le petit hall. La porte n'était pas blindée et céda sans problème.

« Police ! », cria Campagna.

Il se trouva devant Zoran qui glissait un chargeur dans une mitraillette Skorpion. Le canon était pointé vers le plafond.

« Jette ça par terre ! », cria-t-il tandis que son index se crispait déjà sur la détente de son arme. Un coup, deux coups dans la poitrine. Le Croate était mort avant même de tomber à terre.

« Il m'a obligé, se justifia l'inspecteur. Il n'a pas voulu se rendre. »

Veronesi prit la mitraillette de la main de Zoran et acheva de la charger.

« Tu as bien fait. Il t'aurait tué », dit-il d'un ton neutre.

Amelia le prit par le bras et l'entraîna hors de l'appartement.

« Tu veux un café ? »

L'inspecteur secoua la tête.

« C'est la deuxième fois que j'abats un homme. La première, c'était au temps où j'étais encore dans une patrouille volante.

– Le cambrioleur. Je m'en souviens. Il t'avait tiré dessus.

– Je sais. Quoi qu'il en soit, je me sens minable.

– Et tu n'as pas tort. Tu t'es un peu précipité, à mon avis. »

Campagna la regarda droit dans les yeux. Elle sourit.

« Ne t'inquiète pas, dit-elle avec douceur. Dans le rapport, j'écrirai qu'il t'avait en ligne de mire. »

À ce moment, Veronesi apparut et lui fit signe de rentrer. Dans une pièce, leurs collègues avaient trouvé du matériel intéressant. Campagna passa près du cadavre de Zoran sans lui accorder un regard.

Sur la table de la cuisine était renversé le contenu d'un sac de sport. Des armes, des munitions, des cagoules, des talkies-walkies ; mais ce qui avait surtout attiré l'attention des policiers était deux paires de menottes, et puis des chaînes, des cadenas, du chloroforme, des seringues et des sédatifs. La panoplie du parfait kidnappeur. Veronesi ordonna à deux agents d'aller chercher la fille. Quand elle vit le cadavre de son ex-fiancé, Ranka se mit à pousser des cris, mais les policiers la firent asseoir devant le sac renversé et les objets et lui offrirent un verre d'eau. Il fallait profiter du moment de faiblesse provoqué par la vue de son cher Zoran étendu. Elle réagit exactement comme ils s'y attendaient et au moment voulu, Amelia fit sortir tout le monde, s'assit en face d'elle, lui offrit une cigarette et commença à l'interroger d'une voix calme. Ranka parla, elle dit tout ce qu'elle savait. Ce n'était pas grand-chose, mais assez pour alarmer les policiers.

« Elle ne sait pas où se cachent Josip et les autres, rapporta Amelia. Zoran lui a seulement raconté qu'ils projetaient l'enlèvement d'un industriel de la région.

– Un enlèvement ? répéta Campagna. Mais ces types sont tous en cavale, ils n'ont ni appuis ni rien de ce qu'il faut pour gérer de longues tractations.

– Mais il ne s'agit pas d'un enlèvement ordinaire, expliqua Amelia. Ils veulent kidnapper un industriel qui recycle de l'argent sale pour le compte de la mafia croate.

– Comme ça, il n'y a personne pour le dénoncer, marmonna l'inspecteur. Elle t'a dit qui c'était, l'industriel en question ?

– Malheureusement non. Sur ce point, Zoran n'a pas dit un mot. »

Campagna, Veronesi et Amelia regagnèrent Padoue, laissant aux collègues de Mestre le soin de poursuivre l'interrogatoire de Ranka au cas où elle se rappellerait autre chose. Les policiers savaient qu'il suffit parfois d'un détail pour venir à bout d'une affaire.

« Nous pouvons retourner à nos dossiers, commenta le chef de service. L'enquête, c'est le Gico qui s'en débrouillera. »

Campagna s'éclaircit la voix.

« Peut-être que pour vingt-quatre heures, au moins, nous pourrions nous démener un peu. »

Veronesi se tourna.

« Giulio, je commence à te connaître. Qu'est-ce que tu as derrière la tête ?

– Cette bande a une caractéristique : tous ses membres viennent du même coin. Zoran s'était réfugié chez son ancienne fiancée. Je suis sûr qu'en suivant cette piste, nous pourrions dénicher Josip et ses copains.

– En cherchant les patelins d'origine de tous les délinquants croates de Vénétie ? Hors de question. Nous n'avons ni le temps ni les effectifs.

– C'est vrai, répliqua l'inspecteur, mais nous avons Mara, la sœur de Dunja Ortis. Elle sait qui est en cavale dans la région et elle pourrait nous renseigner sur les réseaux. »

Veronesi eut un sourire suffisant.

« D'accord. Amelia et toi, vous n'avez qu'à suivre cette piste. Et si elle donne des résultats, nous transmettons aux collègues du Gico, c'est compris ? »

Mara était de nouveau en cellule.

« Elle a essayé de filer, expliqua un agent.

– J'en avais marre d'attendre, se justifia la jeune femme. Je voulais rentrer à mon hôtel et me changer. Je suis encore attifée comme une pute. »

Campagna et Amelia l'accompagnèrent à l'hôtel. Quand Mara redescendit dans le hall, elle portait un tailleur de coupe légèrement démodée et avait effacé jusqu'à la moindre trace de maquillage.

« Tu es mieux comme ça, approuva l'inspecteur.

– J'ai faim, dit Amelia. Une faim de loup ! »

L'heure du déjeuner était passée depuis longtemps et les deux femmes durent se contenter d'un sandwich. Campagna, lui, n'avait pas faim. Il espéra que son jus de tomate éliminerait le goût amer qu'il avait dans la gorge depuis quelques heures.

« Zoran est mort », dit-il d'une voix lasse. Puis il éprouva le besoin de se justifier et ajouta : « Il m'a obligé à tirer. »

Mara continua de mâchonner son sandwich au jambon, puis elle dit :

« Ça me fait de la peine pour sa mère. Une brave femme. Mais lui, c'était une bête féroce. Il n'avait pitié de personne. Même de Dunja, alors qu'il la connaissait depuis l'enfance. »

Au souvenir de sa sœur, elle se mit à pleurer et Amelia lui caressa la tête d'un geste affectueux.

« Nous savons que c'est Josip qui a appuyé sur la détente, dit-elle. Il faut que nous l'arrêtions. Sinon, pour ta sœur, justice ne sera jamais faite.

– Et nous avons besoin de ton aide, ajouta Campagna. Nous voulons vérifier si dans la région vivent des amis ou des parents de truands en cavale.

– Au pays, tu connais tout le monde, précisa Amelia. Peut-être qu'en téléphonant sous un prétexte ou un autre tu pourrais découvrir quelque chose par des amis, des connaissances. »

Mara la regarda droit dans les yeux.

« Mais ensuite, je ne pourrais plus jamais rentrer. Les familles se vengeraient. »

Les deux policiers échangèrent un coup d'œil. C'était un aspect de la démarche auquel ils n'avaient pas songé.

« Tu as raison, reconnut Campagna. Laissons tomber. »

Mara resta quelques instants silencieuse et pensive. Puis :

« Si Josip s'en tirait, je ne me le pardonnerais jamais, dit-elle d'un ton résolu. Donc, je resterai ici. Après tout, je suis une bonne infirmière et je suis sûre de trouver du travail.

– Ne décide rien dans la précipitation, dit Amelia. Nous sommes policiers, ton aide nous est utile. Mais c'est toi qui joues ton avenir.

– Si je le fais, c'est pour Dunja, rétorqua-t-elle avec force. Je n'ai pas d'autre sœur. »

Quand ils regagnèrent le commissariat, Campagna fut appelé dans le bureau de Veronesi. Deux fonctionnaires l'attendaient pour l'enquête sur les coups de feu qui avaient tué Zoran. Rien de surprenant, cela faisait partie de la procédure. Les deux hommes se montrèrent aimables mais pointilleux. Veronesi le soutint comme un vrai chef qui apprécie ses hommes. Amelia fut appelée aussi et déclara que l'inspecteur n'avait pas eu d'alternative. C'était lui ou Zoran.

Mara passa l'après-midi et la soirée au téléphone. Elle parla avec plusieurs personnes, dont le curé de la paroisse et une ancienne camarade d'école qui travaillait maintenant à l'État civil de la commune. Mais à la fin, elle ne put suggérer qu'un nom : Antun Zajič, un homme de cinquante-cinq ans qui s'était installé au début des années quatre-vingt à San Donà del Piave, une petite ville à une trentaine de kilomètres à l'est de Mestre et Venise, où il tenait un commerce de vins.

Campagna et Amelia étaient trop fatigués pour entamer des recherches sur lui et décidèrent qu'ils s'y mettraient le lendemain matin. Amelia raccompagna Mara à son hôtel et l'inspecteur, rentrant chez lui, s'arrêta en chemin dans un bar. Il avait besoin de réfléchir. Tuer un homme n'arrivait pas tous les jours. Il commanda un verre de *prosecco*. Puis un autre. Il avait l'estomac vide et, pour ne pas s'enivrer, se bourra de biscuits salés. Il s'efforça de se remémorer chaque instant, chacun de ses mouvements quand ses collègues et lui avaient fait irruption dans l'appartement. Aucun doute. C'était une bavure. Selon toute vraisemblance, Zoran se serait rendu. Il se promit que la prochaine fois, il n'entrerait pas le premier. Il but un troisième et dernier verre à la santé du Croate défunt, puis regarda sa montre. La soirée était avancée. Il n'avait aucune envie de rentrer chez lui, mais nulle part ailleurs où aller.

Ilaria était déjà couchée depuis un moment ; Gaia l'attendait en regardant la cassette d'un vieux film, *Le Voleur de bicyclette* de Vittorio De Sica. Sa femme le connaissait par cœur, mais quand elle était triste elle se le repassait.

« Il faut qu'on parle, toi et moi, lança-t-elle d'un ton sec. J'ai dû partir au beau milieu d'une réunion avec un client pour aller chercher Ilaria à l'école.

– Quant à moi, figure-toi, j'ai abattu un Croate en cavale qui me pointait sa mitraillette dessus. Deux coups de feu et il était mort. »

Gaia pâlit, mais garda le silence.

« Tu n'as rien à en dire ? la provoqua-t-il.

– Dors sur le divan. S'il te plaît. »

Le casier judiciaire du nommé Antun Zajič était blanc comme le lis. La police de San Donà del Piave le tenait pour un bon et honnête citoyen. Campagna espéra de tout son cœur qu'il ne l'était pas. Autrement, il n'aurait su où chercher Josip et sa bande.

« Vous avez besoin d'un coup de main ? », avait demandé Veronesi. Il avait répondu que non et filait maintenant sur l'autoroute en compagnie d'Amelia, attentif à ne pas manquer la bonne sortie.

« Qu'est-ce qu'il fait exactement, cet Antun ? s'enquit-elle.

– Il est commerçant en vins. Des rouges pour couper les vins de Vénétie, surtout. Il en importe de Croatie et les revend aux viticulteurs d'ici.

– Une espèce d'escroquerie sur la qualité ?

– Non, c'est tout à fait légal. En général, les vins croates sont plutôt bons… »

Il s'aperçut qu'Amelia le regardait fixement.

« Qu'est-ce qu'il y a ?

– Ça va mal avec Gaia, pas vrai ?

– Très mal, oui.

– Séparation dans l'air ?

– Inévitable.

– Désolée. Ou plutôt non. C'est peut-être enfin la bonne occasion pour que je te mette dans mon lit. J'en ai assez de te faire la cour !

– Je n'aime pas quand les femmcs se montrent aussi directes.

– Il fallait que je te le dise, Giulio.

– Inutile. J'avais déjà compris.

– Alors où est le problème ? Je ne te plais pas ? »

Le commissariat central appela juste à ce moment et coupa court à la conversation.

Antun Zajič possédait une villa en périphérie de San Donà del Piave et une boutique dans la ville. Et aussi une vieille ferme à restaurer à une dizaine de kilomètres du centre. Selon la police locale, l'endroit était inhabité et environné de champs de soja.

« L'endroit rêvé pour cacher un otage, commenta Campagna.

– Pas sûr, observa Amelia. Ces campagnes ont l'air désertes, mais les paysans savent toujours ce qui se passe.

– Ils s'occupent peut-être seulement de leurs affaires. Ce ne serait pas la première fois. »

Il pensait au cas d'un tueur en série qui avait séquestré et torturé plusieurs jeunes femmes dans une ferme comme celle-là. Les voisins avaient toujours su qu'il se passait des choses bizarres, mais ne s'étaient décidés à parler que lorsque les carabiniers étaient venus frapper à leur porte.

Campagna s'arrêta sur un petit pont qui traversait un canal d'irrigation. Au-delà, il n'y avait plus d'arbres de part et d'autre de la route qui menait droit à la ferme.

« Si nous continuons, nous allons nous faire remarquer, dit-il. À supposer, bien sûr, qu'ils se cachent vraiment là.

– Nous pourrions faire semblant d'être un couple à la recherche d'un endroit tranquille.

– Ils ne sont pas idiots, tu sais. Ce sont des paramilitaires qui ont fait la guerre de Yougoslavie, ils ont appris à se méfier des apparences.

– Tu veux y aller à pied ? Nous sommes au moins à trois kilomètres.

– Je ne vois pas d'alternative. Et encore, il faudra attendre qu'il fasse sombre.

– Alors, nous avons tout le temps de chercher quelques volontaires pour aller là-bas à notre place ! »

Au même instant, le portable de Campagna sonna. C'était Veronesi.

« Les antimafia ont appelé. Ils disent que depuis hier soir court le bruit d'un enlèvement, bien que la famille nie. Il s'agit d'un certain Alfio Rossato, le propriétaire d'une usine textile. Il semblerait qu'on l'ait kidnappé alors qu'il ouvrait la grille de sa villa. Une voisine a tout vu, mais elle a quatre-vingt-douze ans et son récit est un peu confus.

– Et la version de la famille ?

– Ils prétendent que Rossato est en voyage d'affaires à l'étranger. Seulement, voilà : son portable ne répond pas.

– Donc, la petite vieille a bien vu.

– On dirait, oui. Où êtes-vous ?

– À San Donà. Tout près d'une ferme abandonnée qui appartient à Antun Zajič. Un endroit parfait pour séquestrer un homme enlevé.

– J'avertis les antimafia et je vous envoie des renforts. »

Campagna fit marche arrière et gara la voiture non loin de là. Puis les deux policiers descendirent et continuèrent à surveiller la ferme visible au bout de la route en se dissimulant derrière les arbres.

Campagna ne s'était pas trompé en observant que les Croates avaient l'expérience d'une guerre civile et connaissaient donc leur affaire. En effet, Josip avait ordonné à Mate de garder un œil sur le petit pont, le seul endroit d'où l'on pouvait surveiller la ferme sans se faire repérer. Mate était en sentinelle depuis l'aube et, avec ses jumelles, n'avait rien perdu des mouvements de Campagna et d'Amelia. De temps à autre, il faisait son rapport à Josip par talkie-walkie. Mate ne doutait pas qu'ils avaient affaire à des flics et son chef prit la décision de quitter le refuge avec l'otage. Avant de couper la communication, il donna un dernier ordre à Mate.

Les deux policiers virent un fourgon blanc s'éloigner de la ferme et venir dans leur direction.

« Qu'est-ce qu'on fait ? demanda Amelia d'un ton alarmé.

– On les laisse passer et on les suit, en espérant que Veronesi et les collègues de San Donà aient le temps de monter un barrage un peu plus loin. »

Ils remontèrent dans la voiture en toute hâte. Pour plus de discrétion, Campagna recula encore un peu parmi les buissons et ils attendirent le passage du véhicule. Amelia, portable à l'oreille, parlait avec Veronesi et tous deux avaient le regard fixé sur la sortie du petit pont. Ni l'un ni l'autre ne s'aperçut de la présence d'un homme qui s'approchait d'eux sous le couvert des arbres et tenait une Kalachnikov. Quand il arriva à une dizaine de mètres, il ouvrit le feu : une longue rafale qui déchira le côté droit de la voiture. Amelia s'effondra sous une pluie de projectiles. Son corps servit de bouclier pour sauver la vie de Campagna. Celui-ci ouvrit la portière, se jeta à terre et roula entre les buissons, à la recherche d'un abri. Mate s'arrêta pour recharger son arme. Il tira une autre rafale, pour couvrir le fourgon. La porte arrière s'ouvrit, le tueur sauta à bord et le chauffeur appuya à fond sur l'accélérateur. Campagna reprit ses esprits, arma son pistolet Beretta et se mit à courir. En coupant à travers champs, il pouvait atteindre un virage en coude qui forcerait le fourgon à ralentir. Il n'avait pas de plan précis, il savait seulement qu'il avait quinze coups de calibre neuf dans son chargeur. Il trébucha dans l'herbe et perdit quelques secondes précieuses. Le fourgon s'engagea dans le virage alors qu'il se trouvait encore à une bonne trentaine de mètres. Il s'arrêta, visa en tenant le pistolet à deux mains et tira plusieurs coups vers l'habitacle du chauffeur. Il ne voulait pas risquer d'atteindre l'otage. Les cartouches s'épuisèrent en quelques secondes, mais il eut l'impression d'avoir blessé l'homme assis sur le siège du passager. Il lui semblait l'avoir aperçu qui faisait un mouvement convulsif. Et c'était Josip, il en était sûr. Une fraction de seconde, leurs regards s'étaient croisés.

Il retourna vers la voiture. Là, il ferma les yeux d'Amelia et étreignit son corps en pleurant.

Quand Veronesi arriva, les lieux grouillaient de policiers. Assis au pied d'un arbre, Campagna fumait une cigarette, le regard perdu vers l'horizon des champs. Le chef de service souleva le drap qui recouvrait le corps d'Amelia et le fixa des yeux quelques instants, bouleversé.

« Je n'arrive pas à croire qu'Amelia soit morte, murmura l'inspecteur.

– Vous vous êtes fait repérer, répliqua Veronesi d'un ton dur. Je vous avais dit de rester à couvert. »

Campagna secoua la tête.

« Ces types-là se comportent comme une petite armée. Quand nous sommes arrivés, ils surveillaient déjà les environs. Ils ont réagi avec vitesse et précision.

– Et ils ont descendu Amelia.

– J'en ai peut-être descendu un aussi.

– Tu es sûr ? »

Campagna écarta les bras.

« Tu sais comment ça se passe. Tu vises, tu tires. Tu crois avoir vu quelque chose, mais tu ne peux être sûr de rien.

– Non, je ne sais pas. Ici, le tireur, c'est toi, répliqua Veronesi. Mais j'espère que tu ne l'as pas raté. »

Un agent des groupes antimafia s'approcha pour les informer que dans la ferme, on avait trouvé les preuves évidentes d'une séquestration.

Le fourgon fut découvert une heure plus tard, abandonné au bord d'une route de campagne qui coupait la nationale menant de Venise à Trieste. Dans l'habitacle, on avait relevé des traces de sang. Pour Campagna, la confirmation qu'il avait bien touché Josip.

« Ils se sont enfuis vers Mestre, dit Veronesi. Ils ont volé un monospace à des touristes belges qui les ont vus filer dans cette direction.

– La frontière est exactement à l'opposé, objecta l'inspecteur.

– Ils ont toujours l'otage avec eux, dit l'agent antimafia. Ils espèrent encore conclure l'affaire. »

Campagna attendit qu'il se fût éloigné. Puis :

« Je veux mettre la main sur Josip », dit-il.

Veronesi le regarda fixement.

« Regarde dans quel état tu es ! Rentre plutôt chez toi.

– Non. Je veux faire partie de l'équipe qui l'arrêtera.

– Tu es trop impliqué à titre personnel. Je ne veux pas, tu risques de faire une connerie. »

Une voiture de patrouille arriva, qui amenait Antun Zajič. L'homme pleurnichait et levait ses mains menottées vers le ciel, implorant une aide divine. Il ne savait rien du rapt, criait-il, et n'avait rendu service à Josip Persen que parce qu'il était le cousin de son beau-frère.

« Tu le crois ?, demanda l'inspecteur.

– Il ne pouvait pas ignorer quel genre d'ordure était Josip. Coffrons-le pour complicité de séquestration et d'homicide. Ensuite, on verra. »

Après les relevés de la Scientifique et l'inspection du médecin légiste, le corps d'Amelia fut emmené dans un fourgon. Campagna dut mordre son poing pour s'empêcher de hurler.

Un véhicule de patrouille le reconduisit à Padoue. Durant le trajet, il resta silencieux, pensif. Quand il franchit le seuil du commissariat central, il lui sembla avoir enfin les idées claires. Il se rendit à l'armurerie où il se fit remettre deux chargeurs pour son pistolet et récupéra sa voiture. De son portable, il téléphona à la Brigade financière, laissa son numéro et demanda que le commandant Ernesto Fiore le rappelle au plus vite. Ce qu'il fit une dizaine de minutes plus tard.

« J'ai besoin d'un service, dit Campagna.

– Je vous en ai déjà rendu un, répondit le commandant. Passez par les voies officielles.

– Je ne peux pas. Les Croates ont tué ma collègue sous mes yeux et mon chef m'a mis au repos.

– Je suis au courant. Désolé, mais je ne peux rien faire pour vous. Surtout si vous avez l'intention d'agir en dehors des règles.

– Écoutez. Je vais vous poser une question et vous déciderez si vous voulez répondre ou non.

– D'accord.

– Si j'étais blessé et que je devais me cacher quelque part vers Mestre ou Padoue, par qui pourrais-je me faire soigner ? »

Le commandant Fiore soupira.

« Si vous étiez un Croate blessé, je vous conseillerais de vous adresser aux Chinois. Les rapports entre les deux organisations sont excellents et les Chinois possèdent un ou deux appartements équipés pour les premiers soins et même pour un peu de chirurgie.

– Merci.

– De quoi ? Vous n'êtes pas blessé. Et encore moins croate. »

La communauté des malfrats chinois était depuis des lustres entourée par une muraille de silence, mais la nouvelle génération, les jeunes nés en Italie, avait adopté ces dernières années un comportement plus ou moins autonome par rapport aux lois de l'omerta traditionnelle. Et elle avait commis certaines erreurs, qui avaient attiré l'attention des forces de l'ordre. Dans les petites villes abandonnées par la « mafia de la Brenta » – la vieille mafia de Vénétie, vendue à l'État par son chef Felice Maniero comme une entreprise en faillite – étaient arrivées des bandes de petits Chinois de vingt ans, souvent moins, pour racketter les commerçants en échange de leur « protection ». Campagna, justement, en avait pris un au collet après la plainte d'un fourreur et le garçon, pourvu qu'on n'avertît pas sa famille qui l'aurait expédié en Chine, avait accepté de lui servir d'indicateur. L'inspecteur se contentait de modestes informations en attendant qu'il fasse son chemin dans une organisation ou une autre et puisse lui révéler des choses plus intéressantes.

Mais cette fois, il comptait bien le mettre sous pression. Il lui fallait absolument découvrir où Josip se faisait soigner. S'il n'était pas déjà mort. Mais quelque chose lui disait que le Croate était vivant et prêt à s'enfuir avec l'argent de la rançon.

Il trouva Hu Wenzhou sur la petite place où se réunissaient d'ordinaire les jeunes Chinois qui aspiraient à devenir quelqu'un dans le monde du crime. Il lui fit un signe discret, puis alla l'attendre dans une ruelle à quelque distance de là. Hu arriva sur son vélomoteur. Il le conduisait lentement et, quand il fut sûr que personne ne l'observait, le laissa sur le bas-côté et monta dans la voiture de l'inspecteur. Campagna lui expliqua ce qu'il avait besoin de savoir. Le garçon ne put lui répondre : où se trouvait cette espèce de clinique, il n'en avait aucune idée. Le policier lui donna l'ordre de trouver quelqu'un qui le saurait. Hu avait peur de se mêler de cette histoire, mais Campagna le menaça et il remonta sur son vélomoteur en secouant la tête.

Campagna attendit plus d'une heure, puis il remarqua une voiture à bord de laquelle se trouvaient quatre Chinois. L'homme assis sur le siège du passager descendit et s'approcha de sa vitre baissée. C'était un type d'une soixantaine d'années, avec une discrète bedaine et l'air de savoir commander.

« Je sais qu'un de vos médecins soigne en ce moment un Croate blessé dans un échange de coups de feu, dit l'inspecteur. C'est moi qui lui ai tiré dessus. Je n'ai rien contre vous, mais il faut que je le retrouve. Autrement, je m'arrangerai pour que vos affaires s'en ressentent. »

Le Chinois, sans dire un mot, s'en retourna à la voiture et parla quelques minutes dans son portable. Puis il revint vers l'inspecteur et lui dit qu'en effet, le Croate était un triste personnage et que ses amis et lui auraient plaisir à collaborer avec la police. Mais ils ne pouvaient lui donner l'adresse du médecin et ne voulaient en aucun cas être liés à l'arrestation. En revanche, ils savaient que les complices de Josip iraient le chercher à une certaine heure et que le policier ferait bien de les attendre à un certain carrefour, par lequel ils passeraient selon toute probabilité. Il lui décrivit avec précision dans quelle voiture ils circuleraient : son modèle, sa couleur. Étonné, l'inspecteur lui demanda comment il pouvait être aussi sûr qu'ils utiliseraient ce véhicule. Le Chinois répondit en souriant qu'il le leur avait procuré lui-même.

Campagna se posta au carrefour avec deux heures d'avance. Il voulait être sûr que les Croates ne lui échapperaient pas. Son portable sonna et il vit s'afficher le numéro de Veronesi. Il décida de répondre.

« Tu n'es pas rentré chez toi comme je te l'avais dit, commença son chef d'une voix sévère. Au lieu de ça, tu es allé à l'armurerie pour te faire approvisionner. J'aimerais bien savoir ce que tu comptes faire avec trente cartouches.

– Rien, ne t'inquiète pas. »

La voix monta d'un ton.

« Bien sûr que si, Giulio, je m'inquiète. Beaucoup. Tu es sur le point de faire une connerie. Et de jouer ta carrière en te prenant pour un justicier. Tu as une femme et une fille. Pense à elles, au moins. »

Campagna ne répondit pas.

« Giulio, dis-moi où tu es. Je te rejoindrai et nous parlerons. »

L'inspecteur coupa la communication et éteignit son téléphone. Cette conversation n'avait pas de sens. Il n'avait aucune idée de ce qui allait se passer, et n'avait pas l'ombre d'un plan. Mais une chose était sûre : il voulait les assassins d'Amelia. Point à la ligne. Ensuite, il affronterait les conséquences. Sa carrière ? Il pensa qu'il l'avait déjà jouée, peut-être, en désobéissant à un ordre précis de son supérieur hiérarchique. Alors, autant continuer et disputer la partie jusqu'à la fin. Pour la énième fois, il vérifia son pistolet et se résigna à attendre. Il était certain que bientôt, il serait en face de trois des Croates. Josip et deux autres. Le quatrième serait resté pour surveiller l'otage. Il pouvait réussir. Oui, il pouvait réussir.

À trois cents mètres de distance, tout au plus, un vieux médecin chinois bandait l'épaule et le côté de Josip Persen. Le Croate avait été touché par deux projectiles, mais, par chance pour lui, ils avaient été freinés par la carrosserie du fourgon. C'était ce qui lui avait sauvé la vie. Josip commença de se plaindre, car l'effet de l'anesthésique se dissipait. En croate et en italien, il demanda au médecin de lui administrer une autre dose.

« Ce n'est pas encore l'heure de vous redonner de la morphine, répondit le Chinois. Ça peut être dangereux.

– Qu'est-ce que ça peut te foutre ? »

Le Chinois haussa les épaules et lui fit une autre piqûre. Josip eut un rictus de satisfaction à l'idée de plonger de nouveau dans l'inconscience. Pour aujourd'hui, il avait assez souffert.

Dans son bureau, Veronesi avait réuni un groupe d'hommes de confiance.

« Vous connaissez tous Giulio Campagna et je sais que vous l'estimez humainement et professionnellement. Il est quelque part dans la nature, à la recherche d'une bande de Croates ultra-violents et armés jusqu'aux dents. Je voudrais que vous m'aidiez à le retrouver. Bien sûr, il s'agit d'une opération fantôme, et si l'un ou l'autre d'entre vous n'a pas envie de s'en mêler, qu'il ne se sente pas obligé. »

Aucun des hommes n'ouvrit la bouche et Veronesi sourit.

« Alors, au travail. »

Mate et un autre membre de la bande, un nommé Juraj, se garèrent à quelques pas de la clinique clandestine, située au premier étage d'un immeuble d'appartements habités presque exclusivement par des Chinois à la périphérie sud de Padoue. Ils trouvèrent leur chef inconscient et, pour le transporter, durent se servir d'un fauteuil roulant fourni par le médecin chinois, qui accepta une liasse de billets avec un petit signe de tête en guise de remerciement.

Avec précaution, les deux Croates déposèrent Josip sur le siège arrière de la voiture, placèrent le fauteuil roulant replié dans le coffre et partirent en roulant doucement pour éviter des secousses au blessé, mais surtout pour ne pas attirer l'attention des forces de l'ordre.

Campagna vit la voiture traverser le carrefour quelques instants plus tard. En reconnaissant au volant l'homme qui avait abattu Amelia, il était resté plusieurs secondes pétrifié, incapable de tourner la clef de contact tant ses mains s'étaient mises à trembler. Puis, s'injuriant lui-même, il avait réussi à recouvrer un peu de calme et avait démarré, en suivant les phares arrière du véhicule des Croates.

Quand ils franchirent le pont de Tencarola et prirent la direction des collines Euganéennes, Campagna devina que le nouveau refuge de la bande devait être une des innombrables petites villas de la région, disséminées dans cette vaste étendue vallonnée et parcourue d'un réseau serré d'étroites routes de campagne, qui permettaient des déplacements aussi rapides que discrets. Mais il connaissait bien ce coin de Vénétie. Mieux qu'eux, sûrement. Ils ne lui échapperaient pas. De temps en temps, il jetait un coup d'œil au siège vide à côté de lui, où étaient posés son pistolet et son portable. Les seules armes qui lui restaient pour mettre un terme à la partie.

L'inspecteur était si absorbé par sa filature qu'il en avait oublié l'existence de son rétroviseur. Autrement, il se serait aperçu qu'il était suivi à peu de distance par la voiture du commissaire Alberto Marangoni, qui s'était posté sur le pont de Tencarola, une des sorties possibles de la ville. Marangoni gardait un contact constant avec Veronesi. Toutes les autres voitures étaient en route pour le rejoindre.

Les Croates tournèrent à gauche, en direction de l'ancienne abbaye de Praglia. La route était complètement déserte et Campagna dut laisser s'accroître la distance. Au bout de quelques kilomètres, la voiture s'engagea dans un chemin en terre battue qui s'élevait vers le sommet d'une colline. C'était le moment que l'inspecteur craignait : à présent, il était vraiment difficile de ne pas se faire repérer, même si les nombreux virages et la végétation épaisse le gardaient à couvert. Sans doute les Croates se sentaient-ils en sûreté, car ils ne se souciaient pas de contrôler si quelqu'un les suivait. Ils franchirent une grille et roulèrent sur une centaine de mètres jusqu'à une maison plongée dans les ténèbres. Campagna éteignit ses phares, descendit de voiture, s'avança dans l'allée. Il tenait son arme à deux mains, prêt à tirer. Une lame de clarté trancha l'obscurité au moment où quelqu'un ouvrit la porte pour faire entrer Mate et Juraj, qui portaient Josip dans leurs bras. Puis la nuit noire retomba sur la maison.

Campagna, maintenant, ne savait plus que faire. Il songea à attendre l'aube ; mais tout seul, il ne pourrait jamais pénétrer dans le refuge et prendre le gang par surprise. À moins d'être décidé à se faire tuer. Par une rafale de Kalachnikov, comme celle qui avait transpercé le corps d'Amelia. Cette idée l'obligea à réfléchir avec une certaine lucidité.

« Bon sang, mais qu'est-ce que je fous ici ? » marmonna-t-il entre ses dents.

Il retourna à sa voiture, prit son portable et composa un numéro. Puis fit brusquement volte-face en entendant sonner un autre téléphone à quelques mètres de distance. Sa main se glissa sous sa veste, mais la voix de Veronesi arrêta son geste à temps.

« Je parie que tu m'appelais pour m'indiquer où se cachent les Croates », dit-il.

Autour de lui, les silhouettes d'autres collègues surgirent de l'ombre.

« Tu as raison, admit l'inspecteur. Mais comment avez-vous fait…

– Laisse tomber, coupa Veronesi. Bon retour parmi nous. Et voilà qui clôt cette affaire qui risquait de mal tourner. Pour toi et nous tous. »

Campagna était stupéfait et ému de découvrir qu'une fois encore, son chef et ses collègues avaient choisi de le couvrir. Il aurait voulu les en remercier par quelques mots appropriés, mais rien ne lui vint à l'esprit.

Peu avant l'aube arrivèrent les renforts. Avec les premières lueurs, ils purent voir comment était faite la maison et organiser un assaut.

« Tu veux en être aussi ? demanda Veronesi.
– Tu as confiance ?
– J'espère que tu ne vas pas te mettre à tirer comme un imbécile. »

Ils entrèrent par la porte principale et par celle du garage. Les Croates furent surpris dans leur sommeil. Josip pour l'éternité : il était mort pendant la nuit sans que ses complices s'en soient aperçus. Même l'otage, mains et pieds enchaînés, dormait. Sa joie de se voir délivré eut tôt fait de s'évanouir quand un agent antimafia lui passa les menottes.

« Où m'emmenez-vous ? demanda-t-il, alarmé.
– Dans une vraie prison.
– Mais je n'ai rien fait !
– Ta gueule, sale mafieux. Une de nos collègues s'est fait descendre pour sauver ta peau. »

Campagna envoya un grand coup de pied dans les couilles de l'assassin d'Amelia, puis le frappa sur le nez avec la crosse de son arme.

« Maintenant, ça suffit », dit Veronesi d'un ton tranquille.

Il y eut beaucoup de monde aux funérailles d'Amelia. Le maire de Padoue avec son écharpe tricolore, et même le ministre de l'Intérieur. Campagna se tenait au premier rang, avec les parents arrivés du Sud. Ses adieux à Amelia furent douloureux.

Dans les jours qui suivirent, l'inspecteur aida Mara Sabič à trouver du travail dans une région peu fréquentée de la pègre croate. Elle fut engagée par une clinique privée des environs d'Ancône, et de ce jour il n'eut plus de nouvelles d'elle.

Le cadavre du jeune Hu Wenzhou fut retrouvé dans une briqueterie désaffectée aux portes de Padoue. On lui avait tranché la gorge. Campagna l'apprit au retour de ses vacances, qu'il avait passées au bord de la mer, en Sicile, en compagnie de sa fillette, tandis que Gaia préférait un voyage en France avec son architecte. Il s'enferma dans son bureau avec le compte rendu du meurtre. Puis il alla trouver Veronesi.

« Je voudrais être détaché à la section qui s'occupe de la criminalité chinoise, annonça-t-il d'un ton sérieux.

– Tu as pris une insolation ou quoi ? Personne ne veut s'occuper des Chinois ! »

L'inspecteur posa sur le bureau de son supérieur le dossier sur la mort de Hu.

« Je crois bien qu'il est mort à cause de moi », dit-il.

Le chef feuilleta quelques pages pour voir de quoi il s'agissait.

« Le jeune indic qui t'a mis en contact avec ce gros bonnet ?

– Exactement.

– Tu ne peux pas espérer venger tous les indics qui se font liquider…

– Ce n'est pas ça. Ce garçon avait dix-sept ans et on l'a égorgé pour le seul motif qu'il avait transmis un message. On ne peut pas tolérer des trucs pareils !

– Tu sais, la mafia chinoise fait bien pire. Et nous ne savons même pas la moitié des saloperies qu'elle manigance.

– Justement. Il se trouve que j'ai vu en face le ponte qui a traité avec moi. C'est une piste pour remonter jusqu'à l'organigramme et aux activités de l'organisation.

– D'accord. Occupe-toi de ces Chinois. »

À une heure avancée de la nuit, dans un restaurant chinois, quelques hommes étaient réunis autour d'une table. Ils mangeaient, buvaient et parlaient affaires. À l'extérieur, cachés dans un fourgon, Campagna et un autre policier observaient l'entrée par l'objectif d'une caméra vidéo.

« Bientôt trois heures ! protesta le collègue. Ils se couchent à quelle heure, ces types-là ? »

L'inspecteur ne répondit pas et continua de surveiller le restaurant. À un moment, la porte s'ouvrit et quatre Chinois en sortirent. Parmi eux, l'homme grassouillet qui l'avait aidé à pister Josip.

Campagna sourit, satisfait. Les quatre Chinois se dirent au revoir et l'homme monta dans sa Toyota. Il n'eut pas le temps de passer la première qu'il se vit entouré de policiers en civil. Il écarta les mains et descendit tranquillement. Il montra ses papiers et se laissa fouiller sans faire d'histoires. Campagna sortit du fourgon et se mit à inspecter la voiture. De sous le siège, il tira un sachet rempli d'une poudre grisâtre.

« De l'héroïne birmane, je parie. »

Le Chinois pâlit et secoua la tête.

« Ce n'est pas à moi ! Ce n'est pas à moi ! », protesta-t-il.

Campagna approcha sa bouche de son oreille.

« Je le sais, murmura-t-il. C'est un cadeau que t'envoie Hu Wenzhou. »

III

Diego De Silva

La tanière de Teresa

C'est une femme qui rentre chez elle peu après midi. Elle est descendue acheter quelque chose, du produit pour la vaisselle, peut-être, ou de la viande hachée (mais en parcourant les derniers mètres de trottoir elle ne saurait plus dire si c'est l'un ou l'autre, et n'a même pas envie de regarder dans le sac en plastique pour s'en souvenir). Elle n'a pris ni manteau ni portefeuille, elle serre seulement dans sa main gauche la monnaie rendue sur son achat, avec ses clefs.

Arrivée devant la porte de son immeuble, elle baisse les yeux vers la serrure cassée et pousse le battant avec son épaule.

Dans l'entrée, il y a la bicyclette – cassée aussi – des occupants de l'entresol, attachée par une chaîne à la rampe des quelques marches qui conduisent à l'ascenseur. Chaque fois qu'elle la voit, cette bicyclette, c'est plus fort qu'elle : elle voudrait l'ignorer, mais le sang lui monte à la tête tant elle est indignée par le toupet de ses propriétaires. Elle renifle avec dépit et regarde leur boîte aux lettres, par simple réflexe, comme pour leur jeter un mauvais sort. C'est à cet instant que la porte d'entrée claque derrière elle.

Si fort qu'elle pourrait se détacher de ses gonds. Elle sursaute avec violence, son cœur change de braquet et devient un petit être autonome qui s'agite de tout côté. Elle ferme les yeux, serre les paupières, puis les rouvre lentement.

« Encore ! », dit-elle entre ses dents.

Les mains sur les hanches, elle se retourne pour observer la porte qui bat. Ce qui l'exaspère le plus, c'est de penser à cet avis que le syndic a affiché sous la plaque de verre des compteurs : « *La bonne éducation prescrit d'accompagner la porte sans la claquer* », avec tout ce qu'il faut de signatures et de tampons. Fais donc réparer la serrure, parasite, au lieu de donner des leçons aux gens ! Et dis plutôt à ces malappris d'ôter de là leur bicyclette. C'est un immeuble en copropriété, ici, pas un garage à vélos. Compris ?

« Madame Teresa... », s'entend-elle appeler de l'ascenseur.

Son nom, prononcé à l'improviste par une voix qu'elle n'identifie pas, lui fait l'effet d'un claquement de doigts à cinq centimètres de son visage.

« Je vous ai fait peur ? », demande le jeune homme qui se tient dans l'encadrement de la porte.

Elle reprend contenance, se redresse, secoue un peu la tête pour faire bouffer ses cheveux et déjà, en son for intérieur, se moque de la vanité qui lui dicte ces simagrées quand un homme la reconnaît, ou du moins s'aperçoit qu'elle cxiste, fût-ce pour lui demander l'heure, fût-il même le fils de sa voisine du dessus qu'elle a connu en culottes courtes.

« Non. C'est moi qui suis un peu nerveuse », répond-elle en arrivant à l'ascenseur.

Entrée dans la cabine, elle mime un agacement indéfini et le jeune homme referme la porte coulissante d'un air compatissant.

« Troisième ? demande-t-il, le doigt en suspens au-dessus des boutons.

– Oui, merci », marmonne Teresa.

L'ascenseur démarre.

« Je voudrais bien savoir à quoi il est payé, ce bon à rien, reprend-elle.

– Vous parlez du syndic ?

– De qui veux-tu que je parle ? Il y a deux mois que la porte d'entrée ne ferme plus.

– Vous avez raison, c'est un crétin, acquiesce aussitôt le jeune homme qui visiblement partage son sentiment.

– D'ailleurs, il a une tête de crétin ! » ajoute Teresa, furibonde, puis elle éclate de rire. Le jeune homme l'imite, de bon cœur.

Maintenant, Teresa le regarde, un peu plus en confiance. Il est devenu beau garçon, Marco. Le visage émacié et l'air pensif. Qu'est-ce qu'il peut bien faire dans la vie ? Elle aimerait le savoir, mais elle ne pose jamais ce genre de question. Quel métier fais-tu, est-ce que tu vas te marier bientôt, quand passes-tu ton diplôme. Et si la personne n'a pas de travail ? Si elle manque d'argent pour se marier, ou si elle n'a pas de fiancé ? À quoi bon toutes ces questions, elles ne font qu'embarrasser la personne. Il y a des choses auxquelles les gens ne pensent pas. Ou bien ils y pensent et le font exprès.

« Excuse-moi, mon petit. Tout à l'heure, cette porte m'a fait une frayeur, dit-elle en portant sa main à son cœur.

– Je vous en prie, ne vous excusez pas. Dites-moi plutôt comment vous allez. Il y a longtemps que je ne vous ai pas vue.

– Ça va comme ça peut. Tu vois, je me fais vieille. »

Marco hausse les sourcils devant sa fausse modestie. Teresa a la soixantaine bien sonnée, mais on voit qu'elle a été belle. C'est son habitude de se moquer d'elle-même et de se montrer indulgente envers les autres. Elle n'est pas riche, ça se voit aussi, mais sa dignité est un don inné. Teresa est de ceux qui, par nature, parviennent à vous faire sentir qu'en profondeur ils vous acceptent et vous mettent d'emblée à l'aise.

« Et ta maman ? », s'enquiert-elle.

Marco hausse les épaules.

« Toujours sa jambe. Elle ne sort plus beaucoup.

– C'est vrai, il y a longtemps que je ne l'ai pas croisée. Tu l'aides, j'espère ?

– Bien sûr », répond-il, en réprimant un rien de fâcherie devant cette question au ton paternaliste. Et il souffle un peu d'air par le nez.

L'ascenseur arrive au troisième étage. Teresa fait coulisser la porte et sort de la cabine.

« N'oublie pas de lui passer le bonjour.

– Promis, je vais le faire tout de suite.

– Porte-toi bien, Marco ! »

En disant ces mots, elle ressent soudain une envie très forte de lui donner un petit baiser.

« Vous aussi, madame Teresa. Allez, au revoir », conclut Marco.

Il referme le battant extérieur et fait coulisser la porte dans l'autre sens.

Au quatrième, Marco s'apprête à glisser sa clef dans la serrure quand il entend, à l'intérieur, la voix d'un homme qui parle avec sa mère. Il se raidit, il retire sa main et s'immobilise pour écouter.

L'homme pose des questions sur lui. Il voudrait savoir quand il doit rentrer, quels sont ses horaires, s'il travaille toujours pour la même entreprise, où se trouve sa chambre. Des questions si générales qu'elles ont justement tout pour inquiéter, et posées à voix basse comme pourrait le faire un policier ou un criminel.

La mère de Marco répond par bribes, effrayée mais fâchée aussi par cette irruption chez elle. À son tour, elle demande ce qu'on veut à son fils, ce qu'il a fait, pourquoi on le recherche. Et d'ailleurs, ce monsieur ici présent, est-il vraiment ce qu'il prétend ? Ce n'est pas si difficile de se procurer une fausse carte.

Marco fait deux pas en arrière et fixe la porte de l'appartement. Il entend, mot par mot, une phrase entière prononcée par sa mère, obligée de hausser le ton pour s'imposer (« Non, vous n'irez pas dans la chambre de mon fils sans un ordre du juge, et si vous avez le toupet d'y entrer, croyez-moi, vous aurez de mes nouvelles ! »). Il regarde vers l'escalier qui mène aux étages supérieurs, pour s'assurer qu'il n'y a personne et pouvoir se mettre à l'abri si nécessaire. Il est rapide, se déplace avec la souplesse d'un homme qui s'est déjà trouvé dans ce genre de situation. Ce n'est plus le garçon affable et rassurant qui, tout à l'heure, partageait l'ascenseur avec la dame de l'étage au-dessous. Il saisit la rampe et regarde vers le bas.

L'instant d'après, il retire sa tête, alarmé. Puis se plaque de dos contre le mur.

Dans l'entrée de l'immeuble se tient un autre homme, planté devant la rangée de boîtes aux lettres.

À présent, Marco respire très vite, comme s'il venait de courir. Mais ce n'est qu'une façon de réfléchir plus intensément. Il a tôt fait de prendre une décision. Il descend d'un étage et frappe à la porte de l'appartement qui se trouve juste au-dessous de celui où il habite avec sa mère.

Un instant plus tard, la voix de Teresa répond derrière la porte :

« Qui est là ?

– C'est moi, madame Teresa. Marco.

– Marco ? », répète-t-elle.

Elle ouvre aussitôt.

Elle n'a pas le temps de lui demander la raison de sa visite que, déjà, il se faufile à l'intérieur et referme la porte.

« Qu'est-ce qui se passe ? »

Elle est plus surprise qu'effrayée.

« Rien, excusez-moi, un petit ennui, répond Marco.

– Voyons, qu'est-ce que tu as, qui est là, dehors ? », insiste Teresa.

Du coude, elle essaie de le pousser de côté pour rouvrir la porte. Mais Marco lève les mains pour lui barrer le chemin. Teresa recule, et un début d'anxiété colore son visage.

Marco agite les mains en l'air pour lui signifier que non, il ne faut pas ouvrir, mais son geste cherche aussi à dédramatiser.

« Toutes mes excuses, vraiment. Mais il y a une personne que je ne veux pas voir. »

Elle le regarde, sans comprendre.

« Une femme », improvise Marco.

Teresa ne dit rien. Alors il en rajoute dans son mensonge, parle même à voix basse.

« Rendez-moi service, regardez par l'œilleton si elle est là. »

En disant ces mots, il s'écarte de la porte, convaincu d'instinct que c'est le geste à faire pour donner de la crédibilité à la petite amie importune.

Teresa soulève le cache de l'œilleton et observe l'image déformée du palier. Puis recule.

« Il n'y a personne », dit-elle.

Cependant, sa voix est dépourvue de conviction.

« Excusez-moi, excusez-moi encore de vous embêter comme ça, continue-t-il, jouant la comédie de plus en plus mal. Est-ce que je peux vous demander un autre service ? Avez-vous une fenêtre qui donne sur la rue ? »

Teresa le regarde avec un mélange de crainte et de soupçon.

« Mais qu'est-ce qui se passe, Marco ? interroge-t-elle, comme si cette nouvelle demande avait dissipé ses derniers doutes : son visiteur ne dit pas la vérité.

– Rien, rien, je vous l'ai dit. Une fille qui me casse les pieds », répond-il avec impatience ; et sans attendre sa permission, il entre dans la cuisine, comme s'il savait d'avance où trouver ce qu'il cherche.

Teresa lui emboîte le pas. D'abord, elle s'étonne de le voir s'orienter si vite dans son appartement. Puis elle se rappelle que celui du dessus est disposé de la même façon.

Marco s'arrête à environ un mètre de la fenêtre et avance peu à peu le buste pour jeter un coup d'œil en contrebas, dosant soigneusement la distance par rapport aux vitres.

Brusquement, il recule. Devant la porte d'entrée, une Alfa Romeo est garée en double file et, le dos appuyé contre la portière du chauffeur, l'homme de tout à l'heure, qu'il a aperçu en bas de la cage d'escalier, est là.

De l'encadrement de la porte, Teresa l'observe.

« Qu'est-ce que tu as fait ? », demande-t-elle.

Il se retourne. Les muscles de son visage retombent, et c'est la chute d'un masque. Sa voix prend un ton de souffrance, de remords.

« Ne criez pas, je vous en prie.

– Oh, sainte Vierge ! » gémit-elle, en le regardant avec d'autres yeux.

Marco fait un pas dans sa direction et, d'instinct, Teresa se protège en levant les mains. Marco serre les lèvres en une grimace douloureuse, tant ce geste enfantin le touche.

« Je ne veux pas vous faire de mal… »

Teresa s'élance vers la porte pour tenter de fuir. Marco se précipite, la saisit par la taille dans le petit couloir qui conduit au vestibule, l'oblige à se courber. Teresa perd l'équilibre, son genou heurte le dallage. Marco la retient en la serrant contre lui. Elle pousse une plainte aiguë. Il ouvre de grands yeux, horrifié par ce qu'il est en train de faire. Mais lui plaque sa main sur la bouche tout en lui parlant à l'oreille :

« Madame Teresa, je vous en prie, écoutez-moi. Je ne vous ferai rien, je vous le jure. Je vous lâche tout de suite si vous me promettez de ne pas crier. S'il vous plaît. Vous le promettez ? Faites oui avec la tête et je vous lâche. »

Teresa, les yeux pleins de larmes, ravale son gémissement et fait oui. Alors Marco la libère peu à peu, pour s'assurer qu'elle tient parole. Teresa reste à quatre pattes sur le dallage, reprenant son souffle avec peine. Sans crier, sans même se retourner vers son geôlier.

Marco s'assied par terre, le dos contre le mur. Il replie les genoux, y appuie ses avant-bras, écoute sa respiration qui ralentit. Teresa le regarde avec mépris.

« Je suis désolé, je ne voulais pas », dit-il.

Du poignet, Teresa s'essuie le nez.

Au même moment, on entend à l'étage au-dessus s'ouvrir et se refermer la porte de chez Marco. L'homme qui questionnait sa mère s'en va. On entend ses pas sur le palier et dans l'escalier.

Marco se redresse, tendu. Il écoute et reste aux aguets jusqu'au moment où ces pas s'arrêtent devant la porte de Teresa.

Il se lève et regarde Teresa en posant un index sur ses lèvres. Puis va se placer derrière la porte. Mais sans regarder par l'œilleton. Il glisse sa main droite sous sa ceinture et en tire un pistolet.

Teresa se couvre la bouche avec trois doigts.

Marco lui intime une nouvelle fois silence avec l'index. Puis il retient sa respiration et lève son arme, le canon tourné vers le haut comme pour faire semblant de se rendre.

Au bout de quelques instants de silence, les pas sur le palier se font entendre de nouveau. L'homme s'en va.

Marco pousse un soupir et son corps se détend. Avec le dos de la main qui tient l'arme, il se frotte le front. Puis il tourne les yeux vers Teresa, gêné.

« S'il vous plaît, ne me regardez pas comme ça.

– Et comment suis-je censée te regarder, voyou ?

– Je ne suis pas un voyou.

– Ah non ? Quoi, alors ?

– Écoutez-moi : je suis désolé d'avoir débarqué chez vous, mais je n'avais pas le choix. Vous êtes la dernière personne que je souhaite mêler à cette histoire, croyez-moi. »

Teresa renifle avec dédain.

« Ce soir, j'attends la visite de mon fils. »

Marco assimile cette information et pousse un autre soupir, sonore. Encore un problème à affronter. Pour le moment, il décide de s'en occuper plus tard.

« Où est votre téléviseur ? »

Teresa indique du menton la cuisine.

Marco glisse son arme dans son pantalon et lui tend une main pour l'aider à se relever. Elle la refuse et se redresse toute seule, en s'appuyant gauchement au mur. Marco s'écarte avec déférence. Puis il la suit dans la cuisine.

Teresa s'assied sur une chaise, avec dans les yeux un regard éperdu qui semble se poser sur toute chose avec un temps de retard. Marco allume le petit téléviseur installé non loin du fourneau. Avec fébrilité, il passe d'une chaîne à l'autre, presse les boutons de la télécommandc, regarde le magnétoscope. S'énerve, éteint, se passe les doigts dans les cheveux. Ses yeux, très concentrés, on dirait qu'il examine l'une après l'autre, les possibilités dont il dispose. Il inspire et expire. De la sueur perle à son front. De nouveau, il jette un coup d'œil dans la rue, en se tenant à bonne distance de la fenêtre. La voiture en double file n'est plus là, mais cette découverte ne paraît pas le tranquilliser. On dirait même qu'il est plus crispé qu'avant.

« S'il te plaît, Marco, va-t'en, dit Teresa tout à coup. Remonte chez toi et ne m'entraîne pas dans tes histoires.

– Chez moi ? Vous voulez rire !

– Je ne dirai rien, je te le jure.

– Je ne peux pas remonter chez moi, madame Teresa. C'est le pire endroit où je pourrais aller, vous comprenez ? On me recherche. Et puis, je ne veux pas impliquer ma mère. Elle ne sait rien, et c'est beaucoup mieux comme ça. C'est la seule façon de la protéger.

– Mais moi, pourquoi faut-il que je me retrouve embarquée là-dedans ? Qu'est-ce que je t'ai fait ? dit-elle, et des larmes proches lui enrouent la voix.

– Rien, madame Teresa. C'est arrivé, un point c'est tout. Je regrette, mais nous n'avons pas d'autre choix, ni vous, ni moi. »

Teresa voudrait lui faire mal, se jeter sur lui qui en ce moment est l'incarnation d'un destin décidé à ne pas la laisser en paix et à lui infliger une nouvelle infortune. Elle tord le tissu de sa jupe et se met à pleurer d'impuissance.

« Madame Teresa, je suis très nerveux, ne me faites pas perdre patience. S'il vous plaît, arrêtez tout de suite. »

Teresa ravale ses larmes, et c'est comme si son visage, d'un coup, retrouvait sa fraîcheur, et avec elle une arrogance. De femme plus jeune.

« Qu'est-ce que tu comptes faire ? Tu vas me tuer ? »

Marco la regarde comme si elle avait blasphémé dans une église.

« Vous plaisantez ? Je ne suis pas un assassin.

– Tu as un pistolet », dit sèchement Teresa.

Une ride, telle une blessure, se creuse sur le visage de Marco. Avant de répondre, il prend le temps de réfléchir. Puis :

« Ce n'est pas ma faute si dehors, c'est la guerre », lâche-t-il.

Teresa ouvre grands les yeux, déconcertée, comme si elle n'était plus sûre qu'il soit sain d'esprit.

« La guerre ?

– La guerre, oui. Vous savez, la guerre, ce ne sont pas seulement les avions qui larguent des bombes et les armées d'envahisseurs. La guerre, c'est aussi vous. »

Les narines de Teresa se pincent. En répondant, elle serre les dents et les poings.

« Qu'est-ce que tu peux savoir de moi, hein ? De la vie que je mène ?

– Je le sais, je le sais », dit Marco d'un ton indulgent.

Teresa rougit de colère. Après tout, pense-t-elle, je suis ici chez moi.

« Tu dois t'en aller. Vincenzo va venir, je te l'ai déjà dit.

– Oui, j'ai entendu.

– Et que feras-tu quand il arrivera ?

– Il n'arrivera pas.

– Ah non ? Et pourquoi ?

– Parce que vous allez lui téléphoner tout de suite et lui dire de ne pas venir. »

Teresa pâlit en voyant s'envoler la seule échappatoire sur laquelle elle croyait pouvoir compter.

« Je ne sais pas où le joindre. Ces jours-ci, il voyage.

– Eh bien, je suppose qu'il a un portable, non ?

– Non. Il n'en a pas. »

Marco secoue la tête.

« Alors, vous ne voulez pas comprendre. Je n'ai pas l'intention de faire de mal à qui que ce soit. Sûrement pas à vous, et à Vincenzo encore moins. Si vous le laissez venir, lui attirerez des ennuis, de gros ennuis, c'est clair ? Allez-y, appelez-le, ne perdez pas de temps. »

Teresa prend le téléphone posé sur le petit meuble près de la porte. Elle compose un numéro, avec lenteur, comme si elle peinait à s'en souvenir.

Marco, une fois de plus, regarde par la fenêtre. Un instant plus tard, Teresa raccroche.

« Ça ne répond pas.

– Comment, ça ne répond pas ?

– Son téléphone ne capte pas.

– Bon, réessayez. À quelle heure doit-il venir ?

– Je l'attends pour dîner.

– Bien. Alors vous avez tout le temps. »

Teresa soupire.

Marco prend dans sa poche son téléphone portable, dont il retire la batterie et la puce.

« Vous avez des ciseaux ? », demande-t-il.

De la tête, Teresa lui indique le tiroir où sont rangés les couverts. Marco l'ouvre et y trouve une paire de ciseaux de cuisine. Il coupe la puce en son milieu et laisse tomber les deux morceaux sur le bord de l'évier. Puis, tirant son portefeuille de la poche arrière de son pantalon, il y prend une autre puce, la glisse dans le portable, l'allume, compose un numéro. Dans le silence de la cuisine, on entend la sonnerie d'appel.

Marco compte les sonneries. Il semble très tendu, tenaillé par un soupçon qui, d'ici peu, sera confirmé. À la cinquième sonnerie, il referme le téléphone et serre les dents.

« Merde », dit-il.

Teresa plisse le front, surprise de l'entendre dire un gros mot.

Marco éteint son portable, en extrait la puce, la coupe en deux à son tour. Il regarde autour de lui, l'air perdu. Puis jette un coup d'œil à sa montre, rallume la télévision. Aux informations, on parle d'une enquête qui conduit progressivement à la mise sous les verrous des membres d'un groupe terroriste, déjà responsable d'un meurtre et de deux braquages. Marco s'assied, hypnotisé. On voit défiler les images de deux personnes emmenées sous bonne escorte de leur domicile aux voitures de police. Le visage de Marco se contracte en une expression mélancolique. Teresa recule sur son siège avec effroi.

« Oh, sainte Vierge, sainte Vierge…, laisse-t-elle échapper à voix basse.

– Vous, arrêtez de geindre, s'irrite Marco en éteignant le poste à la fin du reportage. Rappelez plutôt votre fils. »

Teresa lambine.

« Vous voulez perdre encore du temps ? Bon, donnez-moi son numéro, je vais l'appeler moi-même, dit Marco, qui se lève et marche vers le téléphone.

– Non, non, fait Teresa avec l'accent du désespoir.

– Écoutez, maintenant, ça suffit. Je ne veux pas de problèmes supplémentaires. Allez, dépêchez-vous, donnez-moi ce putain de numéro ! »

Maintenant, il est comme un bouchon près de sauter.

Teresa le regarde avec une expression de tristesse. Puis elle se couvre le visage avec les mains et se met à pleurer.

« Qu'est-ce qui vous arrive ? »

Marco repose le combiné. Cette fois, il ne lui ordonne pas de se calmer.

Teresa lui indique le rouleau d'essuie-tout suspendu au mur près du réfrigérateur. Marco en déchire une feuille et la lui tend.

« Ce n'est pas vrai que vous attendez votre fils. C'est ça ? »

Teresa se mouche, plie le papier en huit et le glisse dans sa manche.

« Il y a six mois que je ne l'ai pas vu. Son dernier coup de fil remonte à un mois et vingt et un jours. »

Marco s'assied à côté d'elle et la considère tout autrement maintenant. Teresa a le regard fixé dans le vague, elle laisse venir les mots avec le soulagement d'une douleur trop longtemps retenue.

« C'est cet appartement qu'il veut. Mais est-ce que je peux, moi, le lui donner ? »

Elle tire de sa manche la feuille d'essuie-tout et se tamponne le nez.

« À toi, qu'est-ce que ça peut te faire ? Enfin, voilà, maintenant tu sais dans quelle situation je suis. Tu peux être tranquille, personne ne viendra te chercher chez moi. Désormais, plus personne n'y vient.

– Je suis désolé.

– Désolé ! répète-t-elle, ironique.

– Oui, je suis désolé », insiste-t-il.

Teresa le regarde comme s'il lui rappelait quelqu'un d'autre.

Marco passe le reste de la journée à réfléchir, à prendre quelques notes sur un calepin, à rallumer et à éteindre le poste de télévision et à regarder dans la rue. De petites occupations, auxquelles il consacre toute son attention comme s'il mettait un projet au point. C'est seulement quand il entend les pas de sa mère au-dessus de sa tête qu'il change de visage et déglutit, bien qu'il ait la bouche sèche.

Teresa s'est drapée dans une espèce de lassitude qui l'aide à regarder l'homme qui la séquestre avec une résignation lucide. Elle a même cessé de lui demander la permission pour aller aux toilettes, et lui ne la surveille pas plus que ça.

Ils sont assis à la table de la cuisine quand le journal télévisé du soir s'ouvre sur l'arrestation d'un autre membre du groupe de Marco.

Teresa vient de tirer du four un reste de pâtes de la veille qu'elle a fait réchauffer.

« Ce mal qui ronge notre société, dit le présentateur, citant le porte-parole des policiers qui mènent l'enquête, sera bientôt définitivement éradiqué. »

Les épaules de Marco s'affaissent. Teresa repose ses couverts dans son assiette.

« Qu'est-ce que tu vas faire, maintenant ?

– Je ne sais pas, dit Marco, accablé.

– Si tu essayais de me raconter ce qui s'est passé ? Je pourrais peut-être te donner un coup de main.

– Oh, vraiment ? Je ne crois pas.

– Je suis trop bête ?

– Non, ce n'est pas ça. Mais ce seraient des explications compliquées…

– Et tu n'as pas envie de les donner à une vieille bonne femme comme moi ? »

Marco, d'abord, ne sait que lui répondre. C'est peut-être pour cela qu'il réagit avec agacement.

« Vous vous y connaissez, en politique ?

– Non. Je n'y comprends rien.

– Vous voyez ! À quoi bon en parler, alors ? »

Teresa se tait, désarmée. Son silence atteint Marco comme s'il lui reprochait sa prétention. C'est vrai : au fond, il a choisi une solution de facilité.

« Disons les choses ainsi, reprend-il, se sentant le devoir de ne pas en rester là. Je fais partie des gens qui en ont marre. On nous enlève nos droits, nos espoirs, et même les quelques maigres acquis… »

Tout à coup il s'interrompt, conscient que son discours flotte dans un brouillard peu convaincant. Teresa le regarde avec un air de compassion.

« Moi aussi, j'en ai marre, parfois. Mais ce n'est pas une raison… »

Marco s'emporte.

« Ah, non, s'il vous plaît ! Je sais où vous voulez en venir. Mais c'est trop facile ! On met certaines valeurs au-dessus de tout et on se permet de juger les choses de haut, sans descendre de sa tour d'ivoire, sans comprendre.

– Et toi, qu'est-ce que tu fais ? Tu ne mets pas certaines valeurs au-dessus des autres ?

– Justement, nous sommes quittes. Pourquoi me regardez-vous comme ça, hein ? Peut-être qu'au fond de vous, vous pensez que je n'ai pas complètement tort ?

– Non. C'est seulement que je ne te comprends pas.

– Je vous l'avais dit, que je ferais mieux de ne rien expliquer.

– Si on ne se comprend pas, en effet, c'est inutile. »

Teresa se lève. Elle demande à aller se coucher. Marco la suit. Il attend devant la salle de bains qu'elle finisse de se préparer, et devant sa chambre qu'elle se déshabille. Puis il s'installe à quelques mètres d'elle, dans un vieux fauteuil.

« Qu'est-ce qui se passe ? », dit Teresa en se réveillant en sursaut.

Elle se redresse, cherche le bouton de sa lampe de chevet, l'allume.

« Chut ! S'il vous plaît. »

Marco est debout, son pistolet entre ses mains tremblantes, la bouche crispée en une grimace de rage contenue, les yeux fixant le plafond. De l'étage au-dessus lui parviennent les bruits d'une perquisition et la voix de sa mère qui proteste, sans qu'on l'écoute.

Ils sont dans sa chambre, à présent. D'abord le bureau. Puis l'armoire. Les tiroirs renversés sans ménagement. Ses affaires manipulées, examinées, malmenées, rejetées ou confisquées une à une. Les voix qui se chevauchent. Le bris d'un objet. Les menaces voilées (« Et vous, vous ne savez rien, pas vrai ? Aucun soupçon, aucun signe bizarre, c'est bien ça ? »).

Marco se raidit. Il tend son pistolet vers le haut, fait bouger le canon de droite et de gauche, comme s'il cherchait à viser un objectif qui se déplace sans arrêt sur le plafond.

Teresa, sans se lever du lit, lui parle :

« Calme-toi, Marco, ne fais pas de bêtises. »

Il la regarde. Dans sa voix, il a senti une inflexion particulière.

« Pose ce pistolet. Tu ne peux rien faire. »

Ce sont les mots qu'il fallait, ceux qu'il avait besoin d'entendre. Il se rassied et laisse tomber par-dessus le bras du fauteuil la main qui tient l'arme.

La perquisition se termine. Des talons qui claquent sur les marches en descendant l'escalier. Sa mère qui commence à ranger l'appartement dévasté, en se lamentant et en invoquant les saints d'une voix de petite fille. Marco serre son poing, le porte à sa bouche, mord.

Teresa écarte les couvertures et fait mine de descendre du lit.

« Tu veux que je monte l'aider ? »

Il se tourne, incrédule.

« Qu'est-ce que vous dites ?

– Si tu veux, je peux monter lui demander si elle a besoin d'un coup de main. »

Les lèvres de Marco dessinent l'ébauche d'un sourire sans gaieté.

« Tu n'as pas confiance, hein ? »

Marco soupire en soufflant par le nez.

« À ma place, vous auriez confiance ? »

Teresa réfléchit quelques secondes.

« Non. Tu as raison », répond-elle enfin.

Elle se recouche, ramène les couvertures sur elle, éteint la lumière.

Avant que le silence se fasse, un temps indéfini s'écoule. Marco s'est assoupi. Quand il rouvre les yeux, l'aube se lève.

Le lit de Teresa est vide. Marco saisit son pistolet qui a glissé à côté du fauteuil et bondit sur ses pieds. Une vague de remords l'assaille tandis qu'il regarde autour de lui, à la recherche de Teresa. Comment a-t-il pu être aussi stupide ? Pourquoi ne l'a-t-il pas attachée ? Ou au moins enfermée à clef ?

Il regarde dans la salle de bains. Personne. Se précipite dans la cuisine. Presse l'interrupteur. Pas de courant. Ouvre la porte du débarras et pointe son arme, dans le noir. Rien.

Un léger bruit lui parvient du vestibule. En trois pas, il y est, tenant son pistolet à deux mains, à hauteur d'homme. Dans la pénombre, il reconnaît la silhouette de Teresa, qui fouille dans le placard aux compteurs.

« Écartez-vous de là ! ordonne-t-il.

– Quoi ? », fait-elle en se retournant.

Marco s'avance, l'éloigne brutalement des compteurs. L'épaule de Teresa heurte le mur.

« Qu'est-ce que vous fichiez, hein ? demande-t-il d'un ton accusateur.

– C'est le courant. Il a sauté. »

D'un geste exaspéré, Marco empoigne la manette du compteur et la tire vers le haut, comme pour la démentir. Mais aussitôt, la lumière s'allume. Marco clignc lcs yeux.

« Ça arrive tout le temps », dit Teresa en se massant l'épaule.

Marco la regarde, éberlué. Elle attend.

« Depuis combien de temps êtes-vous levée ? »

Le pistolet entre ses mains paraît terriblement hors de propos.

« Un quart d'heure, vingt minutes », répond-elle, comme si elle disait « aujourd'hui, nous sommes lundi ».

« Vous plaisantez ?

– Je te laisse juge. »

Marco, interdit, ne dit rien. Elle laisse passer quelques secondes.

« Je peux faire le café ? »

Marco hoche la tête, embarrassé. Elle fait volte-face et se dirige vers la cuisine. Il la suit, mollement. Teresa ouvre le placard au-dessus de l'évier et prend la cafetière, le paquet de café moulu et le sucre. Marco s'assied tandis qu'elle emplit le filtre métallique et le réservoir d'eau, puis allume un des brûleurs.

« Je vous ai fait mal, tout à l'heure ? demande-t-il, honteux.

– Ce n'est rien, dit Teresa.

– Je suis désolé, j'ai cru...

– Que j'avais filé pendant que tu dormais et que j'étais peut-être déjà au commissariat, en train de te dénoncer ?

– Oui. C'est ça. »

Teresa soulève le couvercle de la cafetière, puis le laisse retomber.

« Pourquoi ne l'avez-vous pas fait ? », insiste Marco.

Teresa hausse les épaules. Elle pourrait peut-être lui répondre que c'est sans importance, puisqu'elle n'y est pas allée. Ou qu'elle ne voulait pas se retrouver toute seule. Ou encore, que ce sont ses affaires.

Mais la vérité, c'est qu'elle n'a pas envie de lui répondre, tout simplement. Et elle reste muette.

La cafetière crache un jet de vapeur.

Tout le reste de la journée, Marco laisse de côté son pistolet. Teresa s'occupe de l'appartement, en prenant garde à ne pas le déranger dans ses pensées, ses interrogations. Vers midi, elle prépare quelque chose à manger, mais Marco y touche à peine ; puis elle fait la vaisselle, va s'étendre dans sa chambre et sommeille une petite heure. Se lève, vient se montrer à la porte de la cuisine. Le téléviseur est allumé, le volume du son très bas. Marco a les bras croisés sur la table, sa tête repose dessus. Dans sa main droite, détendue par le sommeil, la télécommande.

Teresa s'avance sur la pointe des pieds, prend la télécommande et éteint. Puis elle retourne dans sa chambre, s'habille pour sortir et attend qu'il s'éveille. Quand elle l'entend bouger, elle retourne dans la cuisine.

« Il faut que j'aille à la pharmacie, dit-elle.

– Quoi ?

– Je dois prendre mon médicament. Je n'en ai plus. »

Marco est un peu déconcerté.

« Tiens, regarde », dit-elle en lui tendant l'ordonnance.

Marco la prend, mais ne la lit pas. Il remplit ses poumons, expire par le nez. Puis lui rend l'ordonnance. Teresa, les mains serrées sur la poignée de son sac, attend sa permission.

Pourquoi ne pas lui faire confiance ? Après tout, elle l'a mérité.

« Oui, allez-y. »

Teresa s'éloigne. Marco reste où il est, les yeux fixés sur le réfrigérateur.

« Marco… »

Sa voix lui arrive du vestibule. Il se tourne.

« Je reviens tout de suite, ne t'inquiète pas. »

Marco hoche la tête. Mais comme il semble définitif, le bruit de la serrure qui s'ouvre et se referme…

Il se frotte le visage comme s'il se lavait sans eau. Il se passe les doigts dans les cheveux. Puis jette un coup d'œil à ses notes. Se lève. Va dans la chambre de Teresa, pose son pistolet sur la table de chevet, s'étend sur le lit et s'assoupit.

La sonnette le réveille en sursaut. C'est la troisième fois qu'on sonne.

Il saute du lit, saisit son pistolet, fait un pas dans le couloir. La sonnette retentit encore, longuement. Il ferme les yeux et serre les paupières, partagé entre la déception et la compréhension. Si Teresa l'a trahi, il ne lui en veut pas, au fond. Il tient son pistolet à deux mains, le canon dirigé vers le bas. Il se prépare. Il va mourir, peut-être. D'un instant à l'autre. Dans l'appartement de la voisine du dessous.

Quand Teresa, chargée de deux sacs portant le logo du supermarché voisin, sort de l'ascenseur et découvre les deux inconnus plantés devant sa porte, elle a l'impression de se mettre à danser tant ses jambes tremblent soudain. Mais ce n'est qu'un instant : elle prend son souffle et passe à l'action.

Ils la regardent s'avancer vers eux.

« Vous désirez ? demande Teresa.

– Vous habitez ici ?

– Oui, j'habite ici. Mais vous, qu'est-ce que vous faites devant chez moi ? », répond-elle, chancelant un peu à cause du poids des sacs.

Les regards des deux hommes se croisent.

« Police, madame. Nous voulons seulement vous poser quelques questions.

– À moi ? Mais pourquoi ? J'ai fait quelque chose ?

– Non, pas du tout. Mais nous rassemblons des informations.

– Je vous écoute », dit Teresa en posant ses sacs par terre.

Le policier semble avoir les idées confuses.

« Vous n'avez rien remarqué de bizarre ces derniers jours ?

– De bizarre ? Qu'est-ce que vous me racontez ? répond-elle en les regardant comme deux pestiférés.

– Dans l'immeuble, je veux dire, précise l'homme, un peu gêné. Auriez-vous vu ou entendu quelque chose d'anormal ? Des allées et venues inhabituelles, des gens que vous ne connaissez pas ?

– Vous me faites peur ! Qu'est-ce que c'est que ces histoires ? »

L'autre policier secoue la tête vers son collègue, l'air de dire « Nous perdons notre temps ».

De l'autre côté de la porte, Marco écoute le dialogue réplique par réplique, angoissé, ému aussi par la comédie que joue pour lui Teresa. Il est au bord d'un précipice et s'il ne tombe pas, ce sera grâce à elle.

« Très bien, excusez-nous, dit le premier policier.

– Mais enfin, je peux savoir ce qui se passe ? s'écrie Teresa tandis que les deux hommes s'éloignent.

– Rien, rien, dit le second. Un simple contrôle, la routine. Ne vous inquiétez pas. »

Ils s'en vont.

Teresa reprend ses sacs, les porte jusqu'au paillasson, les pose, prend sa clef dans sa bourse, saisit de nouveau les sacs, pousse la porte avec son pied, entre, referme. Toute la tension de son petit numéro lui tombe d'un coup sur les épaules, elle sent comme une bouffée de fièvre. Elle se laisse glisser sur le sol, ferme à demi les yeux et ouvre la bouche, brusquement assoiffée d'air.

Marco, qui était plaqué contre le mur du couloir, surgit et se précipite vers elle. Il lui pose ses mains sur les épaules et lui parle, la voix débordante de reconnaissance.

« Madame Teresa, madame Teresa… »

Teresa est pantelante.

« Ce n'est rien, ça va passer, ne t'inquiète pas…

– Bien sûr que si, je m'inquiète. »

D'un geste naturel, il lui prend la main et la serre entre les siennes.

Elle sourit. Elle est contente.

« Tout ça est ma faute, si vous saviez comme je m'en veux », dit Marco.

Teresa semble respirer à grand-peine.

« Aide-moi à marcher jusqu'à ma chambre, s'il te plaît. »

Marco la relève, la soutient jusqu'à son lit, l'aide à s'étendre avec toute la délicatesse dont il est capable. Il plie l'oreiller en deux et le glisse sous sa tête. Puis il soulève un peu ses jambes en les prenant par les chevilles et saisit un coussin.

« Pour que le sang remonte à la tête. Vous vous sentirez mieux plus vite. »

Elle l'arrête d'un geste.

« Sois gentil, prends plutôt mon médicament dans mon sac. »

Marco repose ses jambes.

« Tout de suite. »

Il court jusqu'au vestibule, ramasse le sac de Teresa, en tire la petite boîte emballée dans du papier à croix verte et retourne aussitôt dans la chambre.

« Qu'est-ce que je dois faire ?

– Onze gouttes dans un demi-verre d'eau. »

Marco court dans la cuisine, prend un verre et de l'eau, revient, s'assied à côté d'elle, compte les gouttes, lui tend le verre et l'aide à se tenir droite pendant qu'elle boit.

Teresa se laisse retomber sur l'oreiller et reprend peu à peu des couleurs. Au bout de quelques instants, Marco lui parle.

« Vous savez quel risque vous avez couru ? Dans quel pétrin vous vous êtes fourrée ? Pourquoi avez-vous fait ça ? »

Teresa s'étonne de sentir les mots lui venir aux lèvres avec tant de naturel.

« Parce que tout à coup j'ai eu peur qu'ils te tuent. Parce que tu ne te laisseras pas arrêter sans tirer, je le sens. »

Marco ne sait que dire. Ses yeux brillent. De nouveau, il prend sa main entre les siennes. Elle lui parle les yeux fermés.

« Ne t'en va pas d'ici.

– Comment voulez-vous…

– Reste. Je vais m'occuper de toi. »

Marco lui sourit, ému.

« Voyons, qu'est-ce que vous dites, je ne peux pas rester indéfiniment. Et puis, il y a des gens que je dois aller retrouver. »

Elle tourne la tête et fait vaguement oui, en déglutissant. Marco serre sa main plus fort.

« Tôt ou tard, ils viendront fouiner ici aussi. Je dois faire vite. »

Teresa expire avec le nez.

« Mais je ne peux pas partir sans votre aide. »

Une poignée de secondes s'écoule ; on dirait, à sa façon de remuer les lèvres, que Teresa s'attendait à cette requête. Elle retire sa main, que Marco gardait encore dans le creux des siennes, et se redresse.

« Dis-moi ce que je dois faire. »

En fin d'après-midi, Teresa ressort de chez elle. Elle a pris un autre sac, genre cabas, beaucoup plus grand que celui qu'elle emporte d'ordinaire. En franchissant le seuil de l'immeuble, elle regarde la rue d'un air méfiant. Puis se met en marche d'un pas régulier, bien qu'à l'intérieur elle soit très agitée. Elle arrive à l'arrêt du bus, juste après le coin de sa rue, et attend.

Elle descend à la station indiquée. Un bref trajet à pied, puis elle entre dans le magasin dont Marco lui a donné le nom.

Le mur du fond est entièrement recouvert de téléviseurs de toutes les tailles, tous réglés sur la même chaîne. Il y en a un tellement grand qu'on croirait un écran de cinéma. Teresa lit, scandalisée, le prix sur l'étiquette, puis elle prend quand même grand plaisir à le regarder, éblouie par la qualité de l'image. Le son aussi l'étonne : si pur, si net, si vrai que c'en est presque dérangeant.

Les vitrines des présentoirs au centre du magasin sont remplies de téléphones portables. Plus loin, c'est le rayon des ordinateurs. Teresa prend un petit feuillet de bloc-notes dans la poche de son manteau et s'approche du comptoir d'accueil. L'employé lui sourit, intrigué.

« Bonjour. Que puis-je pour vous ?

– Je voudrais un ordinateur portable.

– Ah. Aucun problème. C'est un cadeau ?

– Oui, un cadeau.

– Vous savez déjà quel modèle vous désirez, ou je vous en montre quelques-uns ?

– Non, regardez, c'est noté ici. Moi, je n'y comprends rien », dit Teresa en lui tendant le papier.

L'employé lit, puis hoche plusieurs fois la tête.

« Oui, nous avons ça, bien sûr. Patientez quelques instants, s'il vous plaît ? Je vais en chercher un au dépôt. »

Il s'éloigne.

Teresa, en l'attendant, se promène dans le magasin. Un vrai supermarché de la technologie. En flânant vers l'électroménager, elle découvre une alcôve garnie d'un canapé en cuir à deux places entouré d'appareils hi-fi dans toute la gamme des prix. Sur le canapé, un casque avec une antenne. Teresa hésite un instant, puis s'assied. Elle place le casque sur sa tête, ferme à demi les yeux et s'appuie, détendue, aux coussins du divan, tandis qu'un morceau de musique classique l'enveloppe tout entière.

Au bout d'un petit moment, elle sent une main sur son épaule. Elle rouvre les yeux et découvre l'employé, penché sur elle, qui la regarde. Sous son bras, il tient un colis en carton épais. Teresa retire le casque.

« Excusez-moi.

– Je vous en prie, ça arrive tout le temps. Chaque fois que je perds un client de vue, c'est ici que je viens le chercher. »

Ils retournent vers les caisses. Le vendeur ouvre le colis, donne quelques brèves indications à Teresa sur les conditions de garantie, un coup de tampon, referme le carton et le glisse dans un sac en plastique.

« Voilà. Il y a aussi la fiche pour le raccordement à l'Internet. Je vous la mets avec la garantie. »

Teresa lui tend une carte de crédit qui était prête au fond de sa poche avec le feuillet de bloc-notes.

« Ah, une carte revolving. Pratique, hein ? Moi aussi, je vais en prendre une pour ma femme. »

À ce moment, une légère rougeur monte aux joues de Teresa.

Le vendeur lui fait taper le code qu'elle a mémorisé, lui tend le sac en le tenant par les poignées et la salue très poliment.

Teresa sort du magasin et regarde autour d'elle. Elle traverse la rue, entre dans un bar et commande un décaféiné. Puis elle va aux toilettes. Elle ôte la boîte en carton du sac et l'ordinateur de la boîte en carton. Elle glisse dans son cabas l'ordinateur et la fiche de connexion à l'Internet. Elle remet la boîte dans le sac, puis sort des toilettes et du bar et se dirige vers l'arrêt du bus, qui arrive quelques instants plus tard. Teresa monte et s'assied, son cabas à un bras et le sac en plastique contenant le carton à l'autre. Elle descend à la station juste avant celle du coin de sa rue. Là, elle repère le conteneur à ordures le plus proche, en soulève le couvercle et y jette le sac en plastique avec l'emballage en carton. Elle fait le reste du chemin à pied.

Devant la porte de l'immeuble, une dame l'attend. Elle aussi rentre des courses, elle a un sac d'épicerie à la main. Elle l'a vue arriver et maintient le battant ouvert avec son pied. Teresa, la reconnaissant, est un instant désemparée, mais elle se hâte et entre la première, en la remerciant.

« Comment allez-vous ? Il y a longtemps… »

La dame retient à grand-peine ses larmes.

« Ça va comme ça peut.

– Qu'est-ce qui s'est passé cette nuit ?

– Allez savoir ! Ils ont mis l'appartement sens dessus dessous.

– Oui, je les ai entendus.

– Ça ne m'étonne pas, tout l'immeuble a dû les entendre. »

Teresa serre très fort les poignées de son cabas pour ne pas perdre pied en mentant.

« Je suis vraiment désolée pour vous…

– Merci. Merci beaucoup. »

Elles prennent l'ascenseur. Avant de lui dire au revoir, Teresa recommande à la dame de ne pas hésiter si elle a besoin de quelque chose.

En rentrant, elle trouve Marco dans la cuisine, comme toujours posté devant le téléviseur.

« Tout va bien ? demande-t-il, content de la voir.

– Oui. J'ai tout fait comme tu m'as dit.

– La boîte ? Vous vous êtes souvenue de la jeter avant de rentrer ?

– Bien sûr. »

Marco ouvre le cabas et en sort l'ordinateur tout neuf. Une lumière nouvelle, pleine d'espoir, éclaire son visage.

Teresa prend dans sa poche la carte de crédit et la lui tend.

« Voilà.

– Merci. Merci beaucoup. »

Teresa sourit d'entendre les mêmes mots qu'a prononcés sa mère quelques instants plus tôt, avec la même intonation.

Marco s'affaire devant l'ordinateur et le configure rapidement. Teresa l'observe comme si elle assistait à l'expérience d'un alchimiste. Marco tire un trousseau de clefs de sa poche, en détache une clef USB qu'il insère dans une des prises de l'appareil, ouvre un fichier Word et se met à lire avidement. Teresa s'assied, attentive à ne pas faire de bruit comme si elle craignait de créer une interférence. Marco s'en aperçoit et sourit. Il se frotte le menton, réfléchit, secoue la tête ou acquiesce tout en faisant défiler les lignes du texte avec le curseur. Puis il s'arrête et fixe tout à coup l'écran, comme s'il venait de tomber sur l'information qu'il cherchait. Il appuie sur plusieurs touches à la fois, en se servant de ses deux mains. Ensuite, il prend la fiche de connexion à l'Internet, ouvre son portefeuille, en tire une nouvelle puce téléphonique, l'applique à la fiche et insère celle-ci dans l'ordinateur. Quelques réglages, et il a tôt fait de se connecter, puis d'envoyer un e-mail (d'un mot seulement) à une adresse qu'il a copiée sur le fichier Word. Enfin, il retire la fiche. Il croise les doigts, étire ses mains au-dessus de sa tête, les glisse dans ses cheveux et regarde Teresa, assise en face de lui, qui prend quelques secondes avant d'ouvrir la bouche.

« Mais qu'est-ce que tu as fabriqué ?

– Rien de particulier. J'attends des nouvelles, maintenant. Ensuite, je vous demanderai un autre service, le tout dernier, et c'en sera fini.

– Tu t'en iras ?

– Je m'en irai, oui, répond Marco, un peu mal à l'aise.

– J'ai vu ta maman. »

La mâchoire de Marco semble perdre une vis de fixation.

« Quand ?

– Tout à l'heure. À l'entrée de l'immeuble.

– Comment va-t-elle ?

– Je lui ai dit que si elle a besoin de quelque chose, je suis là. »

Marco encaisse avec une grimace de chagrin la réponse évasive de Teresa. Par un élan naturel, qui s'adresse sans doute à sa mère, il tend la main et lui frôle la joue. Mais Teresa accepte volontiers cette caresse.

« Pouvez-vous me faire une promesse ?

– Oui.

– Ne lui dites rien. Quoi qu'il arrive.

– Pourquoi, qu'est-ce qui va arriver, Marco ?

– Rien. Seulement, je préfère qu'elle ne sache pas que j'ai séjourné ici.

– Bon.

– Promis ?

– Promis.

– Merci. »

Marco regarde sa montre, puis l'ordinateur.

« Marco…
– Oui ?
– Qu'est-ce qui va arriver ? »

Marco réfléchit encore à sa réponse quand la sonnette retentit. Il fixe Teresa d'un air de frayeur, comme s'il attendait qu'elle lui indique ce qu'il doit faire.

« Reste calme, dit-elle. Va dans ma chambre. »

Marco saisit l'ordinateur, son carnet de notes et les fiches électroniques et fait ce que lui a dit Teresa. Elle rajuste un peu ses cheveux, se dirige vers la porte, respire profondément. Puis elle soulève le cache de l'œilleton et regarde.

Elle se tourne vers Marco, qui, dans l'encadrement de la porte de sa chambre, la questionne du bout des lèvres, en silence. Elle pose son index sur sa bouche. Ouvre la porte.

À la façon dont elle regarde la mère de Marco, on pourrait croire qu'elle s'attendait à sa venue. Elle paraît plus défaite que tout à l'heure dans l'ascenseur. Les cheveux attachés à la diable, une robe pour le ménage, très usée, et sous les yeux des cernes plus marqués.

« Rebonsoir, madame Teresa, excusez-moi… Est-ce que je peux entrer ?

– Bien sûr, je vous en prie. »

Elle la reçoit dans la cuisine, où un moment plus tôt se trouvait son fils. Cette pensée lui cause un embarras coupable, qu'elle prend bien garde de dissimuler. Derrière la porte de la chambre, Marco serre entre ses dents l'index de sa main droite, comme lorsque le médecin prévient qu'il va vous toucher à l'endroit douloureux et qu'on se prépare à avoir mal.

Sa mère s'assied, retenant avec peine les larmes qui lui montent aux yeux, et s'excuse aussitôt.

« Ne vous inquiétez pas, avec moi ça n'a pas d'importance, dit Teresa en lui touchant le bras.

– Vous savez, je n'en ai parlé à personne. Et je me sens toute bizarre d'être venue vous trouver.

– Vous avez très bien fait, soyez tranquille. »

La mère de Marco renifle.

« Vous n'imaginez pas ce que c'est de rentrer chez soi et d'avoir peur d'allumer la télévision. Si j'entends l'indicatif du journal, j'ai le cœur qui bat tellement que je me demande comment je fais pour ne pas m'effondrer par terre. »

Teresa voudrait bien lui dire quelques mots pour l'apaiser, mais la mère de Marco semble n'avoir besoin que d'une oreille ; aussi choisit-elle de se taire.

« Je n'y crois pas, à tout ce qu'ils racontent. »

Elle passe sa langue sur sa lèvre supérieure et construit la phrase suivante.

« La politique ! Mais qu'est-ce que c'est que ces histoires ? À la maison, il n'en a jamais parlé ! Vous entendez ? Jamais ! Pas une fois, pas un mot.

– J'ai vraiment de la peine pour vous, dit Teresa.

– J'ai peur, madame Teresa. » La mère de Marco baisse la voix comme si elle en venait vraiment au fait. « Pourquoi est-ce qu'il ne revient pas ? S'il n'a rien fait, et je le sais bien, moi, qu'il n'a rien fait, pourquoi est-ce qu'il ne téléphone même pas ? Qu'est-ce qui lui est arrivé ? »

À cet instant précis, un bruit venant de la salle de bains, comme la chute d'un objet, interrompt le dialogue des deux femmes, qui se tournent d'un même mouvement dans cette direction, puis se regardent dans les yeux.

Teresa rougit. Elle n'a aucune idée de ce qu'il conviendrait de dire.

La mère de Marco se lève brusquement, comme si elle se sentait de trop.

« Excusez-moi, madame Teresa, je ne savais pas, il ne faut pas m'en vouloir… »

Et elle se hâte vers la porte. Teresa se lève à son tour et lui emboîte le pas, commençant à comprendre le quiproquo.

« Mais non, voyons, non…

– C'est ma faute, je suis descendue sans prévenir », coupe la visiteuse avec un geste de la main qui lui interdit d'en dire davantage.

Elle sort de l'appartement et monte l'escalier, très vite.

Teresa suit des yeux sa retraite, abasourdie. Puis referme la porte et reste un moment debout dans le vestibule. Il y aurait de quoi éclater de rire, si tout cela n'était pas si tragique.

Marco, à présent, est assis dans le fauteuil de la chambre, entre ses mains l'ordinateur allumé posé sur les genoux.

« J'ai cassé le petit miroir rond. »

Teresa ne fait pas de commentaire.

« Mais seulement la poignée », ajoute-t-il.

Teresa souffle un peu d'air par le nez.

« Excusez-moi, poursuit Marco. J'ai dû aller me mettre du coton dans les oreilles. Un peu plus et je vous rejoignais dans la cuisine.

– Ne t'inquiète pas. Elle allait mieux quand elle est partie. »

Marco esquisse une espèce de sourire, puis il change de sujet, comme s'il suivait un critère de priorité.

« Demain matin, à dix heures un quart. C'est le dernier service que je vous demande. »

Teresa s'assied sur le lit et écoute attentivement.

Le lendemain matin, Teresa sort de chez elle avec une confortable avance. Elle ne prend ni bus ni métro, car la journée est belle et l'endroit où elle se rend assez proche. À un kiosque, elle achète une revue consacrée à la pêche sous-marine.

À dix heures un quart, elle entre dans une papeterie nommée Mail Corner, qui propose également divers services : ordinateurs, cabines téléphoniques à prix réduit, transferts d'argent par Internet. À l'intérieur, des Noirs téléphonent, naviguent sur la Toile et font la queue pour les envois d'argent. Teresa avise un vendeur au menton orné d'une barbiche blonde et se dirige vers lui, en tenant bien en vue la couverture du magazine. Elle le prie de lui photocopier un article sur deux colonnes qui se trouve en page centrale.

Quand elle rentre, Marco a meilleure figure. Il a dû prendre une douche, car il dégage une odeur fraîche et ses cheveux sont humides. Teresa y voit le signe de son départ imminent, et ne lui parle pas de crainte de pleurer. Elle enlève son manteau, le pose sur le dossier d'une chaise de la cuisine, tire de son sac la revue de pêche sous-marine et la lui tend. Marco l'ouvre. Entre les pages, il y a une longue enveloppe, qu'il déchire. Elle contient un billet d'avion et une carte d'identité. Teresa va vers la fenêtre et regarde au-dehors. Elle reste là, immobile, tandis que Marco glisse le billet dans sa poche et la carte dans son portefeuille.

Dans le silence qui suit, Marco cherche quelque chose à lui dire. Il ne trouve rien.

« Il faut que je file. »

Teresa garde le dos tourné, sans bouger de l'encadrement de la fenêtre.

« Merci pour tout ce que vous avez fait, je ne l'oublierai pas. »

Il s'approche. Teresa n'arrive pas à faire volteface. Marco lui pose une main sur l'épaule. Elle se raidit. Retient son souffle.

Marco l'entoure de ses bras, sans demander qu'elle se retourne. Il la serre fort, lui donne un baiser sur la joue, un autre sur les cheveux. Puis, sans s'attarder davantage, il s'en va.

Teresa reste à la fenêtre jusqu'au moment où elle le voit sortir de l'immeuble, traverser la rue et s'éloigner calmement le long du trottoir. Alors seulement, elle se déplace et commence d'aller et venir dans l'appartement.

Son appartement, soudain vide.

Marco marche d'un pas rapide sans regarder les passants en face, comme il l'a vu faire à un acteur célèbre dans un vieux film. Il arrive à la station de métro, descend les marches. Devant la billetterie automatique, il fouille dans ses poches. Pas de monnaie. Il s'adresse à la marchande de journaux dont l'étal est un peu plus loin.

« Je ne vends pas de tickets », dit la femme.

D'un signe du menton, elle lui indique le guichet. Marco se tourne. Le guichet est bien là, à quelques pas dans le couloir, mais le rideau de fer baissé.

« C'est fermé, dit-il.

– Que voulez-vous que j'y fasse ? », rétorque la femme.

Marco jette un coup d'œil à sa montre.

« Et merde », maugrée-t-il entre ses dents.

En hâte, il se dirige vers les quais.

Teresa, les bras croisés, regarde les placards de sa cuisine. Elle tourne autour de la table. Elle fixe le plafond.

Il y a plusieurs sièges libres dans le wagon. Marco s'assied et lorgne le journal du passager voisin. Celui-ci s'en aperçoit et déplace son journal de côté, comme un écolier qui craint les copieurs. Marco commente son geste d'une grimace, baisse les yeux au sol et se perd dans ses pensées. Au bout d'un moment, une main lui touche l'épaule.

« Billet, s'il vous plaît. »

Marco regarde le contrôleur, embarrassé. Il se lève, fait mine de fouiller les poches de sa veste et de son pantalon. L'homme attend ; son expression révèle qu'il a assisté au même numéro des centaines de fois.

« Écoutez, je suis désolé, finit par dire Marco. Je ne le trouve pas.

– Je regrette, mais vous êtes en infraction. Il va falloir descendre à la prochaine.

– Descendre ?

– Oui, descendre. Qu'est-ce qu'il y a, vous n'êtes pas d'accord ? »

Allons, ce n'est pas bien grave, pense Marco en haussant les épaules. Inutile de s'énerver, il a encore largement le temps.

Au premier arrêt, le contrôleur invite Marco à le suivre jusqu'à un banc vide. Il sort son carnet de contraventions et commence à remplir un formulaire, tandis que le train se vide en partie et repart.

« Une pièce d'identité, s'il vous plaît. »

Marco, debout, lui tend la carte. L'homme la prend et transcrit ce qu'elle indique sur l'imprimé.

Parmi les gens qui viennent de descendre et s'acheminent vers les escaliers mécaniques, un homme jeune, dégarni, regarde dans la direction de Marco avec un air un peu alarmé. Celui-ci ne s'en rend pas compte, trop occupé à suivre la rédaction du procès-verbal. L'homme s'approche. Marco l'aperçoit au dernier moment, et il est pris de court.

« Salut, Marco ! Qu'est-ce qui t'arrive, je peux t'aider ? »

Le contrôleur lève aussitôt les yeux et regarde Marco en face.

« Comment ça, Marco ? Vous ne vous appelez pas Antonio ? »

Suit un silence bref et pesant, durant lequel le stratagème de Marco s'effrite sans remède. Il pourrait inventer quelque chose, dire peut-être qu'on ne l'appelle pas par son vrai prénom, ou que ce type le confond avec un autre : n'importe quelle excuse, même la plus bête. Au lieu de quoi, rien ne lui vient à l'esprit. Il reste cloué à son faux-fuyant éventé, incapable de trouver la moindre échappatoire, comme un gamin devant qui sa mère brandit la revue porno qu'il vient d'oublier dans les toilettes. Il fixe des yeux le contrôleur, fixe le copain inconscient du désastre qu'il vient de provoquer. Puis il fait brusquement volte-face et s'enfuit à toutes jambes vers l'escalier mécanique.

Le contrôleur lui crie de s'arrêter, et autre chose encore que Marco ne comprend pas. Maintenant, il court et ne pense plus qu'à courir, gravit les marches trois par trois tandis que sur son passage les gens s'écartent, effrayés.

Teresa, dans sa chambre, lisse les couvertures, caresse l'oreiller. Elle ouvre et referme les rideaux. S'assied dans le fauteuil, puis se relève.

Tout à coup, Marco s'immobilise, haletant comme un asthmatique. En haut de l'escalier mécanique, un policier est déjà là, l'arme à la main. Marco tire son pistolet et descend les marches à reculons. Une femme hurle. Le policier crie à Marco de jeter son arme, et en même temps prend à sa ceinture un grand téléphone et le porte à son oreille. Marco poursuit sa descente, le front baigné de sueur. Derrière lui, des gens sont collés aux parois de part et d'autre de l'escalator, qui continue à fonctionner. Quelqu'un invoque le Père Éternel. Se peut-il que tout finisse ainsi ? Pour un simple ticket de métro ? Il se retourne, dévale. Si une rame entre en gare tout de suite, il peut encore espérer s'en tirer.

À peine surgit-il d'un des deux couloirs qui conduisent aux quais que sur la plate-forme d'en face accourt un autre agent, l'arme au poing. C'est tout juste si Marco l'aperçoit : il tourne à droite et court le long du quai. À présent, un silence irréel semble régner dans la station.

Les deux policiers reparaissent quelques secondes plus tard, l'un à côté de l'autre. Ils repèrent Marco contre le mur, dans un coin au fond de la galerie, et commencent à avancer lentement. Marco serre son pistolet et le pointe vers eux. Aussitôt, ils pointent le leur.

« Ne fais pas de conneries, rends-toi tranquillement », lui conseille l'un des deux d'un ton raisonnable.

Marco tremble. Tout ça pour un ticket. Pour une foutue pièce d'un euro.

Teresa se traîne jusqu'au vestibule, prend ses clefs, ouvre la porte, sort de chez elle. Lentement, elle monte l'escalier et s'arrête devant l'appartement de Marco et de sa mère. Elle attend quelques instants, puis sonne. La mère ouvre presque aussitôt.

« Madame Teresa… »

Elle ne répond pas.

« Qu'est-ce qui vous arrive ? » demande la mère en s'écartant pour la faire entrer.

Teresa secoue la tête, révélant son incapacité d'ouvrir la bouche sans se mettre à pleurer.

Le téléphone sonne. La mère de Marco s'excuse et s'éloigne pour répondre.

« Pour la dernière fois, jette ton arme, tout de suite ! »

Marco hésite. Le sifflement de la rame qui entre en gare l'oblige à se tourner un instant. C'est pour cela qu'il tire. Il se serait laissé arrêter, peut-être, si ce bruit assourdissant ne lui avait fait presser la détente, par réflexe. Un tir maladroit, inutile, qui n'atteint aucune cible, comme le coup de pied dans un ballon d'un amateur empoté. Mais pour les policiers, cela suffit.

Tandis que le train s'arrête dans le vacarme de ses freins stridents, le corps de Marco tressaute comme s'il avait mis les doigts dans une prise de courant.

Lorsqu'il tombe à terre, son pistolet encore dans son poing, ses yeux prennent une expression mélancolique de résignation : celle d'un homme qui vient de découvrir qu'on l'a berné.

Teresa entend la voix de la mère de Marco qui parle au téléphone dans une pièce voisine. Son interlocuteur doit être un familier, à en juger par le ton qu'elle emploie. Elle reste quelques instants dans le vestibule, puis s'avance vers une porte entrouverte dans le bref couloir tout pareil au sien. Regarde, et entre. La chambre de Marco. Sa mère doit l'avoir remise en ordre il y a peu, tant elle est nette.

Teresa regarde autour d'elle. Le lit. La fenêtre. L'armoire. Un poster d'Alberto Sordi habillé en sergent de ville, l'index dressé et le menton levé avec un air mussolinien. Un bureau, et sur le bureau quelques livres et une photo dans un cadre. Teresa la prend pour la regarder de près.

Marco, quelques années plus tôt, avec les cheveux plus longs et une barbe, fait pipi contre un arbre. Ses mains sont devant lui, son visage tourné vers le photographe comme s'il le prévenait des conséquences si d'aventure il osait presser le bouton. Une image drôle, très drôle. Pourtant, Teresa ne sourit pas. Elle repose la photo sur le bureau et s'assied au bord du lit.

Dans l'autre pièce, la mère de Marco est encore au téléphone.

« Je ne sais rien, l'entend-elle dire entre deux sanglots, non, toujours aucune nouvelle. »

Teresa s'étend, sur le côté. Elle ramène ses jambes sur le couvre-lit, pose la tête sur l'oreiller, regarde un coin de la fenêtre.

IV

Giorgio Faletti

L'invité d'honneur

J'étais assis, l'air béat, dans un confortable fauteuil de bureau et en face de moi Mario Manni, le directeur de *Scout*, propriétaire du bureau et des fauteuils, me regardait avec l'expression d'un homme qui vient d'en voir un autre jeter un énorme pavé dans la mare.

« J'ai l'impression que c'est encore une de tes histoires.

– Jamais de la vie. Depuis quand je te raconte des histoires ?

– Tout le temps et depuis toujours. »

Je connaissais Mario et je savais qu'il avait grand-peine à renoncer au plaisir d'une repartie, surtout quand on la lui servait sur un plateau. Mais s'il s'imaginait que j'allais rester benoîtement à l'applaudir, il se trompait.

Je me levai.

« Bien. Je vois que ce petit reportage ne t'intéresse pas. Dans ces conditions…

– Non, attends. Bon sang, et ton sens de l'humour ? Tu l'as vendu ? Ça t'a rapporté combien ? »

Je me rassis.

« Beaucoup moins que la somme qui apparaîtra sur ton chèque quand je t'apporterai les photos et l'interview en exclusivité. »

Mario ôta ses lunettes de myope et se pinça le haut du nez entre le pouce et l'index de la main droite.

« Allons bon. » Il leva vers moi ses yeux de merlan. « Tu prétends savoir où se trouve Walter Celi… »

Je lui offris mon plus joli visage de crapule pour qu'il n'y eût pas d'équivoque : le jeteur de pavé dans la mare, c'était moi.

« Je ne prétends pas savoir où se trouve Walter Celi. Je sais. »

Sur le visage de Mario parut tomber du ciel une expression angélique.

« Ah oui ? Et où est-il ? »

J'eus envie de rire et ne m'en privai pas.

« Je ne le dirais même pas à ma propre mère, si elle était encore de ce monde. Alors, à toi, tu imagines ! Je sais très bien que dans la pièce à côté Lanzani aura bientôt des oreilles plus grandes que les ailes d'une coccinelle à force d'écouter tout ce que nous disons. Tu crois que je n'ai pas vu que tu as laissé l'interphone branché ? Si je te le disais, cette espèce de folle hystérique partirait ventre à terre avant que j'aie le temps de récupérer mon imper. »

L'air angélique de Mario se teinta d'incrédulité. *Tu quoque, mi fili*…

« Qu'est-ce que tu racontes ? Je… »

La porte s'ouvrit d'un coup et Benito Lanzani fit irruption dans le bureau.

« Falchi, je vais te botter le cul.

– Bravo. Je vois que tu es allé au catéchisme et que tu connais l'Évangile : fais aux autres ce que tu voudrais qu'on te fasse. Est-ce que tu vas jusqu'à tendre l'autre fesse ? »

La crise de nerfs n'était pas loin.

« Tu es une sale tête de con et je… »

Je l'interrompis avec un calme séraphique. Posant ma jambe sur le bras du fauteuil, je tendis la main avec un geste efféminé et me mis à compter sur mes doigts.

« Un : tu ne peux pas me griffer la figure parce que ce sont des manières de femme. Deux : tu ne peux pas non plus me frapper parce que ce sont des manières d'homme. Il ne te reste qu'à me haïr, et puis me haïr et me haïr encore. »

Un instant, j'eus l'impression que Benito Lanzani allait me sauter dessus, peut-être parce qu'un instant cette impression fut aussi la sienne.

« Ça suffit, vous deux ! »

Manni frappa le bureau de sa main ouverte. Il se tourna vers moi.

« Toi, boucle-la. Et toi… »

Il fusilla Lanzani du regard.

« Fiche-moi le camp, idiot. »

Le malheureux eut un sursaut de fierté offensée. On aurait dit Néron qui, après avoir chanté, aurait subi les quolibets en chœur des centurions. Il s'en alla, vexé, en claquant légèrement la porte. Sans doute irait-il incendier Rome.

Mario Manni tourna la tête vers moi comme s'il ne s'était rien passé, comme si, avec cette affaire d'interphone, je ne venais pas de le surprendre la main dans le pot de confiture.

« Combien veux-tu ?

– Cent mille.

– Quoi ? Tu es fou ! »

Je regardai le bout de mes doigts.

« Et si je vais proposer mes services à *Gossip*, tu paries qu'ils me les donnent, les cent mille ? Tu imagines le tirage que tu ferais avec une nouvelle de ce genre ? Sans compter que tu peux faire durer le plaisir, quelques bribes par numéro, comme pour Stéphanie de Monaco et son Ducruet ou pour Clinton et Monica. Ce que je vais t'apporter comme matière première, tu pourras le distiller sur deux mois.

– Je ne peux pas te filer cent mille euros pour cette histoire. »

De nouveau, je regardai le bout de mes doigts. La prochaine fois, il faudrait que je pense à donner un meilleur pourboire à la manucure. Beau travail.

« Alors, faisons autrement.

– C'est-à-dire ?

– Cinquante pour cent du chiffre que tu feras grâce à mon scoop. »

Il me fixa un moment, les yeux pleins de petits poignards comme Oncle Picsou dans les bandes dessinées.

« Va pour cent mille. »

Il prit mal mon sourire de triomphe.

« Je te hais.

– Toi aussi ? Tu n'aurais pas passé trop de temps avec Lanzani ?

– Allez, sors d'ici ! Je te fais préparer un contrat d'option et je te le faxe. Renvoie-moi un exemplaire signé. Le directeur va avoir un choc… »

Je me levai.

« Le directeur aura un choc quand il verra les retombées de ta manœuvre à toi. Tu as un pourcentage sur le chiffre d'affaires, pas vrai ? »

Porte-avions coulé. Il devint cramoisi et je me glissai hors de la pièce avant d'assister à un infarctus en direct. Sa voix m'arrêta.

« Falchi !

– Oui ?

– Comment t'es-tu débrouillé pour retrouver Walter Celi ? »

Je haussai les épaules.

« Eh bien, grâce aux qualités innées et indéfinissables qui font la différence entre un journaliste ordinaire et un grand journaliste. L'instinct, la déduction, le coup d'œil… »

Je refermai délicatement la porte, le laissant s'étouffer dans sa bile.

À peine sorti de chez Manni, j'aperçus Lanzani sur ma droite. Il parlait avec une rédactrice assise devant son ordinateur, un coude appuyé sur l'écran. Son regard n'était que venin. Je traversai la vaste salle dont les verrières s'ouvraient sur divers bureaux, sous le regard de leurs nombreux occupants, et m'approchai de lui qui me regardait avec une inquiétude grandissante. Ses fesses dans son caleçon devaient être serrées comme un étau. Arrivé devant lui, je le fixai droit dans les yeux.

« Benito, il y a une chose que je ne t'ai jamais dite. »

Sa voix trembla légèrement.

« Laquelle ? »

Il n'eut pas le temps de réagir. Je saisis son visage entre mes mains, l'attirai contre le mien et pressai violemment mes lèvres sur les siennes. Puis, avec une intensité digne de l'Actor's Studio :

« Je t'ai toujours aimé », dis-je.

Là-dessus, je fis volte-face et quittai les lieux, dans l'hilarité générale.

Rideau.

En fait de coup d'œil, il s'était agi d'un sacré coup de bol. Dans tout le pays, n'importe quel journaliste (ou prétendu tel) aurait volontiers donné une tranche de son derrière (et Lanzani volontiers plus qu'une tranche) pour découvrir ce qu'était devenu Walter Celi.

Or, j'étais le seul à le savoir.

Walter Celi avait été une énorme star de la télévision. Peut-être est-il plus juste de dire que Walter Celi, à une époque, avait *été* la télévision.

Et il l'était devenu en moins de temps qu'il n'en faut à Benito Lanzani pour lever un mignon à la gare Termini. (Mais n'en dites rien, par pitié. Pas à Lanzani, au mignon.)

En une période de prolifération de l'offre télévisuelle et de guerre sans pitié entre les deux géants – la RAI et Mediaset – et un troisième pôle toujours aux aguets et prêt à exploser d'un moment à l'autre, tout le monde était obsédé par la recherche frénétique de nouveaux programmes ou de nouvelles têtes. Au milieu de cctte pagaille, Walter Celi avait surgi sur le petit écran telle la comète de Halley : un phénomène comme on n'en voit qu'une fois par siècle.

Il avait débuté par hasard, après d'obscures années d'animation touristique dans les villages de l'Italie profonde, en présentant une émission pour la jeunesse : une brève « tranche » quotidienne avant le journal du soir sur une des chaînes de Mediaset.

Le succès avait été fracassant. Cet homme semblait un concentré de tous les dons qui font un animateur à succès. Il savait parler, il savait faire rire, il savait chanter et danser, et c'était en outre un très beau garçon dont les femmes raffolaient. Devant les studios stationnait en permanence une armée de groupies adolescentes qui s'arrachaient littéralement les cheveux dès qu'elles l'apercevaient, au point qu'une boutique de perruques, en face, aurait fait fortune.

Il pouvait porter n'importe quelles frusques, conduire n'importe quelle voiture, vanter n'importe quel produit : en une demi-heure, il lançait la mode et les ventes crevaient tous les plafonds.

En un mot, Walter Celi avait du *charisme*. Un charisme de tous les diables.

Son agent lui avait décroché un contrat exclusif pour cinq ans équivalant à ceux de tous les joueurs de la Juventus et du Real réunis et qui avait laissé les financiers de Mediaset pantelants pendant deux ou trois mois ; mais ils avaient respiré beaucoup mieux en découvrant leurs premières évaluations de bénéfices, et ç'avait été au tour des annonceurs de se sentir le souffle court en apprenant ce que leur coûteraient les spots avant, pendant et après ses émissions.

Et puis, la catastrophe.

Désormais, Walter Celi animait *Seulement le samedi*, un divertissement en direct sur une des chaînes de Mediaset (*of course*), et les records d'audience et de rentrées publicitaires valsaient allègrement de samedi soir en samedi soir. Dix épisodes étaient prévus, mais au vu des résultats on l'avait bien entendu supplié de continuer la saison suivante.

Pour avoir leur place dans *Seulement le samedi*, les annonceurs se battaient, les journalistes se battaient, les gens du show-biz se battaient, tandis que ces messieurs de Mediaset se frottaient les mains comme des boy-scouts tentant d'allumer du feu avec un bout de bois.

Pour la neuvième émission, j'étais présent dans le studio, ès qualités, car le groupe d'invités était exceptionnel. Une pop-star adulée des lolitas (et dont le dernier disque ne marchait pas très fort, mais on se garderait de le dire), la distribution au grand complet d'une superproduction américaine avec les deux bimbos à la mode du jour (le mâle et la femelle) et enfin Vicky Merlino, gironde starlette du cinéma populaire italien qui, après avoir fait baver toute la population masculine de la Botte, faisait baver celle des États-Unis au point de s'être ouvert les portes de Hollywood, où elle venait de tourner un film.

Le soir de l'émission, Walter avait annoncé Vicky et elle avait surgi des coulisses pour descendre les marches lumineuses dans le vacarme de l'orchestre. Quelque chose de bien glamour, comme il convenait à une vedette fraîchement débarquée de Hollywood, avec ce soupçon d'ironie distanciée qui ne fait jamais de mal mais que, selon moi, elle ne comprit pas tout à fait.

Bref, la belle s'était avancée tout sourire vers Walter, tendant les bras et lançant des « ciao, ciaaaao ! » sonores avant de l'étreindre et de le couvrir de baisers, puis, dans un mouvement si naturel qu'il paraissait soigneusement répété, elle s'était écroulée sur le sol.

Raide morte.

D'abord, tout le monde avait cru à un évanouissement dû à la fatigue ou au décalage horaire. Walter lui-même, en se penchant sur elle, avait lancé une boutade, du genre : « Eh bien, je ne savais pas que je te faisais tant d'effet ! » Mais quelques instants plus tard, on s'était rendu compte que son cœur ne battait plus.

Les téléspectateurs devant leur poste étaient horrifiés comme de juste, ce qui n'empêcha pas les parts d'audience d'atteindre à cet instant un pic frôlant les quatre-vingt-dix pour cent, jamais égalé par la suite. Tout de même, en dépit de l'adage, le spectacle n'avait pas continué.

L'autopsie avait établi que la cause du décès était entièrement naturelle : un accident cardio-vasculaire causé par une malformation congénitale dont Vicky ne savait pas qu'elle souffrait, ou dont elle n'avait jamais parlé.

Les journalistes, des vautours comme moi, s'étaient rendus à ses obsèques comme à des noces, si un peu d'humour noir m'est permis. Dans tous les kiosques du pays, la presse avait étalé ses gros titres en pleine page et les journaux télévisés n'avaient pour ainsi dire parlé de rien d'autre, même personne ne pouvait imputer à qui que ce fût la moindre responsabilité.

Quelques jours plus tard, Walter Celi avait disparu.

Il ne s'était pas retiré quelque part, prenant du temps pour réfléchir ou je ne sais quoi. Non : disparu, vraiment disparu, pfft ! volatilisé.

Son agent, ses amis, sa fiancée du moment (Walter n'avait plus de famille), les dirigeants de Mediaset, tout le monde restait assis à attendre qu'il donne signe de vie, ne fût-ce que par un coup de téléphone.

Et depuis quatre ans ils n'avaient pas bougé, dans leurs fauteuils, couverts de toiles d'araignée, mais le coup de téléphone n'était jamais venu. Personne au monde ne savait où il était.

Personne, sauf moi.

Quand je sortis de l'ascenseur en face de mon appartement (une petite garçonnière sympa – et horriblement coûteuse –, deux pièces mansardées avec vue sur les toits), ma nièce Sara était assise en tailleur devant la porte.

« Salut, beau mec.

– Salut, belle nana. Qu'est-ce que tu fais sur mon palier ?

– Je t'attendais.

– Ça, je m'en doute. Ça m'aurait étonné que tu attendes le métro.

– La concierge n'a pas voulu me donner la clef.

– Comme elle a bien fait ! À Noël, je lui donnerai une bouteille de vrai champagne, pas du mousseux comme l'an dernier. »

Elle se leva pour me laisser ouvrir la porte et me suivit à l'intérieur. Sara est la fille de mon frère Claudio, elle a dix-huit ans, elle est belle comme sa mère, grande et élancée comme son père et rusée comme la nièce d'Ulysse – je ne sais si je me fais bien comprendre.

Elle referma la porte au moment même où mon fax commençait d'expulser les feuillets du contrat d'option que m'envoyait Manni. Tandis que je les feuilletais, Sara regardait autour d'elle avec un air innocent.

« Qu'est-ce que tu as fait de mes diapositives ?

– Quelles diapositives ? »

Elle s'approcha de moi et m'enleva des mains les pages que j'avais sous les yeux.

« Riccardo, n'essaie pas de te faire plus bête que tu n'es. Tu crois que j'ai gobé ta petite histoire ? »

Quand elle m'appelle Riccardo, je sais qu'il faut entendre « gare à toi ». Et du coup, je compris très bien l'état d'esprit de Manni : en ce moment même, quelqu'un envoyait par le fond mon cuirassé. Qui plus est, ce quelqu'un, hélas ! était une gamine de dix-huit ans, sang de mon sang et plumes de mon plumage. Heureusement qu'elle n'était que ma nièce, non ma fille.

Pour tout dire, Sara était à l'origine du coup de bol dont j'ai parlé plus haut. Un séisme de magnitude six sur l'échelle de Super-Banco.

L'avant-veille au soir, j'étais allé dîner chez mon frère et ma belle-sœur, comme je le fais au moins une fois par semaine. Un ou deux jours plus tôt, Sara était rentrée d'un séjour en Guadeloupe et j'avais enduré sans protester – voire avec une certaine sympathie – la projection de ses diapositives de vacances. Nous étions assis tous les trois sur le divan du salon tandis qu'elle, debout, faisait défiler les images avec une commande rattachée au projecteur.

Clic : plage de sable blanc avec cocotiers *clic* : marché coloré avec amis de Sara négociant un prix *clic* : Sara seins nus sous les sifflements de ses admirateurs *clic* : promenade en bateau *clic*… Sur un des clichés, cependant, quelque chose avait attiré mon attention. Je lui avais demandé de revenir en arrière et je m'étais appuyé au mur pour mieux voir la photo. Mon cœur battait soudain très fort. Dans ma tête avide de charognard, je voyais déjà en superposition, étendu sur le sable des Caraïbes, le corps sans vie du directeur d'un quelconque journal de potins, décédé des suites de la grosse ablation financière que je saurais lui faire subir si ce que je voyais était vrai.

Car à l'arrière-plan de la photo, bien caché par une barbe, des lunettes noires et une casquette de baseball, j'avais reconnu Walter Celi.

Sara revint à la charge :

« Tu m'as emprunté mes diapositives sous une excuse aussi vaseuse que le *Titanic* après la collision. »

Pas mal, fillette. Elle avait même le don divin du sens de l'humour. On se demande de qui elle le tenait. À la place de mon frère, j'aurais demandé une expertise ADN.

Elle disait vrai. J'étais reparti avec ses diapositives, et l'excuse avancée, il fallait bien l'admettre… À peine rentré chez moi, j'avais scanné celle qui m'intéressait, l'image était apparue sur l'écran de mon ordinateur et j'avais zoomé sur la partie incriminée. Impossible d'avoir une certitude, à cause du rideau barbe + lunettes + casquette, et pourtant j'étais sûr de moi. J'avais interviewé Walter Celi un jour, au bord de la piscine d'un hôtel de Rimini, et j'avais remarqué une tache de vin rose foncé, en forme de losange irrégulier, juste au-dessus de son poignet. La tache était là, rougeâtre, qui se détachait sur la peau bronzée de l'homme à l'arrière-plan de la photo. J'avais embrassé ce beau garçon sur l'écran (comme Lanzani, mais lui se passe d'écran) et j'avais vu, dans ma petite tête de vautour, le cadavre du directeur de ma banque, étendu parmi les chiffres de mes comptes qui voltigeaient de tous côtés.

« Mais si, je t'assure, la qualité des photos et mon affection pour les paysages des Caraïbes… »

Elle m'interrompit d'un geste en s'asseyant devant l'ordinateur.

« Tonton… »

Quand elle m'appelle tonton après m'avoir appelé Riccardo, le « gare à toi » se fait plus menaçant.

« Tu es sympathique et en plus, tu es bel homme. Il y a deux ou trois de mes amies qui grimperaient volontiers au mur pour être à ma place en ce moment, mais leurs mères les préviennent que tu es un des plus grands fils de pute que cette ville ait connus, avec tout le respect dû à feu ma grand-mère.

– Sara, je suis stupéfait de ce langage dans la bouche d'une jeune fille comme toi.

– La jeune fille comme moi prend la pilule depuis trois ans et n'a aucune intention de se laisser mener en bateau par une fripouille comme toi, tonton ou pas tonton. Alors ? »

Avec un soupir tonitruant, je fis tomber les murs de Jéricho et passai aux aveux complets. Tout en parlant, j'allai dans la cuisine remplir deux verres de Coca-Cola frais. La voix de Sara s'éleva dans la pièce voisine.

« Ils te paient combien ?

– Trente mille.

– Le contrat qu'on t'a faxé dit cent mille. »

Zut. Sara n'était pas la nièce d'Ulysse, mais Ulysse en personne. Et moi un nigaud. J'avais laissé le contrat sur le fax, presque sous les yeux sherlockholmésiens de ma nièce.

Elle apparut à la porte de la cuisine.

« Comment comptes-tu le retrouver ? Cette photo ne veut rien dire. Il pouvait très bien être de passage. »

Je haussai les épaules et lui tendis son verre.

« C'est un point de départ. Une fois sur place, j'improviserai. Je montrerai la photo et il y aura bien quelqu'un qui l'aura vu, qui lui aura parlé… »

Je bus une gorgée.

« Si ça peut t'intéresser, je sais où il est. »

Une giclée de Coca jaillit de ma bouche et alla tacheter de noir les meubles blancs de la cuisine.

« Comment ça, tu sais où il est ?

– Je le sais.

– Où ?

– Combien ?

– Combien quoi ?

– Combien tu me donnes ?

– Tu veux être payée en échange d'une information qui…

– Une information qui te rapportera cent mille euros, mon cher Riccardo. »

Quand elle revient à Riccardo après m'avoir appelé tonton, c'est que tonton et Riccardo se sont fait posséder tous les deux.

« Combien veux-tu, vipère ?

– Une commission raisonnable. Disons trente pour cent.

– Tu es folle. Cinq.

– Vingt-cinq.

– Tu oublies quelque chose. Je pourrais le trouver tout seul !

– Crois-moi sur parole. Tu ne le trouverais jamais. »

Je ne sais pas pourquoi, je la croyais.

« D'accord, dix pour cent. »

Elle rit, en renversant la tête. Elle était totalement adorable et totalement exaspérante, et je ne savais si j'avais envie de l'embrasser ou de l'étrangler. Mais elle avait dans les yeux l'étincelle, l'immense étincelle qui rend l'homme différent de la bête. Oh ! oui, elle l'avait.

« Quinze et n'en parlons plus.

– D'accord. Où est-il ? »

Elle rit de nouveau. Cette fois, je ne ressentais plus que l'envie de l'étrangler.

« Ce n'est pas la peine que je te le dise. De toute façon, je pars avec toi.

– Oh, que non.

– Oh, que si. C'est une condition *sine qua non*. »

Manni, Manni, si tu étais ici, comme elle te réjouirait, cette petite scène de famille ! Celui qui a fait périr par l'épée…

« Occupe-toi des réservations et téléphone-moi. »

Elle prit le petit sac à dos qu'elle avait jeté sur un fauteuil, l'enfila sur son épaule et ouvrit la porte.

« Séjour à tes frais, bien entendu. »

Elle allait sortir, mais je l'arrêtai.

« Sara, dis-moi au moins une chose pour apaiser ma curiosité.

– Je t'écoute. »

Je posai ma question en entendant la voix de Manni ronronner dans mes oreilles :

« Comment diable sais-tu où se trouve Walter Celi ? »

Elle me regarda d'un air satisfait.

« Simple. C'est l'endroit où j'ai couché avec lui. »

Elle partit, me laissant avec une seule certitude : heureusement qu'elle était ma nièce et non ma fille.

Quand je sortis de la douche, je restai un moment debout à dégouliner et à savourer ma béatitude.

J'ai un petit problème avec les avions. Oh, rien de bien grave, disons que je me sens mal à l'aise dès que j'en vois un sur une affiche. Huit heures assis sur un siège rembourré de charbons ardents, l'oreille à l'affût de la moindre variation dans le son des moteurs, avaient fait ruisseler sous mes bras deux torrents de montagne. Quand cette satanée machine avait atterri à Pointe-à-Pitre, j'avais la sensation d'avoir aussi transpiré plusieurs saumons.

J'enfilai le peignoir et, dégouttant toujours, je sortis sur le balcon goûter le crépuscule antillais. À peine dehors, l'humidité m'enveloppa comme une feuille de cellophane et je fus accueilli par un retentissant chœur de grenouilles. J'avais réservé deux chambres à l'hôtel Méridien et je me rendis compte que ce concert me coûtait aussi cher que vingt places à celui des Rolling Stones, à ceci près que je ne pouvais me lever et partir si j'en avais envie.

À part la bande-son, rien à dire : le panorama était impeccable. La carte postale était là, devant moi, parfaite avec ses couleurs chatoyantes. Une chaleur humide comme un souffle sensuel, des palmiers, des cocotiers, une profusion de fleurs tropicales. Une plage de sable blanc et, au-delà, le ciel et la mer qui se disputaient l'horizon.

Tout charognard breveté que je suis, l'idée m'envahit soudain qu'en certains lieux, on est fragilement accroché à sa chambre comme l'est à la porte l'écriteau *Do not disturb*. C'est peut-être de la philosophie à la petite semaine, mais vaut-il vraiment la peine de se donner tant de mal pour passer dix jours de vacances sur telle île ou tel rivage où les gens peuvent nous regarder de haut parce qu'eux y vivent à demeure ?

Sara ouvrit sans frapper la porte qui séparait nos chambres et interrompit mes cogitations mélancoliques.

« Tu es prêt ? »

Je rentrai dans la chambre et, en me voyant, elle eut un mouvement d'impatience.

« Encore en peignoir ? Je suis morte de faim ! »

Je la regardai avec une mine surprise.

« Baronne, vous ici ? Jamais je n'aurais cru que vous auriez quitté votre Oxfordshire natal en pleine saison de polo…

– Eh bien, Milord, répliqua Sara, dès que Votre Grâce aura revêtu sa noble personne des oripeaux convenables, oserai-je lui demander d'accompagner la baronne *to stuff her face* avec quelques produits de la cuisine locale ? »

Ma nièce avait un excellent sens de la repartie, et au surplus, dans cette situation plutôt rocambolesque, elle réussissait à être ravissante. Encore quelques années et elle allait devenir une femme resplendissante, pour peu que personne (un oncle, par exemple) ne la tue avant.

Je poursuivis sur le même ton.

« Serait-il présomptueux de prier Lady Ballbreaker de m'accorder un instant d'intimité pour que je m'habille ? »

Sara partit d'un éclat de rire qui fit trembler le lustre et rentra dans sa chambre en refermant sèchement la porte. Une fois seul, j'ôtai le peignoir et, souriant toujours, je m'aspergeai de déodorant et humectai mon cou d'un peu de parfum. Puis j'ouvris ma valise, enfilai un polo blanc et un pantalon en coton bleu nuit et me chaussai d'une paire de fulgurants mocassins Superga, blancs aussi, que la poussière aurait tôt fait de rendre insignifiants.

Je me regardai dans le miroir. Pas mal.

La même pensée affleura sur le visage de Sara quand elle me découvrit sur le pas de la porte, et sa bouche en cul de poule émit un petit sifflement d'admiration.

« Riccardo, est-ce que je t'ai déjà dit que plusieurs de mes amies…

– Oui, mais j'attends encore que tu me les présentes !

– Tu n'es qu'un vieux cochon. »

Je lui passai mon bras autour des épaules et l'attirai vers moi comme on le fait à une vieille amie.

« Pour être franc, je ne me sens absolument pas vieux. »

Nous riions, nous blaguions et nous nous aimions bien, peut-être parce que nous avions l'impression d'avoir au fond le même âge. Dans le couloir, nous croisâmes une femme d'une trentaine d'années, bronzée et plutôt belle, dont la tenue portait une indiscutable marque *made in USA*. Je vis à son regard et à son expression qu'elle croyait avoir repéré un brillant séducteur bientôt quadragénaire en villégiature avec une « jeune parente » adolescente. Si l'occasion s'en présentait, je lui expliquerais volontiers que la jeune parente n'avait pas de guillemets et moi rien d'un satyre, mais que si elle voulait m'inviter dans sa chambre, je serais disposé à essayer de le devenir. Hélas pour moi, j'avais autre chose à penser.

Ad augusta per angusta.

Nous surmontâmes sans dommage l'accès de mutisme que provoque tout séjour dans un ascenseur et, débarqués dans le hall de l'hôtel, suivîmes d'un œil sagace les flèches qui promettaient le restaurant. Miracle des voyages organisés, nous aboutîmes en effet à un restaurant en terrasse, dont la déco avait dû être confiée au designer du Paradis terrestre, car tout semblait n'y être que plantes. Il faudrait que je prenne garde à ne pas commander de pommes.

Des serveurs, blancs, noirs et de toutes les nuances entre les deux, allaient et venaient entre les tables, en hâte discrète et veste immaculée.

Un maître d'hôtel à fine moustache, foncé comme le Fantôme Noir de Mickey Mouse, vint s'occuper de nous et nous guida jusqu'à une table. Au moment de commander, je m'aperçus que le français de Sara était bien meilleur que le mien et, lâchement, je la laissai aux prises avec le menu.

« Cuisine antillaise ?

– Bien sûr ! »

À son regard approbateur, je sus que j'avais marqué un point. Ni elle ni moi n'appartenions à cette catégorie d'Italiens qui voyagent en jetant des regards de dégoût aux mets du monde entier et veulent manger des spaghetti sous toutes les latitudes.

Elle eut avec le Fantôme Noir un conciliabule d'une animation inquiétante, puis me laissa choisir le vin. J'optai pour un blanc néo-zélandais, excellent quoique peu connu, ce qui me valut le regard de considération que les maîtres d'hôtel réservent d'ordinaire aux connaisseurs.

Nous attendîmes notre repas en sirotant le vin au vague arôme d'agrumes et en observant les autres clients assis à la terrasse, sans nous priver de commentaires à voix basse. Nous riions fort, nous nous sentions très bêtes et cela nous était bien égal.

Ma nièce leva les yeux et s'aperçut que je la regardais avec une intensité particulière.

« Qu'est-ce qu'il y a ?

– Je pensais à toi.

– Et qu'est-ce que tu pensais ?

– Que si un jour je décide d'avoir une fille, je la fabriquerais en ayant près de moi une photo de toi. »

Elle rougit un peu et baissa de nouveau les yeux. Ce bref moment de gêne fut opportunément interrompu par l'arrivée de deux serveurs, un Noir et un Blanc, apportant notre dîner sur un chariot. Ils placèrent entre nous un grand plat creux surmonté d'une cloche et, au contraire du jeu d'échecs où les blancs doivent se mouvoir en premier, ils soulevèrent le couvercle avec une synchronie chorégraphique et nous révélèrent unc merveille compliquée à base de riz et de bananes.

Sur mon carnet de notes mental, je décernai un quinze sur vingt à la cérémonie et, quand j'eus goûté, un seize au plat.

Le silence des affamés tomba. Le Vautour vorace et sa nièce avalèrent à une vitesse impressionnante la copieuse nourriture et se préparèrent à affronter la cérémonie suivante, annoncée par le retour des deux serveurs avec leur chariot. Je m'aperçus avec effroi que Sara avait commandé assez de victuailles pour éradiquer la faim dans le monde et commençai à regarder la porte des cuisines comme le général Custer regardait la colline d'où allaient dévaler les Sioux.

Vers la fin, j'observai avec une admiration mal dissimulée ma nièce attaquant d'une cuiller entreprenante une glace colorée comme une bannière du Palio de Sienne et devant laquelle j'avais capitulé.

Du coup, je n'étais plus si sûr de vouloir une fille comme elle…

« Mes compliments », lui dis-je.

Elle leva ses yeux d'un bleu céleste et innocent.

« Pourquoi ?

– J'aimerais mieux financer tes études que tes repas. Tu viens de dévorer une année de maîtrise à la Sorbonne. Maintenant, je comprends pourquoi ton pauvre père trime du matin au soir… »

Sara rit joyeusement, ce qui ne l'empêcha pas de faire un sort à sa glace comme si elle lui vouait une haine personnelle.

« Mon père a des manies beaucoup plus coûteuses que mon entretien. Ma mère aussi. Tu ne sais donc pas que les petites filles délaissées et en manque d'affection…

– Ce n'est pas moi que tu feras pleurer avec les prétendus vices cachés de tes parents. C'est toi, plutôt, qui es une crapule comme on n'en a jamais connu dans la famille. »

En réalité, peu de familles étaient unies comme le trio qui formait mon noyau affectif, et c'est pourquoi je le fréquentais avec une assiduité un peu teintée d'envie, même si je ne l'aurais jamais avoué, fût-ce devant l'Inquisition.

Une grande tasse de café américain arriva comme un armistice, puis j'allumai avec volupté un énorme cigare que le Fantôme Noir m'avait conseillé.

La vie, la vie, *dolce vita*…

Je soufflai un nuage de fumée qui dessina un cercle parfait dans l'air immobile. Bon signe. Avant qu'il se dissolve, je mis mon doigt à l'intérieur et fis un vœu. Ce fut un homme bienheureux et sûr de son avenir qui tourna vers sa jeune nièce des yeux affectueux.

« Quand tu as… disons, fait la connaissance de Walter Celi, tu ne l'as pas reconnu tout de suite ?

– Quand j'ai couché avec lui, tu veux dire ? Qu'est-ce qu'il y a, Riccardo, tu as peur d'appeler les choses par leur nom ? »

Elle me lança un regard moqueur et je me sentis un benêt.

« Non pas du tout. C'est seulement que j'ai un peu de mal à t'imaginer en mangeuse d'hommes. »

Sara s'appuya au dossier de sa chaise et ses yeux divaguèrent un instant.

« En effet, je ne le suis pas. C'est un cas spécial, très spécial… »

Elle s'interrompit, puis changea de sujet et revint à ma question.

« Quand tout ça est arrivé, je veux dire le succès retentissant de Walter et cette histoire de disparition, j'avais quatorze ans et je m'intéressais surtout à des musiques très différentes de la variétoche italienne… »

Je me rappelais très bien son exaltation adolescente pour un groupe de rock américain. Elle avait rempli sa chambre de posters de ces quatre garçons et nous avait rendus à moitié fous, son père et moi, jusqu'à ce que nous lui procurions un billet pour leur concert quand ils étaient venus en Italie. Puis ils s'étaient séparés. Sara avait pleuré toutes les larmes de son corps, mais la famille avait poussé un énorme soupir de soulagement.

Sara poursuivit, semblant surprise elle-même de ses passions enfantines.

« Je me fichais pas mal de ce qui passait sur les chaînes de télé. Je t'avoue que j'ai su qui était cet homme seulement quand tu me l'as dit.

– Alors, ça veut dire que tu n'avais pas compris…

– Exact. Je ne savais pas que c'était Walter Celi quand j'ai, euh… "fait sa connaissance", ici, en Guadeloupe. »

Imbécile que j'étais. Maudite inaptitude à feindre. Sara y avait gagné un voyage gratuit et un robuste pourcentage sur mon scoop, et moi, je me retrouvais dans le rôle du dindon de la farce. Je sentis un léger afflux de sang à mon visage, mes oreilles s'échauffaient, mon attitude et mon ton changèrent quelque peu, ce que Sara ne manqua pas de remarquer.

« Soit. Maintenant, où est-il ?

– Où est qui ? »

Me méprenais-je, ou l'innocence avait-elle soudain disparu du bleu céleste de ses yeux ?

« Tu sais très bien de qui je parle. Où est-il ? »

Un instant de silence, qui parut durer un siècle. Sara baissa les yeux et tout à coup le ciel vira au noir.

« Je ne sais pas. »

Je m'adossai calmement à mon siège.

« Figure-toi que la cuisine locale, le vin et le voyage ont dû me jouer un mauvais tour. L'espace d'une seconde, j'ai cru entendre les mots “je ne sais pas”. »

S'il est vrai que la meilleure défense est l'attaque, Sara appliqua cette stratégie à la lettre. Elle releva les yeux et les planta dans les miens. Le ciel y était revenu, mais dans ce ciel il y avait la tempête.

« Tu as très bien compris. Je ne sais pas où se trouve Walter Celi. Pour mon malheur. »

Subitement, la tempête se changea en averse et Sara se mit à pleurer. Elle enfouit son visage dans ses bras repliés sur la table et resta ainsi, secouée de sanglots, sous le regard des derniers clients.

Mes lèvres se tendirent en un sourire crispé et, me penchant vers elle, je lui posai une main sur l'épaule.

« Hé, fillette, si tu as l'intention de continuer, il vaudrait mieux que ce soit en privé, avant que la police locale ne se pose des questions sur toi et moi… »

Sara m'accorda de nouveau le privilège de son visage et, avec sa serviette, elle essuya ses yeux sans maquillage. Larmes, riz et bananes. Explications, surtout. Aucune diversion, par les pleurs ou par les rires, ne pouvait plus permettre à ma nièce d'échapper à ses responsabilités de vilaine petite menteuse.

Dicu pardonne, mais moi non. Du moins le pensais-je.

« Pouvons-nous maintenant parler avec le sérieux que requiert la gravité du moment ? Même si ta crise de larmes était impeccable sur le plan tactique, le problème demeure que j'ai la sensation de m'être légèrement fait entuber. »

Elle renifla et, comme par miracle, un mouchoir en papier apparut. Jeunes ou mûres, les femmes sont incroyables : même nues, elles ont toujours un mouchoir en papier sur elles. À croire que le nombril a été créé pour que les femmes y cachent un mouchoir.

Sara interrompit mes réflexions :

« Je n'ai jamais voulu te mener en bateau, pas du tout… »

Elle marqua une pause, dont l'effet dramatique se brisa piteusement contre le mur de ma colère naissante. Elle s'en aperçut et opta pour une sentimentalité plus discrète.

« Il se trouve, quoi que tu puisses penser, que Walter a été le premier homme de ma vie. Je voulais que le jour où cela arriverait, ce soit avec un homme qui compterait. Et c'est ce qui s'est passé.

– Ce qui veut dire ?

– Ce qui veut dire que je suis tombée amoureuse de lui au premier regard… »

Mes cheveux se dressèrent sur mon front comme ceux d'Elvis, mais je m'abstins de chanter du rock en plein *Autant en emporte le vent*.

« Écoute, ma petite fille… »

Je lus dans ses yeux qu'elle se rendait compte que si je l'appelais « ma petite fille » après l'avoir appelée Sara, le savon n'était pas loin.

« Tu ne crois tout de même pas que tu m'as fait faire huit mille kilomètres dans cette saleté d'avion pour me fourguer ensuite une histoire de coup de foudre ? Tu ne crois pas qu'à ce stade de l'aventure, bouffonne ou tragique, je ne sais pas encore, je suis en droit d'exiger des précisions ? Es-tu en train de me dire qu'il est arrivé sur son blanc destrier, qu'il a ravi la fleur de ta pureté et qu'ensuite il a disparu dans la nature ? Que pendant tout le temps que tu as passé avec lui il ne t'a jamais dit qui il était, où il vivait, quand il comptait y retourner et pour quoi faire ? »

Malgré moi, le ton de ma voix était monté de quelques décibels en trop. Le Fantôme Noir et les serveurs regardèrent de notre côté avec appréhension, les autres clients avec réprobation. Sara renifla de nouveau et le mouchoir en papier reparut.

« Nous nous sommes rencontrés dans une allée du marché, quelques minutes après que la photo a été prise. Crois-moi, je ne suis pas une gamine idiote…

– Non, l'interrompis-je. Juste une gamine. L'idiot, c'est moi. »

La voix de Sara était désolée à en faire paraître arrogante celle de la Petite fille aux allumettes.

« Non, non… Dès que j'ai entendu sa voix, j'ai compris qu'il m'arrivait quelque chose d'absolu, que cet inconnu à qui je parlais simplement parce qu'il se trouvait là était devenu d'une importance extraordinaire. Et la voix dans ma tête qui d'habitude me disait “Attends”, je l'ai entendue me dire “Maintenant”. Et voilà. »

Des répliques peu amènes frétillaient dans ma bouche, mais je décidai de les ravaler : de toute façon, Sara avait fait un choix et, judicieux ou non, ce choix méritait le respect. Mon silence l'incita à poursuivre.

« Presque dans l'heure qui a suivi, j'ai planté mes amis et il a loué un bungalow en bord de mer. Nous ne sortions… »

Moment de gêne compréhensible. Yeux baissés. Mouchoir tourmenté. Présence indiscutable de la justice divine.

« Nous ne sortions que pour nager et pour manger. Je n'avais jamais été aussi heureuse de toute ma vie. Tout ce que j'avais lu, tout ce que j'avais entendu dire sur l'amour me semblait des banalités à côté de ce que j'éprouvais… »

Elle se corrigea aussitôt.

« À côté de ce que nous éprouvions. Cette vie a duré presque trois semaines, mais c'est passé si vite ! En un instant. La veille de mon départ, Luca…

– Luca ?

– Il m'avait dit qu'il s'appelait Luca Moro. La veille de mon départ, donc, Luc… Walter, plutôt, a voulu passer toute la soirée au bungalow, en tête à tête. Nous avons préparé un dîner de fête. Il a pris la moto qu'il avait louée, il est parti acheter du champagne et… »

Je la pressai :

« Et… ?

– Et je ne l'ai plus revu. J'ai attendu seule pendant des heures, à me demander ce qui avait pu arriver. Le bungalow était loin de tout endroit habité et j'avais peur de faire cette longue route toute seule, dans le noir. J'ai fini par m'endormir. Le lendemain matin, j'ai fait du stop et j'ai rejoint mes amis à l'aéroport. Quand l'avion a décollé, j'ai eu l'impression qu'on m'arrachait le cœur. Ensuite, je n'ai fait que chercher un moyen de revenir. C'est alors… »

Elle marqua une pause. Je ne pouvais m'empêcher d'être attendri en l'imaginant seule et apeurée, détruisant de ses mains et de ses larmes toute une cargaison de mouchoirs en papier. Mais en même temps j'étais furieux, et cela se voyait.

« C'est alors que ton imbécile d'oncle est arrivé pour t'apporter une excuse sur un plateau d'argent… »

Sans doute y avait-il même un soupçon de venin dans ma voix.

« Et il ne t'est pas venu en tête que c'était le comportement classique d'un type qui a déniché une jolie fille pour s'amuser et qui, une fois la fête finie, prend la poudre d'escampette ? »

Je me détestai aussitôt d'avoir proféré ces paroles, et détestai en même temps le salaud qui m'avait amené à les dire et avait réduit ma nièce à tant de larmes. Car j'étais sûr que Sara avait déjà souvent pleuré ainsi. Peut-être était-ce une marque de paternalisme ringard, mais je lui aurais volontiers broyé les couilles dans un piège à ours. Disons un piège à oursons, car je sais faire preuve de pitié.

Sara leva la tête. De ma vie, je n'avais vu des yeux plus bleus, lavés qu'ils étaient par les larmes.

« Non. Ce n'était pas ça, je le sens… »

Si tout le monde était aussi sourd que les amoureux, les marchands de Sonotones feraient le chiffre d'affaires du cartel de Medellín.

Mais je n'en dis rien. La voix de Sara devint un murmure.

« Et puis, tu vois, il y a autre chose qui complique encore la situation.

– Quoi ?

– J'attends un enfant. »

Touché. Du coup, ma pomme d'Adam devint un ballon de basket entre les mains d'un champion de la NBA.

« Comment ça, un enfant ? », balbutiai-je.

Sara profita de mon égarement pour récupérer un peu de l'assurance que j'avais complètement perdue. Sa voix acheva un homme mort.

« Tu sais, une de ces petites choses qui pleurnichent, qui portent des couches-culottes et qui finissent par dire "maman" et "papa" ? Voilà, c'est exactement ça. »

Je me sentais la langue épaisse comme une côtelette milanaise.

« Et qui te l'a dit, que tu attends un enfant ? »

Sara me regarda comme si je descendais d'un aéronef après avoir été séquestré plusieurs mois par des Extraterrestres.

« Un monsieur qu'on appelle un gynécologue, précédé d'un autre monsieur qui a inventé les tests de grossesse. Les avis de ces deux sommités te suffisent ? »

Je baissai les yeux vers le sol et cherchai un instant les débris de la tuile qui m'était tombée sur la tête. Je restai quelque temps silencieux. Sara me regarda et, bien qu'elle eût retrouvé la parole, je vis dans son regard quelque chose d'éperdu et même un peu d'effroi. Elle n'était, après tout, qu'une toute jeune fille de dix-huit ans.

« Qu'est-ce qu'on fait, maintenant ? », demanda-t-elle.

Je me levai et lissai mon pantalon.

« Maintenant, nous allons nous coucher. Je suis cuit ! Mon cerveau refuse de collaborer dans ces conditions. Demain matin, nous verrons. »

Nous regagnâmes nos chambres en silence, comme si nous faisions tout le parcours en ascenseur. Nous

nous arrêtâmes devant la porte de la sienne. En voyant son expression défaite, je l'embrassai, l'étreignis. Elle était plus petite que moi et sa façon d'appuyer sa tête sur mon épaule me fit fondre de tendresse.

« Allez, tu verras, tout va s'arranger.

– Merci, tonton. »

À ces mots, je la repoussai légèrement et la regardai bien dans les yeux. Plus question de Milord et de baronne oxfordienne.

« Merci tonton, des clous ! Tout cet imbroglio va te coûter ton pourcentage, fais-moi confiance. »

Elle sourit, enfin. Un léger soulagement commençait à poindre sous son air soucieux.

« Ça, je m'en fiche pas mal. Bonne nuit. »

Elle referma la porte derrière elle et me laissa seul dans le couloir. J'entrai dans ma chambre et, en me déshabillant, j'entendis à côté les bruits de Sara qui se préparait pour la nuit. À travers la mince cloison, je l'entendis parler avec quelqu'un. Je compris qu'elle téléphonait à ses parents pour leur confirmer que nous étions bien arrivés, que tout se passait pour le mieux et ainsi de suite. Qu'auraient dit mon frère et sa femme, père et mère attentionnés, s'ils avaient su qu'ils seraient bientôt grand-père et grand-mère attentionnés ? Je me dévêtis et me mis au lit. Curieusement, le chœur des grenouilles s'était tu. Sans doute le contrat du concert ne prévoyait-il pas de bis. J'éteignis la lumière et restai dans le noir, à écouter le souffle de la climatisation dans le même état d'esprit que j'avais écouté le vrombissement de l'avion. Ce que m'avait dit Sara continuait à rebondir contre les parois de mon crâne comme une balle de ping-pong.

Maintenant que je connaissais mieux ma nièce, je ne pouvais toutefois m'empêcher de me poser une question : le bobard, était-ce l'histoire de la pilule ou l'histoire de l'enfant ?

« Alors ? »

En prenant place au volant de la Peugeot de location, je regardai d'un air désolé ma nièce assise à côté de moi. Malgré l'air conditionné, il faisait dans la voiture une chaleur infernale et nous nous sentions sales et en nage. Et désappointés. Et Dieu sait quoi encore.

« Rien. Ici non plus on ne l'a pas vu. J'ai montré la photo même aux lézards. »

Nous étions sur le parking du Coconut Golf Club, une espèce de méga-structure du genre bras d'honneur à la misère du monde, avec un parcours de première qualité et un club house qu'avait dû dessiner Philippe Starck en personne et devant lequel notre petite voiture couverte de poussière avait à peu près l'allure du carrosse de Cendrillon à minuit cinq.

Quant à nous, n'en parlons pas.

Depuis deux jours, nous avions passé au crible toute l'île de la Guadeloupe, en long, en large et en travers, sans parvenir à faire sortir ne fût-ce qu'une souris de son trou. Sans même voir le trou. Le matin qui avait suivi notre arrivée, nous étions partis du marché où la photo avait été prise et, de là, nous avions commencé des pérégrinations à faire blêmir Marco Polo. L'agence où Walter avait loué le bungalow ne nous avait pas été d'un grand secours. La location avait été payée d'avance, ils n'avaient rien perdu. Sara ignorait d'où provenait la moto, et sur une île où il était partout possible de « *rent a bike* », comme disaient les pancartes, tenter de remonter jusqu'au loueur aurait été une entreprise désespérée.

Nous étions allés sur les lieux que Walter et elle avaient visités ensemble, puis presque partout ailleurs : dans les hôtels, les agences touristiques et immobilières, les ports, les aérodromes, les boutiques, les bars, les discothèques, les restaurants et les pharmacies. Nous avions interrogé des Noirs, des Blancs et des mulâtres, des femmes, des enfants, des homosexuels, des putains, des moniteurs de plongée, des chiens, des chats, des chevaux, des poules et même quelques statues. Pour plus de sûreté, j'avais pris avec moi diverses photos de Walter version barbu et version glabre.

Rien. Rien de rien. Personne ne le connaissait. Personne ne l'avait jamais vu. La réponse était toujours la même : « Non, monsieur, jamais vu », en secouant la tête de droite et de gauche. Si souvent répétée qu'il me semblait maintenant la porter comme un tatouage. Deux ou trois fois, on m'avait aussi invité en créole à aller me faire foutre, mais comme je n'avais compris que le sens général, je n'avais pas été trop affecté.

Grande était notre déconvenue, même s'il n'y avait en vérité pas grand-chose à espérer dans une telle situation – du moins quand on y réfléchissait *a posteriori*. Pris par l'euphorie du scoop à réussir, moi-même, dans un premier temps, je n'avais pas vraiment mesuré la difficulté de retrouver quelqu'un dans un haut lieu du tourisme où la concentration de visages, nouveaux de jour en jour, a de quoi donner le vertige. Avec une grande naïveté, j'étais parti du principe que le fugitif habitait la Guadeloupe, ou tout au moins qu'il y était resté assez longtemps pour y laisser des traces. Or, de toute évidence, tel n'était pas le cas.

Sans doute y avait-il séjourné durant une brève période, sans doute vivait-il ailleurs, en un lieu fort éloigné peut-être, ou bien menait-il une existence nomade en faisant halte ici et là de par le monde, et sans doute…

Vaffanculo. En italien, cette fois.

Nous nous regardâmes, Sara et moi. Par les fenêtres de la petite voiture, le soleil projetait sur nos visages l'ombre longue de la déception. Ma nièce semblait fatiguée.

« Comment te sens-tu ? »

De toute évidence, il y avait dans ma voix une appréhension qui la fit aussitôt bondir.

« Tu ne vas pas me faire le coup de l'angoisse masculine devant les femmes enceintes, j'espère ? Je me sens très bien, comment veux-tu que je me sente ? La tête me tourne un peu, c'est tout. Et puis, il fait tellement chaud ! »

Je ne profitai pas de mon expérience d'aîné pour expliquer à Sara qu'une tête qui tourne fait rarement office de ventilateur. Inutile d'en rajouter. De toute façon, c'était à elle que notre échec devait sembler le plus accablant. Moi, je n'y perdrais que de l'argent et un peu de mon piètre prestige, mais à la lumière de ses confidences, c'était son futur qui était en jeu, rien de moins.

Quand j'eus rallumé le moteur, je revins – après tout nous venions d'y toucher – au sujet qui me taraudait depuis déjà un bout de temps :

« Tu as déjà décidé ce que tu vas faire, pour l'enfant ? »

Sara regardait fixement la route qui traversait une bourgade appelée Capesterre-Belle-Eau (plus petite, semblait-il, que la pancarte qui l'annonçait) et continuait vers Trois-Rivières en une succession incessante de palmiers et d'arbustes tropicaux dans des nuages de poussière.

« Je ne sais pas. J'y pense sans cesse et je n'arrive pas à prendre une décision. Je crois avoir la tête sur les épaules et un certain sens pratique, mais cette fois je ne sais pas du tout ce que je dois faire… »

Tout en parlant, elle croisait et décroisait les doigts et pour la première fois, je vis clairement combien elle était encore une enfant, éperdue et apeurée. Un très lourd fardeau pesait sur ses épaules et, quelque choix qu'elle ferait, sa vie en serait changée de toute façon. Tout ce que je pouvais faire, c'était la rassurer en lui disant qu'en tout cas je la soutiendrais. Ce que je fis.

Elle me regarda comme si elle me découvrait.

« Tu es unique, Riccardo. Un bien plus chic type que tu ne voudrais le faire croire. Et peut-être que tu ne le crois toi-même. Quand nous nous sommes embarqués dans cette histoire, tu cherchais quelqu'un dans ton intérêt, pour ton boulot, mais depuis que je me suis confiée à toi c'est pour moi que tu le cherches. Et je t'en remercie de tout mon cœur. »

Cette séance d'analyse prenait mauvaise tournure, et je n'avais pas envie que ma nièce me vît comme une crêpe qu'on peut retourner à loisir. Je fis une embardée et mis un terme à la séquence émotion.

« Je viens d'avoir une idée.

– Oui ?

– Puisque nous sommes aux Antilles, avec soleil, mer d'azur et cocotiers, si nous prenions un après-midi de vacances ? À force de tourner sur les routes de cette île, nous commençons à être bronzés comme des camionneurs. Voici ce que nous allons faire… »

J'arrêtai la voiture sur une sorte d'aire de repos – ou du moins, c'en fut une quand j'eus décidé de m'y garer. La route longeait la mer et, sur notre gauche, s'étendait une plage presque impudente à force de blancheur et d'eau bleue, pour ne rien dire du ciel. J'ouvris ma portière, contournai la Peugeot et allai ouvrir la sienne.

« Allez, un bon bain et jusqu'à demain, comme disent les flippers, *game over !* »

Sara descendit de voiture et, sans dire un mot, ôta sa chemisette. Parurent le haut d'un maillot et un joli sourire : qui ne dit mot consent. Nous traversâmes la chaussée, puis la plage surveillée par une enfilade de cocotiers, sentant crisser sous nos chaussures un sable aussi fin que du talc. Nous laissâmes près du bord nos vêtements en tas avant de nous jeter à l'eau et passâmes un bon moment à jouer comme deux enfants dans les vagues cristallines, riant, lançant des blagues et nageant côte à côte à longues brasses énergiques. Au bout d'une demi-heure, je ressortis, le souffle un peu court. Trop de cigarettes, de nuits en boîte et pas assez de sport, ces derniers temps, pour continuer à m'ébattre. Je me laissai tomber à l'ombre d'un cocotier et le sable tiède se colla à ma peau comme de la farine. Sara continua de nager et je m'étendis sur un côté, parallèle au rivage, pour l'observer à loisir. Tout à coup, j'entendis un bruit sourd dans mon dos. Je tournai la tête et aperçus par terre une grosse noix de coco qui n'était pas là tout à l'heure. Je vis distinctement les titres des journaux : « Un reporter tué en Guadeloupe par la chute d'une noix de coco » ; et j'imaginai le cortège de mes funérailles, avec tous mes amis qui ne pouvaient se retenir de rire.

Par prudence, je me levai et marchai jusqu'à l'endroit où étaient posés nos vêtements, au moment où Sara sortait de l'eau et venait dans la même direction. Nous y arrivâmes ensemble et je pus l'admirer dans toute sa juvénile beauté, sans parti pris d'oncle attendri. Du reste, Walter Celi avait été du même avis et nous en aurions la preuve vivante d'ici à quelques mois. Un peu moins de neuf, pour être précis.

« Quel délice ! », dit Sara en penchant la tête de côté pour essorer ses longs cheveux.

Un peu d'eau tomba sur la plage, que le sable but avidement.

« Oui, sauf que c'est dangereux, les cocotiers ! Un peu plus et… »

Tout à coup, Sara laissa échapper un soupir, ses yeux se tournèrent vers le ciel et ses genoux ployèrent dans un mouvement si fluide qu'il ne semblait pas naturel. J'eus à peine le temps de faire un pas vers elle avant qu'elle ne s'effondre sur le sol. Je la reçus, mouillée et molle entre mes bras, en proie à un doute digne de Hamlet : que fait un homme seul sur une plage des Antilles quand il tient contre lui une jeune femme enceinte et évanouie ?

« Et maintenant, comment va-t-elle ? »

L'effet conjugué du téléphone et de l'inquiétude rendait stridente la voix de ma belle-sœur.

« Très bien, je te dis. C'était juste un malaise, à cause de la chaleur et d'un petit coup de soleil. Rien de plus. Le médecin qui l'a examinée m'a dit qu'elle ne souffre de rien, qu'elle est fraîche comme un gardon et que s'il la garde une nuit en observation, c'est uniquement par acquit de conscience.

– Mais qui est avec elle, en ce moment ?

– Par pitié, Marzia, ce n'est pas la Dame aux camélias ! Ta fille chérie a déjà fait tout un foin parce qu'elle voulait sortir tout de suite. Je ne sais pas qui est avec elle, mais même si c'était Satan en personne je crois qu'il aurait fort à faire.

– Il est propre, au moins, cet hôpital ?

– Naturellement, il est propre. Le jour où je tomberai malade, j'espère que c'est là qu'on m'enverra. On dirait plutôt un marché aux fleurs qu'un hôpital, il y a plus de bougainvillées que de seringues. »

Elle parut rassurée.

« Bon. Heureusement que tu es là, Riccardo. Je t'en prie, tiens-moi au courant et s'il faut que je vienne, préviens-moi tout de suite.

– Elle n'a aucun besoin que tu viennes. Je te rappelle demain, promis.

– À demain, alors. »

Je raccrochai et poussai un long soupir. Dans toute cette aventure, ce qui me coûterait le plus cher serait ce coup de téléphone. J'allai payer le caissier du bar, un vieux bonhomme qui aurait pu compter ses dents et ses cheveux sur les doigts de sa main et qui regardait le ventilateur au plafond comme s'il espérait que Notre-Dame-de-par-ici le remette en marche par une intervention miraculeuse. Puis je sortis, traversai la rue et franchis de nouveau la grille de l'hôpital où Sara avait été admise. Je remontai l'allée à gauche du petit parking où j'avais garé la Peugeot et entrai dans la lumière fraîche de la salle d'accueil, savourant aussitôt les bienfaits de l'air conditionné.

Quand Sara s'était évanouie, j'avais été pris d'une frayeur digne d'une rencontre nocturne avec le comte Dracula. Je m'étais efforcé de la faire revenir à elle en lui rafraîchissant le visage avec de l'eau de mer, mais en vain. Après m'être assuré qu'elle respirait normalement, je l'avais portée dans la voiture, inclinant le siège pour pouvoir l'étendre en maintenant sa tête légèrement soulevée, puis j'étais parti à toute allure vers Basse-Terre, un gros bourg à une vingtaine de kilomètres où j'espérais trouver au moins un poste de premiers secours. Au cours du trajet, j'avais enfreint tous les articles du code de la route guadeloupéen excepté l'interdiction de stationner, mais le code en question devait tenir en une demi-page à en juger par la façon dont conduisaient les gens du cru. Au bout d'un moment, Sara s'était décidée à reprendre conscience, ce qui m'avait permis d'en faire autant. Mon soupir de soulagement avait presque gonflé le pare-brise.

« Ça va ?

– Je crois, oui… Qu'est-ce qui s'est passé ?

– Il s'est passé que tu t'es évanouie, mon cœur. Et moi, j'ai cru mourir de peur. »

Elle s'était appuyée sur un coude et avait redressé le buste pour regarder la route. Elle était un peu pâle mais, somme toute, ne semblait pas si mal en point.

« Pour ton information, c'est moi qui vais mourir de peur si tu ne ralentis pas ! »

J'avais atténué la pression de mon pied sur l'accélérateur et presque au même instant, le nuage de poussière que soulevait la voiture avait diminué de moitié. À une vitesse quasi normale, nous étions entrés dans l'agglomération et j'avais suivi les panneaux qui indiquaient un hôpital. Sara avait protesté :

« Même morte, je ne mettrai pas les pieds dans un hôpital antillais ! »

Avec la hauteur d'un adulte devant le caprice d'un enfant, je lui avais imposé ma loi.

« Pourtant, nous y allons, et plutôt deux fois qu'une. Je te promets que si le médecin ressemble à un sorcier avec des plumes et un os dans le nez, je t'emmènerai ailleurs. Sinon, tu feras ce que je te dis. »

Pendant cet échange d'objections et de protestations, nous étions arrivés par surprise devant un petit hôpital qui semblait l'œuvre d'un scénographe plus que d'un architecte. Je n'aurais pas été étonné de voir les infirmiers sortir en chantant et dansant comme une troupe de comédie musicale. C'était une construction basse et élégante, en forme de V, en harmonie avec l'architecture locale avec son abondance de bois et de bambous. Du bâtiment central où se trouvaient l'accueil et les urgences partaient deux ailes qui abritaient les chambres des patients. L'ensemble était d'une propreté méticuleuse et agrémenté d'un jardin tropical digne d'une foire d'horticulture.

Nous nous étions calmés tous deux en découvrant les lieux, et plus encore la compétence du personnel. Le médecin qui avait examiné Sara, un Américain aux cheveux blond cuivré que j'aurais très bien vu en tenue de football, m'avait tranquillisé sur le malaise de Sara mais avait fermement insisté pour la garder une nuit en observation quand il avait su son état.

Sara avait un peu maugréé, mais la bonne impression que lui faisait l'établissement lui rendait sans doute moins angoissante la perspective d'y passer une nuit. Une infirmière noire en blouse immaculée nous avait conduits à une chambre plutôt accueillante pour une chambre d'hôpital. J'avais attendu que ma nièce se mette au lit, puis j'étais parti en quête d'un téléphone, car la cabine de l'hôpital était en réparation. J'avais passé le coup de fil rituel aux parents, et maintenant j'allais retrouver Sara.

Stop.

Je saluai d'un sourire l'employée de l'accueil et traversai le hall pour m'engager dans le couloir qui s'ouvrait sur ma gauche. Je le parcourus dans toute sa longueur et, distraitement et sans frapper, entrai dans la dernière chambre à droite. Je ne pouvais savoir combien je me réjouirais de mon étourderie, mais je m'aperçus aussitôt que je m'étais trompé de chambre. Plongé dans mes pensées et peut-être désorienté parce qu'après la consultation nous étions arrivés en sens inverse, j'avais pris le couloir qui menait aux chambres des hommes.

Une fraction de seconde après mon irruption, mon cœur se lança dans un exercice de voltige. Je ne pouvais en croire mes yeux, et moins encore ma veine éhontée.

Étendu sur le lit, une jambe dans le plâtre, je découvrais Walter Celi.

« Et tu as fait tout ce remue-ménage pour me retrouver ? »

Je me redressai brusquement.

« Tout ce remue-ménage ? Dis, est-ce que tu as une idée du barouf que tu as provoqué en Italie quand tu as disparu du jour au lendemain ? Encore aujourd'hui, il y a des gens qui dénonceraient leur mère aux nazis pour savoir où tu es. Et pour couronner le tout, tu débarques ici sous un faux nom, tu rencontres ma nièce avec les résultats qu'on sait et tu disparais de nouveau ! Même David Copperfield est moins doué que toi pour les disparitions. »

Walter était toujours étendu sur son lit, Sara assise sur une chaise à son chevet. Ils se tenaient par la main. Bronzés, chiffonnés et heureux. Sitôt après être entré dans la mauvaise chambre – sans savoir que c'était la bonne –, j'avais laissé flotter dans l'air un « Pardon » laconique et, me précipitant dans la chambre de Sara, je l'avais entraînée sans mot dire vers le plus allègre des coucou-regarde-qui-est-là. Et à la vérité, après un bref échange de regards incrédules, ils s'étaient embrassés avec un transport que je n'aurais jamais imaginé. Surtout de la part de Walter, qui avait les larmes aux yeux et, je suppose, de la musique dans les oreilles. Quant à Sara, elle montrait le visage qu'avait peut-être Bernadette à Lourdes en voyant apparaître la Vierge. Me sentant de trop (beaucoup trop), j'étais sorti discrètement, puis revenu en sifflotant vers neuf heures le lendemain matin. Mais je doute qu'ils s'en soient aperçus.

À présent, toutefois, peut-être méritais-je quelques explications.

Walter me regarda avec ces yeux noirs que je connaissais bien, ces yeux qui incendiaient les caméras de télévision et donnaient aux gens devant leur écran la sensation qu'il était assis dans leur salon pour ne s'adresser qu'à eux seuls. Quatre ans avaient passé, il avait pris un peu de poids, mais cela ne lui allait pas mal et son charisme était intact.

« J'ai déjà tout expliqué à Sara. Le dernier soir où elle était ici, quand je suis sorti à moto, une voiture m'a embouti. Je me suis réveillé le lendemain matin dans cet hôpital, avec une jambe en attelle… »

Sara était rayonnante et pressée de tout expliquer à la fois.

« Il n'habite pas en Guadeloupe, voilà pourquoi nous n'avons pas trouvé sa trace !

– J'ai une maison à Marie-Galante, la petite île d'en face. Je ne la quitte presque jamais et quand je le fais, j'essaie de ne jamais aller deux fois au même endroit. Je me sers d'un petit avion de tourisme que je pilote moi-même. Avec le nombre d'îles facilement accessibles en deux heures de vol, ce n'est pas compliqué de passer inaperçu. Ici, il y a un petit aérodrome semi-privé à côté de Lamentin, une espèce de tour de contrôle avec une piste de fortune, en terre battue, où on peut se poser et se fournir en carburant sans qu'on vous pose trop de questions. Et d'ordinaire, je laisse des pourboires qui aident à m'oublier… »

Voilà pourquoi personne n'avait pu m'aider, ni à l'aéroport ni ailleurs. Notre héros se déplaçait par ses propres moyens et je me serais giflé de ne m'être pas souvenu qu'il avait son brevet de pilote. Dans le temps, j'avais pourtant vu des photos de lui en as de l'aviation. Je parvins à garder un peu d'indulgence pour moi-même car, peut-être sans s'en rendre compte, Walter me communiquait une sensation de malaise. À travers ses mots, on entrevoyait une vie traquée et cachée, qui lui semblait sans doute normale mais dont la seule idée me donnait le tournis.

« C'est seulement quand j'ai rencontré Sara… »

Il n'alla pas plus loin, se tourna vers elle, lui sourit, et ce fut comme si on avait éclairé un miroir : ma nièce lui rendit son sourire avec des feux d'artifice dans les yeux. Entre eux, le silence était plus éloquent que tous les discours.

À présent cependant, il y avait une chose et une seule que j'avais envie de savoir.

Pourquoi ?

Walter me regarda avec appréhension. Il savait que tôt ou tard, on lui poserait cette question. Il savait que tôt ou tard, quelqu'un viendrait la lui poser et qu'il lui faudrait donner une réponse. Il en avait peur et en même temps, sans doute le désirait-il. Aucun avion n'est assez rapide et autonome pour vous éloigner de ce que vous portez en vous. Il se mit à parler comme s'il se délivrait peu à peu d'un fardeau.

« Eh bien, tu dois te souvenir de ce qu'était ma vie il y a quatre ans… »

Je fis oui de la tête.

« Un tourbillon, un charivari dont tu n'as même pas idée ! Oh, je ne vais pas dire que je n'y prenais pas plaisir. J'avais bossé longtemps pour en arriver là et j'acceptais volontiers la rançon de la gloire. Chaque fois que j'avais envie de bâiller devant les groupies qui me réclamaient des autographes, je me disais qu'au temps où on ne m'en demandait pas j'avais beaucoup plus envie de bâiller. Au fond, c'était grâce au public si je roulais en BMW et si j'avais une Ferrari dans mon garage, et il me semblait que j'avais une dette envers lui. Et puis, j'ai commencé à animer cette émission, *Seulement le samedi…* »

Walter se redressa un peu dans son lit et Sara se précipita pour arranger son oreiller. Puis il leva les yeux vers le plafond et sembla y voir quelque chose que je n'y voyais pas.

« Tout marchait à merveille, c'était l'euphorie, l'enthousiasme, un succès retentissant. Jusqu'à ce fameux soir où je devais interviewer Vicky Merlino. »

Il fit une pause qui me donna soudain la chair de poule. Au même instant, une mouche qui volait dans la chambre cessa de bourdonner. Elle aussi, sans doute, voulait écouter l'histoire.

« Les répétitions commençaient trois jours avant le direct. D'habitude, on se retrouvait le mardi pour discuter du conducteur et le mercredi pour la réunion des auteurs. Le jeudi, on commençait à répéter les chansons et les chorégraphies. Et le vendredi, les interviews des invités, sauf s'ils ne pouvaient pas être là : dans ce cas, ils arrivaient pour la générale, le samedi après-midi. »

J'allumai une cigarette et j'écoutais, fasciné, le son de cette voix. Je ne m'étonnais pas qu'elle ait pu avoir tant de succès : récit à part, l'entendre créait une espèce d'envoûtement heureux, qui aurait sans doute opéré même s'il avait lu l'indicateur des chemins de fer.

« C'est le jeudi, je crois, que j'ai aperçu cet homme pour la première fois. Il se tenait à l'écart, toujours assez loin du centre de l'activité, comme si c'était un visiteur ou qu'il accompagnait quelqu'un. À vrai dire, je ne me suis pas vraiment inquiété de sa présence, parce que les studios de télévision sont une espèce de pagaille permanente où des tas de gens vont et viennent, et compte tenu du succès de l'émission celui-là était comme une grande gare un jour de départ en vacances, avec tous les journalistes, les managers des uns et des autres, les attachés de presse et je ne sais qui encore. Le bonhomme en question était drôlement habillé, mais plus que sa tenue, ce qui a attiré mon attention, c'était la sucette. »

Je le regardai, interloqué. Sara, descendant de son nuage, en fit autant.

« La sucette ? »

Walter parut ne pas m'avoir entendu et continua son histoire, comme s'il se parlait surtout à lui-même.

« Il était petit et rond et il portait un costume sombre, taillé dans un tissu comme je n'en avais jamais vu et qui, de temps en temps, reflétait bizarrement la lumière, comme si elle flottait un instant à sa surface avant d'être absorbée à l'intérieur de la texture. Une chemise jaune vif, un nœud papillon rouge, si je me souviens bien, et un gilet à fleurs, des fleurs qui paraissaient vraies, comme si elles étaient en relief… »

On aurait dit que le récit faisait affleurer de nouveaux détails, comme si le fait de décrire ce personnage mettait en lumière des aspects de lui auxquels, sur le moment, Walter n'avait pas prêté attention.

« Et il avait tout le temps dans la bouche une de ces sucettes rondes, genre Chupa-Chups, tu vois ? On voyait la bosse dans sa joue et le bâtonnet au coin de sa bouche, et tout en la suçant il allait et venait d'un air innocent, curieux, comme si ce qu'il voyait était entièrement nouveau pour lui. Ensuite, Vicky avait débarqué et je n'avais plus observé s'il était encore là ou non, parce que dès qu'elle arrivait quelque part cette pauvre fille semait le chaos. Ce n'est pas bien de dire du mal des morts, mais franchement, c'était la reine des enquiquineuses. Pas méchante, au contraire, mais elle était consciente de n'avoir pas l'ombre d'un talent artistique. Rien, à part un physique à tomber à la renverse. Elle ne savait pas chanter, elle ne savait pas danser, elle ne savait pas jouer la comédie, mais c'était une des femmes les plus ravissantes que j'aie jamais vues. »

Il lança un regard à Sara et serra sa main, dans un geste qui, d'évidence, voulait dire « excepté celle qui est près de moi ». Puis il poursuivit :

« Elle rattrapait ce manque de talent par la volonté et par une obsession maniaque pour les répétitions. Nous devions faire un truc ensemble, une espèce de pot-pourri de chansons tirées de comédies musicales célèbres, après l'interview où elle aurait parlé de son expérience à Hollywood. Elle a failli nous rendre fous, moi, les auteurs et les producteurs, parce qu'elle était comme tous les gens qui ne sont pas sûrs d'eux, elle avait besoin qu'on la rassure en permanence. Son secrétaire, le pauvre garçon, était sans cesse au bord de l'infarctus, mais au bout du compte notre petit duo a semblé marcher à peu près. Depuis qu'elle était arrivée, le studio s'était rempli de curieux qui venaient l'observer sous un prétexte ou sous un autre. Surtout de sexe masculin, bien sûr. Donc, je n'ai pas été trop surpris quand j'ai aperçu de nouveau le petit homme à la sucette. Il était là, parmi tous ces types qui mataient Vicky, avec son visage un peu joufflu et son petit ventre, les mains derrière le dos, et le bâtonnet de sa sucette au coin de la bouche. Et il regardait. Il ne faisait rien de particulier, il regardait, c'est tout. »

Walter avait lâché la bride à quelque chose qu'il retenait en lui depuis longtemps, très longtemps ; et à présent il parlait comme si chacune de ses paroles était une pierre qu'il ôtait de son cœur. Sara lui passa tendrement sa main dans les cheveux.

« Et puis le vendredi soir, à la fin des répétitions, nous sommes tous allés dîner ensemble. Il y avait les producteurs, mon agent, le réalisateur, Vicky, son secrétaire et moi. Nous sommes allés au… »

Il prononça le nom d'un restaurant que je connaissais bien. Il n'avait rien d'exceptionnel, mais, par une de ces curieuses alchimies qui se produisent de temps en temps, était devenu à la mode dans le monde du show-biz ; si bien que des tas de gens étaient prêts à payer des additions extravagantes pour dîner à proximité de telle ou telle célébrité du grand ou du petit écran. Ainsi va le monde.

« Quand nous sommes entrés, tous les regards se sont aussitôt tournés vers nous. Vers elle surtout, bien sûr. Les hommes la dévoraient des yeux et les femmes la brûlaient vive, tu sais comment ça se passe avec ce genre de fille… »

Je savais, je savais.

« Le patron nous a précédés dans une petite salle séparée que j'avais réservée. Et tandis que nous le suivions j'ai remarqué, à une table dans le coin, près de la porte, tout seul, le petit homme en costume sombre. Difficile de ne pas le voir, avec sa chemise jaune et cet absurde nœud papillon. Je me souviens qu'il avait posé sur la nappe, à côté de son couvert, une sucette encore dans son papier. Une fois assis, j'ai demandé à Giò Gorla, un des producteurs, s'il savait qui était ce type.

– Quel type ? m'a-t-il demandé.

– Un petit homme replet en costume sombre qui se promène dans les studios avec une sucette à la bouche. »

Vicky est venue à mon secours.

« Celui qui porte une chemise jaune et un nœud papillon rouge ? Qui est assis dans le coin de la grande salle ?

– Oui. Toi aussi, tu l'as remarqué ?

– Bien sûr. On ne peut pas dire qu'il passe inaperçu. »

Nous avons continué à parler de l'homme à la sucette, si bien que Giò a fini par se lever pour aller voir dans la grande salle à quoi il ressemblait. Quand il est revenu, il nous a dit qu'à la table en question, il n'y avait personne…

Sans du tout savoir pourquoi, je commençai à me sentir mal à l'aise. Soudain, je n'étais plus très sûr de vouloir connaître le fin mot de l'histoire. Mais Walter continua comme si lui, au contraire, éprouvait l'intense besoin d'y arriver. Maintenant, il avait retrouvé sa route et parcourait en hâte les derniers kilomètres qui devaient le conduire à son but.

« Puis nous n'en avons plus parlé parce que, somme toute, ça n'avait pas grande importance. Le lendemain, nous nous sommes retrouvés pour le direct et vous savez comme moi ce qui s'est passé. Ce que j'ai éprouvé quand j'ai pris conscience que Vicky était morte a été, dans l'ordre de l'horreur, le second plus grand choc de ma vie. »

Walter se tut quelques secondes. Sur ses avant-bras, ses poils étaient dressés comme une armée de petits soldats. Mais je ne pus retenir la question qui me brûlait les lèvres :

« Et… le premier ? »

Il me regarda dans les yeux, et ce que je vis dans ce regard ne me plut pas. Mais alors, pas du tout.

« Cette nuit-là, quand je suis rentré chez moi, j'étais complètement bouleversé. Le studio était sens dessus dessous depuis qu'on avait emporté le corps de Vicky. Tout le monde était très secoué. Ça fait quelque chose de voir une fille comme elle, qui était l'image même de la vie et de la beauté, partir sur un brancard recouverte d'un drap blanc ! Et ça fait quelque chose aussi de voir un petit homme à chemise jaune et nœud papillon rouge, avec une sucette dans la bouche, qui regarde se refermer la porte de l'ambulance avec la même curiosité que lorsqu'il regardait les danseurs répéter… »

Le récit de Walter était imprégné d'un impalpable effroi, d'une angoisse qui, maintenant, nous pénétrait aussi, Sara et moi. La climatisation devait fonctionner à plein régime depuis quelques instants, car il me semblait soudain avoir froid.

« Comme tous les animateurs, j'avais l'habitude d'enregistrer mes émissions. D'ordinaire, je les visionnais le lendemain, au calme, pour voir ce qui marchait bien et ce qui pouvait être amélioré. Mais ce soir-là, à peine arrivé, je ne sais pas pourquoi je suis allé tout de suite vers mon téléviseur et j'ai regardé la cassette. J'ai fait défiler la bande en accéléré jusqu'à l'instant où j'annonçais Vicky. L'orchestre se mettait à jouer, elle apparaissait des coulisses et elle commençait à descendre les marches. Derrière elle, à un pas de distance, la suivant comme son ombre, il y avait l'homme au nœud papillon rouge. »

À présent, j'avais une chair de poule pareille aux piquants d'un hérisson. Sara serra plus fort la main de Walter. Je vis qu'elle avait les yeux pleins de larmes. La voix de Walter tremblait légèrement, comme s'il avait envie d'interrompre là son récit et ne parvenait plus à en arrêter le flux.

« Je l'ai vue, la pauvre petite, qui descendait les marches sous les applaudissements et marchait jusqu'à moi qui l'attendais au centre du plateau. Je nous ai vus nous embrasser et, au même instant, l'homme derrière elle qui levait la main et lui frôlait la tempe… »

La voix de Walter se brisa et le silence tomba un instant.

« Vicky s'est écroulée par terre, morte. Sur la cassette, j'ai vu le moment où je m'agenouillais près d'elle pendant qu'arrivait le directeur du studio, mais tout ce qui m'intéressait maintenant, c'était ce que faisait l'homme au nœud papillon. Alors que Vicky gisait sur le sol et que tout le monde s'affolait autour d'elle, je l'ai vu tirer une sucette de sa poche, enlever calmement le papier, la mettre dans sa bouche et quitter le plateau à petits pas, comme si de rien n'était. »

Il se tut pour reprendre haleine.

« Je ne sais pas comment j'ai fait pour ne pas perdre la raison… »

La pièce était glacée. Nous le regardions, Sara et moi, et je crois que nous avions perdu le contrôle de nos expressions. Walter prit notre ébahissement pour de l'incrédulité.

« Croyez-moi ou ne me croyez pas, ça m'est égal. Je sais ce que j'ai vu et ça me suffit. J'ai aussitôt téléphoné à mon agent, je l'ai tiré du lit et je l'ai convoqué chez moi, en hurlant. J'étais pris de panique, j'ai peut-être eu une crise de nerfs, je ne sais pas. Le fait est qu'en arrivant, il m'a dit que j'avais l'air d'un fou. Je l'ai fait asseoir presque de force et je l'ai obligé à visionner la cassette. Mais quand nous sommes arrivés à la séquence cruciale, Marati, mon agent, m'a regardé comme on regarde un type en pleine crise de démence. Sur l'enregistrement que je venais de lui montrer, l'homme à la sucette avait disparu. On voyait bien la scène, moi accueillant Vicky et tout le reste, mais de ce que j'avais vu un moment plus tôt, plus aucune trace. »

Walter tendit la main que Sara ne tenait pas serrée entre les siennes, prit une bouteille d'eau posée sur la table de chevet et but une longue gorgée, nous laissant le temps d'assimiler ce que nous venions d'entendre.

De nouveau, une question me brûlait les lèvres. Toute cette histoire était incroyable, et la formuler revenait à dire que j'y croyais. Je le fis quand même.

« Et l'homme à la sucette… Tu ne l'as plus revu ? »

Walter s'étira sur le lit, apparemment un peu moins angoissé. Souffrance partagée est moins lourde à porter.

« Non, plus jamais. Mais cette fois-là m'a suffi. Encore maintenant, il m'arrive de rêver de lui, et je m'en passerais volontiers. Entre autres raisons, parce que j'ai la certitude que de toutes les personnes présentes, Vicky et moi étions les seules à l'avoir vu. »

Il nous laissa un instant pour réfléchir, puis reprit :

« Voilà pourquoi j'ai disparu. Le lendemain, je suis allé trouver un notaire de mes amis et je lui ai signé une procuration pour qu'il vende tout ce que je possédais. J'ai fermé mes comptes en banque et par l'intermédiaire d'une officine de Monaco, j'ai transféré mon argent sur un compte numéroté aux Barbades. Grâce à une organisation qui aide les gens à partir sans laisser de traces, j'ai obtenu de nouveaux papiers avec un nouveau nom et un endroit où me cacher. Le reste, vous le savez. Il y a une chose, une seule, dont je suis sûr : jamais je ne remettrai les pieds dans un studio de télévision. »

Le silence se mit à flotter dans la pièce comme la vapeur par-dessus la glace. On n'entendait que le ronronnement discret de l'air conditionné. Sara se leva pour étreindre longuement Walter, et ils demeurèrent ainsi, sans rien dire. De nouveau, leur silence était un discours dont j'étais exclu.

Je m'approchai de la fenêtre et restai quelques instants à regarder au-dehors. Tout à coup, les bougainvillées ne me semblaient plus d'un rouge aussi éclatant, ni les feuillages aussi verts. Le soleil brillait et derrière la corniche du toit, on apercevait une étendue de ciel, mais c'était comme si un voile s'était tendu sur la clarté.

Je ne savais plus que penser. Le souvenir me revint malgré moi de Li'l Abner, le héros de bandes dessinées, déclarant qu'il n'est rien de plus confus que la confusion. Mais mon impression dominante était que j'avais voulu sonder un étang et découvert que la vase était sans fond.

En ouvrant la porte de chez moi, je fus presque surpris de constater que tout était comme je l'avais laissé. Ou presque. La femme de ménage avait profité de mon absence pour infliger une cruelle avanie à mon fouillis habituel, et il me faudrait bien une semaine pour trouver où était rangé quoi ; mais tout bien pesé, ce n'était pas désagréable d'entrer dans un appartement qui, pour une fois, semblait habité par un humain civilisé.

Sara était restée en Guadeloupe avec Walter Celi. Dès qu'il sortirait de l'hôpital, ils rejoindraient la maison de Marie-Galante. Pour s'y installer et y vivre.

Ensemble.

L'amour vrai n'existe peut-être pas, mais ce qu'il y avait entre ces deux-là me semblait un succédané assez puissant pour qu'ils soient heureux pendant un bon bout de temps. Et puis, chacun sait que la vie n'est qu'une succession de risques, et qu'on ne peut pas mettre un préservatif aux sentiments comme on en met ailleurs.

Avant de repartir pour Rome, j'avais accueilli à l'aéroport de Lamentin mon frère et sa femme, arrivés comme deux flèches après une longue conversation au téléphone avec Sara. Abondance de pleurs de la part de Marzia, longs silences méditatifs du côté de mon frère à l'annonce du bébé en route. Mais à la fin, comme dans les films, la justice de l'amour avait triomphé dans des embrassades émues et générales.

Amen.

Je posai ma valise dans l'entrée et respirai quelques instants l'air de chez moi. Par la fenêtre entrouverte me parvenait le bruit de la circulation romaine, et apercevoir le sommet du dôme de Saint-Pierre avait quelque chose de rassurant. Puis j'allai vers mon ordinateur, je l'allumai et consultai le répondeur intégré au modem.

Il y avait deux ou trois messages d'aspirantes fiancées, des remontrances de Manni qui n'avait plus de mes nouvelles, un collègue qui avait besoin d'une adresse, le secrétariat d'une agence de presse qui voulait d'urgence une facture et enfin quelques amis inquiets qui se demandaient où Riccardo Falchi avait bien pu passer.

J'allumai une cigarette et me laissai tomber dans un fauteuil. L'anxiété de mes amis ne différait guère de la mienne. Au vrai, où en étais-je ? Totalement désorienté. Repris peut-être par les doutes qui m'avaient assailli dans ma chambre d'hôtel antillaise, ou peut-être fumais-je et faisais-je trop la fête, et les premiers effets de l'âge… J'hésitai, j'hésitai longtemps. Finalement, je décidai que j'avais déjà trop tardé.

Je me levai et passai dans ma chambre, où trônait, au second rang après le lit (protagoniste absolu), un téléviseur de quarante pouces, du type *home cinema*. Et j'allai fouiller dans le chaos de mes cassettes vidéo, décidé à ne pas renoncer tant que je n'aurais pas trouvé celle qui m'intéressait. Je savais qu'elle était là. Le soir où j'avais assisté à *Seulement le samedi*, c'était en vue d'une chronique à écrire et pour plus de sûreté, j'avais enregistré l'émission. Mais ensuite, j'avais fourré la cassette quelque part sans même la visionner. En revanche, j'étais sûr de ne pas l'avoir effacée.

Un moment plus tard, assis sur le lit, j'examinais cette cassette entre mes mains, comme on examine un objet de provenance inconnue. Et tandis que je la regardais, mon esprit glissait sans cesse du présent à mes souvenirs. Je repensai à cette soirée, je vis comme en caméra subjective ma main refermer la portière de ma voiture, ma petite marche jusqu'à l'entrée des studios, je revis les personnes que j'avais saluées en passant d'un couloir à l'autre, et les portes des loges avec les noms des invités, et les salles ouvertes des costumes et du maquillage.

Et soudain, ce fut *lui* que je revis.

C'était au moment de pénétrer dans le studio, quand l'émission allait commencer. Juste à l'entrée, je l'avais croisé, cet homme un peu bizarre en costume sombre et nœud papillon rouge, avec le bâtonnet de sa sucette au coin de la bouche et la bosse dans sa joue. Il y avait eu ce bref embarras qui survient quand deux personnes veulent passer par la même porte, l'une pour entrer, l'autre pour sortir. Nous étions restés plantés là un instant avant de nous faufiler en même temps, lui à droite et moi à gauche. En un éclair, la couleur de sa chemise et son gilet à fleurs qui semblaient en relief resurgirent dans ma mémoire, et ses yeux m'apparurent aussi nettement que ce soir-là, quand nos regards s'étaient rencontrés, si proches que j'avais distingué ses pupilles, ses iris, dont la couleur n'était pas immobile mais semblait sans cesse en mouvement. Ce fut comme si, l'espace d'un instant, je me penchais au bord d'un puits où l'eau qui reflétait la lune n'était pas un miroir lisse, mais un flot agité qui semblait aspiré par une gorge. Et maintenant, maintenant seulement, je comprenais l'étrange impression qu'avait produite sur moi ce drôle de petit homme joufflu. Ce soir-là, j'étais pressé, en proie à cette maudite hâte d'être où il fallait et d'y voir ce que je voulais voir, entendre ce que je voulais entendre et connaître ce que je voulais connaître. À tout ce qui advient, il y a toujours une raison. On peut bien sûr se persuader que les choses ne sont pas ainsi ; et alors on va et on vient, et on dort, et on se réveille, on pense qu'on vit et on se cache la tête sous les draps jusqu'au jour où survient quelque chose ou quelqu'un pour vous révéler que tout cela est inutile.

Je ne pris même pas la peine de glisser la cassette dans l'appareil. Désormais, c'était superflu. Je pensai à Walter Celi, je pensai à Vicky Merlino et, en me levant pour aller au salon et boire quelque chose de fort, je pensai à moi. Nous étions trois personnes unies par le hasard et peut-être par la curiosité malsaine de savoir quel goût pouvait bien avoir cette sucette. Sans doute n'était-ce pas une coïncidence si moi seul avais pu découvrir où se cachait Walter Celi. Voilà le mystère que je devrais sonder, même si je ne savais où en chercher la clef. Mais pour ce faire, j'avais du temps, trop de temps peut-être. Quand bien même, à dire vrai, je n'en avais aucune envie.

D'autres jours, d'autres nuits viendraient et passeraient, et sans doute les gens de mon entourage se demanderaient-ils bientôt ce qui avait pu m'arriver, ce qu'était devenu l'homme qu'ils connaissaient, celui qui aurait ri devant le diable même. Cela ne servirait à rien que je leur montre la cassette. J'étais sûr que si d'autres la regardaient, l'homme à la sucette, qui pour moi était visible, ne le serait jamais pour eux.

Et, à toutes ces questions, il ne pouvait y avoir qu'une réponse, une seule.

Maintenant, j'avais peur.

V

Sandrone Dazieri

La dernière pique

1

Je me suis fait avoir. La soirée cabaret m'a flanqué le bourdon avant même le lever du rideau. Et maintenant, ça ne s'arrange pas.

Le premier à monter sur scène est un comique sexagénaire qui débite depuis au moins quarante ans les mêmes vannes sur les belles-mères et les jeunes mariés en voyage de noces. Il se fait appeler Gio*rrr*gio, avec un r longuement roulé, et il a le visage tellement maladif que j'ai peur qu'il ne claque avant la fin du spectacle. Le public est clairsemé, la moitié de la jauge du Coccodrillo Rosa les soirs sans cabaret. Et ce maigre auditoire a la tête des gens qui se sont trompés d'endroit.

Gio*rrr*gio a fini et sort de scène, sous des applaudissements si mornes qu'on entend l'employée du vestiaire mâcher son chewing-gum en fond sonore. Arrive le nommé Picchio pour son numéro de prestidigitateur ivrogne, un truc qu'on n'oserait même pas dans une fête de village. L'attention du public divague et, pour réchauffer l'atmosphère, Picchio lance quelques jurons complètement hors de propos. Le brouhaha se calme un peu, pas beaucoup, et reprend lorsque Picchio fait mine de tirer un lapin de sa braguette. Je pense : Mon Dieu…

Mauro, mon barman, s'approche de moi entre deux clients à servir.

« Sale soirée, pas vrai ? »

Je le regarde de travers.

« Et tu n'as encore rien vu », ajoute-t-il en s'éloignant.

Je comprends ce qu'il veut dire quand l'amuseur suivant fait son entrée. Habillé en cuisinier. Misère. Ça, non, ils n'auraient pas dû.

Je me recroqueville dans mon coin, mais le public donne finalement quelques signes d'intérêt. Je perçois même quelques ébauches de rire quand le bonhomme crache dans une assiette. Certains vont jusqu'à rire franchement quand il fait semblant de passer un bifteck sur le sol, comme une serpillière, pour punir un client casse-pieds.

Ensuite, il exagère. Il jette une poignée de farine vers les tables proches de la scène et atteint une femme en fourrure qui jure et sacre d'une voix forte avant de s'élancer vers la sortie. Un humoriste présentable trouverait une saillie quelconque, mais lui reste planté là, pris au dépourvu, et perd son rythme. Le numéro ralentit, et de nouveau les gens s'ennuient ferme.

Le cuisinier achève sa prestation en se renversant sur la tête une platée de spaghetti, ce qui lui vaut quelques risettes de moyenne intensité. « Et surtout ne partez pas sans payer, lance-t-il, sinon je débarque chez vous et je pisse dans le frigo ! » Applaudissements. Il sort. Il mérite dans les dix sur vingt, selon les critères de qualité de la soirée. Je préfère ne pas voir ce que celle-ci réserve encore et je me lève de mon tabouret, direction les coulisses.

Euh, les coulisses, c'est beaucoup dire. Attendu que le cabaret est une nouveauté dans la maison, j'ai fait aménager une pièce près des toilettes, avec des toiles pendues pour séparer les « loges ». Quand j'entre, Gio*rrr*gio est penché sur l'unique lavabo.

« Va dehors si tu as envie de vomir », lui dis-je.

Il se retourne. Sans fond de teint, il est jaune comme un poulet avarié.

« Alors, patron, bien rigolé ? », demande-t-il, le visage coupable.

Je l'ai arrêté à temps, le lavabo est encore propre. Je mens :

« Beaucoup, oui. »

Le cuisinier enlève son costume enfariné. Je vais lui serrer la main, sans trop savoir pourquoi.

« Mes compliments.

– Merci. Tu veux un autographe ?

– Tout à l'heure, peut-être. »

Anna (ou Libellula de son nom d'artiste) élève la voix au fond de la pièce.

« Attention, voilà l'homme qui nous paie ! »

Libellula traîne un peu partout un numéro de chanteuse enrouée qui surgit sur scène à tout propos. En ce moment, elle attend sa dernière entrée en buvant du mauvais vin rouge dans un gobelet transparent. Elle voudrait faire croire que c'est du Coca-Cola, comme si l'odeur ne la trahissait pas et que les autres se souciaient qu'elle soit alcoolique ou non. Je la connais de vue. Elle a été jolie dans le temps, elle a fait un peu de télévision, mais à présent on croirait la caricature d'un gros ténor. Difficile de dire si elle boit parce qu'elle est grosse et laide, ou si elle est devenue grosse et laide à force de boire. En version extra-large, elle arrive quand même encore à arracher quelques rires – de ceux que l'on réserve aux monstres.

Le cuisinier change d'expression.

« Ah, excuse-moi, excusez-moi, plutôt… »

Vu de près, il doit avoir tout au plus vingt-cinq ans. Un corps trapu, courtaud, genre débardeur de marché en gros.

« Oh, tu peux me tutoyer, tu sais.

– Je me suis un peu emmêlé les pinceaux à un moment, mais j'ai bien terminé, non ? s'enquiert-il, anxieux.

– Très bien, très bien. » Je cherche quelque chose à dire. « Très réussi, le finale avec les spaghetti.

– C'est vrai, tu as trouvé ? Et la dernière vanne, pour les mauvais payeurs, l'histoire du frigo ? Ça m'est venu tout seul, comme ça.

– Ah, ce n'était pas préparé ? Bien, bien, on voit que tu as de l'étoffe. »

Je lui tapote l'épaule, puis je me tourne vers les autres.

« Je passais seulement dire bonsoir. Et vous souhaiter bonne chance pour la suite. »

Tandis que je me hâte vers la sortie, je vois que le cuisinier me fixe des yeux.

« Excusez-moi, euh, excuse-moi… Mais tout à coup je me suis rappelé où je t'ai vu. Putain, tu sais que je suis presque un de tes disciples ? »

Il fait mine de s'approcher, je m'échappe.

2

C'est le premier vendredi depuis un an que je ne reste pas jusqu'à la fermeture, et mes gars me regardent partir d'un air perplexe. Je ne prends pas le temps de m'expliquer, mais je crois que certains ont bien compris. Mauro, sans aucun doute, qui me fait au revoir en agitant sa petite main. Sur scène, cependant, se démène un quatuor de gringalets en tutu de ballerine. À en juger par les bâillements de l'assistance, je ne perds rien de mémorable.

Bruine froide et brouillard noirci de pollution : je prends tout dans la figure au moment de monter en voiture, puis direction les Navigli, le quartier des canaux de Milan. Je me gare en triple file et marche le long de l'eau, respirant l'odeur qui monte de la surface obscure. Je n'ai pas envie de rentrer chez moi et m'en vais faire ce qu'un homme comme moi fait d'habitude en pareil cas : un petit tour dans les night-clubs des autres. Pour boire quelques verres d'eau gazeuse, bavarder un moment avec les uns et les autres, à la Darsena ou à l'Albero d'oro, qui appartiennent tous deux à Bruto, un de mes vieux amis – mais comme nous ouvrons et fermons à peu près aux mêmes heures, il y a un siècle que je ne suis pas venu voir comment les choses se passent chez lui. Nous nous parlons plutôt au téléphone, et de loin en loin je fais un saut à son appartement pour voir jouer le Milan AC sur son écran plasma géant.

L'endroit n'a pas changé, on dirait toujours une vieille auberge rénovée à grand renfort de marbre rose et de tables en plastique coloré. La clientèle est plus nombreuse que chez moi, et j'observe avec envie la queue qui piétine pour commander à boire au vieux bar en chêne poli. À l'Albero aussi, aujourd'hui, c'est soirée spectacle. Mais ici, apparemment, ça marche. Sur une petite estrade d'angle, avec une sono de quatre sous, deux vieux chansonniers entonnent des rengaines populaires d'autrefois en s'accompagnant à la guitare et au kazoo. Ces deux-là, je les connais, ils étaient déjà en circulation avant l'époque des Brigades rouges ; mais la vieille école a la vie dure, et elle fait encore le plein. Je m'efforce d'éviter les visages connus, tout en naviguant dans la foule pour gagner le bar à mon tour. D'anciens confrères surtout, ou supposés tels. Quelques chroniqueurs de la vie nocturne, et aussi deux ou trois agents. Certains me reconnaissent quand même et je m'entends héler : « Minestrone ! » Je fais semblant de ne pas entendre.

Au bar, Bruto apparaît pour m'accueillir. Autrefois, il était manager sportif, et puis il en a eu pardessus la tête des footballeurs et il s'est acheté, comme moi, une part du Milan qui boit. Il a la soixantaine, les cheveux gris en queue-de-cheval et le visage d'un homme qui peut s'offrir deux mois de vacances par an dans des centres de thalasso.

Il me passe un bras autour des épaules et me hurle dans l'oreille :

« Comment s'est passée l'expérience ?

– La fusion froide, tu connais ?

– Un truc pour les glaces ?

– Pas exactement. En un mot comme en cent, on ne m'y reprendra plus.

– À mon avis, tu redeviens nostalgique. »

Je le regarde.

« Jamais de la vie. Si j'ai accepté, c'est seulement parce que les types de cette agence sont des copains et que je voulais leur donner un coup de main. Mais une fois, ça suffit pour dix ans.

– Si tu changes d'avis, laisse-moi t'organiser une soirée. Il y a des tas de gens qui seraient heureux de revoir le vieux Sammy à l'œuvre.

– C'était une autre vie, Bruto, et crois-moi, je ne la regrette pas.

– Tu es sincère ?

– Oui, assez.

– Alors je t'offre un verre. »

Il appelle la barmaid, une jolie fille de trente ou trente-cinq ans, aux traits un peu tirés.

« Sers donc cette vieille gloire avec tout le respect qu'elle mérite.

– Tout de suite. »

Une belle voix, rauque, de fumeuse. J'ai un faible pour les voix rauques.

Bruto s'éloigne, la barmaid me sourit.

« Qu'est-ce que tu prends ?

– Un Coca. »

Elle décapsule une petite bouteille.

« Tu es une vieille gloire de quoi ?

– Du sport. Le cent mètres en cinq minutes chrono. »

Elle me regarde, dubitative.

« Je blague. Je faisais de la scène, dans le temps. »

Cette fois, elle m'observe avec plus d'attention.

« Voilà où je t'ai vu. Mais tu portais la barbe, non ? Sammy Donati.

– Excellente mémoire.

– Mais non, tu es une célébrité ! "Et je la mets dans le minestrone." »

L'imitation est bonne, assez bonne pour me faire frémir. Je lève une main.

« Changeons de sujet, tu veux ?

– Tu étais bon.

– Beaucoup de gens n'étaient pas de cet avis…

– Bah, les critiques ! » Elle coupe un citron en tranches. « Sammy, c'est ton vrai nom ?

– Non, un pseudo pour la scène. Pas bien original. Samuele pour l'état civil. »

Je la vois réfléchir en tendant une serviette à une fille qui a renversé son mousseux sur sa jupe pailletée. Pour savoir qui marche dans le show-biz, il faut regarder avec qui sortent les filles les mieux roulées. Celle-ci est au bras d'un imprésario d'assez haut vol : réunions dans les quatre-étoiles et réseaux dans tout le pays. Il a les cheveux teints et il feint de ne pas me connaître. Dans le temps, je lui aurais jeté mon verre à la figure.

La barmaid revient vers moi.

« Trouver un bon pseudo, c'est important, non ?

– Moins qu'autrefois, mais je pense que oui, encore assez. Pourquoi, toi aussi tu veux jouer la comédie ?

– Moi non, mais mon fils a un talent fou. Il faudra qu'il s'en trouve un, de pseudo.

– Quel âge a-t-il ?

– Douze ans.

– Je n'aurais jamais deviné que tu as un fils aussi grand.

– Merci. » Elle sourit de nouveau et me tend mon verre orné d'une petite ombrelle chinoise. « Il s'appelle Alberto. Il est déjà passé à *Supermômes*, tu l'as peut-être vu. À la télévision. »

Je frémis discrètement. *Supermômes* est un sérail de petits monstres, où l'on exhibe des trapézistes chinoises de six ans et des crooners qui en ont dix.

« Non, je ne crois pas.

– Il a raconté des histoires drôles. Sa spécialité. Tu aurais dû voir le public ! Écroulé de rire.

– Un génie en herbe, si je comprends bien », dis-je avec un peu plus d'ironie que je n'aurais voulu. (Ma langue de vipère.)

Elle se raidit.

« Si tu ne me crois pas, tu n'as qu'à venir l'écouter. » Elle fouille sous le bar et me fourre un petit feuillet dans la main. « Jeudi prochain. »

Je reste planté comme un imbécile, le papier à la main, tandis qu'elle s'éloigne pour servir Gio*rrr*gio. Lui aussi est arrivé. L'Albero d'oro, refuge de tous les pécheurs.

C'est un de ces minables prospectus ronéotés comme j'en ai tant distribué à mes débuts : il fait la publicité d'un endroit appelé Circolo Arci alla Bovisa et annonce une soirée « Cabaret : nouveaux visages ». Je le glisse dans ma poche. La barmaid a engagé la conversation avec Gio*rrr*gio qui jacasse tant et plus, content qu'on s'intéresse à lui. Je me joins à eux, mais elle me regarde avec froideur, et Gio*rrr*gio plus encore. Lui, je l'élimine d'un discret coup de hanche ; elle, je lui souris.

« Tu t'appelles comment ?

– Lisa.

– Écoute, Lisa, je ne voulais pas te vexer. Si ton fils est aussi doué que tu le dis, il fera sûrement son chemin.

– C'est bien ce que je pense, parce qu'il… »

Elle est de nouveau lancée. Je l'interromps.

« D'accord, d'accord. Ce qui m'importe, c'est que tu ne sois pas déçue. Le monde du spectacle est un monde de requins, sans aucune pitié. On est facilement blessé. J'en sais quelque chose. »

Enfin, la voilà qui sourit de nouveau.

« Tu es un expert en blessures ?

– Quand nous nous connaîtrons plus intimement, je te montrerai mes cicatrices. Mais nous pourrions parler de ça au calme, pas ici dans ce charivari où tu dois servir une foule d'ivrognes.

– Par exemple ?

– Par exemple en dînant ensemble. »

Un instant de suspens dramatique. J'ai mal aux joues à force de sourire.

« Tu me parleras des temps anciens ? demande-t-elle.

– Des temps nouveaux aussi.

– Je suis ici tous les soirs de la semaine, sauf le jeudi. Et jeudi, je vais écouter mon fils.

– On ne va pas remettre ça à la semaine prochaine. Un déjeuner, ça t'irait ? Je suis moins beau à la lumière du jour, mais je suis prêt à prendre le risque. »

Nous échangeons nos numéros de portable, puis elle retourne abreuver les assoiffés.

Je lève les yeux et me regarde dans le miroir pour me faire des compliments. Soudain, le reflet me renvoie, à deux ou trois mètres derrière moi, le visage de Caterina.

3

Je reste interdit quelques sccondes et la fixe des yeux, sans ressentir l'habituelle crispation au creux de l'estomac. Puis elle s'approche, comme elle fait toujours. Même si trois ans ont passé depuis la dernière fois où nous nous sommes vus, même si elle me semble amaigrie, abîmée. Même si j'ai décidé il y a bien longtemps déjà que je la hais et que je voudrais qu'elle soit morte.

Quand je suis remis de ma stupeur, Caterina a déjà disparu vers la sortie, non sans avoir fait les gestes de la main qui invitent à aller au diable. Ils sont adressés à Bruto, qui vient vers moi en secouant la tête. Sans bien savoir pourquoi, je l'écarte et je cours derrière elle.

À l'extérieur, Caterina n'est plus là. Je la cherche dans les rues alentour et je mets quelque temps à la repérer. Elle marche le long de l'Alzaia, un ancien chemin de halage, du pas mal assuré des gens ivres. Je suis de l'autre côté du canal et je cours jusqu'au premier pont, puis je rebrousse chemin par l'autre rive et, devant l'échoppe d'une cartomancienne, je me retrouve face à elle, qui se cogne presque contre moi.

« Caterina… »

Elle me regarde comme si elle ne savait pas qui je suis. De près, elle me semble encore plus hagarde. Au-dessus de l'œil, elle a une vilaine ecchymose, la marque d'un coup qui commence à virer au jaune. Elle m'observe comme un étranger.

« Sammy ? Qu'est-ce que tu fais ici ?

– J'étais dans la boîte, je t'ai suivie. Qu'est-ce qui t'arrive ? »

Elle tourne la tête.

« Ce ne sont pas tes affaires. »

Et elle se remet à marcher, d'un pas pressé. Je me dis que je ferais mieux de laisser tomber, mais je la rejoins de nouveau.

« Tire-toi de là ! », crie-t-elle.

Je ne l'ai jamais vue ainsi. Dans mes rêves, elle y pleure, plutôt, et demande pardon à genoux.

« Caterina, tu te conduis comme une folle. Qu'est-ce que tu as, qui t'a frappée ? »

Elle lève la main pour toucher son front, puis respire la bouche ouverte et paraît se calmer un peu.

« Personne, c'était un accident. Il faut que je file.

– Caterina… »

Elle ferme un instant les yeux.

« Tu as vu Luca ? »

La question est tellement inattendue que je reste interdit.

« Moi ? »

Elle secoue la tête.

« Laisse tomber. J'ai dit une bêtise. Salut. » Elle fait quelques pas, puis revient. « Excuse-moi, Sammy. Tu peux me prêter un peu d'argent ?

– De l'argent ?

– Ce que tu peux, même cinquante euros. Je suis… sortie sans ma carte bleue. » Elle se mord la lèvre. « J'en ai besoin. Je te les rendrai la prochaine fois qu'on se verra. »

Une fois de plus, je n'arrive pas à réfléchir. Je prends deux billets de cinquante euros dans ma poche et je les lui tends. Elle les saisit.

« Merci. Je t'appelle. »

Je la regarde disparaître, m'apercevant soudain qu'il fait très froid. J'ai laissé mon blouson dans la boîte. J'y retourne. La fête est presque terminée, il ne reste que les derniers amis de la maison et le rideau de fer est à moitié baissé. Lisa a disparu, Bruto est assis sur un tabouret et fume un cigare toscan en compagnie du duo de chanteurs.

« Je croyais que tu étais rentré te coucher, dit-il.

– J'ai fait une rencontre bizarre. » Les deux musiciens le saluent et s'en vont. Je m'assieds à la place de l'un d'eux. « Je suis tombé sur Caterina. »

Bruto hausse les sourcils.

« Tiens donc.

– J'ai réussi à lui parler cinq secondes. Elle était dans un sale état. Elle cherchait Luca, et elle m'a demandé si je l'avais vu. À moi. Tu te rends compte.

– Pauvre fille. Et pauvre Luca. Ou pauvre con, ça dépend du point de vue.

– Il est arrivé quelque chose sans que je le sache ? »

Il regarde le bout de son cigare.

« Pourquoi ? Ça t'intéresse ?

– Je ne sais pas si ça m'intéresse. Mais il est trois heures du matin, j'ai passé une soirée de merde et je n'ai peut-être plus les idées claires. Je n'ai jamais vu Caterina comme ça. Jamais.

– Luca a perdu les pédales, Sammy. Et elle aussi. Un peu moins, peut-être. »

La tête me tourne.

« Tu permets que je me serve ?

– Vas-y. »

Je passe derrière le bar et je regarde les bouteilles avec envie. On n'arrête jamais d'être alcoolique, on arrête seulement de boire. Je me verse un tonic en faisant comme s'il y avait de la vodka dedans, puis je m'accoude en face de Bruto.

« Tu fais une jolie barmaid, dit-il.

– Continue avec ton histoire.

– Il n'y a pas grand-chose à dire. Si tu venais me voir de temps en temps, tu saurais déjà que Luca est camé.

– L'héroïne ?

– Mais non, c'est passé de mode. La coke. Ça fait autant de mal et il y en a plus en circulation. Quand je ferme, je trouve toujours des traces dans les toilettes. Bientôt, je pourrai en distribuer.

– Je n'y crois pas. Luca ? Non. Il ne se roulait même pas de joints. Et Caterina… Elle tenait à sa santé.

– Les temps changent, Sammy. Et les gens aussi. Tu as dû remarquer qu'il y a un moment que Luca ne travaille pas…

– Je ne fréquente plus le milieu, je ne vais même pas au cinéma. Je jette les pages "Spectacles" des journaux. Ça fait partie de la thérapie.

– Eh bien, Luca est dans la mouise. Une mouise noire. » Il secoue par terre la cendre de son cigare. « Et avec Caterina, c'est un désastre. Ils s'engueulent, ils se quittent, ils se reprennent. Ça n'en finit pas. Luca plie bagage, il disparaît, et puis, quand il n'a plus d'argent, il revient. La semaine dernière, il était ici à boire et elle est venue lui faire une scène. On aurait dit deux junkies au bout du rouleau. D'ailleurs, c'est ce qu'ils sont.

– Ça dure depuis quand ?

– Qu'il se came ? Un peu moins d'un an, je dirais, mais ça fait plus longtemps qu'il est mal parti. » Il éteint son cigare dans le cendrier qui déborde. « Tu es content ?

– Ne dis pas de conneries.

– Sûr ?

– Ça ne me concerne en rien, Bruto. En rien de rien. Ils font partie de ma vie passée. Complètement passée.

– Tant mieux pour toi.

– Oh, que oui. »

Je décide de ne plus y penser. Et je n'y pense pas en rentrant chez moi, je n'y pense pas en me mettant au lit, je n'y pense pas en comptant les heures et en attendant un sommeil qui ne vient pas. Quand je suis enfin endormi, le téléphone sonne. C'est Bruto. Il me dit qu'on a arrêté Caterina. Selon la police, elle a assassiné Luca.

4

Trois journalistes me téléphonent pour que je commente l'événement, je les envoie tous promener. Ils insistent, une petite troupe s'assemble en bas de chez moi, j'escalade le mur de la cour et je sors par-derrière. Ils écrivent que je suis consumé de chagrin, ou que je suis fou de rage, ou que je m'en fiche complètement. Ils fouillent dans le passé, publient de vieilles photos, les chaînes de télévision passent des fragments de mes spectacles de jadis, et je recommence à voir sur le visage des passants une expression que j'espérais pour toujours abolie : « Tiens, est-ce que ce ne serait pas… »

Non, ce n'est pas, non, je ne suis pas. Plus. Il fut un temps où j'aurais payé pour attirer toute cette attention, mais à présent je ne me montre même plus dans mon propre night-club de crainte de tomber sur un paparazzo insistant. Mauro en a flanqué deux à la porte, qui s'étaient postés pour m'attendre au bar.

Les seuls que je ne peux éviter, ce sont les flics. Ils m'ont convoqué pour que je leur fasse une déposition, si c'est bien le terme. Luca Melis est mort assommé à coups de gourdin ou d'un objet similaire, puis on l'a mis dans sa voiture et emporté dans la campagne, du côté de Sesto San Giovanni, et on l'a brûlé avec le véhicule. Quand on l'a trouvé, il était encore fumant. On l'a identifié grâce à la plaque d'immatriculation et à sa dentition. C'est bien lui, pas de truc à la Houdini pour échapper à ses créanciers. Quand on a brûlé son corps, il était mort depuis un bout de temps. Plusieurs jours.

Le policier qui m'interroge – ou plutôt qui m'écoute, parce que j'ai des informations – est un Sicilien d'environ cinquante-cinq ans, à la moustache jaunie par la nicotine. Il s'appelle Ferolli et la plaque sur sa porte indique qu'il est le directeur adjoint de la Brigade mobile. Son bureau du commissariat de la rue Fatebenefratelli ressemble à celui du sous-directeur d'un lycée de province : sombre, sale, orné de l'écusson de l'Inter de Milan pendu entre la photo du président de la République et le drapeau italien. Il se comporte avec une certaine courtoisie, même s'il ne fait rien pour me mettre à mon aise. Il me questionne sur mon passé avec Luca, et sur ma rencontre avec Caterina la nuit qui a précédé la découverte du cadavre.

Je lui raconte ce que je sais, autrement dit peu de chose. Les dernières nouvelles que j'ai eues de Luca remontent à des lustres, excepté ce que m'en a dit Bruto. Ferolli me demande si j'éprouvais du ressentiment à l'égard de Luca, à cause de ses succès. Je m'y attendais et je réponds avec sincérité.

« Oui. J'en ai ressenti un peu. C'est humain, je suppose.

– Bien sûr, admet-il, conciliant. Et M. Melis n'a jamais tenté de reprendre contact avec vous ?

– Si.

– Quand ?

– Il y a deux ans. Il m'a laissé deux messages sur mon répondeur.

– Et de votre côté ?

– Je ne lui ai jamais répondu. Je n'ai même pas écouté les messages jusqu'au bout. Une fois, il est aussi venu me trouver dans ma boîte, le Coccodrillo rosa. J'ai fait dire que je n'étais pas là. Il est reparti.

– Selon vous, pourquoi vous cherchait-il ?

– J'ai pensé qu'il voulait faire la paix. Maintenant, je n'en suis plus aussi sûr.

– Alors ? »

J'ai eu le temps de réfléchir.

« Je crois qu'il cherchait de l'aide. Professionnellement parlant, les choses n'allaient plus aussi bien pour lui.

– Et vous auriez pu l'aider ?

– Non. »

Il achève l'entretien en me demandant quelles ont été mes allées et venues la semaine qui a précédé la découverte du corps calciné. Je n'ai aucun mal à les reconstituer, j'ai passé mes jours et mes nuits au Coccodrillo. Ferolli prend des notes, puis passe la main dans ses cheveux clairsemés.

« Je pense que nous en avons terminé.

– Alors, c'est tout ?

– À quoi vous attendiez-vous, la lampe dans les yeux et les coups d'annuaire sur la tête ? » Il me fixe du regard. « Mais si vous avez quelque chose à ajouter, allez-y.

– Non, excusez-moi. »

Il continue à m'observer.

« Quoi que vous puissiez nous dire, cela restera confidentiel. Même si ce sont des aveux complets. »

Je suis tellement stupéfait que je ne trouve rien à dire. Il sourit. Ses dents sont jaunes comme sa moustache.

« Ne vous inquiétez pas, je plaisantais. Une blague de flic. Notre enquête ne semble pas du tout conduire vers vous. »

Je déglutis.

« Vers moi ?

– La jalousie professionnelle ne vous paraît pas un mobile plausible ?

– Je suis patron d'une boîte de nuit.

– Autrefois, vous ne l'étiez pas. Mais justement, beaucoup de temps a passé… »

Ferolli ajoute quelques mots à ses notes, puis les tend à un agent en uniforme pour qu'il les tape sur son clavier. Je relis. C'est bien ce que j'ai déclaré, en langage bureaucratique. *En aucune circonstance je n'ai rencontré la victime à une date postérieure au…* Il me tend la main, je l'accepte.

« Monsieur Ferolli, vous croyez vraiment que c'est Caterina qui l'a tué ? »

Il secoue la tête, évasif.

« Au revoir, monsieur Donati. »

Je ressors de son bureau avec l'impression d'avoir réussi un examen. Un type bien habillé et mal rasé se tient debout dans le couloir. Un policier en civil, sans doute.

« Monsieur Donati ?

– Changement de programme ? Je suis en état d'arrestation ? »

Le type hausse les sourcils, surpris.

« J'espère que non. Je m'appelle Mirko Bastoni, je suis avocat.

– C'est ainsi que vous procédez ? Vous vous postez dans les couloirs pour trouver de la clientèle ? Hélas pour vous, je n'ai pas besoin d'avocat.

– Je suis le défenseur de Mme Moretti.

– Caterina ?

– Oui. J'aimerais bavarder avec vous quelques minutes. Puis-je vous offrir un café au bar d'à côté ?

– Excusez-moi, mais puis-je savoir pour quelle raison ? »

Il sourit, d'un sourire las qui me le rend tout de suite sympathique.

« J'ai besoin de votre aide. »

5

Quand je quitte Me Bastoni, il est déjà presque midi. J'ai les idées confuses et, pour un premier rendez-vous avec une jeune femme qui me plaît, je ne suis pas dans l'humeur idéale. Mais mieux vaut battre le fer… Je confirme la réservation d'une table au bar à sushis Zen, près de la place du Dôme. Lisa arrive à l'heure, mais elle préfère s'asseoir au comptoir, en face des serveurs habillés à la japonaise, et je ne demande qu'à la satisfaire. Ce comptoir est une longue spirale qui aboutit au centre du restaurant, où les cuisiniers s'affairent au vu des clients : sur un étroit tapis roulant, ils déposent de petits plats de sushis, de sashimis et de makis, et chacun prend ce dont il a envie. Lisa semble fascinée. À la façon dont elle manie ses baguettes, on voit qu'elle n'est pas accoutumée à cette cuisine. Je l'aide, et cela suffit à briser la glace.

« Tu ne m'as pas apporté d'orchidées », dit-elle au bout d'un moment.

Elle m'a un peu parlé de son fils, mais sans me soûler autant que prévu. Les parents sont tous les mêmes – encore que d'ordinaire ils désirent que leur rejeton devienne ingénieur ou avocat plutôt que vedette de cabaret.

« Comment ? Ah, excuse-moi. Tu as raison, mais avec tout ce qui s'est passé… » Je bois une gorgée de thé vert. « Je ne suis pas dans ma meilleure forme, désolé.

– L'histoire de Luca Melis ?

– Oui.

– Quelle tristesse. Vous étiez très amis ?

– Nous l'avons été, dans une autre vie.

– Celle dont tu ne m'as pas encore parlé. Tu me l'as promis, tu te rappelles ? Tes vieilles blessures.

– Tu y tiens vraiment ?

– Tu penses ! Je te jure que je ne la vendrai pas aux journaux. »

Elle me regarde avec intensité, et je me dis : « Pourquoi pas ? » Parfois, il faut laisser sortir les choses, sous peine d'exploser.

« D'accord. Partons de l'an de grâce 1990. »

L'idée d'*Horreur au déjeuner* m'était venue en regardant un vieux film où l'on voyait Ugo Tognazzi et Vittorio Gassman, l'un cuisinier, l'autre serveur, se quereller avec violence et se jeter la nourriture à la tête. À la fin, les clients du restaurant mangeaient un minestrone contenant tous les projectiles, et ils s'en régalaient. J'avais pensé que l'on pourrait en faire un sketch sans y rien changer, mais ensuite l'idée s'était développée. Je sentais qu'elle était bonne, même si au début Luca n'était pas très convaincu. Trop « lever de rideau », selon lui. Mais je n'avais pas tardé à le persuader, saisi que j'étais par la fureur sacrée du créateur.

Lui et moi travaillions ensemble depuis un peu plus de deux ans, et nous efforcions d'imposer notre version du duo comique. Une version des plus classiques, à vrai dire, voire galvaudées : lui, grand et maigre avec des traits creusés, moi trapu et un peu joufflu, lui fin et distingué, moi rustre et ignorant. Nous avions pris plusieurs surnoms : du « Duo des andouilles » à « Luca & Sammy, meilleurs ennemis », sans nous attacher à aucun. Pas plus que le public ne s'était attaché à nous. Nous avions de la volonté, de l'intelligence et deux physiques idoines, mais il nous manquait le je-ne-sais-quoi qui fait toute la différence : une « voix » propre à nous. Même quand nous concevions un numéro qui marchait bien, on avait toujours l'impression qu'il s'agissait d'une copie, plutôt médiocre, de quelque chose qui existait ailleurs. Et qui veut d'une copie quand on peut avoir l'original ? Surtout, qui s'en souvient ?

Pourtant, nous nous donnions du mal. École de mime, école de danse. Et chaque jour, nous passions les journaux au crible pour y trouver des répliques nouvelles. Nous acceptions tous les engagements, même les plus mal payés, quitte parfois à nous produire pour rien du moment que cela nous donnait l'occasion de nous faire connaître. Nous voulions tellement percer, émerger de la masse des aspirants qui n'arrivent jamais à rien, que ce désir nous rendait malades.

Moi, du moins, je l'étais. Je me réveillais la nuit et j'avais de la peine à respirer : il me semblait qu'un tonneau me comprimait la poitrine. Un tonneau sur lequel était écrit le mot « RATÉ », en lettres capitales. L'avenir m'apparaissait comme une longue traînée grise de chambres minables, de notes impayées, de guimbardes pourries, de pizzerias glauques et de filles qui me largueraient, fatiguées d'un type qui ne s'amusait que sur scène et n'avait pas d'argent pour partir en vacances. Ou pire : l'indigence véritable. La misère. Les dortoirs pour SDF.

Luca, à l'inverse, ne s'angoissait jamais. Il ne se mettait jamais en colère, même quand un imprésario reprenait ses billes au dernier moment. Si on nous sifflait, ses oreilles ne brûlaient pas comme les miennes, et si quelque comique de second ordre décrochait un contrat pour la télévision, jamais il ne le jalousait. Non qu'il fût d'un optimisme béat, mais il avait foi en son talent : il était convaincu qu'il réussirait tôt ou tard. Sans lui, j'aurais laissé tomber, je crois.

Ou peut-être que non. Au fond, je n'aurais pas su quoi faire d'autre. En dehors du spectacle, mon expérience professionnelle se limitait à quelques mois où j'avais travaillé comme représentant en caisses enregistreuses – une vie qui m'avait semblé très proche de l'enfer sur terre. Et quand on a la trentaine passée, il est un peu tard pour recommencer des études en vue de passer le concours des postes.

Mais là, nous disposions d'un bon point de départ, et de la bagarre initiale entre le cuisinier et le serveur d'une gargote, nous fîmes un spectacle d'une heure. Au diable le vieux répertoire, au diable les vieilles pitreries. Tout était écrit et laissait peu de place à l'improvisation pour les deux personnages neufs et complémentaires que nous étions. La gargote devint une auberge cotée, où le cuisinier manifestait une haine pathologique pour les clients qui n'appréciaient pas ses efforts, et le serveur – un maître d'hôtel, plutôt, élégant et désemparé – devenait la victime de ses colères. Nous écrivîmes le premier jet en une semainc, presque sans dormir. Et pour mon malheur, l'ensemble fonctionnait très bien.

Mieux encore : c'était un mécanisme comique impeccable, c'était ce que nous avions toujours cherché.

Nous commençâmes donc à roder notre nouveau spectacle un peu partout, soir après soir, en changeant au vol ce qui marchait un peu moins bien. Peu à peu, le cuisinier cessa d'être un simple benêt colérique et se mit à incarner la sagesse populaire, comme un masque de la *Commedia dell'arte*. Il portait des jugements sur le monde comme il va, il exprimait le sens commun, la voix du petit peuple. Il se gaussait des modes, de la technologie, des ordinateurs. Le serveur, de victime qu'il était, se transforma en une sorte de majordome à l'anglaise, qui discourait sur la poésie, faisait ami-ami avec les clients importants en leur rapportant des potins sur les politiciens et les footballeurs et rembarrait le cuisinier par des reparties affûtées.

Horreur au déjeuner était né. Et bientôt donné dans des lieux où auparavant on ne nous aurait même pas laissés entrer pour vider les cendriers : le Circolone de Legnano, le Bolgia umana, puis la Ca'bianca – et dans ces années-là, ce n'était pas rien de passer à la Ca'bianca –, enfin le Zelig, un des cabarets les plus cotés de Milan. Nous avions pris un agent très habile, Marcello, qui nous faisait connaître hors de la région et nous obtenait nos premiers engagements à la télévision. Sur des chaînes locales, certes, mais les émissions étaient très présentables. Les jeunes les regardaient, mais aussi les imprésarios d'envergure, qui cherchaient des gens à lancer en deuxième partie de soirée sur les chaînes nationales. On commençait à nous reconnaître dans la rue, et, bien sûr, l'argent rentrait. Pour la première fois de ma vie, j'avais la conviction d'avoir enfourché le bon cheval. Je le sentais, comme naguère j'avais senti planer le spectre de la misère.

Et puis, Luca avait eu l'idée de faire participer le public.

Cette idée lui était venue après une représentation particulièrement réussie sur une petite chaîne privée, avec un public qui répétait en chœur nos répliques à présent célèbres, du genrc « Et je la mets dans le minestrone ». Ce soir-là, nous avions fait venir sur scène un homme pris dans l'assistance et nous l'avions contraint à jouer le rôle du client. Tout ce qu'il demandait était prétexte à des insultes de ma part, et je le menaçais de lui jeter des victuailles à la tête. Le public était plié en deux.

En se démaquillant dans notre loge (il mettait beaucoup de blanc pour paraître encore plus pâle et maigre qu'au naturel), Luca me fit part de son idée :

« Si nous le faisions à chaque fois ?

– Quoi ?

– Prendre quelqu'un dans le public et le tarabuster sur scène. S'il y a une célébrité dans la salle, c'est encore mieux.

– Je ne sais pas. Il me semble que ça casse le rythme, objectai-je.

– Moi, je ne trouve pas. Ça nous a inspiré pas mal de trucs nouveaux que nous pourrons réutiliser.

– Ça demande trop d'improvisation. Nous avons dû laisser de côté une bonne partie de ce qui était écrit.

– Mais les gens ont ri comme jamais…

– Oui, admis-je à contrecœur. Mais c'est un risque. Si le bonhomme ne réagit pas, tout le reste s'en va en quenouille.

– Tu as peut-être raison… », dit-il – mais il n'était pas convaincu.

Nous en reparlâmes au cours des jours suivants, entre nous et avec Caterina. Car Caterina, en ce temps-là, était non seulement ma compagne, mais presque un troisième membre du duo : nous répétions toujours nos nouveautés en sa présence et son jugement était de premier ordre. Si quelque chose ne lui plaisait pas, nous pouvions être sûrs que cela ne fonctionnerait jamais. Luca et moi avions tellement confiance en elle que nous coupions tout ce qui ne la faisait pas rire.

Et comme elle riait ! Elle était merveilleuse. Les soirs où nous craignions un public difficile, je la faisais asseoir au premier rang pour me donner du courage. Je l'avais abordée sitôt après une représentation, attiré justement par son rire. Et j'avais bientôt découvert qu'elle n'était pas seulement belle – d'une beauté irrégulière et sans ostentation, avec un corps fuselé de gymnaste –, mais aussi très intelligente. Elle travaillait comme hôtesse-interprète à la Foire de Milan.

À mon grand dépit, Caterina donna raison à Luca.

« Je trouve que c'est une idée formidable », dit-elle.

Je la regardai de travers. Nous nous trouvions chez moi : non plus une chambre ou un studio minable, mais un grand trois-pièces dans un immeuble de standing du côté de la Porte de Gênes, donnant sur un ravissant jardin intérieur où je jetais les mégots de mes cigarettes.

« Ne te vexe pas, Sammy, poursuivit-elle. C'est pour donner plus de sel au spectacle. Le public s'identifiera au malheureux que vous aurez choisi et s'il ne réagit pas bien, vous pourrez le laisser planté là et continuer avec le texte écrit. Ce sera drôle aussi. »

Ça ne me plaisait toujours pas, mais alors pas du tout, mais j'aurais été bien incapable d'expliquer pourquoi. Toutefois, j'avais trop l'habitude de me fier à Caterina.

« Deux contre un, dis-je. D'accord, essayons. »

Caterina avait raison, comme toujours. La présence du troisième larron suscita de nouvelles dynamiques. Nous n'étions plus un couple, mais un trio qui changeait d'une fois sur l'autre. Nous terminâmes la série prévue pour la télévision locale en gardant le même schéma, et le conservâmes pour les spectacles non filmés. Au concours *Zanzara d'oro* de Bologne, nous fîmes monter sur scène un membre du jury et parvînmes si bien à la faire tourner en bourrique que la victoire nous fut assurée. Nous remportâmes aussi le *GraziePrego* de Saint-Vincent, et reçûmes ensuite tant d'offres qu'il nous fallut commencer à dire non. Désormais, nous pouvions nous permettre le luxe de quelques pauses, et surtout celui de choisir. Certains de ces choix furent assez risqués, comme de cesser les apparitions télévisées pour une tournée dans les théâtres du nord de l'Italie. Mais il nous fallut presque doubler le nombre de représentations, car nous jouions à guichet fermé. Un succès total dont même la presse s'aperçut, qui nous consacra d'excellentes critiques et même deux ou trois interviews.

Le seul problème, c'était moi. Je souffrais comme un chien enragé.

Avec le système des trois personnes sur scène, les gens, petit à petit, avaient commencé à moins rire de mes répliques. Je suscitais de moins en moins d'explosions d'hilarité, et les applaudissements qui me forçaient à m'arrêter s'étaient désormais faits plus rares. Le spectacle marchait comme jamais, mais le centre de l'attention s'était maintenant déplacé : Luca, dans le rôle du maître d'hôtel, se faisait le défenseur de l'infortuné choisi dans la salle, et l'auditoire était de son côté. Ce qui lui plaisait, c'étaient les répliques qui clouaient le bec à l'acariâtre cuisinier : alors et alors seulement, il laissait éclater une allégresse libératrice. Luca, qui avait déclenché ces rires, s'en repaissait. Non qu'auparavant il n'eût été que mon comparse, mais son rôle était plus subtil, presque sérieux par instants – trop pour déchaîner le public.

À présent, il lui suffisait d'une mimique pour me voler mes rires, et ses apartés avec le « client » étaient devenus le clou du spectacle.

Je me sentais coupé en deux. D'un côté, j'avais le succès que j'avais toujours désiré ; de l'autre j'étais dévoré par la jalousie. J'enviais Luca.

Notre travail s'en ressentit. Je commençai à me disputer avec lui, de plus en plus souvent. Nous nous disputions aux répétitions, nous nous disputions avant d'entrer en scène, nous nous disputions après. Et pendant le spectacle, je tentais de tirer la couverture à moi. Je criais pour le couvrir, j'exagérais.

Dans mes rêveries, je le quittais pour poursuivre mon chemin seul, mais je n'étais pas prêt, j'avais trop peur de ce qui m'adviendrait sans *Horreur au déjeuner*. J'avais beaucoup d'idées pour des spectacles en solo, auxquelles je travaillais en cachette ; mais aucune ne valait le couple cuisinier-maître d'hôtel. Je le savais et me le répétais dans les moments où j'étais calme. Attends, Sammy. Attends ton heure. Et en attendant, arme-toi de courage…

Je n'y arrivais pas. Certes, il serait faux de dire que je me mis à boire pour cette raison. J'avais toujours eu un penchant pour la bouteille. Les habitués des lieux nocturnes se divisent en deux catégories : les grands buveurs et les abstinents. Il n'y a pas de milieu. Moi, j'étais du nombre des grands buveurs, mais avec intelligence : je buvais après le spectacle, après les répétitions, après les séances dans les studios de télévision. Je pris le pli de boire avant.

Il m'arriva plus d'une fois d'entrer en scène sérieusement bituré, mais jamais le public ne s'en aperçut. Au fond, le cuisinier d'*Horreur au déjeuner* était un lourdaud et s'il se mettait à bafouiller et à répondre à côté, cela collait avec le personnage. En revanche, Luca était contraint à une foule d'acrobaties pour couvrir mes errements. Il m'interpellait et attendait en vain ma réplique, puis se tournait vers le public en lui demandant du secours, de son ton de lord anglais que j'avais commencé de haïr. Ensuite, il se retournait vers moi et me soufflait ma réplique à haute voix. Le public riait.

Mes rapports avec Caterina devenaient eux aussi désastreux. Il y eut d'affreux moments où je l'accusais d'être du côté de Luca, de comploter avec lui contre moi. Elle tenait bon tant qu'elle pouvait, puis elle faisait son baluchon et s'en allait dormir chez elle. Petit à petit, je me couchai le plus souvent tout seul. Je commençais en outre à refuser de jouer, à annuler des dates pour le seul plaisir de mettre Luca en difficulté. C'était une tactique suicidaire, et je le savais, mais je ne pouvais m'en empêcher.

Après une semaine de caprices particulièrement pénibles, Marcello m'invita à déjeuner. Il écouta mes plaintes et le récit de mes déboires (un bon agent doit avoir la patience d'un saint), puis il lâcha sa bombe.

« J'ai une offre que tu ne pourras pas refuser. »

L'offre venait de la RAI. La RAI Uno.

« Le cabaret est à la mode, expliqua-t-il. Et ils se sont aperçus qu'ils étaient en retard par rapport à la concurrence. Ils ont en projet une émission culinaire, tous les jours de semaine à dix-neuf heures. Il y aura une présentatrice – Marcello me dit son nom – et vous assurerez les transitions comiques entre les séquences. Ils espèrent une audience d'au moins quatre à cinq millions, peut-être davantage. Le contrat est pour deux mois, renouvelable. Bien sûr, vu l'heure, il faudra éviter les gros mots, mais ce sera facile. »

Puis il m'annonça le montant du cachet, une très jolie somme. Mais nous eût-on payés quatre lires et demie, ça n'aurait rien changé. Un océan de gens me verrait, je ferais partie de leur famille, de leurs habitudes.

« D'accord. Mais nous ferons comme autrefois. Sans troisième personnage », dis-je.

Marcello n'y vit pas d'inconvénient. De toute façon, nos intermèdes seraient trop courts pour les jouer à trois. Lui-même irait trouver Luca pour qu'il approuve le projet (j'eus l'impression qu'il l'avait déjà fait). Restait une formalité : la RAI voulait un bout d'essai. Filmer un pilote, réglé sur le tempo requis par l'émission. J'acceptai volontiers, je me sentais tout près du sommet de la gloire. Je me trompais.

6

J'ai parlé presque une heure. Lisa a dévoré six petites assiettes de sushis et s'attaque maintenant à un gâteau qui ressemble à une miniature de ceux de Grand-Mère Donald.

« Et ça s'est passé comment ? »

Je prends mon souffle, tant le souvenir est encore cuisant. Sept années ont passé, mais j'en ai toujours l'estomac tordu.

« Mal. Je m'étais promis de ne pas boire, mais dans la loge j'ai commencé à picoler. J'étais convaincu d'y être allé doucement, mais quand je suis arrivé sur le plateau je ne tenais plus sur mes jambes. J'avais la vue brouillée, tout me semblait déformé…

– Le cauchemar !

– Oui. J'ai essayé de me reprendre, mais je ne comprenais plus rien. J'avais la tête vide. Je riais aux éclats, j'étais à genoux par terre. Une scène horrible. »

Lisa me prend la main.

« Mon pauvre !

– Pauvre ? J'ai eu ce que je méritais, rien de plus. » J'entrelace mes doigts avec les siens. « À un moment, le réalisateur est venu me faire quitter le plateau. J'ai refusé. Il m'a pris par un bras, je l'ai frappé en pleine figure. Et comme j'avais une bouteille d'huile à la main, je lui ai cassé le nez. La dernière grande prestation de Sammy le comique.

– Mais pas celle de Luca.

– Non. Le reste appartient à l'histoire. Luca a signé avec la RAI et a fait l'émission tout seul, avec un certain succès. Ensuite, c'était parti, il avait le vent en poupe, alors que moi je cachetonnais dans des salles minables de province. Les rumeurs se propagent, tout le monde a entendu parler du procès avec le réalisateur à qui j'avais cassé le nez. On ne voulait plus de moi. Je restais à la maison, à regarder Luca faire de la télé et à me détester. Sans parler de Caterina. Elle m'a quitté pour lui aussitôt après cette affaire avec la RAI. Je ne sais pas si elle me trompait avant et je ne veux pas le savoir. » Je pose mes baguettes, dont je me suis peu servi. Je n'ai pas vraiment faim. « Avec le temps, les choses sont tout de même allées mieux pour moi. Je me suis désintoxiqué. J'ai ouvert un bar, puis repris le Coccodrillo rosa. La désintoxication, c'est vraiment comme dans les films : des séances avec des gens assis en rond, qui disent "Bonjour, je m'appelle Machin et je suis alcoolique". Je les ai fréquentées pendant cinq ans, je n'ai plus jamais bu. Tous les jours, je suis environné de bouteilles d'alcool et je résiste à la tentation. » Je souris. « Excuse-moi. J'ai dû t'ennuyer à mourir. »

Elle me caresse le visage.

« Pas du tout. Tu es un excellent raconteur d'histoires.

– J'ai tout vécu en vrai, c'est mieux que l'Actor's Studio. »

Je m'approche et je l'embrasse. Puis nous nous embrassons encore sur le chemin de l'Albero d'oro. J'essaie de la convaincre de se faire porter malade, mais non, pas moyen. Nous tombons d'accord pour nous retrouver à la fermeture. Moi aussi, je dois travailler, après tout. Même si ce n'est pas mon travail habituel.

7

Me Bastoni s'était montré convaincant – ou peut-être était-ce moi qui désirais être convaincu. Il m'avait offert le café promis, puis il m'avait parlé de Caterina. Elle allait mal, on l'avait admise à l'infirmerie de la prison de San Vittore où on la désintoxiquait à coup d'antidépresseurs. Elle était terrifiée, elle avait l'esprit confus.

« Dans l'état où elle est, avait dit Bastoni, je pourrais plaider la démence temporaire avec de bonnes chances d'obtenir gain de cause. Je pourrais aussi tenter la légitime défense. »

Il m'avait expliqué que Luca la frappait, ces derniers temps. Ce que j'avais déjà deviné à la marque sur son visage.

Mais Caterina s'obstinait à se déclarer innocente. En sorte que son avocat ne savait à quel saint se vouer.

« Elle est incapable de se rappeler où elle était, elle n'a qu'une idée vague de ce qu'elle a fait le soir où M. Melis a été tué, de même qu'avant et après. Sans compter qu'il y a chez elle des traces du sang de la victime et que la Scientifique dit qu'elles sont compatibles avec la date du meurtre. Peut-être que ce jour-là M. Melis s'est blessé avec le couteau à pain, mais ma cliente ne se souvient de rien.

– L'autre nuit, Caterina est venue chercher Luca à L'Albero d'oro. Mais Luca était déjà mort depuis un bout de temps, non ? Pourquoi l'aurait-elle cherché si elle l'avait tué ?

– Vu son état, Mme Moretti pourrait très bien avoir refoulé l'épisode du meurtre au fond de sa mémoire. Ça se produit plus souvent qu'on imagine, surtout dans ce genre de cas. Sans oublier qu'on soulèvera forcément une autre hypothèse : qu'elle ait joué la comédie pour mieux égarer les soupçons…

– Je l'ai vue, je lui ai parlé. Elle ne mentait pas.

– Votre opinion sera prise en compte, mais… »

L'avocat écarta les bras dans un geste éloquent.

« Alors, il n'y a rien à faire ?

– Ce n'est pas dit. On n'a pas retrouvé l'arme du crime et on ne comprend pas où a pu rester le corps de M. Melis avant d'être brûlé. Trois jours se sont passés entre le crime et l'incendie de la voiture et du cadavre, et Mme Moretti ne l'a certainement pas laissé dans sa voiture garée en bas de chez elle.

– Et dans le bois où on l'a fait brûler ?

– Non. L'endroit est trop fréquenté, par des couples d'amoureux, des fumeurs de joints. On l'aurait repéré plus tôt. Et puis, pourquoi le laisser dans un bois pour revenir le brûler plus tard ? Un peu risqué, non ?

– En effet. »

Je ne comprenais plus rien.

« Par ailleurs, la police enquête dans le milieu des dealers. Même s'il y a peu d'espoir de ce côté.

– Pourquoi ?

– M. Melis avait encore assez d'argent pour payer ses fournisseurs. Et il les payait, parce qu'il était régulièrement shooté à la cocaïne. Et puis, quand un dealer tue un de ses clients – ce qui se produit rarement –, il fait disparaître le corps tout de suite, plutôt que de le garder chez lui comme un mannequin. Mais on ne peut jamais être sûr de rien. »

Il m'avait fourni d'autres détails. Des relevés téléphoniques, de peu d'utilité, car Luca refusait de se servir d'un portable par crainte d'un cancer ; des dépositions de voisins ; les résultats de l'autopsie. Dans tout cela, Caterina apparaissait comme la seule coupable possible. Le jour du meurtre, des voisins les avaient entendus se disputer bruyamment, Luca et elle. Et c'était à ce jour-là que remontaient les marques sur le visage de Caterina, et sur son corps. Où il y en avait d'autres, plus anciennes.

Un désastre, un vrai désastre.

J'avais absorbé toutes ces nouvelles de mon mieux, en promenant mon regard sur le bar. À part Bastoni et moi, il n'y avait là que quatre policiers en uniforme qui mangeaient des sandwiches en riant et en plaisantant. Peut-être étaient-ce eux qui avaient découvert le cadavre de Luca. Et je m'étais demandé quel effet cela pouvait faire, à la longue, de vivre sans cesse au contact de la violence et de la mort, quelles séquelles cela pouvait laisser.

« Mais moi, que pensez-vous que je puisse faire ? Tout ce que je sais, je l'ai déjà raconté. »

Bastoni avait remué lentement son café.

« Je serai franc avec vous : les chances de Mme Moretti sont minces. Avec les éléments dont je dispose, plaider l'innocence est pratiquement suicidaire.

– J'avais compris.

– J'ai besoin d'en savoir plus long sur Luca Melis et sur ce qu'il a fait dans les jours précédant sa mort. S'il avait des ennemis dont je ne connais pas l'existence. Tout ce que je peux apprendre.

– La police mène son enquête…

– La police a tout ce qu'il lui faut pour envoyer Mme Moretti en prison. Et le juge d'instruction sera du même avis. Je crains qu'il ne demande pas de supplément d'enquête. En pareil cas, c'est à la défense – c'est-à-dire à moi – de se bouger.

– Comment ?

– C'est ici que vous entrez en scène. Ma cliente m'a dit que vous étiez très amis, elle a cité votre nom à plusieurs reprises.

– Vraiment ?

– Oui. Et j'ai lu dans la presse qui vous étiez, quelle place vous avez tenue dans la vie de feu M. Melis. Vous êtes le seul à pouvoir m'aider. Vous connaissez le milieu du spectacle, vous connaissez tous les amis de Luca Melis, y compris ceux d'autrefois.

– Un moment… Pour ce genre de chose, il y a les détectives privés, non ?

– Nous en avons bien quelques-uns qui nous aident sporadiquement. Le nouveau Code le permet. À vrai dire, un principalement, le cabinet Pellaccia n'est pas énorme. Mais ce type ne sait pas travailler en finesse. C'est même un grand fouteur de pagaille, si vous me passez l'expression. » Il m'avait regardé d'un œil plus aigu. « Et dans le milieu du spectacle, il ne serait pas à l'aise comme vous. Je ne vous demande pas de jouer les taupes, seulement de poser des questions autour de vous, avec discrétion. Tout peut nous servir. Si Mme Moretti est innocente, M. Melis a dû rencontrer quelqu'un avant de se faire assassiner. Ce serait utile de le savoir, mais je me contenterais de beaucoup moins. Des rumeurs dans le milieu, des soupçons diffus…

– Et si Caterina est vraiment coupable ?

– Si vous arrivez à cette conclusion, monsieur Donati, faites-le-moi savoir. J'essaierai de convaincre ma cliente de changer sa ligne de défense.

– Sacrée responsabilité…

– Il faut bien que quelqu'un la prenne.

– Moi ?

– Pourquoi pas ? À moins que vous ne souhaitiez du mal à ma cliente ? Jc ne crois pas. De toute façon, je vérifierai vos informations. Et je ne suis pas un incapable.

– Et si l'assassin véritable n'appréciait pas mon intrusion ? Je tiens à ma peau !

– Si vous vous sentez en danger, prévenez-moi. Bien entendu, je ne peux vous obliger à rien. » Il avait tiré de sa serviette un trousseau de clefs d'où pendait une cordelette en cuir tressé. « Il se trouve que j'ai ici les clefs de Mme Moretti. Comme je vous l'ai dit, l'appartement a déjà été perquisitionné, mais puisque le corps a été découvert ailleurs, il n'est pas placé sous scellés. Vous pourriez y faire un tour. Peut-être remarquerez-vous quelque chose que la police n'a pas su ou pas voulu voir… »

J'avais glissé les clefs dans ma poche, et Bastoni avait enfin avalé une gorgée de son café.

« Allons bon. Il est froid. »

8

C'est une histoire de fou. Voilà ce que je pense en faisant un saut au Coccodrillo rosa. En plein après-midi, la boîte est fermée, bien sûr, et je me borne à contrôler les comptes et l'inventaire. Mais voilà, je n'ai pas la tête à ça. Les clefs de Caterina sont brûlantes dans ma poche. Je me décide, je sors.

Caterina et Luca habitaient une rue proche de la Foire de Milan, dans un quartier résidentiel assez cossu. Je n'y étais allé qu'une fois, quand Luca avait acheté l'appartement, deux ou trois mois avant notre séparation. Cette fois, je me dis qu'elle est définitive. Non que j'aie jamais songé à retravailler avec lui, mais la mort a la sale manie de tout rendre définitif. Je trouve l'immeuble, j'ouvre et je monte. Naturellement, il y a des voisins sur le palier : un couple âgé, qui me regarde avec curiosité. Le vieux me demande si je suis de la police, et je lui sers le mensonge que j'ai préparé.

« Je suis venu chercher des affaires pour Caterina. »

Ils me croient, je sais encore jouer la comédie, et cherchent à jeter un coup d'œil au moment où j'ouvre la porte. Je la referme en hâte.

L'appartement est un vrai foutoir, et il pue. Un instant, je songe que c'est peut-être l'odeur laissée par le cadavre de Luca, une idée folle après ce que m'a dit Me Bastoni, mais avant de me calmer, je suis à deux doigts de me vomir dessus. Je respire à fond par la bouche, l'accès de nausée se dissipe. J'avance au milieu du foutoir.

La puanteur provient de banales ordures ménagères, répandues sur le sol. Sans doute est-ce la police qui a renversé les poubelles pour vérifier leur contenu, comme elle a retourné les tiroirs et vidé armoires et placards, mais je devine qu'avant même la perquisition, l'appartement était tout sauf bien tenu. Les carrelages sont collants, la vaisselle est sale de vieux restes de repas et de mégots de cigarettes, les draps grisâtres et malodorants. Je vais et viens comme un fantôme.

Aux murs sont accrochées des affiches des succès de Luca, *Le Maître d'hôtel* et *Horreur au déjeuner*. Il avait gardé le nom du spectacle, et tant pis pour moi. Dans la salle de bains, je trouve même une affichette sous verre pour *Luca et Sammy, meilleurs ennemis*. Je ne m'y attendais pas. Sur la photo, nous sourions, et je louche en fronçant les sourcils. Comme j'étais jeune, comme nous étions jeunes tous les deux…

J'ignore ce que j'aurais dû remarquer selon Bastoni, mais rien de bien intéressant ne me saute aux yeux, aucun « indice révélateur », comme on dit dans les polars à l'ancienne. J'observe les lieux, perplexe, en essayant de garder l'esprit calme et lucide.

La seule pièce à peu près en ordre est le petit bureau qui donne sur la via Washington, éclairé par le jour à travers les vitres poussiéreuses. Ici aussi, la police a fait son boulot, mais elle a laissé les papiers sur la table de travail et l'ordinateur intact, et même allumé. L'économiseur d'écran mélange des couleurs brillantes.

Les papiers, ce sont les œuvres récentes de Luca. De courtes tirades, des fragments de texte, imprimés et corrigés à la main. Sa graphie, jadis claire, est devenue tortueuse, presque illisible, les feuillets sont tachés et brûlés par les cigarettes. Je lis, poussé par la curiosité. Tout n'est que variantes pour le personnage du maître d'hôtel à l'anglaise : du réchauffé, vraiment pas drôle. Ici et là affleure quelque chose d'intéressant, mais l'ensemble me fait l'effet d'un travail d'amateur qui use de grosses ficelles et maîtrise mal l'italien.

Je déplace la souris. L'économiseur d'écran laisse la place au bureau informatique, décoré du visage de Luca répété des dizaines de fois.

« Tu avais un problème d'ego, l'ami… »

J'ai parlé tout haut, et le son de ma voix me fait presque sursauter. L'appartement est silencieux, les murs épais isolent des voisins. Pourtant, Bastoni m'a parlé de plaintes à cause des disputes entre Luca et Caterina. Ils devaient crier comme des putois.

L'ordinateur contient de nombreux fichiers et dossiers : non seulement des textes, mais des photos et des vidéos. Je n'ai pas le temps de tout lire et ouvre les dossiers les plus récents. Tout est classé par périodes, et les deux dernières années sont d'une vacuité désolante. Aucune photo de scène, très peu de textes achevés. Beaucoup de fragments, tous assez confus. J'ouvre et ferme sans m'attarder, je ne m'arrête que sur le dossier portant la date du mois dernier. Il ne contient qu'un texte : un script presque complet, que je découvre avec surprise. Je le lis d'un bout à l'autre et si la situation n'était pas si tragique, je crois que je serais à deux doigts de me mettre à rire. Car ce que je retrouve, c'est le style du meilleur Luca, mais en version noire. Ici, plus de maître d'hôtel anglais, mais un ton proche de Beppe Grillo et d'autres grands satiristes sombres comme Pierre Desproges : des phrases cruelles, assassines, sur le monde politique, l'écologie et la faim dans le monde. Il n'a pas eu le temps de s'en servir.

Il commence à faire noir et j'ai la tête trop remplie. Je ressors de l'appartement, en faisant le moins de bruit possible ; mais le vieux voisin m'a attendu sur le palier, ou peut-être a-t-il guetté le bruit de la clef dans la serrure.

« Vous n'avez rien emporté, remarque-t-il en désignant mes mains vides.

– Je n'ai pas trouvé ce que j'étais venu chercher. Il faudra que Caterina m'explique mieux. »

Le vieux hoche la tête. À l'évidence, il a envie de parler et je le laisse faire, pris par mon rôle de détective sans patente. Le « pauvre monsieur », la « pauvre dame » : il exprime sa compassion pour les vivants comme pour les morts avec des précautions oratoires d'un autre siècle, mais je sens bien qu'il croit Caterina coupable et que pour lui Luca n'était qu'un vaurien.

« Il ne rentrait pas tous les soirs, M. Luca, vous savez ? Il disait qu'il devait s'absenter pour un spectacle, mais je crois plutôt que… Enfin, il courait les filles, voilà. »

J'acquiesce, sans faire de commentaire. Bastoni aussi m'a parlé des infidélités de Luca. Il couchait à droite et à gauche, c'était un autre des mobiles possibles du meurtre. Peut-être Caterina avait-elle tout supporté aussi longtemps qu'elle avait pu, et puis, un soir, elle l'avait tué. La Caterina d'autrefois ne l'aurait certes jamais fait, elle se serait bornée à changer la serrure de la porte. Mais celle d'aujourd'hui ? Difficile à dire.

Je dis au revoir au vieil homme. Je sais où je devrais aller maintenant, je l'ai prévu, programmé, mais le courage me manque. Pour le retrouver, je vais passer un petit moment dans un endroit que j'affectionne : le café-glacier kasher de la via Ravizza, en plein quartier juif. Les glaces kasher sont particulières : s'il y a du lait, on ne met pas d'œufs, le biscuit ressemble à du pain azyme et le chocolat est du granité. Je les aime beaucoup et j'ai plaisir à les déguster parmi des gens portant kippa qui parlent en dialecte milanais. Alors, j'ai l'impression d'être un vrai citoyen du monde. Aujourd'hui, la glace ne me rassérène pas beaucoup. Pourtant, je remonte en voiture et retourne vers le quartier de la Foire : une rue que jadis j'ai souvent fréquentée.

L'entrée de l'immeuble n'a pas changé, non plus que le petit emblème au-dessus de la sonnette : un kangourou à lunettes noires, entouré des mots « Agence Champagne ».

Je sonne, je monte jusqu'aux bureaux du deuxième. Deux cents mètres carrés de confusion créative, d'affiches et de photos sur tous les murs, de jeunes secrétaires, de téléphones qui sonnent. Tout est comme avant, sauf les visages. Je ne connais plus personne.

La réceptionniste, une jolie brunette qui porte un anneau à l'aile du nez, me demande ce que je désire et réagit avec suffisance quand je lui dis que je veux voir le directeur.

« Sans rendez-vous, c'est très difficile. Si vous me laissez votre nom, je peux…

– Sammy ! »

C'est un grand cri derrière mon dos. À peine ai-je fait volte-face que deux bras m'étreignent avec force.

« Salut, Rosa. »

Rosa a la soixantaine rondelette et m'arrive tout juste à la poitrine, bien que je n'aie rien d'un géant.

« Laisse-moi te regarder, garnement !

– Toi, en tout cas, je te trouve très en forme. »

Elle secoue la tête.

« Inutile de mentir, les années passent et à mon âge, elles comptent double. Ne me dis pas que tu retournes en piste ?

– Non, je dois parler avec le maître des lieux. »

Son visage s'assombrit.

« Tu es au courant, pour Luca ?

– Oui.

– Je sais que vous ne vous voyiez plus, mais…

– Je suis très triste quand même, tu peux me croire. »

Je lui désigne du menton la petite brune au piercing. « Tu peux m'aider à passer le check-point ?

– Bien sûr ! »

Elle y réussit en effet. Marcello m'accueille debout derrière son bureau où trône un kangourou en plastique. Lui non plus n'a guère changé, c'est bien l'homme qui m'a dit un jour : « Je crois qu'il va falloir que tu te trouves un autre agent. »

Le moment d'embarras dure jusqu'à l'accolade rituelle, et quand nous prenons place l'un en face de l'autre, on pourrait nous croire retournés à des temps meilleurs. Il me propose une coupe de champagne, va prendre la bouteille dans son réfrigérateur personnel, mais je lui annonce que j'ai cessé de boire et son sourire s'élargit. Blond, les cheveux longs, il paraît moins que ses cinquante ans. Il est vêtu avec une élégance stricte, peut-être pour affirmer son autorité aux bateleurs débraillés qui forment le gros de sa clientèle.

« Tu sais ce qui est arrivé à Luca, je suppose ?

– Oui. C'est pour cette raison que je suis ici. »

Je lui explique la mission que m'a confiée l'avocat. Peut-être un vrai « privé » mentirait-il, mais il me semble que ce serait peine perdue et j'ai besoin qu'il me donne un coup de main. Marcello manifeste un peu d'incrédulité en me découvrant dans ce nouveau rôle, mais il me répond sans difficulté après avoir éteint son portable, qui sonne sans discontinuer.

« Je ne sais pas ce que je peux te dire que tu ne saches déjà…

– Tu étais encore son agent ?

– Oui, en principe. Mais je ne lui ai plus établi de contrat depuis au moins un an. Inutile que je t'explique pourquoi.

– Il était donc si mal barré ?

– Pire que ça. » Marcello joue un moment avec un gros stylo à plume. Devant lui s'empilent des contrats, des scénarios. « Tu sais bien. Quand on se fait une réputation de type sur qui on ne peut pas compter, tout devient difficile… » Il s'interrompt, gêné. Puis : « Il ne tenait plus en scène au-delà de dix minutes. Et la RAI a déchiré son contrat la troisième fois où il ne s'est pas présenté à la répétition. » Il me parle de spectacles toujours plus rares et de crises de rage qui épouvantaient tout son personnel. « Pour les derniers trucs qu'il a faits, il n'est même pas passé par l'agence. Des figurations, du cachetonnage…

– Tu sais où ? Avec qui ?

– Attends. »

Marcello appelle une employée qui s'occupe des cabarets et me la présente, cheveux roux et lunettes rondes. Elle me fait la liste des derniers endroits où Luca s'est produit. Si minables que j'ai peine à y croire.

Dans la carrière d'un comique, il existe en gros trois niveaux. Le premier, c'est la classe de luxe : télévisions nationales, théâtres, rôles au cinéma. Puis vient la série B : vignettes dans les films, rares apparitions dans des cabarets de renom. Enfin la C, celle des boîtes de la province profonde où le public ne dépasse pas cinquante personnes. Mais Luca, avant de mourir, se dirigeait vers la série D, où ne lui restaient que les salles des fêtes de village et la rue. Je prends quelques notes, frappé de constater que la fin de carrière de Luca a beaucoup ressemblé à la mienne.

Sauf que je n'ai jamais connu la gloire et que j'ai dégringolé beaucoup, beaucoup plus vite.

« Mais est-ce qu'il travaillait avec quelqu'un, ces derniers temps ? », demandé-je à Marcello et à la rousse.

Marcello secoue la tête.

« Tu sais, je ne le voyais pas non plus. S'il n'y avait pas eu les droits sur les vieilles cassettes vidéo, nous ne nous serions même pas parlé au téléphone. »

La rousse lève un doigt.

« Il a fait quelque chose avec Gringo, à ce qu'on m'a dit. »

Je m'étonne.

« Gringo ? Il est encore en vie ?

– Plus ou moins, répond la jeune femme. Je l'ai su par hasard, cela doit faire un mois. Mais si vous me demandez comment joindre Gringo, je ne saurais pas vous le dire.

– Merci quand même. »

La jeune femme retourne à son travail.

« Dînons ensemble un de ces soirs, propose Marcello en me tendant la main.

– Tu as une offre à me faire que je ne pourrais pas refuser ?

– Qui sait ? En parlant et en mangeant, on peut avoir des tas d'idées. »

Il promet de me téléphoner et je pourrais presque le croire sincère.

9

Il est sept heures du soir et je fais un saut au Coccodrillo, où le bar vient d'ouvrir et où je suis désormais porté disparu. Mauro a trouvé mes instructions pour les achats et il se débrouille tout seul. Je commence à penser qu'un patron de night-club ne sert qu'aux relations publiques. Je me fais apporter un sandwich, j'écoute ce que me raconte la caissière et les plaintes d'une serveuse nouvellement engagée (les heures sont trop longues, elle ne veut pas nettoyer les toilettes), puis je salue la joyeuse brigade et je repars en hâte.

Il a cessé de pleuvoir. La circulation milanaise est presque fluide, du moment qu'on connaît les bons itinéraires. J'ai collé au tableau de bord la liste des endroits où Luca a fait ses dernières panouilles et je commence par le plus proche, qui n'est guère plus qu'un cercle de loisirs pour ouvriers. Je parle avec le patron, je bois un Coca-Cola et je m'en vais. À deux heures du matin, mon estomac gargouille tant j'ai bu de boissons gazeuses et j'enrage d'avoir perdu mon temps. Tout ce que j'ai recueilli, ce sont des bavardages inutiles et des descriptions de spectacles atroces. Luca, vraiment, ne reculait devant rien : il est allé, toute honte bue, jusqu'à présenter *Cher Fido*, un spectacle d'animaux savants au Teatro dell'Uva de Lodi. Un des gérants m'a refilé un prospectus : « Chansons, ballets et numéros exceptionnels en l'honneur de nos amies les bêtes, avec la chorale des Anges bleus. »

Selon cet homme, il avait fallu réveiller Luca entre deux apparitions et il s'était montré presque injurieux avec le public. Au moment de partir, je m'étais forcé à acheter une cassette de la chorale des Anges susnommés, au bénéfice de la cause animale.

À deux heures et quelques minutes, je passe prendre Lisa à l'Albero d'oro. Elle finit de mettre de l'ordre derrière le comptoir. Bruto est sur le seuil et s'apprête à partir.

« Si tu faisais plutôt la cour à tes propres barmaids ? me lance-t-il.

– Celles qui bossent pour moi ne sont jamais aussi jolies. »

Il reprend son sérieux.

« Tout va bien ? On t'a beaucoup vu dans les journaux ces derniers jours. De vieilles photos…

– Je ne laisse personne en prendre de nouvelles, je cours plus vite que les paparazzi. À part ça, tout va bien, merci de t'inquiéter. »

Il fait un geste vers Lisa, qui enfile son manteau.

« Ne fais rien que je pourrais te reprocher, Casanova ! »

Je ne l'écoute plus, mon bras est passé sous celui de Lisa. Nous formons un beau couple sous les réverbères de Milan.

Nous arrivons chez elle à pied, elle n'habite pas très loin. Son fils est endormi et nous entrons sans faire de bruit. Ensuite, nous n'en faisons pas non plus, de crainte de le réveiller. D'habitude, mes premières fois ne sont pas très mémorables : je descends d'une famille trop vertueuse pour être un vrai playboy, à l'aise avec une fille nouvelle chaque nuit. Je suis à mon meilleur quand un peu de temps a passé, comme un moteur diesel : au début, je reste sur mes gardes, je me demande si je suis trop brutal, trop délicat, trop technique, ou trop égoïste, et si cette première fois ne risque pas d'être aussi la dernière parce qu'elle ne voudra plus de moi. Mais je me suis tellement creusé la cervelle tout au long de cette journée qu'avec Lisa, je me laisse aller et je suis passablement satisfait au moment où elle pose (comme il est de règle) sa joue sur mon torse velu en sueur et se laisse caresser la tête. Elle doit être contente aussi, car un bon moment se passe sans qu'elle me parle de son génie de fils. Quand elle recommence, il est déjà six heures du matin et je dois m'en aller. Je quitte son appartement en emportant son parfum sur ma peau et je flotte un peu au-dessus du sol avant de reprendre mes tours et mes détours dans la laideur et la misère.

10

Pendant deux jours, je continue mes va-et-vient sans récolter grand-chose de concret, hormis le lot habituel de prunes. Seule bonne nouvelle : Lisa et moi passons nos nuits ensemble, même s'il me faut déguerpir avant que son fils ne se réveille. Bon an mal an, le Coccodrillo paraît se passer de ma présence. Vient le jeudi, et Mauro m'annonce qu'il a retrouvé la trace de Gringo. Je reçois son coup de fil sur mon portable vers la fin de l'après-midi, alors que je quitte la énième adresse de la liste. Cette fois, je me trouve à Sesto San Giovanni, commune médaillée d'or de la Résistance, où Luca s'est produit à l'Association nationale des Partisans d'Italie. J'ai appris qu'il a débité des plaisanteries d'un goût détestable sur les camps de concentration et a failli se faire lyncher, mais les anciens combattants qui fréquentent l'endroit ne me semblent vraiment pas capables d'une vengeance élaborée. Malgré tout, j'ai pris quelques notes : on ne sait jamais, peut-être que Bastoni pourra en tirer quelque chose. Il m'a appelé aussi, l'avocat, pendant mes pérégrinations. Pas de nouvelles de la prison, sinon que Caterina refuse de manger. Si cela continue, on devra l'alimenter avec une sonde, un peu comme une oie qu'on engraisse.

Gringo joue les bouffons de service à l'inauguration du centre commercial Rododendro, sur le boulevard périphérique : une espèce de grumeau en métal et en verre rose, avec un rhododendron haut d'au moins vingt mètres à l'entrée. Les habitants du voisinage ont protesté contre cette monstruosité, mais ils ont dû perdre la bataille. Quand j'arrive, le spectacle est presque fini et je remercie le Ciel. Je ne sais ce qui peut pousser un homme de soixante-dix ans à se déguiser en Michael Jackson, mais ce doit être quelque chose de bien plus âpre que la faim. Sur une estrade en partie cachée par la foule des clients, Gringo chante *Thriller* dans une parodie d'anglais, vêtu d'un pantalon en lamé qui a vu des jours meilleurs et d'une chemise à jabot qui a dû être blanche autrefois. Son visage semble couvert de cirage marron, conformément à l'iconographie raciste de l'entre-deux-guerres, et l'effet est nettement plus sombre que la peau de l'original. Pantelant, il finit sa chanson et lance quelques blagues déjà rabâchées au temps du roi Hérode. Personne ne rit, et un homme qui doit être un des gérants lui enlève le micro avant que la clientèle ne batte en retraite.

Je rejoins Gringo au pied de l'estrade au moment où il s'essuie le visage avec un mouchoir en papier. Il pue le vin à faire horreur et ne me reconnaît pas tout de suite. Je dois lui répéter mon nom cinq ou six fois, puis je prononce celui de Luca. Alors, il se met à pleurer.

Je m'efforce de le consoler et il me serre contre lui, tachant ma chemise de cirage. Je suis partagé entre la pitié et l'envie de le tuer pour mettre un terme à ses souffrances. Pour finir, je l'entraîne vers le bar, à l'intérieur du centre commercial, aux murs décorés de fleurs jaunes comme le couvre-lit de ma tante. Nous trouvons une table libre, je le fais asseoir et lui apporte un double cognac. Il le boit comme de l'eau fraîche, en bavant un peu. Je vais lui en chercher un autre et, quand il en a bu la moitié, Gringo a dans le corps assez de carburant pour se mettre à parler. Difficile même de l'interrompre. Et sur Luca, il en fait des tonnes : qu'il était bon, et généreux, et talentueux, un talent comique inné…

« Et il m'avait promis qu'il me prendrait dans son nouveau spectacle. Tu vois, quelle déveine ! J'avais une chance de repartir et voilà qu'il se fait tuer. Par une salope. »

Il va se remettre à pleurer, et je m'efforce de l'en empêcher.

« Quel spectacle ?

– Le nouveau. Il l'avait écrit, entièrement, et il ne lui restait plus qu'à se trouver un nouvel imprésario. Ce con de Marcello ne l'aidait plus du tout. Mais Luca aurait réussi à la monter, tu sais ? Ensuite, il aurait refait de la télé, et moi aussi. Je lui aurais servi de comparse. Et puis, des clous, maintenant ! Tout ça à cause de cette salope.

– On n'est pas certain que c'était Caterina, Gringo.

– Bien sûr que c'était elle. J'ai vu Luca il y a une semaine, il était hors de lui. Il disait qu'elle voulait le blouser, la salope. Et elle a réussi. Nous aurions dû être ensemble, aujourd'hui », gémit-il, et une grosse larme coule sur sa joue.

Il y a une semaine, donc. Peu avant qu'il se fasse tuer.

« Le blouser comment ? » Il ne répond pas, je le secoue. « Gringo ! Le blouser comment ? »

Mais Gringo éloigne ma main.

« Qu'est-ce que ça peut te faire ? De toute façon, elle l'a liquidé. Comme une bête. Pauvre Luca… »

Cette fois, il s'est remis à pleurer pour de bon. Je ne supporte plus cette scène et je le plante là, comme un spot vivant contre l'abus d'alcool. Puis le remords me saisit et je reviens sur mes pas, pour lui glisser dans la poche un billet de cinquante euros.

« Ne bois pas tout, hein ? »

Il me regarde avec des yeux vides, et je ne parviens pas à me sentir rasséréné. Par chance, Lisa m'appelle au moment où je monte en voiture en froissant un prospectus du centre commercial Rododendro 2 à Orzi Nuovi.

« Tu te rappelles, pour ce soir ?

– Ce soir ?

– Nous sommes jeudi, et qu'est-ce qui se passe, le jeudi ?

– C'est le jour des gnocchi ? »

Un coup de froid s'infiltre par la ligne téléphonique.

« Je plaisantais. Ton fils au Circolo Arci alla Bovisa, c'est ça ?

– Bravo. Je te le présenterai et tu pourras lui donner quelques conseils.

– Je ne saurais plus donner de conseils à qui que ce soit en matière de spectacles…

– Ne fais pas le modeste. Écoute, je veux que tu deviennes son manager. »

Dieu est de mauvaise humeur contre moi, ces temps-ci. Mais si cette obsession de la carrière de son fils est le seul défaut de Lisa, le plus sage est de m'y résigner.

Nous convenons de nous retrouver devant le cabaret. Je passe au Coccodrillo, où Mauro fait mine de ne pas me reconnaître jusqu'à ce que je le menace de mort.

« Et Gringo, tu l'as trouvé comment ?

– Ne m'en parle pas et disparais ! »

Je passe dans l'arrière-salle pour réfléchir, je me sens toujours l'esprit plus clair parmi les fûts de bière et les caisses de boissons. Je n'en sais guère plus sur Luca, sinon qu'il était vraiment tombé très bas. Et le seul à m'avoir renseigné était un vieux bonhomme au cerveau ramolli, convaincu que Caterina était coupable. Et d'abord de l'avoir « blousé », sans plus de précisions. Mais en quoi, et pourquoi ? À présent, je me sens abattu et frustré, et comme chaque fois que je suis dans ce genre d'état, je regrette d'avoir cessé de boire. Pendant environ une seconde.

Je prends dans mon placard une chemise propre, je me change en vitesse et sors comme un voleur.

11

Lisa m'attend à la porte du cabaret, avec son petit monstre. Le voilà, le nommé Alberto, habillé comme pour sa première communion, en blazer et cravate. Autour, une petite foule de gens se hâte vers la salle, pour la plupart d'un certain âge, mais aussi quelques jeunes. Les visages nouveaux attirent visiblement du monde.

« Tu vois qui est venu ? », dit Lisa en se penchant vers son fils.

Alberto me tend la main. Je m'apprête à la serrer, mais il la retire au dernier moment et fait un signe avec le pouce.

« Passez par mon secrétariat. »

Lisa rit.

« Il est sympathique, non ? »

Un bonheur. Mais je préfère ne rien dire, sauf :

« Bonsoir, je suis Sammy.

– Je sais, répond Alberto en me fixant avec sérieux. Maman me l'a dit. À la maison, j'ai un recueil de tes blagues.

– Une rareté ! Elles te plaisent ?

– Certaines, oui, mais si je peux me permettre, il me semble que tu es souvent lourd avec les gros mots. C'est toujours une solution de facilité, les gros mots. »

Je ne sais que dire, car il n'a pas tort.

« Eh bien, alors, je suppose que tu les évites…

– Bien sûr. »

Sa mère essaie de rajuster sa cravate, mais il s'écarte, agacé.

« Laisse, maman ! Je t'ai déjà dit que je n'aime pas qu'on me touche en public. »

Elle rit de nouveau.

« Tu as raison, excuse-moi. » Puis, s'adressant à moi : « Allez, Sammy, donne-lui vite quelques bons conseils. »

Alberto me regarde, peu intéressé. Je soupire intérieurement.

« Bon. Alberto, voici un truc que m'avait donné Walter Chiari. Tu vois qui c'est ?

– Oui. Un type qui faisait des sketches.

– C'est un peu réducteur, mais pas faux. En tout cas, voilà ce qu'il m'a dit : si les gens rient beaucoup, rajoutes-en, mais dans le cas contraire, resserre au maximum et prends-les au dépourvu.

– C'est tout ? »

Si sa mère n'était pas là, je lui flanquerais mon pied au derrière, mais je ne peux pas.

« Non. Un truc à moi, maintenant. Repère quelqu'un dans le public, celui qui s'amuse le moins et qui te regarde de travers, tu vois ?

– Et ensuite ?

– Ensuite, concentre-toi sur lui. Pense à lui comme à un ennemi que tu dois vaincre. Fais bien attention à ses réactions et tâche de le prendre à contre-pied. Joue pour lui. Tu verras, quand il se mettra à rire, tout le public te mangera dans la main. Avec moi, ça marchait. »

Il réfléchit. Puis :

« Merci, dit-il, mais ce soir, je ne pourrai pas m'en servir, de ton truc. Ici, je fais rire tout le monde.

– C'est vrai, intervient Lisa. Alberto est la star de la soirée. » Le gamin confirme en hochant la tête. « Dis-lui la bonne nouvelle, Alberto. »

Il hausse fièrement le menton.

« On m'a demandé à la télévision. Pour *Tu connais la dernière ?* »

Lisa se baisse pour le serrer dans ses bras, Alberto lui échappe.

« Dis, ce n'est pas formidable, Sammy ? Son premier contrat professionnel. Ils l'ont engagé pour dix émissions, avec cinq minutes rien que pour lui !

– Félicitations, dis-je.

– Merci. » Alberto époussette le col de son blazer. « Maintenant, excusez-moi, mais il faut que je me prépare avant d'entrer en scène. »

Il se glisse par une porte de côté et je reste seul avec Lisa.

« Je peux t'embrasser ou ça te gêne ?

– Il vaut mieux pas. Alberto n'est pas au courant, pour nous, il pense que tu es un vieil ami. » Elle allume une cigarette. « Je suis dans tous mes états… Ils vont le payer, tu sais ?

– Bonne nouvelle, vraiment. »

Je sens son regard interrogateur.

« Tu n'as pas l'air convaincu.

– Question de prudence, dis-je, précautionneux. Tu n'as pas peur qu'il brûle les étapes, à son âge ? Il doit encore grandir, s'amuser, aller en classe… S'il commence à passer à la télévision, sa vie normale partira en vrille.

– Mais qui a décrété qu'il faut avoir une vie normale ? Regarde-moi, tu crois que c'est amusant de servir à boire dans une boîte ?

– Au moins, je te distrais un peu. »

Elle se radoucit.

« Toi, oui, mais ça ne suffit pas. Alberto étudiera avec un précepteur privé, s'il le faut. » Elle serre ma main. « Sammy, c'est une occasion fabuleuse, pour lui. Il pourra se frayer un chemin dans la vie et faire ce qu'il a toujours voulu. Pas un boulot de con avec un salaire de misère, comme sa mère. Tu l'aideras, dis ?

– J'ai l'impression qu'il se débrouille très bien tout seul.

– Ne te laisse pas tromper par ses poses. Il est très doué, mais c'est encore un petit garçon. Il a le trac ! Et moi aussi. Ce matin, j'ai reçu le contrat de la télé, mais je n'y comprends rien.

– Moi, je me souviens un peu. Tu n'auras qu'à me le faire lire.

– Après le spectacle, nous irons chez moi. Je te servirai à dîner et tu liras le contrat. » Elle sourit. « Et Alberto ne se couchera pas tard. Passer en scène le fatigue beaucoup.

– La proposition est alléchante. Est-ce que je peux refuser ? »

Elle regarde autour d'elle, puis m'embrasse rapidement.

« Apparemment non, dis-je pour conclure. Viens, entrons. J'ai envie de le voir à l'œuvre. »

Le Circolo Arci alla Bovisa est une simple salle de la taille d'un gymnase où des bancs sont installés au pied d'une estrade qui repose sur des tuyaux en métal. Les bancs sont presque tous remplis, il doit y avoir une centaine de personnes. Pas mal : en mon temps, je me suis produit devant des auditoires plus maigres, et je n'étais pas un gamin de douze ans.

Lisa et moi prenons place à quelque distance, pour ne pas déranger Alberto. Il n'est pas le premier à entrer en scène. Présentées par un jeune homme en veste rouge et à l'accent émilien qui ressemble assez à un animateur de télévision, s'enchaînent plusieurs prestations. Dans l'ordre, deux grandes filles d'environ dix-huit ans, costumées en soubrettes, qui se démènent sur un bureau et dansent avec des rollers aux pieds. Puis un septuagénaire qui raconte des histoires de Toto, un obèse qui fait du bruitage avec ses aisselles sur des rythmes musicaux, trois garçons dans un numéro de grandes folles et une accorte jouvencelle qui raconte ses déboires amoureux. Elle est trop jolie pour faire rire (vieille règle du spectacle), mais le public l'applaudit avec générosité, comme il a applaudi les autres. Tout le monde joue « en famille », on le sent bien.

À cet instant, Lisa me donne un coup de coude et murmure :

« C'est à lui ! »

Son expression se fait attentive, empreinte d'une concentration totale.

Le Monsieur Loyal en veste rouge revient sur scène, salue la fille et s'éclaircit la gorge.

« Maintenant, le moment que nous attendons tous. Notre benjamin : ALBERTO ! »

Il se retire et Alberto paraît, accueilli par une acclamation à faire trembler les murs. Il se place au centre de la scène, bien planté sur ses jambes, tandis que l'éclairagiste l'isole dans un cercle de lumière. Puis il feint de regarder autour de lui.

« J'ai passé un accord avec le directeur, dit-il. Si quelqu'un dans la salle a le culot de ne pas rire, on versera une dose de laxatif dans son verre. »

Éclat de rire général. Je regarde Lisa. Et je comprends que tout à coup, plus rien ni personne n'existe que son fils. Je l'observe qui articule tout bas chacun des mots prononcés par l'enfant, en remuant à peine les lèvres.

« Il se débrouille bien », dis-je.

Ellc ne réagit pas. Elle continue de réciter sans bruit les paroles d'Alberto, sans détacher ses yeux de lui, le corps tendu, le dos rigide.

Le gamin semble plus détendu que sa mère. Le public ne lui fait pas peur, il ne s'embrouille à aucun moment et lance quelques blagues moyennement drôles – et très classiques – avec une belle désinvolture. Tout en parlant, il fait beaucoup de gestes, mais sans jamais s'éloigner du micro : une règle que certains de mes ex-confrères n'ont pas encore apprise. Puis il s'arrête, réclame le silence en levant une main.

« Maintenant, dit-il, passons aux sujets plus sérieux. »

Et c'est alors que sans reprendre haleine, ou presque, il enchaîne une série de piques sur l'actualité. Précises, caustiques, désopilantes. Tout le public hurle de rire, se tient les côtes.

Tout le public, sauf moi. Je le regarde avec effroi.

12

Ce n'est pas facile, après le spectacle, d'aller chez Lisa en gardant une expression normale. Elle ne semble pas s'en rendre compte, débordante comme elle est d'enthousiasme pour son rejeton. Lui cst fatigué, en sueur. Par automatisme, je le félicite.

Arrivés chez Lisa, elle me fait prendre place dans la salle à manger pendant qu'elle va allumer le four pour réchauffer ce qu'elle a préparé avant de sortir.

« J'ai pensé que ce serait plus simple, nous pourrons manger tout de suite, explique-t-elle de la cuisine.

– Tu as bien fait. »

J'ai l'estomac complètement noué.

Alberto s'assied à table. Il a passé son pyjama et ressemble plus au garçonnet qu'il est qu'à un petit monstre.

« Vraiment, ça t'a plu ?

– Oui. Beaucoup, dis-je hypocritement. Mais dis-moi, comment se fait-il qu'on t'ait invité à *Tu connais la dernière ?* »

Il sourit.

« C'est maman. Elle a enregistré une cassette avec mon répertoire le plus récent et elle en a fait des copies qu'elle a envoyées un peu partout. N'est-ce pas, maman ? »

Lisa revient avec un plat de gnocchi *alla romana*.

« Oui. Il faut insister pour avoir du succès. Ce n'est pas ce que je te dis tout le temps ?

– Oui, tout le temps, confirme Alberto.

– Et ce soir, tu as été bien. À part la blague sur les automobilistes, que tu as dite sans la pause au milieu.

– Le public riait…

– Peu importe. Quelle est la règle que je te répète ?

– Qu'il faut être précis.

– Bravo. En tout cas, pour ce soir, tu mérites dix-sept sur vingt.

– Allez, maman, donne-moi dix-huit…

– Non. Je regrette. »

Il ne fait pas très chaud, et pourtant je suis en nage.

« Mais dis-moi, ton répertoire, tu l'as écrit tout seul ? »

Alberto semble embarrassé.

« À lui, je peux le dire, hein, maman, que tu m'as aidé ?

– Bien sûr. »

Lisa me fixe des yeux. Je ne parviens pas à soutenir son regard.

« Tu es douée, très douée. Du travail de professionnelle…

– J'ai appris quelques trucs en travaillant dans une boîte où on donne des soirées cabaret. » Elle caresse la tête de son fils. « Maintenant, mangeons. Mais d'abord… » Elle ouvre une bouteille de vin, puis en verse un doigt à son fils, coupé d'eau, avant de nous servir tous les deux. « Portons un toast au succès d'Alberto, dit-elle.

– Je voudrais bien, mais je ne bois pas d'alcool, rappelle-toi.

– Attends, je vais te chercher autre chose. »

Elle retourne à la cuisine pour prendre une petite bouteille de Coca-Cola, avec un grand verre propre.

« Je crois qu'il est un peu éventé.

– Ça ne fait rien. » Nous levons nos verres. « À Alberto ! »

Et nous buvons.

« Bien, maintenant, à nous les gnocchi », dit Lisa.

Elle remplit mon assiette, mais je la regarde sans envie.

« Tu n'as pas faim ?

– Eh bien… C'est que je suis un peu tendu, ces jours-ci. » Je saisis ma fourchette. « Je trav… Je travaille trooooop… »

Tout à coup, ma langue ne marche plus. Je la sens lourde et comme collée à mon palais. J'essaie de la forcer à fonctionner.

« C'est b… bizarre… »

Ma voix résonne dans mes oreilles comme un écho.

« Tu es fatigué ? demande Lisa.

– Trèèèèès… » Les sons et les voix sont devenus ouatés. Et le visage de Lisa n'est plus qu'un ovale gris. Un instant, il me semble que je suis sur scène, devant un public lointain qui s'agite et qui me siffle. Je cligne les yeux, je reviens au présent. « Je ne me sens… pas bien. C'est comme si j'avais b-b-b-b-b…

– Bu ? C'est le Lexotan, dit froidement Lisa. Ça fait son effet très vite. Alberto, il est temps d'aller te coucher.

– Mais maman…

– Dans ta chambre et ne discute pas ! »

Hors de mon champ visuel, Alberto se lève et se dirige vers le couloir.

« Maman, tu m'avais promis…

– File dans ta chambre, et pas un mot de plus ! »

La voix de Lisa n'est plus la même, on dirait qu'elle rugit plus qu'elle ne parle. Je tombe à la renverse, j'essaie de m'agripper à la nappe, mais je l'entraîne au sol avec les verres et les assiettes. Ils tombent au ralenti. Le bruit de la faïence et du verre brisés se confond avec l'écho d'un applaudissement.

De nouveau, je reviens au présent.

« P-p-pourquoi ?

– Tu sais très bien pourquoi. » Lisa m'observe, à un centimètre de mon visage. « Comment as-tu deviné ?

– Les textes… » Je ne sens plus mes jambes. « C'étaient ceux de… de Luca… Son n-n-n-nouveau spectacle…

– Et comment connaissais-tu leur existence ?

– Dans le bureau de Luca… Je les ai v-v-vus… Sur l'ord… l'ordinateur… La femme qui l'a b-b-b-b-blousé, c'est toi… Pas Caterina… Mais Gringo…

– J'ai commis une erreur. Idiote que je suis. Je l'ai compris pendant le spectacle, à la façon dont tu le regardais. » Elle se lève. « C'est dommage, nous aurions pu très bien nous entendre. Tu aurais été le manager parfait pour mon fils. On sent bien qu'il a besoin d'un père. Mais tu as tout gâché. »

Je l'entends fouiller dans un tiroir de la cuisine. Je tente de me redresser, je retombe sur le dallage. Je glisse. J'entends du brouhaha dans le public invisible, il me semble voir l'œil d'une caméra de télévision qui se dirige sur moi. Je m'efforce de rajuster ma toque de cuisinier, mais je ne l'ai pas. Je gis sur un dallage.

« S'il te plaît, Sammy, ne rends pas les choses plus difficiles. »

Lisa est une ombre au-dessus de moi. Elle tient quelque chose dans sa main. Je me déplace. Une douleur terrible à l'épaule.

« Ne bouge pas ! Ne bouge pas ! », crie Lisa.

Elle me met un pied sur le dos pour me forcer à l'immobilité, mais la douleur m'a un peu réveillé. Je roule sur moi-même, elle perd l'équilibre et tombe. Je file à quatre pattes vers la porte de l'appartement, je saisis la poignée, j'ouvre.

Un autre coup violent, sur le dos cette fois. Mais à présent j'ai la tête dehors. Je m'agrippe aux montants de la rambarde, je tire mon corps vers les marches. Je ne les vois même pas alors que je dégringole jusqu'au palier inférieur. Lisa, sur le seuil, hurle. Des gens commencent à entrouvrir leur porte. Je me traîne encore, je roule au bas d'une autre volée de marches. J'ai mal partout, mais c'est un mal lointain. Je suis au rez-de-chaussée. Sur le trottoir, je continue à me traîner à quatre pattes. Des mains me saisissent et, confusément, j'espère que ce ne sont pas celles de Lisa. Je m'endors.

Ou je meurs.

13

Je ne suis pas mort, j'ai seulement trois côtes et une omoplate cassées. De mon lit d'hôpital, je suis la conclusion de l'affaire. Dans la cave de Lisa, on a trouvé les traces du cadavre de Luca. Il est resté là en attendant qu'elle ait sa soirée de congé, puis elle l'a emporté dans le bois.

Est-ce qu'on peut tuer pour que son gamin fasse de la télévision ?

Et comment. Je gagerais que Lisa n'est pas la première.

Je sors de l'hôpital à temps pour les obsèques de Luca. Beaucoup de gens du show-biz sont présents : des acteurs, des chanteurs, des animateurs. Des journalistes aussi, bien sûr, mais Marcello a obtenu que la police les tienne à distance. Ils tentent de m'interviewer et de mon bras valide j'envoie voler un micro loin derrière les barrières. Le journaliste n'est pas content, que racontera-t-il demain ? Peu m'importe.

Je marche derrière le cercueil avec Marcello à mon côté.

« On dit que tu as réussi à rester éveillé malgré tout un flacon de somnifère dans le corps.

– C'est l'avantage d'avoir été un ivrogne. On apprend à tenir debout en dépit de tout. Mais je ne me suis senti dans le même état qu'une seule fois dans ma vie. Devine quand.

– Je donne ma langue au chat. »

Nous passons près de Caterina, bras dessus bras dessous avec son avocat. Me Bastoni me fait un clin d'œil, mimique incongrue à des funérailles. Caterina, pour sa part, ne semble pas me reconnaître. C'est mieux ainsi, je ne saurais que lui dire. Pour le moment.

« Le jour du bout d'essai à la RAI, pour l'émission avec Luca. Quand je me suis couvert de ridicule. La même sensation, exactement. J'ai même revécu des bribes de la scène alors que j'essayais de ne pas me laisser tuer.

– Ah oui ? Bizarre… »

En entrant dans le cimetière, nous marchons quelques instants en silence. Luca sera incinéré. Complètement, cette fois.

« Dis-moi, Marcello… Nous sommes en terre consacrée, ici tu ne peux pas mentir. Est-ce que Luca voulait vraiment les faire avec moi, cette émission et les autres spectacles, ou avait-il déjà pensé à me larguer ? Parce que ça expliquerait pas mal de choses. La présence d'une bouteille de whisky dans ma loge, par exemple, avec du somnifère dedans. »

Marcello regarde au loin.

« Qu'est-ce que ça change, maintenant ?

– Rien, tu as raison.

– Quoi qu'il en soit, poursuit Marcello, des tas de gens me demandent de tes nouvelles. L'idée me trotte par la tête de te remettre en piste.

– Laisse tomber.

– C'est mon boulot d'agent. J'attrape les occasions au vol. Et tu es plutôt en forme pour un type qu'on a failli massacrer à coups de rouleau à pâtisserie.

– C'était un battoir à viande, un de ces trucs avec un manche en fonte. J'ai été cuisinier, n'oublie pas.

– Je ne risque pas d'oublier. Au contraire, je pense vraiment que tu pourrais recommencer.

– Laisse tomber, je t'ai dit.

– Voyons-nous pour dîner, un de ces soirs. Je te ferai une offre que tu ne pourras pas refuser.

– Tu paries ? »

Nous sommes arrivés au crématorium. Le cortège s'arrête, le cercueil glisse dans l'étroite ouverture. Je n'ai qu'un bras valide, je ne peux donc m'unir aux autres et me contente de regarder tandis que Luca reçoit sa dernière salve d'applaudissements.

Rideau.

VI

Andrea Camilleri

Équivoques et malentendus

I. *Préambule*

Lui

Bruno Costa travaille pour la compagnie des téléphones, c'est un de ces techniciens qui effectuent les nouveaux raccordements ou sont priés de passer au domicile des abonnés pour identifier la cause d'un dérangement.

Il a dans les trente-cinq ans et c'est un grand et beau gaillard, très sympathique. Ses collègues le considèrent comme un type aussi fiable que généreux.

Il n'a pas de compagne stable parce qu'il trouve qu'il est trop tôt, il aime trop les femmes et il entend garder une complète liberté de manœuvre.

Il habite Mondello, à quelques minutes de Palerme, et vit seul dans un petit appartement qui lui appartient. Ou plus exactement, qui appartient à ses parents ; mais depuis cinq ans, ils sont retournés à Barcello Pozzo di Gotto, leur village d'origine dans la province de Messine, où vit une de leurs filles mariée et mère de deux enfants en bas âge. Et les grands-parents en avaient assez de demeurer loin de leurs petits-enfants.

Aussi Bruno dispose-t-il de cet appartement qu'il garde immaculé, dans un ordre presque maniaque.

Bruno n'a pas beaucoup d'amis ; le soir, s'il ne se promène pas ni ne va au cinéma avec une fille, il préfère rester chez lui pour lire un bon roman (il sait les choisir, il a un goût inné) ou pour regarder des films d'auteur sur le câble.

Outre la lecture, Bruno s'adonne à un hobby secret : la curiosité. Mais peut-on appeler cela un hobby ?

Le fait est que lorsqu'on l'envoie dans un appartement pour vérifier quelque chose, il ne peut s'empêcher de se poser des questions : qui sont les gens qui habitent ici, quelles relations entretiennent-ils ? Et il cherche, à partir des plus petits indices, des réponses à ses interrogations.

Curiosité tout à fait inoffensive, car, à la différence du démon Asmodée qui, à ce qu'on raconte, soulevait le toit des maisons pour observer à l'intérieur la vie des hommes et des femmes et y jeter le trouble, Bruno se garde bien d'interférer. De ce qu'il remarque dans les maisons des autres, il ne parle qu'avec lui-même, le soir, avant de se plonger dans un roman. En somme, une espèce de plaisir solitaire.

Elle

Elle s'appelle Anna Zanchi, elle a trente ans ou un peu plus, elle est blonde et douée d'une incontestable présence, même si son physique n'est pas spectaculaire. C'est une élégante jeune femme de bonne famille milanaise.

Très jeune, elle a obtenu une licence de langue et littérature hongroises. Sa motivation ? Depuis son adolescence, elle avait beaucoup rêvé en lisant les romans de Kormendi et de Zilahy. Après sa licence, elle a passé un an à Budapest pour se perfectionner dans la langue.

Ensuite, revenue au pays, elle s'est mariée avec un cousin, jeune ingénieur brillant issu d'une riche famille, elle aussi milanaise. La carrière de son mari les a emmenés à Palerme. Un mariage souhaité surtout par les familles. Mais il a duré moins d'un an. Le mari s'est révélé un client assidu des prostituées de la ville et Anna s'est rebellée contre cette forme d'humiliation quotidienne.

Anna, après le divorce, a loué un appartement agréable au centre de Palerme et vit seule, de ses traductions du hongrois et de ses lectures pour plusieurs maisons d'édition. Les conditions du divorce ont de surcroît obligé son mari à lui payer une importante pension alimentaire.

Après sa fâcheuse expérience matrimoniale, Anna est restée rigoureusement célibataire. Elle évite avec soin toute aventure, même passagère. Mais elle ressent comme un vide à l'intérieur, qu'elle masque par un air d'indifférence et de détachement.

Pour cette raison, Anna s'isole souvent chez elle et n'accepte que rarement les invitations de quelques amies, qu'elle ne fréquente d'ailleurs que de loin en loin.

Elle étudie, elle écrit des essais sur la littérature qu'elle aime. Et elle a un but secret : passer un concours pour obtenir une chaire de hongrois à l'université.

La première rencontre (vendredi)

Un jour, Bruno est envoyé vérifier l'installation téléphonique d'une cliente, Anna Zanchi, qui habite cours Vittorio Emanuele. Il s'y rend vers la fin de l'après-midi, c'est son dernier rendez-vous de la journée.

Quand la jeune femme vient lui ouvrir, Bruno est agréablement surpris. Il s'attendait à une vieille dame querelleuse. Alors qu'Anna semble indifférente, et même plus : expéditive.

« Ah ! Enfin vous voilà ! Faites vite, s'il vous plaît. Je dois sortir, je suis attendue. »

Et elle le conduit dans un salon-salle à manger aux murs entièrement couverts de livres. Aux couvertures, Bruno reconnaît quelques romans que lui-même a lus. Cette « affinité élective » déclenche aussitôt sa curiosité.

« J'ai deux autres prises, une dans ma chambre et une dans le bureau », dit Anna.

Bruno s'aperçoit que le dérangement ne vient pas de la ligne, mais de l'appareil, qui ne marche plus. Il pourrait résoudre le problème en quelques instants, mais n'en fait rien. Il veut tenter d'en savoir plus sur cette femme.

« Vous dites que dans votre chambre, il y a une autre prise ?

Oui.

– Et de là, comment entendez-vous ?

– Mal. »

Où qu'on branche un téléphone en panne, il reste un téléphone en panne. C'est évident.

« Je peux ? », lui suggère sa curiosité.

Anna le conduit dans sa chambre et le regarde manipuler l'appareil. Elle ne cache pas son impatience.

« Vous pourriez vous dépêcher, s'il vous plaît ? »

Son ton presque impérieux agace Bruno qui, par pur dépit, lui répond que dans le meilleur des cas il lui faudra une petite heure.

« Voulez-vous que je repasse un autre jour ? demande-t-il avec ironie.

– Non, par pitié ! Cela fait trois jours que j'appelle la compagnie ! »

Anna sort de la chambre, passe dans le vestibule, prend son sac, en extrait un portable, appelle quelqu'un, parle, raccroche et remet le portable dans son sac.

Entre-temps, Bruno a regardé autour de lui. Il apprécie beaucoup l'ordre qui règne dans la chambre, où l'on ne perçoit aucune trace d'une présence masculine. Il va jusqu'à passer la tête dans l'entrebâillement de la porte de la salle de bains adjacente. Là non plus, pas trace de présence d'un homme.

« Madame, où est le bureau ? »

Anna lui ouvre une porte. Le bureau est petit, rempli jusqu'au plafond de livres et de papiers. La prise est à côté de la table de travail. Bruno s'affaire, en observant la pièce. Il ne peut s'empêcher de faire un commentaire :

« Que de livres en hongrois ! »

Anna le regarde, un peu surprise, mais ne dit rien.

Bruno retourne au salon. Anna le suit, prend un livre sur un rayonnage et commence à tourner les pages. Bruno la regarde du coin de l'œil. Il voudrait distinguer le titre du livre, mais n'y parvient pas.

Il ne sait pas qu'Anna le regarde de temps à autre.

« Puisque vous tenez tant à le savoir, dit-elle à l'improviste, je lis *La Bête qui meurt* de Philip Roth.

– Je ne l'ai pas beaucoup aimé », répond Bruno.

Anna le regarde, interloquée. Comment, un technicien des téléphones qui lit Philip Roth ? L'envie la prend de voir s'il est sincère ou s'il s'agit de simple vantardise.

« Ah bon ? Et qu'est-ce que vous aimez, de Roth ?

– Eh bien… *Pastorale américaine*, par exemple. Ou *Le Théâtre de Sabbath*.

– Je peux vous offrir quelque chose ? propose Anna sur une soudaine impulsion.

– Merci, volontiers. De toute façon, c'est mon dernier boulot de la journée. Après, je n'ai plus rien à faire. Et d'ailleurs, le problème n'a pas de rapport avec la ligne. Lundi, je vous apporterai un nouveau téléphone. »

Voilà, ainsi a commencé la soirée.

Comment s'est poursuivie la soirée

Après un verre de vin blanc, ils ont compris tous les deux qu'il n'était pas question de se dire au revoir maintenant. Une envie extraordinaire, inattendue de mieux se connaître. Ils racontent, ils se racontent. Et puis :

« Vous êtes attendu chez vous ? demande Anna.

– Non, j'habite seul.

– Ça vous dirait que je nous commande deux pizzas ?

– Excellente idée. »

Ils mangent, ils parlent. Ils décident de passer du vous au tu. Quand Bruno s'en va vers minuit, il sait presque tout d'Anna. Et Anna sait presque tout de Bruno. De toute la soirée, ils ne se sont même pas frôlés. Ils se disent au revoir en se serrant la main, un peu gauchement.

Ils sont convenus que Bruno passera la prendre le lendemain soir à huit heures. Ils iront dîner au restaurant.

II. *Le crime*

La deuxième soirée (samedi)

Mais le lendemain est un samedi. Bruno et Anna n'y ont pas pensé quand, la veille au soir, ils se sont donné rendez-vous. C'est pourquoi Bruno téléphone à Anna vers dix heures du matin.

« Tu sais qu'on est samedi aujourd'hui ?

– Non, mais qu'est-ce que ça change ?

– Ça change que cet après-midi, je suis libre. Nous pourrions…

– Oui ?

– Nous pourrions nous voir plus tôt. Je pourrais… Je pourrais passer chez toi vers six heures et nous sortirions dîner plus tard.

– D'accord. »

Et moins d'un quart d'heure après son arrivée chez Anna, les choses, inévitablement, se précipitent. Avec une satisfaction réciproque et évidente. Tant et si bien que vers huit heures et demie, l'idée de se lever, de se rhabiller et de sortir dîner est remise en question.

« Écoute, allons manger en vitesse et revenons ici encore plus vite », dit Bruno avec beaucoup de sens pratique.

Ils rient, heureux, nus sous la douche.

C'est elle qui a choisi le restaurant, et ils s'y rendent dans la voiture de Bruno. Le samedi soir palermitain est grouillant de monde, comme le restaurant. Ils trouvent, non sans peine, une table à côté du comptoir, près de l'entrée des toilettes. Sur le comptoir est posé un portable qui sert autant pour joindre les clients (bien que tous ou presque en soient pourvus) que pour recevoir les réservations. À peine sont-ils assis que ce téléphone se met à sonner. Une irritante petite marche à plein volume, qu'il est impossible de ne pas entendre. Un serveur le saisit, écoute et, brandissant l'appareil en l'air, circule entre les tables en demandant :

« Monsieur Zanchi ? Monsieur Zanchi est demandé au téléphone !

– Ce doit être un parent à toi, dit Bruno en souriant.

– Voyons qui prend la communication », dit Anna en allongeant le cou.

Mais personne ne réclame le téléphone. Le serveur retourne vers le comptoir, parle brièvement et le repose à sa place.

Anna et Bruno sont euphoriques. Tellement euphoriques qu'ils n'entendent pas le vacarme de voix et de rires qui règne dans l'établissement, tellement euphoriques qu'ils ne se rendent pas compte de la lenteur extrême du service. Pourtant, l'attente des entrées a été si longue qu'ils ont eu le temps de vider toute une bouteille de *prosecco*.

Ils dévorent les entrées en buvant encore du vin. Alors qu'ils attendent le plat principal, un serveur répète très fort à la cantonade en passant entre les tables avec le portable à la main :

« Monsieur Zanchi ? Monsieur Zanchi au téléphone ! »

Mais cette fois non plus, M. Zanchi ne se fait pas connaître.

« La prochaine fois, si tu répondais ? suggère Bruno.

– Moi ?

– Tu prends le téléphone et tu dis “Je suis sa cousine, dites-moi ce que vous voulez et je transmettrai le message”. Comme ça, la personne qui l'appelle sera tranquille.

– Tu es fou, voyons. »

Le troisième appel pour M. Zanchi advient quand Anna et Bruno sont en train de manger leur dessert. Cette fois, le serveur se lance dans son inutile tour des tables en laissant le téléphone sur le comptoir. Avant qu'Anna ait le temps de l'arrêter, Bruno se lève d'un bond, se saisit de l'appareil et le porte à son oreille.

« Oui ?

– Bruno ? » *(Avec un fort accent sicilien.)*

Son prénom !

« Oui, qui est-ce ?

– Tu fais chier, Bruno ! C'est la troisième fois qu'on t'appelle. Écoute-moi bien : il faut qu'on se voie ici dans deux heures. Et il vaudrait mieux pour ta gueule que tu sois au rendez-vous, compris ? Je ne t'en dis pas plus, c'est la dernière fois que je t'appelle. »

On raccroche. Bruno repose le portable et se rassied en toute hâte.

« Alors ? », demande Anna.

Le serveur, de retour, prend le portable, entend qu'il n'y a plus personne au bout du fil et le remet à sa place. Il ne s'est pas aperçu de l'intervention de Bruno.

« Alors ? », répète Anna.

Mais Bruno, maintenant, est complètement pompette. Il en a presque oublié son exploit.

« Ah, oui. Ils voulaient rappeler à ce type d'aller à je ne sais quel rendez-vous. Un M. Zanchi, comme toi, mais qui s'appelle Bruno comme moi ! »

La coïncidence les fait rire aux larmes.

La pièce est une espèce de bureau. À travers les parois vitrées, on devine un vaste dépôt de marchandises indéfinissables.

Dans le bureau se trouvent deux hommes, un gros et un maigre.

« Ce n'était pas lui, dit en dialecte sicilien le gros, qui s'appelle Tony, en reposant le combiné du téléphone placé sur la table.

– C'était qui, alors ? interroge le maigre, qui s'appelle Michele.

– Je n'ai pas reconnu la voix de Bruno, explique le gros, toujours en dialecte. Je mettrais mes couilles à couper que ce n'était pas lui !

– Qu'est-ce que tu veux dire ?

– Je veux dire que Bruno a envoyé un copain au restaurant, pour nous faire mariner. Et pendant qu'on l'attend au rendez-vous, nous autres, eh bien ! il est parti je ne sais où. Ça ne me plaît pas du tout.

– Qu'est-ce qu'on fait ?

– J'ai une idée », dit le gros en composant un autre numéro.

Dans le restaurant, tandis qu'Anna et Bruno sirotent un digestif, le portable sonne de nouveau. Le même serveur le prend, écoute et recommence ses girations entre les tables.

« Monsieur Anselmi au téléphone !

– C'est moi », dit un individu aux airs de petit employé qui est assis à deux tables de distance d'Anna et Bruno.

« Giulio ! Tu as vu le type qui a répondu à la place de Bruno ?

– Oui, répond du restaurant l'homme aux airs de petit employé.

– Tu le connais ?

– Non.

– Il est encore là ?

– Oui.

– Tu l'as déjà vu avec Bruno ?

– Jamais.

– Quand il quittera le restaurant, suis-le à la trace. Trouve où il habite.

– J'y avais déjà pensé, dit l'Employé.

– Ensuite, appelle-moi. »

Tony compose un autre numéro. Le téléphone sonne dans la chambre à coucher sordide d'un type qui regarde la télévision étendu sur son lit. L'homme soulève le combiné de l'appareil sur la table de nuit.

« Allô ?

– Peppino, ici Tony. File tout de suite chez Bruno. Si personne ne t'ouvre, entre quand même.

– Et s'il y a quelqu'un dans la maison, qu'est-ce que je fais ?

– Ne t'inquiète pas, il n'y aura personne. Quand ce sera fait, téléphone-moi. »

Finalement, après beaucoup de tours et de détours, Bruno trouve à se garer pas trop loin de chez Anna. Ils descendent de voiture, ils ont hâte de rentrer. Anna ouvre la porte de l'immeuble, ils disparaissent à l'intérieur. L'Employé, qui les a suivis conformément aux ordres, est un homme méticuleux : il a d'abord noté sur un bout de papier le numéro d'immatriculation de la voiture de Bruno, et maintenant il inscrit en dessous l'adresse exacte de la maison. Puis il repart. Tout en conduisant, il compose un numéro sur son portable.

Le portable sonne dans la poche de Tony, qui se trouve dans une voiture de grande marque lancée à toute allure sur la route de l'aéroport Falcone-Borsellino-Punta Raisi. C'est Michele qui conduit.

« Allô ? C'est moi, dit l'Employé.

– Alors ?

– Je l'ai suivi. Je sais où il habite et j'ai même noté son numéro d'immatriculation. Qu'est-ce que je fais, maintenant ?

– Tu vas au dépôt et tu nous attends. »

Anna et Bruno font l'amour.

Peppino est entré en forçant la serrure dans l'appartement de Bruno. Un désordre incroyable. Mais l'armoire est vide et dans les tiroirs, il n'y a plus de linge. De toute évidence, Bruno a mis les voiles. Peppino appelle sur son portable.

Celui de Tony sonne au moment où, avec Michele, il se dirige du parking de l'aéroport vers la salle des départs.

« Ici Peppino. Bruno a filé. Il a emporté toutes ses affaires. Qu'est-ce que je fais maintenant ?

– Tout le monde se retrouve au dépôt. »

Tony et Michele entrent dans l'aéroport. Peu de monde, très peu d'allées et venues.

« À mon avis, Bruno nous a baisés, dit Tony d'un ton consterné.

– Il avait trois heures de battement, dit Michele. Va savoir où il est maintenant ! »

Ils s'approchent du tableau des vols en partance, mais sans conviction.

Anna et Bruno dorment enlacés.

Dans le bureau du dépôt, tout le monde est réuni : Tony et Michele, Giulio l'Employé, Peppino. Il est clair que le chef est Tony, le gros, et son bras droit Michele. Les deux autres sont de fidèles soldats.

Tony résume la situation. Pas de doute, Bruno les a baisés. D'abord, il a tardé à remettre l'argent de la marchandise, puis il n'est pas venu au dernier rendez-vous. Il leur avait dit qu'il irait dîner dans ce restaurant, ils ont vérifié, mais il s'était fait remplacer pour gagner du temps dans sa fuite. Le seul qui puisse les remettre sur la piste de Bruno, c'est son ami, celui qui a répondu à sa place. Il n'y a pas d'autre solution. Bruno doit être retrouvé et le fric récupéré : les chefs ne voudront jamais croire qu'ils se sont laissé avoir par un demi-sel comme Bruno. Ils penseront que c'est eux qui se sont approprié le magot. Et ils le leur feront payer. Donc…

Le troisième jour (dimanche)

Peu après l'aube, Bruno se lève avec précaution du lit où Anna est profondément endormie, se rhabille sans même se laver le visage, écrit un petit mot qu'il laisse sur la table de la cuisine, sort de l'appartement, puis de l'immeuble par la grande porte encore fermée, se dirige vers sa voiture, y monte, s'éloigne.

À peine la voiture de Bruno est-elle partie que paraît, venant dans l'autre sens, celle de l'Employé, lequel, naturellement, remarque tout de suite que le véhicule de Bruno n'est plus à la place où il l'avait laissé la veille au soir. Il en voit un qui lui ressemble et vérifie le numéro : il ne correspond pas. Scrupuleux comme toujours, il refait le tour du pâté de maisons. Rien. Alors, il se gare.

Il s'approche de la porte de l'immeuble et regarde les noms à côté des sonnettes. C'est un geste absolument stupide, attendu qu'il ignore tout du présumé complice de Bruno ; mais il le fait quand même, parce qu'on ne sait jamais. Tandis qu'il regarde, une grosse femme surgit dans son dos.

« Vous désirez ?

– Qui êtes-vous ?

– La concierge. »

L'Employé est pris de court, mais il se montre habile à saisir l'occasion qui s'offre. Il fait semblant d'être perplexe, hésitant.

« Je ne sais pas comment m'expliquer, c'est un homme qui habite ici... »

La concierge, outre sa curiosité, sent qu'il est de son devoir d'aider un monsieur si comme il faut.

« Si je peux vous être utile... »

Et l'Employé invente une histoire. La veille, il a fait par hasard la connaissance d'un jeune homme, un nommé Mario Zolli, qui fait le même métier que lui. Ils ont découvert qu'ils avaient en commun la passion des trains électriques et il lui a donné rendez-vous à cette adresse. Mais son nom n'apparaît pas...

« Il n'habite pas ici, dit la concierge.

– Alors, je me serais trompé ? dit l'Employé d'un ton si désolé que la concierge met un point d'honneur à demander :

– Mais comment est-il, ce monsieur ? »

C'était la question que l'Employé voulait entendre. Il décrit Bruno, mais la concierge secoue la tête.

« Je ne peux pas vous renseigner. »

Et elle dit la vérité, car elle n'a jamais vu Bruno. Elle a vu, vendredi soir, le type des téléphones passer rapidement devant sa loge, mais ne l'a pas vu repartir. Et elle ne l'a pas vu la veille non plus, parce que le samedi après-midi, la porte d'entrée de l'immeuble est fermée. Encore moins après minuit, quand Anna et Bruno sont rentrés. Elle ne peut établir de lien avec l'homme que cherche ce monsieur. L'Employé s'éloigne donc. La femme rentre dans l'immeuble et referme la porte qui doit rester fermée parce qu'on est dimanche.

Dans sa cuisine, Anna, en buvant son café, lit le petit mot de Bruno et sourit.

Bruno a fini de prendre sa douche chez lui, il remet la salle de bains en ordre, mais entend sonner le téléphone. Il va répondre. C'est Anna qui l'appelle de son portable.

« Pourquoi es-tu parti, idiot ? Je me suis endormie en imaginant comme ce serait bien de me réveiller à côté de toi… »

Bruno est gêné.

« Eh bien, tu vois… J'ai pensé qu'au contraire, en te réveillant, ça ne te plairait peut-être pas que…

– Tu es bête ! Nous avons perdu une bonne occasion. Qu'est-ce qu'on fait aujourd'hui ?

– Puisque nous sommes dimanche et qu'il fait beau, j'ai pensé que nous pourrions aller manger en dehors de Palerme. Qu'est-ce que tu dirais de Cefalù ?

– Quelle idée magnifique ! À quelle heure passes-tu me prendre ?

– Vers midi, ça te convient ? »

« Et qu'est-ce que je fais, maintenant ? demande l'Employé, arrêté presque en face de l'immeuble d'Anna.

– Écoute, lui répond Tony de son bureau du dépôt. Si la voiture n'est plus là et que la concierge ne le connaît pas, ça ne peut vouloir dire qu'une chose : il est allé chez cette pute qui était avec lui au restaurant, juste pour baiser, et ensuite il est rentré chez lui.

– Et alors ?

– Alors, voilà ce que tu vas faire : tu entres, tu chopes la putain et tu la fais parler.

– Mais Tony, je ne sais même pas comment elle s'appelle ! Je ne pourrais pas m'en occuper demain ? On sera lundi, la porte de l'immeuble sera ouverte. Ça rendrait les choses plus faciles !

– Demain, il sera trop tard.

– Et comment veux-tu que je fasse ?

– Est-ce qu'il faut tout te dire ? Comment est-il, cet immeuble ? Grand ?

– Non. Quatre étages.

– S'il y a trois appartements par étage, ça veut dire douze occupants. Entre avec quelqu'un qui revient chez lui et renseigne-toi. Demande. Cette femme, tu l'as bien vue ?

– Oui.

– Alors, bouge-toi. Et pas de conneries comme à ton habitude. »

L'Employé descend de sa voiture, se poste derrière un kiosque à journaux sur le trottoir en face de l'immeuble. Il se prépare à une longue attente.

Bruno est au volant de sa voiture, sur une route où la circulation est rare et où il peut se permettre d'aller vite. En conduisant, il chante. Il laisse ainsi libre cours à sa joie de retrouver Anna.

Anna s'est habillée à la hâte, car elle a un rituel à accomplir comme chaque matin : descendre dans la rue, la traverser, marcher jusqu'au kiosque, acheter ses journaux et revenir chez elle. Voilà l'instant où elle ouvre la porte sur la rue.

L'Employé n'en croit pas ses yeux quand il la voit apparaître et surtout se diriger vers lui. Il se cache derrière le kiosque. Puis, quand Anna retourne vers l'immeuble et s'arrête pour ouvrir la porte avec sa clef, l'Employé se précipite derrière elle et réussit à bloquer la porte au moment où elle se referme. Anna, qui s'approchait de l'ascenseur, fait volte-face et voit un inconnu qui est entré et lui sourit.

« J'ai profité de ce que vous ouvriez... »

Anna ouvre la porte de l'ascenseur, entre, l'homme la suit.

« Je peux ? »

Pour toute réponse, Anna s'appuie à la paroi de l'ascenseur.

« Quel étage ? demande l'Employé, le doigt tendu vers les boutons numérotés.

– Le dernier.

– Moi aussi. »

Anna parcourt les titres des journaux. Quand l'ascenseur s'arrête, l'Employé s'attarde à refermer les portes. À peine Anna a-t-elle ouvert celle de son appartement qu'il la pousse par les épaules à l'intérieur et referme derrière lui. Anna se tourne, abasourdie. L'Employé tient un pistolet dans sa main, il le pointe sur elle. Mais le plus effrayant est son sourire.

« Si tu cries, je te tue. »

Anna est pétrifiée.

« Tu es seule ou il y a quelqu'un ? »

Anna parvient à secouer la tête.

« Allez, avance. »

Ahurie, Anna obéit. Arrivé dans le salon, l'Employé lui ordonne de s'asseoir dans un fauteuil. La jeune femme obéit encore. L'homme lui fourre un napperon dans la bouche et le lui fait presque avaler.

« Reste tranquille. J'ai seulement quelques questions à te poser. Ensuite, je m'en vais. »

Anna, qui s'était convaincue que cet homme était un violeur, ne sait plus que penser maintenant : elle est stupéfaite et surtout terrifiée. Quelles questions veut lui poser cette espèce de truand ? Cependant, l'Employé vient d'avoir une idée géniale qui, si elle se révèle exacte, lui fera brûler les étapes.

« Bruno, tu connais ? »

Anna est ahurie, écarquille les yeux. Qu'est-ce que Bruno lui a caché de lui ? Quelles fréquentations a-t-il ?

« Alors, tu le connais, oui ou non ? »

Anna fait oui de la tête. Le sourire de l'Employé s'élargit : il a vu juste. Il peut continuer sur la même voie.

« Tu sais où il est ? »

Anna hésite : elle ne voudrait pas trahir Bruno. Mais elle se dit que si elle se trouve dans une telle situation, c'est visiblement à cause de lui. De nouveau, elle fait oui de la tête. L'Employé lui arrache le napperon de la bouche, et elle reprend son souffle.

« Alors, où est-il ? redemande l'Employé.
– Chez lui », répond Anna.

La gifle de l'homme est si violente qu'elle en perd presque connaissance. Un filet de sang coule de ses lèvres. L'homme lui remet de force le napperon dans la bouche.

« Pauvre conne ! Chez lui, on y est allés et il n'y est plus. Il s'est tiré. Tu vas me dire où il est. Je sais y faire, figure-toi ! »

Bruno est dans sa voiture, à l'arrêt. Un accrochage s'est produit, et la file est interminable. Il ne peut ni avancer ni reculer.

Avec calme, souriant toujours, l'Employé enlève sa veste, sa cravate et sa chemise. Il est torse nu, maintenant. Anna, les yeux grands ouverts, est secouée d'un tressaillement. Puis l'Employé la saisit par un bras, l'oblige à se lever et l'entraîne avec lui pour inspecter l'appartement. Dans le bureau, il remarque les livres en hongrois. Son idée se confirme.

« Tu sais quoi ? Un jour, Bruno m'a dit qu'il sortait avec une fille qui parlait hongrois. »

Ils arrivent dans la chambre et l'Employé, d'une bourrade, jette Anna sur le lit. Elle y reste allongée sur le dos.

« Comme ça, on sera plus à l'aise. »

Le corps d'Anna se rebelle tout seul. C'est lui qui prend l'initiative. Le coup de pied de la jeune femme frappe avec violence l'homme à l'entrejambe et le fait se plier en deux. Anna bondit sur ses pieds, réussit à arracher son bâillon, ouvre la bouche pour crier, mais le poing de l'Employé l'atteint en plein visage, lui casse plusieurs dents et le nez et la fait retomber sur le lit, évanouie. L'homme reprend son souffle et la regarde. Et il entend la voix de son chef Tony :

« Pas de conneries comme à ton habitude. »

Mais il est trop tard, les dégâts sur le visage d'Anna l'excitent tant qu'il ne peut plus se retenir. Avec une sorte de mugissement féroce, il lui arrache son chemisier, son soutien-gorge. Puis, d'une poche de son pantalon, il extrait une paire de gants de chirurgien, qu'il enfile lentement. De la poche de derrière, il tire un couteau à cran d'arrêt.

« Maintenant, on va jouer au docteur. »

Bruno tourne autour du pâté de maisons où se trouve l'immeuble d'Anna ; nulle part où se garer. Finalement, il aperçoit une place, la prend et descend de voiture. Devant la porte d'entrée, il s'apprête à sonner quand il se rend compte que le battant est entrouvert. Il entre, prend l'ascenseur et, arrivé sur le palier, découvre que la porte de l'appartement est grande ouverte. Pourquoi ? Il entre et appelle :

« Anna ! »

Personne ne répond. L'appartement est parfaitement en ordre. De plus en plus perplexe, il se dirige vers la chambre. Anna est sur le lit, nue, le corps supplicié, les draps rougis de sang. Bruno se précipite, la soulève, la serre entre ses bras, ne parvient pas à la ranimer. Sous le corps d'Anna, il y a un couteau à cran d'arrêt. D'un geste réflexe, Bruno le saisit.

C'est à ce moment que M. Cavilli et Madame, les voisins de palier d'Anna, sortent de chez eux pour une promenade.

« C'est curieux, dit Madame.

– Quoi ? demande son mari en refermant la porte à clef.

– Il y a dix minutes, quand je suis revenue de la messe, la porte de Mme Zanchi était grande ouverte, et elle l'est encore. Je vais voir.

– Mais de quoi te mêles-tu ? », proteste le mari.

En vain, car Mme Cavilli est entrée d'un pas résolu.

« Il y a quelqu'un ? Madame Anna ? »

Au bout de quelques secondes, son cri suraigu fait trembler l'immeuble entier.

« Il l'a tuée ! »

III. *Ce qui advient ensuite*

Dimanche, fin de matinée et après-midi

Que peut-il se produire après ce cri de Mme Cavilli qui prend Bruno au piège ?

D'un autre côté, comment donner tort à Mme Cavilli qui voit Anna nue et mutilée sur son lit ensanglanté et un inconnu bouleversé, lui aussi maculé de sang, qui tient sur ses genoux le cadavre d'Anna et surtout, dans sa main, un couteau à cran d'arrêt ?

Personne, bien sûr, n'ose entrer dans cette pièce où se trouve un dangereux assassin, mais tout le monde s'attroupe sur le palier. S'il le voulait, Bruno pourrait s'enfuir en fendant la petite foule. Mais il n'en a pas envie et n'y pense même pas. Sa stupeur a laissé place à la douleur. Il pleure. C'est ainsi que le trouve la police, appelée par quelqu'un de l'immeuble. Deux agents le désarment, le détachent à grand-peine du corps sanglant d'Anna, le traînent au salon.

Puis arrivent le commissaire Chimenti, le sergent Villanova et leurs collègues de la Scientifique qui commencent à s'affairer dans la chambre du crime. Après l'inspection des lieux et les premières constatations, Chimenti et Villanova entrent dans le salon pour un interrogatoire préliminaire. La première chose que dit Bruno est :

« Ce n'est pas moi. Je l'ai trouvée comme ça. Je venais juste d'arriver !

– En voiture ? demande Chimenti, un enquêteur qui parle peu mais est doué d'un grand sens pratique.

– Oui. J'ai une Suzuki bleu ciel.

– Donnez-nous les clefs », dit Chimenti. Puis il hurle : « Airoldi ! »

Un inspecteur arrive au pas de course et Chimenti lui remet les clefs.

« Va donc voir la voiture de ce monsieur. Une Suzuki bleu ciel. Fais-toi expliquer où elle est garée. »

Le sergent se tourne vers Bruno.

« Comment vous appelez-vous ? Est-ce que vous habitez ici ? Depuis combien de temps connaissiez-vous la victime ? »

Bruno, de plus en plus bouleversé, s'aventure dans des explications confuses. Les questions du policier augmentent son incompréhension.

Airoldi revient et prend Chimenti à part.

« Le moteur de la voiture est encore chaud. »

Mais le sergent s'est déjà cassé la tête et c'est lui, maintenant, qui prend à part Chimenti.

« Écoutez, commissaire, ce ne serait pas mieux de tout remettre à demain ? C'est dimanche et j'avais promis à ma femme… Vous comprenez ? »

Chimenti est d'accord, d'autant plus qu'il est impatient que ce policier débarrasse le plancher. Il ordonne à Airoldi d'emmener Bruno au commissariat.

« Menotté ?

– Tu plaisantes ? Arrange-toi plutôt pour que personne ne voie son visage. »

Quand le sergent est parti et qu'on a fait rentrer les autres occupants de l'immeuble chez eux, le commissaire Chimenti peut commencer ses investigations. Dans le vestibule, il remarque, par terre, les deux quotidiens achetés par Anna. Il les regarde : la date est celle d'aujourd'hui.

« Airoldi ! Il m'a semblé voir un kiosque juste en face de la maison. Va voir si la victime y a acheté ses journaux, et à quelle heure. »

Puis il entre dans le bureau et s'assied à la table de travail. Dans un tiroir, Anna a rangé tous ses papiers personnels. Chimenti prend des notes. Le médecin légiste se présente.

« Je m'en vais, au revoir.

– Dites-moi, docteur, est-ce qu'elle a été violée ?

– Tout de suite, sans examen approfondi, je ne peux pas vous le dire. Mais je pense que non.

– Qu'est-ce qui vous fait dire ça ?

– Sur le visage et dans les cheveux de cette malheureuse, il y a des traces de… En un mot, je crois que l'assassin s'est masturbé sur elle après l'avoir tuée.

– Comment l'a-t-il tuée ?

– En l'étranglant. Avec les mains.

– Et toutes ces blessures ?

– Superficielles. L'assassin est un sadique.

– Vers quelle heure est-elle morte ?

– Ah, sur ce point, je peux être affirmatif : pas plus de deux heures avant notre arrivée. »

Le légiste s'en va et Chimenti prend des notes à partir des papiers d'Anna. Airoldi revient.

« J'ai chopé le type du kiosque juste à temps, il fermait. La victime a bien acheté ses journaux chez lui, comme tous les matins, d'ailleurs. Il a dit qu'il l'avait vue vers dix heures et demie, onze heures.

– Bon, j'y vais. Reste ici et quand tout le monde aura fini, rejoins-moi au commissariat. »

Chimenti descend à pied et, arrivé au rez-de-chaussée, il est arrêté par la concierge.

« Monsieur le commissaire, je voulais vous dire que l'assassin, je ne l'avais jamais vu. Mais quand on l'a emmené, il m'a suffi d'un coup d'œil pour le reconnaître à la description qu'on m'en avait faite.

– Je ne comprends pas, expliquez-vous mieux. »

Et la concierge de raconter sa rencontre avec l'Employé et les questions qu'il lui a posées après avoir décrit précisément Bruno.

« Et ce monsieur, vous ne l'avez plus revu dans le cours de la matinée ?

– Non, monsieur le commissaire.

– Si vous en parlez aux journalistes, gare à vous ! »

Et justement, à peine a-t-il ouvert la porte sur la rue que Chimenti se trouve face à un troupeau de journalistes et de photographes.

« C'est vrai qu'on a déjà arrêté l'assassin ? »

Chimenti réussit à se libérer sans répondre et se glisse dans sa voiture. Le chauffeur démarre. La concierge, en revanche, ne peut résister à la tentation de devenir une éphémère célébrité.

Chimenti est un homme scrupuleux et s'il doit conclure une enquête, il ignore les jours fériés. Aussi est-il naturel pour lui, après avoir mangé un sandwich dans un bar, de retourner au commissariat. Là, il fait venir Bruno dans son bureau.

Quand il apparaît devant lui, Bruno est encore très secoué, mais ses idées sont moins confuses. Il comprend bien qu'en ce moment il est le suspect numéro un et il est décidé à ne pas commettre de faux pas, non seulement pour lui-même mais parce qu'il se dit qu'en perdant du temps avec lui, la police en fait gagner à l'assassin. Et il espère de tout cœur que cet homme sera arrêté pour que le meurtre d'Anna soit vengé. C'est ce qui ressort des premières paroles qu'il échange avec le commissaire.

Il raconte comment, le vendredi précédent, il a fait la connaissance d'Anna. Et ajoute qu'en consultant les registres de la compagnie des téléphones, on pourra relever qu'il devait se rendre à cette adresse. Non seulement cela : en passant au bureau le samedi matin, il a commandé un nouvel appareil, qu'il aurait dû retirer le lundi pour l'installer chez la cliente.

Il raconte aussi comment la sympathie est née, à l'improviste, entre lui et Anna. Elle a commandé deux pizzas, elle a regardé un carnet posé à côté du téléphone pour retrouver le numéro de la pizzeria. Il suffira de consulter ce carnet (que le commissaire a demandé à Airoldi d'emporter, avec les papiers personnels d'Anna) pour que le fait soit avéré.

Il raconte enfin que le samedi en fin d'après-midi, il est revenu voir Anna. Il confie sereinement qu'ils ont fait l'amour. Et qu'ensuite ils sont allés dîner dans un restaurant dont il se rappelle parfaitement le nom. Les serveurs pourront confirmer leur présence. Du reste… Attendez un instant, monsieur le commissaire. Il fouille dans les poches de sa veste et en tire un petit feuillet qu'il tend à Chimenti.

« Vous voyez, j'ai encore l'addition. »

Après le dîner, poursuit-il, ils sont retournés chez Anna où il est resté jusqu'au petit matin. Puis il est rentré chez lui alors qu'Anna dormait encore.

« Pourquoi êtes-vous parti d'aussi bonne heure ? demande Chimenti.

– Parce que je craignais qu'elle ne se sente gênée. Et puis, dans sa salle de bains, il n'y avait rien pour me raser. Je voulais me changer, aussi.

– Et pourquoi êtes-vous revenu ? »

Bruno répond qu'un peu plus tard, Anna lui a téléphoné… En disant ces mots, il a un sursaut. Son téléphone fixe était en panne, elle a dû l'appeler de son portable et on peut donc trouver la trace de cet appel. Cette communication sera la preuve irréfutable qu'il n'a pas passé la matinée chez Anna et que celle-ci était encore en vie alors que lui-même se trouvait chez lui.

Et Bruno continue son récit : ils ont décidé d'aller déjeuner à Cefalù ; il a perdu pas mal de temps en route à cause d'un embouteillage ; quand il est enfin arrivé, il a trouvé la porte de l'immeuble entrebâillée, il est monté, il a vu la porte de l'appartement grande ouverte, il est entré et… Et soudain il n'en peut plus, le calme qu'il s'est imposé le fuit d'un coup et il s'effondre en pleurs désespérés.

« À part vous et Anna, interroge le commissaire, qui savait que ce matin vous seriez retourné chez elle ? »

Bruno comprend mal la question, il doit se la faire répéter.

« Voyons, personne ne pouvait le savoir ! »

Et Chimenti lui explique que la réalité est différente. Il lui rapporte le récit de la concierge. Bruno tombe des nues. Impossible de deviner qui peut être cet homme qui s'est renseigné sur son compte.

À la télévision, le match vient de finir. Chimenti embrasse sa fillette absorbée par ses devoirs, puis sa femme.

« Ce soir, je rentrerai peut-être un peu tard. Je t'appellerai. »

Au commissariat, Airoldi l'attend, qui le met au courant de ce qu'il a appris. Il a interrogé tous les habitants de l'immeuble, et tous sont du même avis : Anna Zanchi était une jeune femme sérieuse, sympathique et toujours gentille. Personne ne saurait affirmer si elle avait un amant, ou même plusieurs. L'opinion qui prévaut chez ces gens est qu'elle a été victime d'un voleur, un homme sur qui elle était tombée en revenant d'acheter ses journaux. Un voleur qui a profité d'une jeune et jolie femme et l'a ensuite sauvagement assassinée. Sans doute, pensent-ils, un de ces immigrés qui vont et viennent à leur aise et commettent impunément leurs forfaits. Pour une petite minorité de voisins, la police ferait bien aussi de s'intéresser à l'ex-mari d'Anna, qui, surtout les premiers temps où elle est venue habiter cet appartement, a parfois surgi pour lui faire des scènes.

« Ce n'est pas sûr, dit Chimenti, pensif.

– Qu'est-ce qui n'est pas sûr ?

– Qu'elle n'avait pas d'autres amants. Avec un peu de précautions, personne dans l'immeuble ne s'en serait aperçu. Regarde ce qui s'est passé avec Bruno Costa : personne ne l'a jamais vu entrer dans l'appartement d'Anna. Et pourtant il est revenu samedi en fin d'après-midi, il est ressorti avec elle, ils sont rentrés en fin de soirée, puis il est reparti dimanche matin de bonne heure et il est revenu vers midi, sans être remarqué… Cet homme qui s'est renseigné sur lui, ce pourrait être un ex-amant jaloux, non ? »

Airoldi se contente d'écarter les bras.

« Viens avec moi. »

Ils quittent le commissariat, prennent la voiture de Chimenti et se rendent au restaurant, où l'on dresse les tables pour le soir. Le patron reconnaît l'addition établie la veille au soir. Et puis, un des serveurs se rappelle très bien le couple de dîneurs. De retour dans la voiture, Chimenti consulte le carnet d'Anna, compose sur son portable le numéro de la pizzeria et se fait donner l'adresse.

Là, on se rappelle très bien la commande des deux pizzas vendredi soir.

« Comment vous en souvenez-vous ?

– Cette dame est une cliente. Quand elle nous appelait, c'était toujours pour une pizza. Mais vendredi, elle en a commandé deux. Et je me suis dit : tiens, qu'est-ce qui se passe ? Monsieur le commissaire, je vous en prie, dites-le-moi : cette pizza, est-ce que la pauvre femme l'a mangée avec son assassin ? »

Chimenti hausse les épaules. Puis, s'adressant à Airoldi :

« Si on en mangeait une, de pizza ?

– Pourquoi pas ? »

Et bien sûr, en mangeant, ils discutent de l'affaire. Ni l'un ni l'autre ne semblent convaincus de la culpabilité de Bruno.

« Le moteur de sa voiture était encore chaud quand vous m'avez envoyé vérifier, dit Airoldi. À mon avis, il est vraiment rentré chez lui et il est revenu juste à temps pour se mettre dans le pétrin.

– Demain matin, nous en aurons peut-être la confirmation définitive, dit Chimenti.

– Comment ?

– Bruno m'a dit qu'Anna l'avait appelé de son portable, celui que nous avons emporté au commissariat. Si elle a bien passé ce coup de fil, on le verra. Et on verra combien de temps a duré la communication.

– Pourquoi ne pas aller vérifier tout de suite ?

– Parce que nous sommes dimanche, tu as oublié ? »

La pizza terminée, Chimenti et Airoldi se rendent au domicile de Bruno, dont le commissaire s'est fait remettre les clefs. Ils entrent, observent et ne peuvent qu'admirer l'ordre qui règne dans cet appartement.

Le lendemain matin, vers dix heures, tandis que Bruno répète avec une lassitude grandissante au sergent ce qu'il a déjà dit au commissaire, Chimenti reçoit sa confirmation : du portable d'Anna, une communication a été passée dimanche matin peu après neuf heures et demie vers le numéro de Bruno. Une conversation brève. Aussi, après un court entretien avec le sergent, Bruno est-il remis en liberté après avoir signé sa déposition. Naturellement, des journalistes sont là, qui réclament au commissaire de nouvelles révélations sur l'affaire qui fait les manchettes des quotidiens. Mais personne n'a pris Bruno en photo, personne ne sait qu'il est l'homme que la police a arrêté sur les lieux. Au moment de le libérer, toutefois, Chimenti s'aperçoit que Bruno ne se sent pas bien.

« Qu'est-ce que vous allez faire, maintenant ?

– Reprendre ma voiture et rentrer chez moi.

– Je vais demander à Airoldi de vous raccompagner, au moins jusqu'à l'endroit où votre voiture est garée. »

Tandis qu'ils se dirigent vers le parking du commissariat, Bruno entend une voix de femme.

« Bruno ! »

Il s'arrête, surpris. Il ne reconnaît pas la femme en uniforme qui vient de l'appeler et s'approche de lui.

« Salut, Airoldi. Bruno ! Comment, tu ne me reconnais pas ?

– Grazia ! », s'écrie Bruno après l'avoir observée.

Grazia l'embrasse, heureuse de le revoir.

« Il y a au moins quinze ans qu'on ne s'est pas vus ! Qu'est-ce que tu fais dans les parages ? »

Bruno est très embarrassé, et Airoldi intervient.

« Je t'expliquerai plus tard. Nous y allons ? »

Interdite, Grazia les regarde monter dans la voiture de Chimenti et s'éloigner.

Bruno ouvre la porte de son appartement, va directement dans sa chambre et se laisse tomber tout habillé sur son lit. Il est pris d'un frisson convulsif.

Grazia se fait raconter toute l'histoire par Airoldi. Ainsi apprenons-nous que Bruno et elle ont été presque fiancés quand ils avaient quinze ans. Par la suite, ils se sont perdus de vue.

Dans les jours qui suivent

Dans les jours qui suivent, l'intérêt pour l'affaire faiblit. Désormais, tout le monde ou presque est convaincu que le meurtre d'Anna a été l'acte d'un délinquant immigré qui, surpris par la jeune femme, a laissé libre cours à ses instincts bestiaux. L'enquête de Chimenti est aussi au point mort. L'ex-mari d'Anna a un alibi en acier pour la matinée du dimanche.

Pour Bruno, il en va tout autrement. Il a été pris d'une fièvre violente qui l'a tenu trois jours au lit, conséquence évidente du traumatisme qu'il a subi. Mais quelqu'un l'a soigné avec tendresse : Grazia, qui a passé chez lui toutes ses heures de liberté. Bruno ne veut pas lire les journaux, ni regarder la télévision : il tente désespérément d'oublier ce qu'il vient de vivre. Il ne sait même pas que la dépouille d'Anna a été rendue à sa famille et qu'on a célébré ses funérailles à Milan.

Un soir où le temps est radieux, Grazia parvient à persuader Bruno de sortir en sa compagnie. Bruno, pâle et amaigri, se sent comme étourdi par la circulation palermitaine et par la foule des promeneurs qui le frôlent.

« Rentrons à l'appartement.

– Non, je t'en prie, encore cinq minutes ! »

Ils finissent par rentrer et Bruno s'écroule dans un fauteuil, exténué. Grazia fait un peu de rangement, puis allume la télévision pour écouter, très bas, les nouvelles. On en est aux dernières infos. Grazia ne s'est pas aperçue que Bruno était derrière elle et, distrait, écoutait aussi les nouvelles. Soudain le présentateur annonce, tandis que sur l'écran apparaît le visage d'un inconnu :

« On a identifié l'Italien mystérieusement assassiné à Paris. Il s'agit d'un touriste sicilien, originaire de Palerme, Bruno Zanchi, âgé de… »

Mais tout à coup Bruno n'écoute plus, entraîné qu'il est dans un effrayant tourbillon de souvenirs. Dans sa tête apparaît le serveur du restaurant, qui circule entre les tables en demandant M. Zanchi, et il réentend sa voix rieuse alors qu'il demande à Anna s'il s'agit d'un de ses parents, sa voix quand il répond au téléphone et l'autre voix au bout du fil, avec son fort accent sicilien, qui dit « Bruno ? ».

Bruno Zanchi !

Grazia entend un bruit et se retourne. C'est Bruno qui tombe à genoux, puis au sol, évanoui.

Grazia ne rentre pas chez elle, car Bruno, à peine revenu à lui, semble soudain très exalté. Sa curiosité innée le pousse à savoir, à agir. Il raconte à Grazia la plaisanterie enfantine à laquelle il s'est livré le samedi soir au restaurant, quand il a saisi le portable et s'est fait passer pour Bruno Zanchi.

« Et qu'est-ce que ça peut vouloir dire ? », demande Grazia, dubitative.

Mais pour Bruno, cette coïncidence a forcément un sens. Et il formule une hypothèse. Inexacte, mais logique. Comme ils se méfiaient de Zanchi, sûrement mêlé à quelque affaire louche, ses complices ont envoyé quelqu'un surveiller le restaurant où il dînait. L'individu en question ne connaissait pas Zanchi, qu'on lui avait seulement décrit. Grande a dû être sa surprise en voyant un homme répondre au téléphone qui ne ressemblait en rien à Zanchi. Il a décidé de le suivre et s'est persuadé que le domicile d'Anna était aussi celui de Bruno. Le lendemain, il est revenu, mais sans trouver Zanchi : il n'a trouvé qu'Anna qui n'a pas pu répondre à ses questions. Il l'a donc torturée et tuée.

« Demain, j'en parlerai à Chimenti, dit Grazia.

– Non. Je te le défends.

– Pourquoi ?

– Parce que c'est à moi de m'en occuper. Demain matin, je retournerai travailler. Tout ce que j'attends de toi, c'est que tu me dises quand ce Zanchi est arrivé à Paris. »

Grazia peut finalement rentrer chez elle. Elle sent que Bruno, comme par miracle, est remis de son choc.

Bruno retourne travailler. Il avait pris un congé maladie et ses collègues de travail le trouvent un peu fourbu, mais seulement sur le plan physique. Le bon côté des choses, c'est qu'aucun d'entre eux ne fait le lien entre lui et le fameux meurtre. Tous savent que le vendredi soir, Bruno est passé chez Mme Zanchi, et qu'il aurait dû y retourner le lundi avec un téléphone neuf, ils savent qu'il a dû faire une déposition au commissariat de police, mais ils ne sont au courant de rien d'autre et leurs questions se bornent à une curiosité superficielle :

« Comment était-elle ? Aussi jolie que disent les journaux ? »

Bruno fait des réponses évasives, il dit n'avoir vu que brièvement cette cliente. Son chef de service l'appelle et l'informe que pour aujourd'hui tous les dépannages à domicile ont déjà été attribués. Qu'il revienne demain matin, il reprendra son service régulier.

Mais Bruno ne quitte pas le bâtiment. Il descend dans une espèce de sous-sol kafkaïen et parvient devant une porte où est inscrit en lettres capitales que l'entrée est strictement interdite aux personnes étrangères au service. Juste devant cette porte se trouve un bureau avec plusieurs téléphones et des papiers éparpillés ; et, derrière le bureau, un homme en uniforme.

« Je voudrais parler à Umberto Dominici.

– Il est interdit d'entrer.

– D'accord, mais il pourrait venir un instant.

– Quel est votre nom ? »

Bruno se présente. L'homme compose de mauvais gré un numéro de téléphone, parle brièvement. Peu après, la porte s'ouvre et Umberto apparaît : un des rares amis de Bruno, qui a téléphoné à plusieurs reprises durant sa maladie. Ils prennent rendez-vous pour le soir. Ils iront dîner ensemble.

Et Bruno emmène Umberto dans le restaurant – comme toujours bondé – où il a dîné avec Anna. Bruno porte une paire de lunettes de soleil (« un peu de conjonctivite », prétexte-t-il). Tandis qu'ils mangent leur entrée, le serveur habituel se met à circuler entre les tables avec le portable à la main.

« Monsieur Dominici ! Monsieur Umberto Dominici au téléphone !

– C'est pour toi, dit Bruno.

– Moi ? Mais personne ne sait que je suis ici !

– Réponds quand même. »

Umberto lève la main et le serveur lui tend le téléphone.

« Allô ? Qui est à l'appareil ?

– Ici Grazia, une amie de Bruno. Est-ce qu'il est avec vous ?

– Oui. Vous voulez que je vous le passe ?

– Oui, s'il vous plaît. »

Umberto interloqué passe le téléphone à Bruno.

« J'ai été bien ? demande Grazia.

– Parfaite.

– À demain, alors ?

– À demain. »

Bruno rend le portable au serveur.

« Tu peux m'expliquer ce que c'est que ce micmac ? »

Alors, Bruno lui raconte tout ce qui s'est passé avec Anna. Quand il en a terminé, Umberto lui pose une question logique :

« Pourquoi me dis-tu tout ça ?

– Parce que j'ai besoin de ton aide. Tu as vu qu'ici, on appelle les clients sur un portable ? Tu es l'homme qu'il me faut.

– Mais que veux-tu que je fasse ?

– Que tu identifies d'où sont partis les trois appels pour Bruno Zanchi ce fameux samedi soir.

– Pourquoi ne vas-tu pas en parler à la police ?

– J'irai dès que tu m'auras informé.

– Tu sais que si je me fais choper, je risque de perdre ma place ? »

Il faut à Bruno une demi-heure pour vaincre les réticences d'Umberto. Qui, de guerre lasse, finit par lui dire :

« Il faudrait que j'aie l'appareil.

– Pas de problème. »

Bruno attend le moment opportun. Quand les serveurs et le patron sont occupés parmi les tables, il se lève prestement et, en marchant le long du comptoir, saisit d'un geste vif le portable. Il l'éteint, le glisse dans sa poche et continue vers les toilettes. Un instant plus tard, il revient s'asseoir en face de son ami et dit :

« Voilà, c'est fait. Je demande tout de suite l'addition. »

Grazia, en uniforme, s'entretient avec la concierge de l'immeuble où habitait Anna. Elle lui demande une description de l'homme qui, le matin du crime, lui a demandé si Bruno Costa habitait là.

« Mais il a dit un autre nom, madame l'inspectrice.

– Ça n'a pas d'importance, décrivez-le-moi. »

La concierge lui en fait un portrait assez précis. Et conclut :

« On aurait dit un employé de bureau. »

Grazia la salue, tourne l'angle de la rue, monte dans la voiture de Bruno et démarre. C'est chez lui qu'ils se rendent. Ils parlent. Grazia a appris que Bruno Zanchi était descendu dans un hôtel parisien le samedi soir où il dînait avec Anna. Donc, quand on lui a téléphoné au restaurant, il avait déjà quitté Palerme.

Le téléphone sonne. C'est Umberto.

« J'ai eu de la chance. Le téléphone appartient à un nommé Antonio Caruso, qui possède une entreprise d'import-export. Autre chose : ce samedi soir-là, il a effectué non pas trois appels comme tu m'as dit, mais quatre. Note le numéro.

– Tout concorde, dit Bruno à Grazia. Le quatrième coup de fil, c'est celui qu'il a passé à un complice pour lui dire de me suivre. Le type qui le lendemain a posé des questions sur moi à la concierge.

– Tu ne crois pas que le moment est venu d'aller en parler à Chimenti ?

– Pas encore. »

Le lendemain, de tous les téléphones qu'il trouve à portée de main dans les appartements où le conduit son travail, Bruno compose le numéro d'Antonio (Tony) Caruso et, dès qu'il entend la voix au fort accent palcrmitain qu'il se rappelle parfaitement répondre : « Tony Caruso, import-export », il lui lance en dialecte : « Bruno ! Tu fais vraiment chier ! C'est la troisième fois qu'on t'appelle ! » Et il raccroche.

Seul son sixième appel, à la fin de l'après-midi, est différent des précédents :

« Ne bouge pas de ton bureau. Si tu as parlé de mes coups de fil aux autres, tu as eu tort. Mais ça peut s'arranger. Quand je rappellerai ce soir à huit heures, débrouille-toi pour être seul. Et pas de conneries ! »

Bruno appelle de chez lui, en toute tranquillité, à huit heures précises. La voix de Tony lui répond.

« Tu es seul ?

– Oui », dit Tony.

Et c'est la vérité.

« Écoute-moi, attaque Bruno d'un ton pressé. Je sais que vous avez fait assassiner Bruno Zanchi à Paris. Et ici, à Palerme, la femme qui était avec moi.

– Ça, c'était…

– Un accident ? Mais pour moi, ça revient au même. À l'heure où je te parle, j'ai réuni ce qu'il faut pour vous faire tous arrêter.

– Qu'est-ce que tu veux ?

– Passer un marché avec toi.

– Quel marché ?

– Livre-moi celui qui a tué la femme, celui qui ressemble à un employé… »

Tony ne peut retenir une exclamation, qui n'échappe pas à Bruno. « Qu'il crève !

– Oui, je suis bien d'accord. Moi, je ne veux que lui, l'Employé. Il vous a mis dans un sacré pétrin.

– Et en échange ?

– Je m'abstiens de vous dénoncer, je vous oublie. »

Un silence. Tony réfléchit à la proposition.

« Je te rappelle demain matin, à huit heures. Pense à ce que je t'ai dit », coupe Bruno.

Il raccroche juste à temps. Grazia ouvre la porte de l'appartement.

L'humeur de Bruno est tellement changée que Grazia le regarde, ébahie. Il n'a pas envie de manger à la maison, il l'emmène dans un petit restaurant du quartier. Et au retour, l'étreint avec passion. Grazia est ravie de changer de rôle : d'infirmière, devenir la femme dans la vie de Bruno.

« Demain matin, je prends mon service de bonne heure », dit Grazia en se rhabillant pour partir.

Mais quand elle monte dans sa voiture, celle-ci refuse de démarrer. Elle essaie, essaie encore, en vain. Elle appelle Bruno par l'interphone, il descend et essaie à son tour. Sans plus de succès. Bruno lui offre donc de prendre sa voiture à lui et lui tend les clefs. Grazia lui donne les siennes.

Le lendemain matin à huit heures, Bruno téléphone à Tony. Et celui-ci se déclare d'accord pour lui livrer l'Employé. À une condition : Bruno doit le tuer, l'Employé sait trop de choses, il ne doit pas tomber entre les mains de la police. Bruno accepte. Et fixe un rendez-vous à onze heures ce soir-là, dans une petite rue – la via dei Saraceni – à Isola delle Femmine, une bourgade en bord de mer aux abords de Palerme. Puis il descend de chez lui et se rend chez un mécanicien, un copain à lui dont l'atelier est au coin de l'immeuble. Il lui tend les clefs de la voiture de Grazia.

« J'en aurai besoin pour huit heures ce soir. »

Tandis que Bruno va de maison en maison pour son travail, Tony a convoqué ses complices dans le bureau de son dépôt. Ne manque que l'Employé. Tony expose la requête de Bruno, sans dire qu'il l'a acceptée. Et conclut :

« Moi, l'Employé, j'aime autant m'en débarrasser. Il finira par nous faire gauler. Si nous avons tous ces problèmes, c'est parce qu'il n'a pas été fichu de se retenir quand il s'est trouvé avec cette femme. Autant en finir avec lui, puisque ce type nous le propose. Et en finir avec le type aussi.

– Qu'est-ce que tu veux dire ?

– Je veux dire que nous aussi, nous irons à Isola delle Femmine. On attendra qu'il ait liquidé l'Employé, et on le liquidera ensuite. Qu'est-ce que vous en pensez ? »

Tous se regardent, et quelqu'un pose une question :

« Où est-il, l'Employé ?

– Chez lui, à Bagheria. Moins il en bouge, mieux ça vaut.

– Appelle-le, dis-lui d'aller à Isola ce soir. »

Telle est la sentence de mort.

Avant de téléphoner, Tony expose son plan.

« Je vais lui dire que nous avons trouvé où se cache le complice de Bruno. Et qu'il faut le refroidir vite fait. Je lui donnerai rendez-vous via dei Saraceni à Isola delle Femmine, à ce connard. Là où l'autre l'attend. D'accord ? Nous serons dans le coin aussi, mais sans nous faire voir. Et puis, dès qu'il aura zigouillé l'Employé... »

Bruno arrive à Isola delle Femmine. La route est déserte et la petite ville aussi, car c'est la morte-saison. Il conduit la voiture de Grazia, à qui il a annoncé qu'ils ne pourraient se voir les soirs prochains. Il est presque onze heures. Il s'engage dans la petite via dei Saraceni. L'Employé est déjà là, à demi caché par un buisson qui a poussé devant un muret. Il regarde passer la voiture, mais ne la reconnaît pas puisque c'est celle de Grazia. Elle disparaît au fond de la ruelle.

Peu après, la voilà qui revient, pleins phares, aveuglants. Cela ne dure qu'un instant. La voiture accélère, fonce sur le buisson, coince l'Employé contre le petit mur de pierre, le presse avec la calandre. L'homme écarquille les yeux et tente absurdement de repousser l'auto avec ses mains. Il gémit de douleur, il doit avoir les jambes cassées : ce qui le fait tenir debout, c'est le capot de la voiture.

Avec beaucoup de calme, Bruno ouvre la portière et descend.

« Je vais te fracasser la tête », dit-il froidement à l'Employé.

Et il lève la lourde clef anglaise qu'il a apportée avec lui. Mais quelqu'un le saisit par les épaules, le désarme. Bruno lutte, mais l'homme derrière lui est adroit, bien entraîné, et le fait tomber au sol. C'est à cet instant seulement que nous le découvrons : il s'agit d'Airoldi. Non loin de lui se tient le commissaire Chimenti. Tandis que Chimenti, Airoldi et quelques autres essaient de libérer l'Employé, Grazia aide Bruno à se remettre debout. Il est comme privé de force, vidé.

« C'est toi qui les as prévenus ?

– Oui. Depuis deux jours, ton téléphone est sur écoute. Ce soir, ils ont arrêté tous les autres. Ils avaient décidé de t'abattre après que tu… »

Mais Bruno se dégage brusquement. Puis il s'éloigne tout seul dans la rue, et bientôt on ne le distingue plus dans la nuit.

VII

Marcello Fois

Ce qui manque

Aïe ! aïe ! aïe ! pensa Marchini en raccrochant le téléphone.

Le commissaire Curreli, qui empilait des dossiers sur son bureau, attendit quelques secondes une explication qui ne vint pas. D'un geste du menton, il désigna l'appareil.

« Alors ? », fit-il en voyant que son adjoint ne se décidait pas à parler.

« Un meurtre, répondit celui-ci dans un souffle. C'était De Pisis au téléphone. Une vieille femme qui s'est fait assassiner via Gaudenzi, dans le quartier. »

Par-delà la fenêtre, derrière le dos du commissaire, des nuages violacés s'agitaient.

« C'était De Pisis », répéta Marchini pour souligner que si le procureur en chef avait pris la peine d'appeler en personne, l'affaire devait être importante.

Un nuage en forme de dauphin planait presque à la hauteur du toit en terrasse de l'immeuble d'en face, mais il devait s'agir d'une illusion d'optique. Merde, pensa Marchini.

Curreli, déjà prêt à sortir, s'arrêta au centre du bureau.

« Eh bien ? Quelqu'un t'a ensorcelé ? », demanda-t-il.

Marchini cessa d'observer le nuage juste au moment où il devenait tellement informe qu'il ne ressemblait plus à rien.

« Au bout du fil, c'était…

– De Pisis. Oui, j'ai compris. Tu es bête ou quoi ? Allons-y ! coupa Curreli en prenant son pardessus.

– Il semblerait que la victime soit une certaine dame Elena Marcucci… »

À cette nouvelle, Curreli tourna le dos et se mit en marche.

« La grand-mère de Crescioni… L'ingénieur… », compléta Marchini.

Curreli s'immobilisa, comme pétrifié.

« Le candidat à la mairie ? »

Marchini hocha la tête : oui, il s'agissait bien de lui.

« Le docteur Precossi est déjà sur les lieux. Par hasard, à ce qu'il dit… »

Merde, merde et merde, pensa Curreli. Le substitut du procureur sur place « par hasard » avant l'arrivée de la police. « Par hasard » : ces mots disaient tout.

Attendu que pour Curreli le Hasard n'existe pas et n'a jamais existé ; attendu que *comme par hasard* le substitut Eraldo Precossi, chargé de coordonner l'enquête sur la mort d'Elena Marcucci, s'était déplacé avant les enquêteurs, avant même l'ingénieur Stefano Crescioni, candidat à la mairie pour les imminentes élections locales ; attendu que lui, Giacomo Curreli, ne trouvait rien de plus enrageant qu'un fait en apparence anodin, mais promettait de se révéler une sale affaire… En somme, pour tous ces « attendus », Curreli commença de se sentir sous pression comme une cocotte-minute.

Marchini se garda bien de lui demander ce qu'il ruminait et prit sa veste sur le dossier de sa chaise, comme pour signifier à son tour qu'il fallait se mettre en route et rejoindre le substitut Precossi sur le lieu du crime, avant que *par hasard* il ne prît quelque mesure irréparable.

Donc, les choses s'étaient passées ainsi : Precossi, par extraordinaire, se trouvait à deux pas de la via Gaudenzi au moment même où l'on y commettait un meurtre, et il était monté voir… Le substitut s'était senti le devoir d'avertir le procureur en chef qui, à son tour, avait estimé opportun de lui confier l'affaire et en second lieu d'avertir l'ingénieur Crescioni. Ce dernier était arrivé séance tenante, abandonnant une réception du comité de soutien à sa candidature, et avait observé une grosse minute de silence devant le cadavre étendu sur le sol de sa pauvre grand-mère (un tremblement de sa lèvre inférieure avait interrompu le brouhaha des occupants de l'immeuble réunis sur le palier). Ainsi s'était écoulé le temps nécessaire, dans l'ordre, à un bref entretien entre Precossi et Crescioni, puis à une conversation précipitée entre le substitut Precossi et le procureur De Pisis ; ce dernier avait chargé Precossi de coordonner l'enquête sur la mort de Mme Marcucci ; après quoi l'on avait décidé que le moment était venu, par politesse à défaut d'autre chose, de téléphoner au commissariat compétent. Celui de Curreli.

Nous revoilà donc au point de départ. Marchini reçoit le coup de téléphone, il pense : aïe aïe aïe, puis il annonce à Curreli qu'il s'agit d'un meurtre, et ils doivent se hâter d'arriver sur les lieux parce que Precossi (qui, tout magistrat qu'il est, n'a ni l'œil du lynx ni la prudence du serpent) s'y trouve déjà.

Mais Curreli et Marchini sont arrivés au troisième étage de l'immeuble du numéro 3, rue Ippolito Gaudenzi, scientifique (1729-1792), alors que le substitut Precossi avait déjà questionné, entendu, défini, salué, conclu. Il avait même procédé à l'arrestation d'un suspect : un peintre, si coupable qu'on n'employait le mot « suspect » que pour la forme.

Curreli regarda autour de lui. La pièce était sens dessus dessous. Precossi semblait vouloir abréger les choses : à l'entendre, la question était quasi réglée, il lui avait suffi de parler avec les habitants des autres appartements donnant sur ce palier. Precossi était de ces gens pour qui toute action est un motif d'agitation : il ne cessait d'entrer et de sortir du domicile de la défunte. Ainsi, à cet instant, quelques minutes après l'arrivée de Curreli, il en était sorti sans raison apparente.

« Fais donc évacuer ce palier, dit Curreli à Marchini d'une voix neutre, en suivant Precossi du regard. Quand les collègues de la Scientifique arriveront, ils ne pourront même pas entrer dans ce fichu appartement ! »

Marchini eut un instant d'hésitation, comme chaque fois qu'il lui incombait de faire une chose désagréable. Curreli, le voyant incertain, décida de le précéder :

« Il n'y a rien à voir ! », cria-t-il en allant vers le palier.

Marchini, un peu en arrière, fit un vague geste du bras qui devait inciter les badauds à rentrer chez eux et confirmer ce que disait le commissaire. Le petit groupe recula d'un pas ou deux.

« Voilà le genre de chose qui me met hors de moi, commenta Curreli assez fort pour être entendu. On a chamboulé tout l'appartement, on a fait bien pire encore (il jeta un coup d'œil vers un couloir dans l'ombre), et personne n'est intervenu, personne n'a rien vu, rien entendu. Et maintenant, ils sont tous là, massés devant la porte pour jouir du spectacle et nous casser les couilles quand nous essayons de faire notre travail. »

Marchini acquiesça, mais avec discrétion, car, primo, il ne s'était jamais habitué aux tirades de Curreli, et, secundo, parce que Precossi revenait.

La maîtresse de maison était étendue dans le couloir. Un examen sommaire de la position du cadavre suggérait qu'elle avait tenté d'échapper à son assassin. Sans succès, de toute évidence, car à présent elle faisait l'effet d'un mannequin désarticulé qui gisait sur le sol : les jambes à demi écartées, les bras repliés vers la gorge.

« C'est l'employée de maison qui l'a trouvée en rentrant des courses. Elle les faisait l'après-midi, pendant la sieste de sa patronne. Elle nous a appelés tout de suite, les informa Precossi.

– Elle *vous* a appelés, corrigea Curreli.

– Étranglée ? s'enquit Marchini.

– Aucun doute », confirma Precossi.

Curreli fit une grimace qui ne voulait dire ni oui ni non.

« Attendons plutôt la Scientifique. »

Precossi le regarda sans perdre contenance.

« Quand vous en aurez terminé, il y aura un briefing dans le bureau du procureur De Pisis », annonça-t-il d'un ton sec.

Puis il s'en alla sans attendre de réponse.

Marchini regarda Curreli. L'espace d'un instant, il avait craint le pire : il savait que les mots comme « briefing » le mettaient hors de lui.

« Vous croyez qu'il va pleuvoir ? demanda-t-il pour le distraire.

– Marchini, fous-moi la paix ! » fut la réponse.

Curreli arriva en retard au briefing.

De Pisis et le substitut Precossi l'invitèrent à s'asseoir.

« Il s'agit du meurtre de la via Gaudenzi », annonça le premier. Curreli prit place. « Elena Marcucci », compléta-t-il.

De Pisis rajusta sa cravate.

« Une affaire claire, il me semble… »

Precossi intervint avant que Curreli eût le temps de répondre.

« Nous avons procédé à une arrestation, nous essayons de conclure rapidement.

– Rapidement ? répéta Curreli.

– Oui, rapidement, dit De Pisis.

– Il y a quelque chose qui m'échappe ? », lança Curreli, provocant.

De Pisis s'éclaircit la gorge.

« Non », concéda-t-il.

Precossi avait l'air d'un homme qui vient de rater un rendez-vous galant.

« Elena Marcucci est, ou plutôt était, la grand-mère de Stefano Crescioni. Du côté maternel. »

Curreli laissa échapper un petit rire, comme chaque fois qu'il constatait jusqu'à quel degré de comique peut s'élever la maniaquerie de certains substituts. Sans poser de question, il attendit en comptant mentalement. À cinq, De Pisis s'adressa à lui :

« Vous savez de quel Crescioni nous parlons ?

– Du candidat à la mairie », répondit simplement Curreli.

Cette simplicité fit hausser les sourcils à De Pisis et força Precossi à trouver sur son siège une position plus confortable.

« Exactement, dit-il. Et avec cela, tout est dit, vous ne croyez pas ?

– Non. Je ne crois pas. »

Le ton de Curreli était celui d'un traducteur simultané. À son tour, De Pisis remua imperceptiblement sur sa chaise et ce fut Precossi qui haussa les sourcils, comme s'il était agressé par une lumière aveuglante.

« Les investigations sont encore en cours, les conclusions de la Scientifique ne sont pas encore arrivées, le rapport du légiste ne sera prêt que demain… »

Curreli aurait voulu donner à sa phrase un ton bureaucratique.

« Mais nous avons un suspect, le locataire de l'appartement d'en face, dit Precossi, qui ne connaissait pas assez bien Curreli pour ne pas lui tendre la perche.

– Un suspect, oui. Qui nie tout. »

De Pisis écarta les bras.

« Comme si c'était une nouveauté qu'un suspect nie ! »

Curreli n'eut pas un instant d'hésitation.

« Avec les éléments dont nous disposons, il sera libéré avant même d'arriver en cellule.

– Ça, c'est au juge d'en décider, vous ne pensez pas ? » Le sarcasme était assez familier à Precossi. « Nous avons les dépositions des autres habitants de l'immeuble, qui nous disent que le suspect... »

Il chercha des yeux l'aide de De Pisis.

« Fabio Porzio, dit celui-ci.

– Le suspect Fabio Porzio était en très mauvais termes avec la victime qui, entre autres choses, était propriétaire de son appartement et cherchait depuis des années à le faire expulser. »

« Je travaillais. Quand je travaille, je mets de la musique assez fort et la porte d'entrée reste ouverte pour que je n'aie pas à m'interrompre si jamais quelqu'un arrive. »

Porzio avait l'air très fatigué.

« Vous étiez seul ? »

On ne pouvait pas dire que Curreli le harcelait. Mais Porzio le regarda sans répondre.

« Vous étiez seul ? répéta le commissaire.

– Oui, répondit Porzio, mais après quelques secondes de trop.

– C'est sûr ? À ce qu'il nous semble, il y avait quelqu'un avec vous. Votre voisine du dessous nous a parlé d'une femme, avec qui vous avez eu une vive discussion...

– Elle se trompe. »

Porzio, apparemment, ne comptait pas collaborer.

« Bon. Vous travailliez… Et ensuite, qu'est-ce qui s'est passé ?

– Peut-être qu'elle a entendu la musique, je la mets quelquefois un peu trop fort… Je travaillais, et puis je suis allé prendre un solvant dans la salle de bains et quand je suis revenu, je l'ai vu.

– Vous êtes sûr qu'il est entré ?

– Forcément, il a dû entrer. En tout cas, je suis sûr de l'avoir entrevu, il était de dos mais je l'ai reconnu. Voilà comment ça a dû se passer. »

Marchini intervint.

« Donc, selon vous, Stefano Crescioni se trouvait dans l'immeuble l'après-midi où sa grand-mère est morte. »

Porzio fit oui de la tête. Marchini le regarda avec insistance.

« Nous n'avons rien qui nous l'indique, dit-il en voyant que Curreli le laissait faire. M. Crescioni nous a fourni un alibi pour cet après-midi-là. »

Porzio baissa la tête.

« Il était là, pourtant, dit-il.

– Si Crescioni était là comme vous le dites, c'est dommage qu'il n'y ait eu personne avec vous pour nous le confirmer », constata le commissaire sans trop cacher l'espoir que recelaient ses mots.

Porzio ne répondit pas.

« Cela complique beaucoup les choses. Surtout si l'on considère que vous aviez quelques bonnes raisons d'en vouloir à Mme Marcucci.

– C'était une vieille femme impossible. Maintenant qu'elle est morte, on va la faire passer pour une sainte, mais dans l'immeuble personne ne pouvait la supporter. Même son petit-fils ne pouvait pas la supporter.

– Quoi qu'il en soit, vous confirmez n'avoir jamais ni vendu ni donné un dessin de vous à Mme Marcucci ?

– Comment ? Un dessin de moi à cette vieille chouette ? Vous délirez ou quoi ? Je ne l'avais même pas terminé, ce dessin, c'était une esquisse sur laquelle je travaillais. »

Curreli avait un visage qui ne plaisait pas du tout à Marchini : il le connaissait assez pour savoir ce que pouvait présager cette expression. L'affaire semblait simple : le meurtre d'Elena Marcucci était la conclusion évidente d'une inimitié invétérée. Sur ce point, les dépositions des voisins étaient unanimes : Mme Marcucci avait essayé par tous les moyens de faire expulser Porzio. Lui, c'était un type bizarre, il fréquentait des gens qui devaient apparaître à la vieille dame comme la quintessence de la racaille et, sous prétexte d'art, rentrait tous les soirs chez lui avec une femme différente. Sans compter cette musique toujours à plein volume et cette manie de ne jamais fermer sa porte.

À présent, le point crucial était que selon Crescioni, sa grand-mère et Fabio Porzio s'étaient rencontrés ce jour-là et avaient eu une altercation si vive que la vieille dame avait téléphoné à son petit-fils pour lui en parler, en précisant que Porzio avait d'abord tenté de l'amadouer en lui faisant cadeau d'un dessin. Ou plutôt d'une sorte d'ébauche : quelque chose qui dans l'esprit du peintre devait représenter une sirène, un personnage dans ce genre. En tout cas une figure féminine, peu vêtue et environnée de traits de craie bleu pâle et turquoise. Mais elle, la vieille, n'était pas du style à apprécier un cadeau de cet acabit. Et puis, cette offre avait dû lui faire l'effet moins d'un cadeau que d'une provocation, attendu que Porzio l'appelait la vieille sorcière. Quoi qu'il en soit, cadeau ou non, Mme Marcucci s'était sentie menacée au point de craindre pour sa sécurité physique. Porzio, pour sa part, niait tout en bloc : la rencontre avec sa propriétaire n'avait jamais eu lieu et il ne lui avait donné aucun dessin. Et puis quoi encore ! Une œuvre inachevée, une étude pour une *Naïade dansante*, mais vous avez perdu la tête ? Craie et acrylique sur carton, avait ajouté Porzio, il l'avait esquissée cet après-midi-là : bonne composition dans l'ensemble, mais réalisation maladroite, tout à refaire, avait-il conclu.

Et pourtant, la *Naïade dansante*, si maladroite et inachevée fût-elle, existait bien, et on l'avait retrouvée sur le lieu du crime, posée sur une table basse à quelques mètres du cadavre.

Réfléchir calmement. Selon Porzio, Crescioni était venu chez sa grand-mère l'après-midi du meurtre, mais le fait n'était confirmé par aucun des habitants de l'immeuble. Selon Crescioni, Porzio avait donné à la vieille dame un dessin, mais le peintre le niait. L'alibi de Porzio n'avait pas été confirmé, car il n'y avait pas trace de la femme qui devait se trouver avec lui dans son appartement cet après-midi-là, et Porzio refusait clairement de collaborer. Quant à l'alibi de Crescioni…

Marchini conduisait lentement. La voiture roulait le long des portraits amidonnés de Stefano Crescioni collés aux murs.

« Sur les affiches, il paraît plus jeune. Regarde comme il est chevelu ! C'est une photo qui date de sa première communion, ou quoi ? », dit Curreli.

Marchini continua de conduire sans commentaire, mais un éclat de rire lui montait du creux du ventre.

« Ce besoin d'être jeune à tout prix ! Avant de se porter candidat, qu'est-ce qu'il faut faire ? De la chirurgie esthétique ? Parce que si on n'est pas beau, on n'a pas de bonnes idées et on n'est pas un honnête homme. Ça me rend malade, j'en connais trop, des ordures qui ont une belle gueule… »

Marchini avançait sans accélérer, attendant que son chef eût fini de se défouler : il savait que lorsque le commissaire était parti, tenter de l'arrêter était peine perdue.

« Lombroso. Nous en sommes revenus aux théories du Dr Lombroso, je te dis ! Sauf que lui, il donnait l'illusion qu'on pouvait reconnaître les criminels à leur visage, alors que maintenant il suffit d'une belle figure pour être automatiquement honnête. »

Marchini freina brusquement pour éviter un type sur un vélomoteur qui lui avait coupé la route. Cela fit taire Curreli.

« Excusez-moi, dit-il en reprenant la marche. Quoi qu'il en soit, vous conviendrez que la situation est délicate et quc ce type, le nommé Porzio, n'a pas grand-chose pour inspirer confiance.

– Tu vois ? Tu as les mêmes préjugés que les autres ! Et pourquoi M. Porzio n'inspirerait-il pas confiance ? Parce qu'il est peintre, parce qu'il ne se rase pas tous les jours, parce qu'il est allé à Gênes au sommet altermondialiste ?

– Non, quel rapport ? Seulement, il a l'air de quelqu'un qui a quelque chose à cacher.

– Comme la plus grande partie des gens que je connais. Tiens, un exemple : si je te disais que tous les policiers sont brutaux, corrompus et fascistes ?

– Je répondrais qu'on connaît des divisionnaires qui ont démissionné plutôt que de céder à des pressions et qu'à l'intérieur des forces de police, les réalités sont diverses.

– Tu vois bien !

– Je vois bien quoi ?

– Qu'il faut savoir nuancer.

– Et alors ?

– Alors, Porzio n'est pas forcément coupable.

– Crescioni non plus.

– D'accord, Crescioni non plus, mais qu'est-ce que nous savons de lui ? Ce qu'il a daigné nous dire, c'est tout.

– Il s'est présenté spontanément à la police. Et puis, il y a les élections et il est candidat.

– Ça, je le sais, merci ! Et alors ?

– Alors, que voulez-vous que je vous dise ? Sinon que nous sommes arrivés. C'est bien ici ? », dit Marchini, un peu hésitant, avant de garer la voiture devant la grille de la villa Crescioni.

De Pisis transpirait abondamment, Precossi avait le regard d'un homme dont les yeux n'arrivent pas à se focaliser. Curreli, debout, attendait l'engueulade : comment s'était-il permis de déranger chez lui M. Crescioni ? Comment s'était-il permis de prendre une initiative de cette portée sans les consulter ? Le respectable ingénieur, grâce au Ciel, n'avait pas jugé bon de protester, non, mais il avait téléphoné au commissariat central pour insister solennellement sur le fait qu'il était étranger à toute cette affaire, et l'on s'était empressé de l'assurer qu'il ne serait plus dérangé. C'était pour cette raison qu'on avait convoqué Curreli. Celui-ci écouta avec calme et répondit qu'il avait voulu clarifier quelques petites choses, par exemple quels rapports entretenaient vraiment Crescioni et Mme Marcucci. Eh bien ? Au dire de Crescioni, des rapports idylliques. Eh bien, alors ? Alors, les voisins avaient témoigné qu'ils n'étaient pas si idylliques que cela. Ah non ? Et quelle conclusion fallait-il en tirer ? Eh bien, que quelqu'un ne disait pas la vérité. Voyons, par pitié, ne vous rendez pas ridicule et cessez de perdre du temps ! Bref, M. Crescioni avait reçu les excuses officielles de la direction de la Police criminelle ainsi que celles des services du procureur. Et il n'y avait rien d'autre à dire, sinon que toute autre initiative intempestive serait passible de sanction.

Le commissaire sortit du bureau de De Pisis l'air serein. Marchini l'attendait et s'abstint de toute question, mais on voyait bien qu'il aurait voulu savoir. Mais Curreli ne prononça pas un mot et s'absorba ostensiblement dans l'étude de certains dossiers qui ne l'intéressaient en aucune façon.

« Tu sais, je n'ai rien dit », marmonna-t-il au bout d'un moment.

Marchini fit volte-face comme si les mots du commissaire le prenaient par surprise.

« Eh oui, poursuivit Curreli comme si Marchini lui avait répondu. Ça va sûrement te surprendre, mais je suis resté très sage sur ma chaise en les laissant déverser leur bile. Tu aurais dû voir la tronche de De Pisis.

– Je l'ai vue, murmura Marchini. Il m'a convoqué ce matin, avant que vous n'arriviez.

– Ah oui ? Et qu'est-ce qu'il t'a dit, de me tenir en laisse ?

– À peu près.

– Et alors ?

– Alors quoi ?

– Qu'est-ce que tu comptes faire ?

– Pourquoi ?

– Parce que, figure-toi, je n'ai aucune intention de m'arrêter, même si cette enquête doit être ma dernière. »

Réfléchir avec ordre. Mme Marcucci avait été tuée au début de l'après-midi. Étranglée. Et son appartement mis sens dessus dessous comme si l'assassin cherchait quelque chose. Sur Crescioni, on ne pouvait plus enquêter officiellement. Porzio s'enfonçait de lui-même. Et puis, il y avait ce dessin…

*

S'il était de règle d'anticiper les événements, Curreli suivait cette règle à la lettre. Ainsi, une demi-heure avant que Ginetti, de la Scientifique, ne lui remît les résultats de l'analyse sur le dessin trouvé au domicile de la victime, il se trouvait devant son collègue. Ginetti lui apprit que Precossi voulait ces résultats, qu'il tenait à être le premier à les voir et que donc, sa visite était très gênante. Curreli lui rappela qu'il l'avait couvert en d'autres occasions sans rien demander en échange. Ginetti sortit de son bureau en laissant le compte rendu de l'analyse sur la table.

« Ce qui m'intéresse, ce n'est pas ce qu'il y a. C'est ce qui manque. »

Marchini lui lança un regard de biais.

« Precossi va encore gueuler. »

Curreli poursuivit comme s'il n'avait pas entendu.

« Qu'il y ait sur ce dessin les empreintes de Porzio, ça n'a rien d'étonnant, évidemment. Mais il y a aussi celles d'une autre personne. À propos, tu as fait vérifier ?

– J'attends la réponse.

– Et puis, il y a cette éraflure sur la couleur. Ginetti dit qu'elle est trop régulière, qu'elle ne ressemble pas à une intervention du peintre. »

Marchini écoutait en silence.

« Qu'est-ce que c'est, ce qui manque ? »

Curreli rumina quelques secondes.

« Il manque les empreintes de la vieille. »

Marchini ouvrit de grands yeux.

« Vous voulez dire qu'Elena Marcucci n'a même pas vu ce dessin ?

– Ou du moins qu'elle ne l'a pas touché, mais ça ne concorde pas : si Crescioni a raison, qu'elle a bien accepté ce dessin malgré ses frictions avec le peintre, ses empreintes devraient être dessus. »

Marchini allait ajouter que Porzio pouvait aussi avoir remis le dessin dans l'appartement alors que la vieille dame était déjà morte, mais la sonnerie du téléphone le fit renoncer.

« Oui ? Je t'écoute… Tu es sûr ? Attends, je prends de quoi écrire… Oui, j'ai compris… »

En raccrochant, Marchini finit de noter un nom.

« Serena Vacchi, annonça-t-il. L'autre série d'empreintes appartient à Serena Vacchi, fichée chez nous.

– Vérifie tout et allons voir ce qu'elle a à nous dire. »

À bien la regarder, elle n'était pas si belle que ça. C'était une de ces femmes tape-à-l'œil qui font un grand effet d'ensemble et se révèlent peu engageantes dans les détails. Ses lèvres, par exemple, étaient artificiellement épaissies et sa peau laissait apparaître quelques rides de trop au coin des yeux.

« C'est Fabio qui vous a dit que j'étais là ? »

Serena Vacchi posait des questions avec l'air de ne pas vouloir répondre.

« Non, répondit Curreli d'un ton neutre. Nous l'avons découvert par nous-mêmes en questionnant un peu tout le monde. Alors ? »

Serena Vacchi ne perdit pas contenance et, d'un geste qui se voulait séduisant, souleva ses cheveux décolorés sur sa nuque.

« Ce n'est un secret pour personne que je sers de modèle à quelques peintres. C'est interdit ? dit-elle, provocante, en regardant Marchini dans les yeux.

– Ce n'est pas pour cela que nous sommes ici », rectifia Curreli.

Cette femme l'irritait, peut-être parce qu'elle s'obstinait à répondre sans le regarder. Toujours tournée vers Marchini, elle fit un geste du menton et laissa ses cheveux retomber sur ses épaules.

« Ce que le commissaire voudrait savoir, c'est si vous vous trouviez dans l'atelier de Porzio le jour du crime, expliqua ce dernier, comme s'il tentait de se tirer d'une situation embarrassante.

– Je ne sais plus trop », fit Serena en s'efforçant de paraître détachée.

Suivirent quelques secondes de silence. Puis Curreli se planta devant la femme en l'empêchant de regarder ailleurs.

« Mais pour Fabio Porzio, vous travaillez seulement comme modèle ? », demanda-t-il d'un ton cassant.

Serena Vacchi accusa le coup et serra ses fausses lèvres, comme pour retenir une réponse qui risquait de lui coûter cher, car ces deux idiots devant elle étaient quand même des officiers de police.

« Vous me prenez pour qui ? demanda-t-elle.

– Deux arrestations pour racolage, une pour recel de cocaïne et diverses autres petites choses, énuméra Curreli.

– Vous avez bien appris votre leçon, mais c'était il y a très longtemps. Cinq ans au moins que j'ai cessé de tapiner.

– Dans la rue, peut-être », observa Marchini instinctivement.

La femme parut souffrir de ces mots : elle était convaincue que de la part de Marchini, elle ne courait aucun danger. Un instant, elle sembla sur le point de céder, puis elle se reprit et fabriqua une espèce de sourire.

« On ne comprend plus rien à rien. On n'envoie plus toujours un flic méchant et un gentil ? »

Curreli commençait à se fatiguer.

« Non, aujourd'hui nous avons décidé d'être tous les deux gentils. Alors, vous étiez chez Porzio ou non, le jour du meurtre d'Elena Marcucci ? »

Serena Vacchi, cette fois, le regarda dans les yeux.

« Si Fabio a dit que je n'étais pas là, il est évident que je n'y étais pas. »

« À mon avis, chacun des deux couvre l'autre », marmonna Marchini en passant à l'orange incandescent.

Curreli secoua la tête, avala le morceau de sandwich qu'il mastiquait et chercha un énième mouchoir en papier.

« Tu parles d'une couverture, dit-il. Elle pourrait le tirer de prison, et elle ne le fait pas.

– Peut-être qu'elle ne dit pas la vérité. Elle a des antécédents, elle ne veut pas de problèmes. Peut-être qu'elle voudrait l'aider mais qu'elle n'était vraiment pas chez Porzio.

– Si tu continues, tu vas m'émouvoir. Elle y était, et plutôt deux fois qu'une ! Elle ne t'a pas embobiné en te faisant les yeux doux ?

– Qui, moi ?

– Oui, toi. Tu dis toi-même que c'est une belle femme.

– Eh bien ? Elle n'est pas mal.

– Allons ! Elle est refaite de la tête aux pieds, je te le dis. Et elle a au moins la quarantaine.

– Trente-deux ans. Je l'ai lu dans le dossier. »

Le ton de Marchini était légèrement piqué.

« Trente-deux ? insista Curreli, en cherchant un autre mouchoir en papier.

– Vous dites du mal de Lombroso, mais vous aussi, ensuite, vous jugez sur l'apparence.

– Je ne juge pas sur l'apparence et c'est justement pour ça que je crois que Serena Vacchi ment. Moi, je regarde les gens dans les yeux et cette femme évitait les miens.

– En somme, elle vous est antipathique.

– Oui, elle m'est antipathique, comme ce poseur de Crescioni. Ils me donnent la nausée, tous ces gens qui voudraient faire croire… Enfin, qui se donnent pour autre chose que ce qu'ils sont. Je suis peut-être mal embouché, mais voilà, je suis ainsi fait.

– Il n'y a rien de mal à vouloir sembler différent, si on ne se sent pas bien comme on est…

– Je ne te parle pas seulement de l'aspect physique. Marchini, fais attention à ce que je dis de temps en temps.

– Je persiste à penser qu'il n'y a rien de mal.

– Quand cela touche à la démocratie, si, bien sûr que c'est mal.

– Moi qui croyais que vous n'aimiez pas la politique. Qu'est-ce que vient faire la démocratie là-dedans ?

– Eh bien, ce qu'on appelle aujourd'hui la démocratie a de fausses lèvres, des cheveux oxygénés et le reste à l'avenant. C'est une démocratie factice, elle n'est pas ce dont elle a l'air. Elle est ce qu'on veut nous faire croire… »

Marchini renonça à passer une troisième fois à l'orange.

« Et qu'est-ce qu'elle est en réalité ? »

Il se repentit aussitôt de sa question.

« Je ne sais pas, je ne sais pas encore, mais la démocratie que j'aime n'a ni le temps ni les moyens de se faire refaire les seins. C'est clair ? »

Marchini sursauta.

« Alors, vous croyez que Serena Vacchi s'est fait refaire les seins ? »

Curreli le regarda. Il avait une réponse toute prête, mais Marchini ne l'aurait pas comprise.

En tout cas, Serena Vacchi se trouvait bel et bien chez Porzio et elle avait vu le dessin, et sans doute aussi touché. Porzio l'avait mis de côté pour qu'il sèche. L'après-midi avait commencé comme une séance de pose ordinaire, et puis, une chose en amenant une autre… Comment dire… Bref, Porzio et Serena étaient passés dans la chambre à coucher. Où était le mal, d'ailleurs ? Non, elle ne savait pas comment ce dessin avait fini chez Mme Marcucci, mais à un moment Porzio s'était levé pour aller chercher à boire, et peut-être passer dans la salle de bains, puis il était revenu dans la chambre. Au bout de cinq minutes, dix au maximum. Il avait dit : quelqu'un est entré dans l'appartement. Elle, Serena, avait eu peur, elle avait pensé à un voyeur. Cette fichue manie de ne jamais fermer ta porte ! avait-elle crié en se rhabillant. Et elle était partie. Elle aimait bien Fabio, elle avait prétendu qu'elle n'était pas là seulement pour le protéger, à cause de ses antécédents. Quand elle avait appris l'histoire de la vieille dame assassinée, elle avait pensé à se présenter à la police, mais on sait comment sont les policiers. Et comment sont-ils, les policiers ? On l'a vu au sommet de Gênes, comment ils sont ! Ne dites pas de bêtises, il y a policier et policier, etc.

« Donc, Porzio est hors de cause. Mais pas Serena Vacchi, résuma Precossi.

– On dirait. Sauf que je ne vois pas pourquoi Serena Vacchi aurait tué Mme Marcucci, observa Curreli.

– Parce que c'est une délinquante. Elle a un casier judiciaire assez fourni ! Elle a pensé gagner sa journée en volant quelques trucs à une femme âgée qui vivait seule.

– Soit, mais l'heure ne concorde pas. Si Porzio et Serena sont restés au lit jusqu'à seize heures et que l'employée de maison est revenue à quinze heures cinquante, Serena aurait dû tuer la vieille dame alors que l'employée était déjà dans l'appartement. Ce qui ne se peut pas, puisque c'est elle qui l'a trouvée morte.

– À condition que tous les deux aient dit la vérité sur l'heure.

– S'ils ne l'ont pas dite, ce sont deux idiots puisque Serena a composté son ticket de bus à seize heures dix.

– Alors, Porzio rentre en scène. Serena nous a dit qu'il a quitté la chambre environ dix minutes aux alentours de quinze heures trente. Il a pu entrer chez la victime, la tuer, laisser le dessin sur la table basse et…

– Mettre l'appartement sens dessus dessous ? Rapide comme la foudre, alors, ce Porzio ! Et n'oublions pas qu'il était nu, avec un dessin à la main, peut-être pour couvrir ses parties intimes. Vous imaginez que la vieille lui aurait ouvert la porte ? Allons ! »

Precossi allait se mettre en colère.

« Quoi qu'il en soit, j'aimerais bien que vous employiez un autre ton. Et puis, j'espère que vous ne voulez pas en venir à ce que j'imagine.

– Où imaginez-vous que je veuille en venir ?

– À… M. Crescioni », maugréa Precossi.

Curreli, d'abord, fit signe que oui, puis il secoua la tête.

« Je me contenterais d'arriver aux comptes de Crescioni. À ce qu'on dit, sa campagne électorale lui a coûté les yeux de la tête : les affiches, les spots télévisés… »

Il tendit un formulaire pré-imprimé à Precossi. Celui-ci regarda le feuillet, puis il fixa Curreli comme s'il avait une arme pointée contre lui.

« Vous ne vous rendez pas compte…, articula-t-il d'une voix rauque en s'étranglant presque. Vous… Vous…

– Ne cherchez pas vos mots, je sais très bien que je ne vous suis pas sympathique.

– Non, en effet, confirma Precossi en recouvrant sa maîtrise de soi avec une rapidité impressionnante.

– Vous non plus ne faites pas partie de mon panthéon personnel.

– Il y a pourtant beaucoup de gens qui vous considèrent comme un policier de premier ordre. Pas moi, je ne supporte pas votre tendance innée à préjuger des gens. »

Curreli eut un petit rire très nerveux.

« Innée ! répéta-t-il, presque pour lui-même.

– Nous sommes entre nous. Alors, disons-le une fois pour toutes : les temps ont changé, commissaire Curreli. Vous les communistes, vous ne pouvez plus faire ce que bon vous semble !

– Nous qui ? »

L'affirmation de Precossi avait déconcerté le commissaire. Mais le substitut ne dit pas un mot de plus.

« Et pourquoi, je vous prie, le fait que je ne sois pas d'accord avec vous ferait-il de moi un communiste ? Et d'ailleurs, depuis quand est-ce une insulte de se faire appeler communiste ? Bon sang, mais qu'est-ce que c'est que ce pays ? Vous me dites que je me mêle de politique et vous m'empêchez d'enquêter sur Crescioni !

– Ne dites pas des choses que vous pourriez bien regretter, je ne vous empêche rien. Et je vous prie d'utiliser un langage moins agressif…

– Bon, alors signez-moi ce papier. Sinon, je serai obligé de penser que vous voulez interdire une enquête patrimoniale sur les avoirs du sieur Crescioni.

– Vous êtes complètement fou. Je vais vous faire muter à un endroit où vous n'aurez plus à enquêter que sur des voleurs de poules.

– C'était ce que je voulais savoir », se borna à répondre Curreli en reprenant le feuillet signé.

Marchini avait peine à croire qu'il eût fait une chose pareille. Que Curreli eût osé demander à Precossi de lui signer une commission rogatoire pour une enquête patrimoniale sur Crescioni. Et il ne fut pas étonné d'apprendre que Precossi l'avait mal pris. Crescioni était son champion, il représentait beaucoup plus qu'un simple entrepreneur local. Mais Curreli savait où il voulait en arriver…

… Si bien que lorsque Marchini revint dans le bureau, pâle comme la mort, pour lui dire que Crescioni désirait lui parler et se trouvait dans la salle d'attente, Curreli ne perdit nullement contenance. Non sans incrédulité, Marchini dut se rendre à l'évidence : Curreli n'avait provoqué tout ce tapage et ce remue-ménage que dans ce but. Pour attirer dans son bureau le célèbre M. Crescioni, et c'était justement ce qui se produisait. Aussi regarda-t-il le commissaire comme on regarde un acrobate qui vient de réussir un triple saut périlleux carpé sans filet.

« Il fait rudement froid, aujourd'hui », dit Crescioni en adoptant un ton affable.

Il retira ses gants pour tendre la main à Curreli.

« Je m'attendais à votre visite, dit celui-ci.

– Je ne voudrais pas vous donner l'impression que je suis venu pour me justifier. Je voulais simplement vous demander ce que vous avez contre moi.

– Contre vous ? Rien du tout. Pour quelle raison devrais-je avoir quelque chose contre vous ? Vous représentez le futur lumineux de cette ville et je ne sais combien d'investissements.

– Justement, il s'agit de cela. Comment vous êtes-vous permis, comment vous permettez-vous seulement de soupçonner…

– C'est mon métier de soupçonner. D'ailleurs, si vous n'avez rien à cacher, je ne vois pas le problème.

– Ce n'est pas facile de se lancer dans une campagne électorale par les temps qui courent.

– Sûrement pas. Il faut beaucoup d'argent. »

Crescioni reçut le mot « argent » comme une insulte. Mais il fit bon visage.

« Oui, pourquoi le nier ? C'est… c'est dispendieux de mener à bien une campagne.

– Beaucoup d'argent, donc, répéta Curreli. Mais en politique, est-ce qu'on ne peut pas se contenter de propositions, d'idées ? demanda-t-il en prenant un ton rhétorique.

– C'est ça, oui. Et les ânes volent, ironisa Crescioni.

– Oui, ils volent, ils volent très haut.

– En tout cas je ne vous permets pas, je suis un citoyen à la réputation transparente. Si vous cessiez de perdre votre temps, vous réussiriez peut-être à arrêter le meurtrier de ma pauvre grand-mère.

– À ce qu'on dit, ces derniers mois vous avez eu de graves difficultés financières », dit Curreli comme si de rien n'était.

Crescioni le fixa longuement, comme s'il voulait lui répondre. Puis :

« Je me rends compte que j'ai eu tort de croire qu'avec vous on pouvait avoir une conversation raisonnable », se borna-t-il à constater.

Avant de quitter le bureau, il regarda autour de lui.

« Je croyais que j'avais mes gants… »

Curreli resta assis derrière son bureau, offrant le visage le plus inexpressif qu'il put.

« Sachez en tout cas que je ne vous permettrai pas de fourrer votre nez dans ma vie. Je n'avais aucune raison de souhaiter la mort de ma grand-mère.

– Ah, mais qui sait ce que je pourrais découvrir ? Peut-être que votre grand-mère s'était portée garante pour vous, peut-être autre chose, que sais-je, en fouillant dans les comptes on trouve souvent un mobile. Figurez-vous que vous me rappelez un camarade d'école dont on disait qu'il serait capable de tuer sa grand-mère pour obtenir ce qu'il voulait.

– Vous savez, je suppose, que votre carrière est finie. N'est-ce pas ? » Le ton de Crescioni avait monté d'une bonne octave. « Vous savez que nous nous reverrons ?

– Nous nous reverrons sûrement », confirma Curreli sans se laisser décontenancer.

Et de fait, ils étaient appelés à se revoir. Au tribunal. Car le hasard avait voulu que Crescioni oubliât ses gants justement dans le bureau du commissaire. Et que par chance Curreli remarquât sur une couture du gant droit une toute petite, presque imperceptible tache couleur turquoise, que la Scientifique identifierait comme un mélange de craie et d'acrylique provenant du dessin de la *Naïade dansante* trouvé près du cadavre de Mme Elena Marcucci.

VIII

Giancarlo De Cataldo

L'enfant enlevé par la Befana[1] *(une fable noire)*

1. En Italie, la Befana (déformation d'*Epifania*) est une vieille fée qui passe dans les maisons la nuit de l'Épiphanie. Aux enfants qui ont été sages, elle laisse un bas rempli de friandises et de jouets. Aux autres, un morceau de charbon.

1

La Befana qui entraîne Carlo le 5 janvier à midi et trente-huit minutes n'est pas une vraie Befana, mais une grande jeune femme rousse qui se prénomme Adriana.

À trente-cinq ans, elle possède encore les restes d'une beauté qui s'altère périlleusement le long des virages d'une route en pente si raide qu'elle lui paraît irréelle. Mais quand on est parti pour conquérir les scènes et que, d'une vie d'artiste, on ne connaît plus que les cartes de tarot et les lignes de cocaïne, on ne peut se permettre de chipoter au nom des beaux principes. Encore une marche vers le bas et il ne lui restera qu'à partager son lit avec des hommes excités et hâtifs, situation qu'elle connaît et n'a aucune envie de répéter. Voilà pourquoi elle a accepté la proposition de Giangilberto.

« Tu emmènes le gamin sous un prétexte quelconque, tu lui fais faire un petit tour, tu l'invites à manger un morceau ou à voir un film, comme tu veux, et puis, vers quatre heures, quatre heures et demie, tu le raccompagnes chez lui, tu sonnes et tu n'as plus qu'à filer.

– Mais tu es fou ! Tu veux que je finisse en taule ? »

En taule ? Allons donc ! Une petite affaire toute simple, une plaisanterie pour faire bisquer la mère, une vieille amie, a-t-il affirmé. Giangilberto a le don de faire paraître spontanées et naturelles les choses les plus invraisemblables. Adriana n'ignore pas que la mère – qui s'appelle Laura – est une maîtresse de Giangilberto. Il couche avec elle comme avec beaucoup d'autres. Et peu lui importe, d'ailleurs. Primo, parce que Giangilberto n'est certes pas l'homme de sa vie. Secundo, parce que l'homme de sa vie, il y a bien longtemps qu'elle a cessé de le chercher. Une demi-journée de baby-sitting, ce n'est après tout pas la mer à boire. Elle n'a rien contre les enfants, qui présentent au moins l'avantage de ne pas être des mâles adultes. Et le bon côté de l'histoire est une somme de cinq mille euros : assez pour étouffer les questions indiscrètes.

Ainsi la prétendue Befana pilote-t-elle adroitement le garçonnet par l'étroit boyau encombré de touristes qui conduit de la piazza Navona au corso Rinascimento. La ruelle, lui explique-t-elle, s'appelle la corsia Agonale, et c'est par là qu'au temps des Romains, on faisait passer les biges pour les courses, comme dans *Ben Hur*…

« Tu as vu *Ben Hur*, non ?

– Non, répond le jeune Carlo.

– Mais tu as dix ans ! Mon Dieu, à dix ans, tous les garçons doivent avoir vu *Ben Hur* !

– Maman n'a jamais le temps de m'emmener au cinéma.

– Et avec tes copains ? insiste la Befana.

– Je n'ai pas de copains. »

Carlo hausse les épaules, avec un air de désintérêt, comme si la chose était toute naturelle. Et tandis que la Befana, un peu déconcertée, contourne l'imposant édifice du Sénat de la République italienne et désigne la vieille deux-chevaux garée en violation flagrante de toutes les interdictions de stationnement possibles, Laura, la mère déjà citée, est absorbée dans une conversation par portables interposés avec l'âme noire de notre histoire : Giangilberto.

Lui est chroniqueur sportif, expert en races et courses de chevaux, et prétend l'appeler de son journal. Fâché, et plus encore : désolé, vraiment, de devoir lui annoncer qu'à cause de plusieurs arrêts de travail pour cause de grippe, les après-midi de congé ont sauté et que, voilà, en un mot, il est coincé. Donc, il faut annuler le déjeuner au café Rizzoli, de même que la séance de cinéma qui devait suivre, mais il reste peut-être un espoir pour un petit dîner aux chandelles, à condition qu'une baby-sitter soit libre une veille d'Épiphanie, et…

« Ça ne fait rien », murmure Laura.

Giangilberto se répand en excuses, mais Laura ne l'écoute plus. Du coin de l'œil, elle cherche son fils, qu'elle a vu se glisser il y a quelques instants parmi un groupe de touristes japonais ravis par le spectacle d'une « momie » couverte d'un voile d'or et d'un stand de tir à la carabine ; intéressé, a-t-elle cru comprendre, par une grande figurante en costume de Befana, à l'horrible rictus rouge censé simuler un sourire et qui épouvanterait des gamins moins farfelus que son Carlo. Tandis que d'une main elle presse le téléphone contre son oreille, de l'autre Laura essaie d'allumer une cigarette. L'apothéose du jour de fête lui semble des plus fatigantes, et la perspective d'une énième journée solitaire la saisit comme une morsure au creux de l'estomac.

« Bon, je te rappelle dès que j'en sais un peu plus.

– D'accord, d'accord.

– Et puis… Trésor ?

– Qu'est-ce qu'il y a encore ?

– Pardonne-moi… »

Elle remet son portable dans son sac et réussit enfin à allumer sa cigarette. Puis, par réflexe, elle regarde de nouveau autour d'elle. Et s'aperçoit, scrutant la foule, que quelque chose ne va pas. Carlo a disparu.

2

À l'aube du jour de l'An, dans un tripot sordide du faubourg de Mandrione, le fascinant séducteur nommé Giangilberto avait perdu cinquante mille euros au poker contre un malfrat du quartier du Tufello, que tout le monde appelait « le Turc ».

« Tu as une semaine. Ensuite, je te fais la peau. »

Considérant son compte en banque largement à découvert et le refus des usuriers qui ont appris à se méfier de son baratin et ne sauraient du reste sur quels biens se rembourser, Giangilberto a médité plusieurs solutions extrêmes, comme se procurer une arme et abattre le Turc, ou bien se suicider, etc. ; des échappatoires moins violentes, telle une fuite à l'étranger ; d'autres désespérées, comme la dénonciation de certaines activités illicites dont il a par hasard eu connaissance, en échange d'une protection policière. Et puis, à l'improviste, il lui est venu à l'esprit que la solution à tous ses problèmes était là, à portée de main : Laura. Ce sera elle qui le tirera de ses ennuis. Leur histoire dure, vaille que vaille, depuis un an environ. Il ne lui a jusqu'ici révélé que la face convenable de son personnage : celle d'un journaliste bien connu dans la presse sportive. Célibataire, un visage creusé de vieux bohémien, une queue-de-cheval pour cacher l'inéluctable calvitie, d'incroyables yeux bleus qui incitent à la confiance ; fascinant, on l'a déjà dit, avec un passé dans les cabarets et les salles enfumées qui lui ont donné l'habitude d'attirer l'attention collective, mais aussi, quand il le faut, sérieux, persuasif et sans zones d'ombre apparentes. En sorte qu'elle est tombée dans ses rets dès le deuxième rendez-vous. Laura se débrouille plutôt bien au lit, même si par ailleurs elle est un peu collante, et au fond névrosée à faire peur. Sans ce gamin balourd qu'elle traîne sans cesse, l'arrangement pourrait convenir encore pour un an ou deux, tant que le citron a encore du jus, avant la décadence inévitable. Giangilberto a horreur de la décadence, comme il a horreur des rapports trop stables. Ils se voient deux ou trois soirs par semaine, et parfois il s'installe chez elle pour un week-end (condition : fourguer Carlo à une tante quelconque) ; mais quand Laura s'aventure le long de sentiers dangereux et commence à dire « il y a un an que nous sommes ensemble, nous devrions donner une stabilité à notre histoire… », alors surgit immanquablement un départ imprévu et obligatoire pour Milan ou pour une ville étrangère (c'est la même chose dans son monde virtuel nourri de petits, moyens ou gros bobards), un grand jockey à interviewer, un scandale de dopage à Longchamp, n'importe... et au retour, après un temps de décantation, Laura est avide de passion et de tendresse, pauvre chérie, et tout revient sur des rails plus sûrs. Lui, dans l'intervalle, s'est accordé un peu de bon temps avec sa cour de bonnes femmes sans prétentions, telle cette grande perche d'Adriana, auxquelles il demande 1) d'égayer des après-midi et des soirées que l'anxiété dévorerait sans elles ; 2) de disparaître rapidement quand elles ont rempli leur office. En somme, la vie dans son ensemble n'irait pas si mal, n'était ce salaud de Turc. Avec Laura, il est parvenu à rester, pour ainsi dire, moralement vierge. Son habileté innée de navigateur en eaux troubles lui a fait pressentir que tôt ou tard, cette petite dame plaintive mais malléable pourrait se révéler d'une grande utilité. Et voilà, le moment est venu.

Laura dirige une petite agence bancaire à la périphérie de Rome. Et Laura lui procurera les cinquante mille euros grâce auxquels il sauvera sa peau. Un peu plus, tant qu'à faire, disons encore cinquante mille pour payer ses collaborateurs (cette Marie-couche-toi-là d'Adriana et le Yougo) et mettre un peu de côté pour les mauvais jours. Il n'a rien à reprocher à Laura, ni même à son petit monstre de fils, mais quand il s'agit de vie ou de mort, il faudrait être bien sot pour s'embarrasser de scrupules.

Voilà pourquoi, en ce moment, assis à une table discrète de la terrasse du bar Tre Scalini, sur le côté ouest de la piazza Navona, il observe sa proie qui vacille, s'effondre presque, puis reprend son équilibre, darde des regards dans toutes les directions, se dirige résolument vers l'immense fontaine des Quatre-Fleuves, au centre, puis rebrousse chemin, déçue, incertaine et ne sachant que faire, déjà inquiète mais pas encore hystérique. Sans un mot, il passe le deuxième portable au Yougo.

Celui-ci appuie sur le bouton vert. Laura fouille furieusement dans son sac, saisit l'appareil et hurle presque son « Allô ? » Le Yougo s'éclaircit la voix et récite le message convenu. Laura pâlit, regarde de nouveau autour d'elle, puis, le souffle coupé, s'appuie à un réverbère. Empressée, la momie au voile d'or abandonne son piédestal et s'approche de la jeune femme qui a perdu toute couleur, mais aussi son équilibre, son énergie et, dirait-on, la vie. Mais Laura se reprend et, décidée, elle indique n'avoir pas besoin d'aide, tout va bien, elle n'a besoin de rien.

Le Yougo boit une gorgée de Coca-Cola et secoue la tête.

« Pauvre femme. Tu es un vrai salaud sans cœur.

– C'est de la comédie, crois-moi, je la connais bien. Elle se fiche pas mal du gamin. Les choses ne sont pas comme tu penses…

– Moi, je ne pense pas. Du moment que tu paies.

– Téléphone à quatre heures précises. Tu sais ce que tu dois dire. Ensuite, tu disparais. Tu peux garder le téléphone, mais ne t'en sers pas pendant quelque temps. Et puis, rappelle-toi : tout ça n'est qu'une blague !

– Une blague, mon cul ! marmonne le Yougo en se levant. Ce que tu fais s'appelle un kidnapping. Moi, je ne te connais pas, je ne t'ai jamais vu, nous ne nous sommes jamais parlé. Et j'attends le reste du pognon !

– Du calme. Tu l'auras demain. Nous sommes d'accord, non ?

– Demain, ricane le Yougo en faisant le geste de se trancher la gorge, sinon… »

Giangilberto demande l'addition. La foule continue d'affluer sur la place. Laura s'assied sur le bord de la fontaine, la tête entre les mains. Giangilberto saisit son portable et se met à compter à voix basse. Quand il arrive à sept, le téléphone vibre.

3

Carlo passe une main hésitante sur la carrosserie éraflée de la deux-chevaux. Les vieilles voitures le fascinent, il sait tout de leur fonctionnement, il l'a appris pendant ses longues heures de navigation sur l'Internet. Quand il croise un de ces vieux modèles dans la rue, il reste à l'observer, ravi, jusqu'à ce qu'une main sans tendresse l'entraîne. La Befana regarde ses gestes en souriant.

« Elle te plaît ?

– Un jour, j'en voudrais une pareille. Ou alors une Ferrari.

– Ce n'est pas vraiment la même chose !

– Non… Mais celle-ci, est-ce qu'elle marche ?

– Et comment ! proclame fièrement la Befana. Elle a fait deux fois le tour du monde et elle roule mieux qu'une Ferrari !

– Alors, un jour, vous m'emmènerez en Inde.

– Pourquoi en Inde ?

– Je ne sais pas. Comme ça… »

Carlo est tout près d'avouer qu'il nourrit cette passion pour l'Inde depuis le jour où il a vu à la télévision un documentaire sur ce grand fleuve, le Gange, dans lequel les gens vont se plonger, jeunes et vieux, grands et petits, au moins une fois dans leur vie. La voix off expliquait que les eaux du Gange lavaient tout ce qui n'allait pas. Et comme dans sa vie il y a une montagne de choses qui ne vont pas, et même, à y songer, qu'on pourrait compter sur les doigts de la main les choses qui vont à peu près… Mais il préfère ne rien dire. Peut-être que s'il parlait, la Befana se mettrait à rire, ne le prendrait pas au sérieux, ou même lui dirait des insultes. Personne ne le prend jamais au sérieux, tout le monde rit quand il parle, et il lui arrive souvent d'être insulté. Aussi a-t-il appris à parler peu, le minimum indispensable, si bien que les autres le croient bête. Ce n'est pas vrai, mais autant qu'ils le croient. Au moins, ainsi, ils lui fichent la paix.

« Allez, monte, lui lance la Befana, un peu nerveuse. Je n'en peux plus de ces guenilles ! »

Carlo monte, avec un soupir.

4

« Giangilberto ? Il est arrivé quelque chose… Quelque chose de terrible ! On a enlevé Carletto.

– Enlevé ? Comment ça ? Mais qui ? Et comment ? Tu es sûre…

– On l'a enlevé, bon sang ! On a kidnappé mon fils !

– Mais qui ?

– Je ne sais pas. Un type a téléphoné, avec un accent étranger. Il m'a dit de ne pas appeler la police…

– Impossible, Laura. Je les appelle…

– Pas question, ne fais rien du tout, c'est mon fils, bon Dieu, Carletto ! Il m'a dit de rentrer chez moi et d'attendre, et je…

– Où es-tu ?

– À ton avis ? Piazza Navona.

– Bon, écoute-moi bien. Rentre chez toi, comme il t'a dit, et j'arrive. D'accord ? Rentre et attends-moi. Courage, tu vas voir que tout s'arrangera. »

5

Sans ses haillons et sans maquillage, la Befana est une fille, non, une femme grande et souple, avec de beaux yeux un peu embués et les lèvres gercées par le froid. Elle a dans les trente-cinq ans, comme la mère de Carlo, des cheveux roux coupés plutôt courts et un joli nez, petit et régulier.

« Je m'appelle Adriana, dit-elle en tendant au garçonnet une main fuselée et chaude.

– Carlo, murmure celui-ci en frôlant à peine la main.

– Déçu ? »

Carlo admire son sourire et regrette qu'elle lui pose une question aussi stupide. Un des nombreux mystères de sa jeune vie, ce sont tous ces gens qu'il rencontre et qui lui adressent des questions ou des remarques stupides. Non tant par la nature des questions, mais parce qu'en les posant ils sont persuadés d'être au summum de l'intelligence. Ainsi, ils vous font passer pour un idiot alors que les premiers idiots, ce sont eux…

« Pourquoi déçu ? finit-il par répondre. Je le sais bien, que tu n'es pas la vraie Befana. Je sais même que la Befana n'existe pas.

– Et depuis quand le sais-tu ?

– Depuis l'année dernière.

– Je parie que c'est un grand qui t'a dit ça à l'école.

– Non. C'est parce que maman m'a offert un bas de laine. Tu sais, un de ces bas de laine remplis de bonbons et de chocolats. Il y avait même des médaillons en chocolat, des cigares en chocolat…

– Quel régal !

– Oui, mais maman a oublié dans le bas le ticket du supermarché. Et la Befana ne fait pas ses courses au supermarché ! »

Adriana essaie de trouver une repartie, mais il ne lui en vient aucune ; et puis, une curieuse pitié mêlée de tristesse fait courir comme un frisson le long de son dos.

« Attends-moi. J'en ai pour une seconde », dit-elle en descendant agilement de la voiture.

Mais le gamin la suit. Avec un soupir, elle se penche par-dessus le parapet et jette sur la berge du Tibre le ballot de ses guenilles de Befana.

« Regarde ! Tu les as jetées sur un pêcheur », observe Carlo.

6

Sur la rive du fleuve, enveloppé dans un manteau fourré qui le fait paraître encore plus massif que mère Nature ne l'a créé, un homme très grand et très blond pêche avec une longue canne artisanale, tentant d'arracher aux eaux limoneuses du Tibre un mulet pour son déjeuner, priant les dieux de ne pas tomber sur le énième et dégoûtant rat noyé. Son prénom est Vitas et il vient de Lituanie, une terre lointaine et froide, autrefois seulement pauvre mais que saccages et invasions ont fini par rendre misérable.

Quand le projectile tombé du parapet lui arrive dessus, le Lituanien lance un juron sonore. On me tire dessus : telle est sa première pensée. Italiens, sales racistes ! Est-ce qu'ils ont peur que je le vide, leur sale petit fleuve ? Mais il s'aperçoit aussitôt qu'il est indemne. C'est sans doute une farce de gamin imbécile. Cependant, sa canne à pêche lui a échappé des mains et file, rapide et inaccessible, entraînée par le courant et les tourbillons capricieux du milieu du fleuve. Adieu canne à pêche et adieu poisson ! Au même instant, Mamma Irina, qui semblait plongée dans sa somnolence léthargique (mais veillait en réalité, comme toujours), se jette dans le flot avec un grondement sourd.

« Où vas-tu, chienne stupide ! », crie Vitas.

Mais Irina, imperméable et vaccinée par une longue habitude des délices du fleuve, ressort déjà de l'eau en tenant dans sa gueule un paquet qu'elle dépose, pleine d'espoir, aux pieds de son maître.

« Vêtements. Dégoûtant. Si j'attrape le salaud, je le mettre en morceaux. »

Mamma Irina renifle le ballot mouillé, aboie, puis, la queue dressée, lève les yeux vers le haut.

« Tu veux dire retrouver lui ? D'accord, ma fille, je veux voir ! »

La chienne se précipite vers le petit escalier qui remonte vers la rue. Vitas saisit le ballot et la suit, en lui criant en vain de ralentir.

7

Le moteur toussote et crachote, mais ne veut pas démarrer.

« J'ai l'impression qu'on va devoir renoncer au voyage en Inde, dit Adriana, s'efforçant d'en rire.

– Nous pourrions prendre l'autobus, suggère, candide, le garçonnet. J'ai deux billets ! »

Adriana réessaie de démarrer, une fois, deux fois, trois fois, rageusement.

« Tu vas noyer le moteur, dit Carlo.

– Qu'est-ce que tu en sais ?

– Ça m'intéresse, les moteurs. Quand je serai grand, je serai peut-être mécanicien. En bas de chez moi, il y en a un, de mécanicien. Il m'a expliqué que tout dépend du gaz et de l'étincelle. Quand le moteur fait ce bruit-là, il n'y a pas d'étincelle, mais le gaz continue à remplir un tuyau. Ça se met à sentir très mauvais et la voiture ne veut plus partir. Voilà ce que ça veut dire, "noyer"... »

Adriana soupire de dépit. Pour la première fois depuis qu'elle a pris en charge ce môme un peu bizarre, elle se dit qu'elle n'est peut-être pas à la hauteur de la tâche. Que peut-être elle n'arrivera pas à passer plusieurs heures avec lui. Adriana a envie de faire pipi, et puis il lui faut chercher un taxi, et un restaurant, et pour finir ramener le gamin – mais à quelle adresse, déjà ? – alors que lui, Carlo, ne cesse de la regarder avec un air de confiance bovine. Si au moins elle avait une bouteille de Coca-Cola à lui donner, les choses seraient déjà plus faciles.

« Alors, on prend l'autobus ? »

Ils descendent de la deux-chevaux et Carlo va s'appuyer au parapet. Adriana perd ses clefs, elles lui échappent des mains. Elle marmonne un juron à mi-voix et se penche pour les ramasser, mais les clefs lui glissent des mains une deuxième fois. Zut, mais qu'est-ce que c'est à la fin, la révolte des objets ? Et quand elle relève la tête, c'est pour se trouver face au museau d'un gros chien, enveloppée de sa pénétrante odeur de fauve, perdue dans ses grands yeux ronds et pleins de bonté, et les clefs finissent pour la troisième fois sous la deux-chevaux. Puis résonne une voix profonde, ironique et gentille à la fois.

« Vous avez manie perdre les affaires ! »

Cet homme est plus qu'un homme. Un géant. Avec de longs cheveux qui retombent en désordre sur le col d'une absurde houppelande d'un autre temps. Un géant blond, beau d'ailleurs, se surprend à remarquer Adriana, beau comme un acteur d'autrefois, un colosse qui donne l'impression de pouvoir vous écraser sans verser une goutte de sueur. Une curieuse expression de tendresse pudique se dégage de son visage large et triste, noble et cocasse, et, oui, surtout archaïque…

« Je… Je ne sais pas de quoi vous parlez, se défend-elle en sentant son visage s'empourprer.

– Le paquet de vêtements, sourit l'homme, en le lui indiquant. Mamma Irina, dit-il, est à vous. Et Mamma Irina jamais se trompe ! »

Le paquet, le ballot du costume de Befana. Il est entre les pattes de la bête, qui agite la queue comme si elle attendait une récompense. Elle avance sa truffe jusqu'à la botte d'Adriana et semble trouver du plaisir à son odeur ; à moins que l'homme ne la trouve sympathique, ce qui, dans le système de valeurs de son chien, est un laissez-passer indiscutable.

« Vous… Vous pouvez le garder si vous voulez », murmure-t-elle rapidement. Puis elle glisse une main dans sa poche, en extrait un billet tout froissé et le tend au géant. « Et gardez ça aussi. »

Mais le géant l'ignore. Son attention s'est concentrée sur Carlo, qui s'est approché, attiré par le chien, hésitant pourtant à se pencher sur lui.

« Tu peux caresser. Bon chien ! »

Alors Carlo approche sa main fermée de la truffe de la bête. Mamma Irina le renifle puis s'étend sur le dos et s'offre, soumise, ses petites mamelles raides ressortant sur son ventre rose et tendu.

« Comment s'appelle-t-il ?

– Elle. Mamma Irina.

– Elle fait des chiots ? s'informe Carlo en passant sa paume sur la panse de l'animal, qui laisse échapper un gémissement de plaisir.

– Chaque fois qu'elle rencontre un chien qui lui plaît ! rit le géant.

– Elle est de quelle race ?

– Oh ! Je ne sais pas. » Le géant gratte ses longs cheveux. « Un peu chien-loup, un peu braque hongrois… Moi, je dis : Mamma Irina est race Mamma Irina !

– Tu me donneras un chiot ?

– Il faut attendre quatre mois. Prochaine fois, au printemps. Et puis le chiot doit grandir, au moins cinquante jours avec Mamma Irina… Alors, si toi vraiment envie, viens trouver Vitas et il te donne le chiot.

– Qui est-ce, Vitas ? demande Carlo, qui en réalité a bien compris, mais qui a aimé le son de ce "s" final et a envie de le réentendre.

– Vitas, moi ! crie le géant en frappant très fort son large poitrail et en partant d'un rire sonore.

– C'est vrai, tu me donnerais un petit chien ? », insiste le gamin.

C'est alors que le géant lève les yeux, fixe Adriana et d'un air malin déclare :

« Si ta maman est d'accord.

– Maman n'est pas d'accord, dit amèrement Carlo. Elle dit que les chiens sentent mauvais et salissent tout, et puis elle travaille et il n'y a personne pour les sortir et qu'ils fassent leurs besoins…

– Mais je parie : quand maman voit les chiots de Mamma Irina, maman change d'avis. »

Adriana comprend que le géant l'a prise pour la mère du garçonnet, mais n'intervient pas pour le corriger. Il peut bien croire ce qu'il veut, du moment qu'il ne reste pas dans ses jambes. Mais l'homme continue d'ignorer le billet qu'elle lui tend.

« Eh bien, Carlo, nous allons déjeuner ? »

L'enfant s'éloigne du chien à contrecœur.

« Salut », dit Vitas aux deux Italiens.

Ni l'un ni l'autre ne répond. Mamma Irina grogne, sa queue commence à s'agiter.

8

Cent mille euros ! En billets usagés ! Avant cinq heures ! Laura éloigne d'un geste sec le whisky que le prévenant Giangilberto lui tend.

« Il y a forcément une erreur, murmure-t-il en tentant d'effacer la tache de whisky qui s'élargit sur le devant du pull en cachemire qu'elle lui a offert pour

Noël. Tu… Je veux dire, nous n'avons pas une somme pareille. »

Laura feule comme une tigresse et s'abat sur le canapé de cuir blanc de son tout petit salon de mère célibataire.

« Tu ne comprends pas ? Cet homme sait tout !

– Celui qui a téléphoné ? Tout quoi ?

– Eh bien, la banque, idiot ! Il sait où je travaille, il sait que j'ai accès au coffre… Et il sait que si je veux revoir mon fils, il faudra bien que j'en passe par là.

– Quelles garanties t'a-t-il données que Carlo…

– Aucune, évidemment ! Je dois obéir, un point c'est tout. Il a dit… Il a dit que je devais laisser l'argent dans deux sacs en plastique opaque, devant le cimetière des Anglais, et puis rentrer chez moi. Il a promis que Carlo serait là à m'attendre… »

Giangilberto lui enserre les épaules dans une tendre étreinte.

« Tu as eu tort de ne pas me laisser lui parler.

– Mais qu'est-ce que tu racontes ? »

Giangilberto soupire.

« Ce que j'en pense, moi, c'est que nous ferions mieux d'avertir la police. Courir le risque…

– Ce n'est pas ton fils ! Et puis, tu le détestes… Oui, tu le détestes ! »

Puisse la Providence nous préserver de la scène d'hystérie, encore qu'elle serve le plan. Giangilberto esquisse un sourire chagriné. Puis prend un ton rassurant, protecteur.

« Excuse-moi. Mais tu n'as pas la lucidité pour…

– Écoute-moi, éclate Laura, fais-moi plaisir et va-t'en. Tu comprends ? Va-t'en. Je n'ai pas envie de te voir. Je n'ai pas envie de t'avoir sur le dos. Va-t'en ! »

Giangilberto se dresse dans toute sa virilité compatissante.

« Non, je ne te quitte pas. Défoule-toi tant que tu veux, si ça peut t'aider à retrouver ton calme. Mais je ne te quitte pas. Ma place est ici, près de toi !

– Je n'ai aucune envie de ta présence !

– Ce n'est pas vrai. Quand ce type a enlevé Carletto, tu as tout de suite pensé à moi. Et c'est moi que tu as appelé. Je suis le seul à savoir, à part toi. La seule personne qui te soit proche, Laura. Tu as confiance en moi. Et tu fais bien. C'est pourquoi je ne te quitterai pas, je resterai à tes côtés. Et ce qu'il faudra faire, nous le ferons ensemble ! »

Laura le fixe du regard comme si elle le voyait pour la première fois. Giangilberto, le compagnon loyal, le roc solide auquel s'arrimer à l'heure du péril. Elle l'a mal jugé. Un homme superficiel, un chercheur d'aventures, ou sa dernière occasion, désespérée, de ne pas se noyer dans sa solitude avec derrière elle un passé fleuri et devant elle le sombre futur d'un enfant difficile à élever. Petit à petit, elle se laisse glisser dans ses bras. Giangilberto lui murmure des paroles douces, et un sourire vagabond s'élargit sur son beau visage d'homme qui a vécu. Mais oui, on va te le rendre, ton petit monstre ! Le plan est parfait, personne ne souffrira, j'ai pensé à tout. Le Turc sera payé. Et quand tout sera fini, si tu réussis à ne pas te faire renvoyer de ta banque, nous passerons d'autres nuits ensemble. Oui, tout ira pour le mieux !

9

Une petite friture en hors-d'œuvre. Un plat de macaroni *all'amatriciana*. De la poitrine de veau rôtie au four avec des frites. Et une glace vanille-chocolat. La voracité de Carlo est stupéfiante, au moins autant que sa docilité, pense Adriana en chipotant une *scamorzina* grillée avec un peu de salade verte. Le gamin est grassouillet, pâlot, vêtu avec un excès de soin qui fait ressortir un je-ne-sais-quoi de féminin dans son physique mollasson. Adriana éprouve de la compassion, de la peine. S'il m'a fait confiance, pense-t-elle, c'est parce qu'il n'a personne, personne au monde. Exactement comme moi. Moi, qui m'attache à un type comme Giangilberto, alors que je sais bien que je me ferai avoir…

« C'est bon ! dit Carlo en riant la bouche pleine. Maman ne cuisine jamais, elle n'a jamais le temps. À la maison, on mange toujours des trucs surgelés : des croque-monsieur, du poisson, des pizzas… Et à l'école, la cantine est horrible !

– Tu m'as dit que tu n'as pas de copains. Qu'est-ce que c'est que cette histoire ?

– Je n'en ai pas, voilà. Personne ne veut jouer avec moi. Personne ne m'invite jamais.

– Alors, prends l'initiative, fais une belle fête chez toi !

– Maman ne veut pas.

– Il y a quelque chose qu'elle veut, ta maman ? » s'impatiente Adriana.

Elle prend naturellement le parti de Carlo. Cette femme, cette Laura, elle ne la connaît pas, mais elle la déteste déjà.

« Le silence, répond Carlo après avoir réfléchi un instant, les coins de la bouche barbouillés de chocolat. Ce qu'elle veut, c'est toujours le silence.

– Et papa ? »

L'expression de Carlo se fait sérieuse. C'est un sujet qu'il n'aime pas aborder. S'il le pouvait, il ne répondrait pas.

« Pas de papa », se borne-t-il à murmurer, d'un ton sec.

Adriana ne résiste pas à l'impulsion de lui prendre une main. Mais Carlo la retire. Il semble tout près de se mettre à pleurer. Puis il lui plante dans les yeux son regard humide.

« Moi, je lis beaucoup, proclame-t-il fièrement.

– Des histoires ? s'enquiert Adriana, soulagée, car le malaise paraît surmonté.

– Non. Des livres de science. Et de voyage. J'aime bien les voyages.

– Oui, je sais. L'Inde…

– Et le Mexique aussi, là où il y a les pyramides des Mayas. Tu sais que les Mayas étaient deux millions et les Espagnols seulement quatre-vingts, et qu'à la fin les Espagnols ont tué tous les Mayas ?

– Quelle tristesse !

– Et les Indiens d'Amérique, tu sais qu'ils étaient des millions aussi et que les cow-boys les ont tous exterminés ? »

Soudain, Adriana éprouve une sensation de gêne et de ncrvosité. Ce doit être à cause du serveur, qui depuis un moment rôde autour de la table et a tout l'air de lui faire les yeux doux. Elle l'éloigne en lui commandant d'un ton sec un double espresso. Mais la sensation persiste. Elle comprend qu'on l'observe.

Elle se retourne et croise le sourire d'un homme. Elle le reconnaît aussitôt. Et lui, depuis combien de temps l'a-t-il reconnue ? Il soulève son verre et lui fait un clin d'œil. Adriana préférerait rentrer sous terre, elle voudrait être à cent lieues d'ici, ou disparaître comme par magie.

« L'addition ! », lance-t-elle d'une voix trop aiguë – mais l'homme s'est déjà levé et s'avance dans sa direction.

10

Vitas saisit sa clarinette et, pour les derniers passants qui se pressent hors des restaurants du quartier, il entonne une version mielleuse de *St. James'Infirmary*. Mais dans son vieux chapeau ne tombe même pas un centime. Les Italiens passent devant lui, distraits et mal embouchés. Vitas adresse son dernier solo à la vitrine de l'établissement qui se trouve de l'autre côté de la rue, puis il range son instrument. Mamma Irina, la queue basse et les oreilles tendues, désapprouve par un sourd grondement.

« Bon, réfléchissons, qu'est-ce qu'elle a de spécial, cette femme ? Elle n'est pas toute jeune, elle est maigre, elle a petit garçon bizarre, elle est nerveuse… Mais elle a de beaux yeux… Des yeux qui ont souffert, mais qui savent rire aussi… Il y a combien de temps que nous n'avons pas passé un moment avec femme qui rit, hein, Mamma Irina ? Et puis, notre temps, qu'est-ce que nous en faisons ? Aujourd'hui ici, et demain ? La prison, ou un coup de couteau… Ah, demain ! Qu'est-ce qu'on en sait, Mamma Irina ? Toi, qu'est-ce que tu en sais ?… »

Mamma Irina agite la queue et se renverse sur le dos, les pattes en l'air. Vitas tire de sa poche un bout de cigare, l'allume et commence à attendre, patient.

11

L'homme s'appelle Gerardo, il est concessionnaire automobile. Friqué et grossier : deux qualités qui vont souvent ensemble. Depuis qu'ils se sont reconnus, il n'a pas cessé de glisser des remarques au vieil homme assis à côté de lui, un vieux très laid et agité d'un tremblement parkinsonien. Adriana sait qu'elle est l'objet de la conversation, et n'a pas besoin de beaucoup d'imagination pour en deviner le ton. Cependant, elle se souvient. L'agence Ylenia Escort, avec ses tarifs en lires (on n'était pas encore passé à l'euro). Ce Gerardo l'avait engagée pour un week-end à Positano pour la jeter dans le lit d'un autre grossier personnage, un Milanais avec lequel il devait conclure une affaire. Lequel Milanais s'était révélé homosexuel.

« Puisque nous sommes là, avait coupé court Gerardo en refermant la porte de la chambre derrière lui, et vu ce que tu me coûtes… »

Tout cela n'appartiendra-t-il jamais définitivement au passé ? L'addition tarde, l'homme s'approche, lissant sa veste. Il tend une main onctueuse. Malgré elle, Adriana la prend, une poignée molle, par simple politesse et pour ne pas faire d'histoires devant Carlo, qui observe tout de son air rêveur et vaguement ahuri. Mais elle aussi, qui laisse agir et parler ce Gerardo, elle aussi doit avoir l'air bête.

« C'est ton fils ?

– Non, celui d'une amie. Je le garde pour quelques heures…

– Alors, murmure-t-il, insinuant, tu n'as pas changé de branche… »

Puis, sans y être invité, il s'assied et tend un billet à Carlo.

« Tiens, va t'acheter une glace, petit.

– J'en ai déjà mangé une, proteste Carlo, surpris.

– Eh bien, un Coca, alors… Ce que tu veux. Mademoiselle Adriana et moi, nous avons à parler.

– Non, non. Je n'ai rien à te dire ! », objecte Adriana de son ton le plus sec ; et, agacée, elle saisit au vol la manche du serveur et lui rappelle qu'elle veut l'addition.

Mais Carlo, opportuniste, a saisi le billet de banque et se dirige vers la console de jeux vidéo placée près de la caisse.

« Tu vois, le mouflet est plus sage que toi, ricane Gerardo, en lui prenant une main qu'elle retire en toute hâte.

– Je peux savoir ce que tu me veux ?

– Tu travailles toujours pour l'agence ?

– Non.

– Tu t'es mise à ton compte ?

– Qu'est-ce que ça peut te faire ?

– Une question comme ça… Et puis, peut-être qu'avec la mère du gamin… Deux amies ensemble, tu vois ?

– Gerardo, je suis pressée. Tu vas me dire ce que tu cherches ?

– Une action charitable, soupire Gerardo, soudainement humain.

– C'est-à-dire ? »

D'un geste distrait et avec un nouveau soupir, il indique le vieux qui dodeline de la tête et suce bruyamment sa petite tasse de café.

« Mon père… Le pauvre, il est plutôt mal parti.

– Oui, et alors ? Je ne suis pas infirmière.

– J'aimerais bien… Avant qu'il meure, tu vois ? Lui faire un cadeau…

– Quel rapport avec moi ?

– Eh bien, tu devrais… Écoute, en deux mots, papa est en clinique, en maison de repos, plutôt. Alors, tu comprends, dans l'état où tu le vois, et avec tout le boulot que j'ai… Aujourd'hui, je peux lui consacrer une demi-journée, et voilà, quand je t'ai vue, tu comprends, je me suis dit : peut-être qu'Adriana serait d'accord. C'est tout bête, tu vois… Nous pourrions aller chez moi, installer le gamin devant la PlayStation, d'autant qu'il m'a l'air à moitié débile, ce môme. Et toi, tu ferais, euh… un petit spectacle pour papa…

– Un spectacle ?

– Mais oui, tu lui fais tout voir une dernière fois, au pauvre vieux… Voir seulement, qu'est-ce que tu veux qu'il fasse dans l'état où il est ?

– Si je comprends bien, je devrais me déshabiller…

– C'est ça.

– Et ensuite ?

– Eh bien, ensuite, si ça te chante, toi et moi… »

Gerardo cligne de l'œil et se fait tout sourire. Adriana remarque quelques traces de dentifrice entre ses dents trop blanches et une nausée la submerge. Avant qu'elle puisse articuler une réponse, le serveur apparaît enfin avec l'addition, et elle pense : du sang-froid, du sang-froid, je paie, vite, je paie et je file. Et elle fouille dans son sac à la recherche de son portefeuille, mais Gerardo l'a précédée et le serveur s'éloigne déjà avec sa carte de crédit.

« Je t'invite, si tu permets. Et pour notre petite affaire, si tu es d'accord, ce sera encore cinq cents… »

Tout à coup, Adriana se lève et renverse la table. Tout le restaurant la regarde, tout le monde sauf Carlo, absorbé par son jeu vidéo, et le vieux, qui continue à dodeliner de la tête ; et tout le monde la voit marcher à grandes enjambées vers le serveur qui vient de passer la carte de crédit à la caissière et jeter à la tête de la femme, qui n'y comprend rien, deux billets de cinquante euros, en criant : « Gardez la monnaie ! » Puis, comme une furie, elle entraîne Carlo qui proteste (« Mais j'allais atteindre le record ! ») et, criant toujours (« On s'en va ! On s'en va ! Salaud, ordure ! »), elle sort enfin de ce maudit endroit, dehors, dans l'après-midi humide et venteux, dehors, et si elle pouvait être aussi hors de son présent et de son passé, et de sa vie lamentable…

12

Mais Gerardo n'est pas du genre à renoncer facilement. Ils ne sont pas nombreux, ceux qui osent lui dire non. Alors, une petite putain stupide comme Adriana ! Il saisit donc sa carte de crédit, adresse un signe rassurant au vieil homme, se précipite dans la rue et la rejoint en quelques pas.

« Écoute, je veux bien aller jusqu'à mille ! »

Obstinée, elle ne répond pas et continue son chemin, avec le petit monstre à son côté. Gerardo perd patience.

« Hé, poupée, on peut savoir où tu files comme ça ? »

Mais alors qu'il s'apprête à la saisir par le bras, un coup terrible s'abat sur son épaule, une main d'acier lui empoigne le cou, une force irrésistible l'oblige à une grotesque volte-face, et Gerardo se trouve devant un colosse blond, une espèce d'acteur de peplum de Cinecittà, une bête qui semble sortie tout droit de *Gladiator*, et à sa remorque une autre bête, à quatre pattes celle-là, un grand chien hargneux tout en crocs et en bave…

« Peut-être toi déranges la dame ! »

Et Gerardo, à qui l'expérience de la vie a enseigné qu'il est parfois plus raisonnable de battre en retraite, écarte les bras, se fait tout petit et marmonne d'un ton plaintif :

« Excusez-moi, c'est sûrement une erreur… »

Vitas regarde Adriana, qui essuie une larme de rage, et Carlo, un peu effrayé, qui se serre contre elle. Elle lui fait un signe de la tête et le Lituanien lâche prise. Gerardo reprend contenance et s'éloigne de quelques pas ; mais quand il arrive sur le seuil du restaurant, il crache par terre et crie :

« Tu aurais pu me le dire, que tu t'étais trouvé un mac, sale pouffiasse ! »

Et il court se réfugier à l'intérieur.

De nouveau, Vitas cherche le regard d'Adriana. Elle, d'un haussement d'épaules, lui fait comprendre qu'il vaut mieux laisser tomber. Alors, Vitas s'approche et lui tend la main.

« Moi, Vitas, répète-t-il fièrement.

– J'avais compris », soupire Adriana. Puis, laissant ses épaules s'affaisser, elle murmure : « Adriana ». Et serre la main tendue.

« Joli nom », dit le géant, en retenant sa main un peu plus que nécessaire.

Adriana laisse faire. Elle garde les yeux baissés et se sent de nouveau rougir. Non seulement parce qu'il l'a sauvée de ce salaud lubrique de Gerardo, mais parce qu'il y a dans sa voix des inflexions qu'elle n'a pas entendues depuis Dieu sait combien de temps. Le ton de cette voix, et une sensation de chaleur qui l'enveloppe et la renvoie au temps de son enfance, ou d'une adolescence aimée. Si elle repense à toute son histoire, elle doit reconnaître que personne, jamais, ne lui a ainsi tenu la main. Personne, jamais, ne lui a parlé avec cette douceur. Mais elle interrompt ce contact. Mieux vaut éviter de laisser venir des idées dangereuses. Ce n'est pas le temps des rêves.

« Il faut que je parte », dit-elle en prenant un ton résolu ; mais il lui suffit de percevoir la déception dans le regard de l'homme devant elle pour baisser encore les yeux.

Mamma Irina, cependant, s'est mise à aboyer furieusement. Carlo et elle jouent à s'attraper. D'abord, c'est le chien qui poursuit Carlo, puis le garçon s'arrête brusquement et c'est l'animal qui fait volte-face et devient la proie. Ces deux-là échangent leurs rôles avec l'insouciance légère d'un couple déjà bien solide.

« C'est comme vieux amis ! remarque le Lituanien.
– Il faut que je parte, répète Adriana.
– Alors, partons », conclut Vitas avec autorité.

13

Le problème principal des Italiens, pense le Yougo en garant sa vieille Mercedes éraflée sur un passage pour piétons du vicolo del Bologna, c'est qu'ils se croient tous extrêmement malins. Or, ils se trompent. Ou du moins beaucoup se trompent. Ce Giangilberto, par exemple. Avec son projet d'extorsion de fonds et les mensonges qu'il répand aux quatre vents… Celui-là se prend pour une espèce de génie du crime, mais moi, je ne suis pas idiot. Parce que seul un idiot aurait l'idée d'engager un professionnel du calibre du Yougo et lui refiler le bobard du mari-trompé-qui-veut-faire-une-frayeur-à-sa-femme-infidèle, puis s'en débarrasser avec cinq mille malheureux euros en l'obligeant, en outre, à passer un coup de téléphone qui signifie à lui tout seul « complicité d'enlèvement avec demande de rançon », un petit jeu qui peut coûter dix à quinze ans derrière les barreaux. Un vrai couillon, ce Giangilberto. Et choisir le Yougo était la pire erreur qu'il pouvait faire. On n'échappe pas à la guerre après une honorable carrière de *sniper*, on ne se fait pas la belle au nez et à la barbe des polices militaircs de la moitié de la planète et des Casques bleus de l'ONU, on n'arrive pas en Italie caché dans un semi-remorque bourré d'héroïne et on ne devient pas le Yougo, le fameux Yougo dans ce pays de merde, si on n'a pas de couilles au cul ! Aussi le

Yougo allume-t-il une cigarette avec un sourire de satisfaction. Il lui a suffi de deux coups de fil et d'une petite conversation avec la personne qu'il fallait, au bar de Maimone qui est un peu son quartier général, pour se faire un tableau précis de la situation. Et aussitôt, la résolution a surgi, évidente et conséquente : pourquoi se contenter de cinq mille quand l'affaire peut rapporter vingt fois plus ? Le Yougo éteint sa cigarette et palpe avec un sourire le pistolet, bien à sa place dans la poche intérieure de son blouson. Le Trastevere est désert et ne s'animera qu'aux premières ombres du soir. Le théâtre idéal pour tout faire au mieux, avec calme. Le Yougo déteste la hâte et l'improvisation. Ce qu'il aime, c'est tout faire au mieux et avec calme. D'ailleurs, il n'est jamais pressé. Il allume une autre cigarette, et attend.

14

« Tu es sûr ? murmure Laura quand Giangilberto se gare en face de la banque.

– Je te l'ai dit et je te le répète, susurre-t-il en lui prenant la main dans un geste protecteur, je suis avec toi et je ne te quitterai pas !

– Alors… J'y vais.

– Vas-y, trésor, et encore une fois, surtout, pas de panique ! Tu descends pour une vérification normale, tu prends l'argent, tu échanges quelques mots avec les employés et tu sors… Le tout avec le plus grand calme, sans te presser. Tu as compris ? »

Mais Laura est déjà descendue de voiture et Giangilberto doit se pencher à la fenêtre.

« Tu oublies ça ! »

Laura revient sur ses pas, saisit le sac de son ordinateur portable et glisse la poignée par-dessus son épaule, en bandoulière. Le sac est vide, mais servira à donner à la visite de la directrice une apparence de normalité. Et, bien sûr, à emporter les billets.

Tandis qu'elle traverse la rue, Laura pense à la prochaine vérification comptable, prévue pour la fin du mois. Peut-être qu'en hypothéquant ou en vendant son appartement, elle réussira à remplacer la somme manquante. Ou alors, elle perdra tout, mais au moins elle aura récupéré Carlo. Et elle pense aussi, dans un recoin sordide de son esprit, que sa vie aurait pu être bien différente et même délicieuse si cet enfant non désiré ne lui était pas tombé dessus.

15

Au bout du pont du Testaccio se trouve un petit bar décrépit, si décrépit que personne ne soulève d'objections quand l'immense Lituanien fait installer une table dehors, sort sa clarinette et improvise une mélodie que même le patron, un Romain gras au tablier malpropre, trouve à son goût. Au point de revenir tout de suite avec les deux cafés, la glace au chocolat pour Carlo et une écuelle de restes pour Mamma Irina que la chienne, avec la permission de Vitas, dévore en quelques bouchées sous le regard amusé des clients.

« Tu joues bien », dit Adriana.

Vitas hausse les épaules.

« Avant, clarinette me rapportait assez pour vivre. Mais maintenant…

– Tu n'y arrives plus, dit-elle, avec un écho d'amertume.

– Non. De plus en plus difficile. Vous Italiens, vous changez. Avant, toujours vous riez. Maintenant, toujours mauvaise humeur. Mauvaise humeur, et vous marchez vite, vite, toujours pressés. On se croirait en Russie, quelquefois…

– Tu es russe ? demande Carlo.

– Un peu. Mais je viens de Lituanie. »

Et Vitas parle de sa terre lointaine. D'hommes grands et robustes comme des arbres et de femmes blondes et fines, ou rousses et fortes comme Adriana, ajoute-t-il.

« Je ne suis pas forte », murmure celle-ci dans un élan de sincérité.

Mais Vitas ne l'a pas entendue, ou bien il a fait semblant, et il poursuit son récit. Les sangliers énormes et les forêts glacées. Les Russes, qui étaient les maîtres et ont été chassés du jour au lendemain, et les demi-Russes comme lui, que tout le monde maintenant considère comme des salauds.

« Alors, je me dis : Vitas, qu'est-ce que tu fais sur ta terre si tout le monde te dit que tu es étranger à ta terre ? Et je pars. Tout seul. Et puis, un jour, je rencontre ce chien stupide avec grand nez et grand cœur, un autre, comment dire, "orphalin" comme moi…

– Orphelin, corrige Carlo, qui a demandé et obtenu une deuxième glace.

– Orphelin comme moi, reprend Vitas, et voilà comment la route a devenu moins difficile ! Et depuis, nous marchons. Aujourd'hui ici, demain qui sait ?

Mais peut-être un jour même Vitas et Mamma Irina trouvent leur village, et leur dame, leur maîtresse… »

Voilà. C'est un petit moment de rêve. Ces derniers mots, Vitas les a prononcés en regardant Adriana droit dans les yeux, et elle a senti tout à coup une grande envie de pleurer, et même de s'abandonner sur la poitrine de ce colosse. Carlo, qui a perçu son embarras, gratte Mamma Irina derrière les oreilles jusqu'à ce qu'un vigoureux frémissement de plaisir l'agite tout entière, et qu'Adriana s'échappe de sa rêverie et s'efforce de dire, pour la énième fois, qu'il est l'heure de partir. Carlo, qui n'a envie d'aller nulle part, regarde Vitas bien en face et lui déclare qu'il sait beaucoup de choses sur la Lituanie.

« Ah oui, petit bonhomme ? Et qu'est-ce que tu sais, par exemple ?

– Qu'en Lituanie, vous êtes très forts au basket-ball.

– Vrai. Mais comment tu sais ?

– Par l'Internet, s'amuse le garçon. J'ai lu que l'équipe de Lituanie a gagné des tas de championnats.

– Vrai, vrai !

– Et toi, tu joues au basket-ball ?

– Oui, mais dans les équipes de réserve. Je suis trop petit ! », s'esclaffe Vitas.

Maintenant, c'est au tour d'Adriana de rire.

« Je t'assure ! proteste le géant. Chez nous, minimum deux mètres, deux mètres dix. Moi, seulement un quatre-vingt-quinze. Un nain, tu comprends ? Et toi, Carlo, tu joues basket-ball ?

– J'aimerais bien !

– Alors, pourquoi tu ne le fais pas ?

– Maman n'a pas le temps de m'emmener », soupire le gamin.

Vitas fronce ostensiblement les sourcils.

« Toi, Adriana, pourquoi pas le temps emmener ton fils faire du sport ? Si lui continue manger des glaces…

– Elle, ce n'est pas maman », précise enfin Carlo.

C'est comme si le charme se rompait d'un coup. Vitas paraît soudain maussade, et quelques questions indiscrètes se fraient un chemin dans sa tête d'ancien flic. Adriana se sent obligée d'expliquer qu'elle ne fait que rendre service à une amie. Carlo lui prend la main et déclare qu'il se trouve très bien avec elle. Mamma Irina flaire le changement d'atmosphère et se laisse aller à un sourd grondement. Quand le patron du bar arrive et lance une remarque qui se voudrait spirituelle, personne ne lui répond.

« Maintenant, il faut vraiment que je parte », affirme Adriana.

Tous se lèvent en silence.

16

Le plus gros est fait, pense Giangilberto quand Laura, épuisée et pâle, avec une odeur étrange de tension et de frayeur que couvre mal son parfum ténu et fleuri, lance le sac rempli d'argent sur le siège arrière de l'auto et s'assied à côté de lui.

« Tu as été courageuse », lui dit-il avec douceur.

Et si elle était seulement un peu moins étourdie, un peu moins angoissée, elle n'aurait pas grand mal à percevoir la note d'intense autosatisfaction qui perce dans ces mots en apparence rassurants. Car ce que Giangilberto veut dire, c'est : je suis le meilleur. Je suis un as, comme toujours. Un de ces types qui s'en sortent en toute circonstance. Je suis l'unique, l'inimitable Giangilberto, le crack, le virtuose, celui qui trouve une solution à tout, qu'on doit redouter le plus lorsqu'on le croit vaincu, parce qu'il travaille dans l'ombre, et quand il resurgira dans la lumière, il y aura des pleurs et des grincements de dents !

Mais Laura a la tête occupée par de tout autres pensées. Laura, maintenant, croit en cet homme solide qui accepte de tout risquer pour elle et son petit garçon. Laura éprouve une immense gratitude. Et en même temps, l'anxiété la dévore.

« Allons-nous-en, vite ! »

Giangilberto, docile, met le moteur en marche, et c'est seulement quand elle se rend compte que la route qu'il prend ne correspond pas à l'itinéraire prévu qu'un doute l'assaille.

« Mais où vas-tu ? Ce type a dit le cimetière des Anglais, près de la colline du Testaccio…

– Je sais bien, l'apaise aussitôt Giangilberto de son ton le plus affectueux, et j'irai au cimetière des Anglais. Mais d'abord, je te ramène chez toi. Nous n'avons pas besoin d'être deux.

– Mais il a dit que c'était moi qui devais apporter l'argent !

– Quelle différence veux-tu que ça fasse pour lui, que ce soit toi ou moi ? Ce qu'il veut, c'est l'argent. Allons, fais-moi confiance.

– Et si… s'il arrive quelque chose à Carlo…

– Il ne lui arrivera rien, crois-moi. Il faut me faire confiance, Laura ! Je t'assure que tout ira très bien. »

Et Laura, qui au fond avait envie d'entendre exactement ces mots, que tout ira très bien et que quelqu'un s'occupe d'elle, quelqu'un à qui elle peut se fier, un ami, un compagnon et non plus seulement un amant, Laura s'abandonne à un flot de larmes, de sanglots qui lui montent dans la gorge, oui, d'accord, tu as raison, mais faisons vite, je t'en prie, faisons vite, je n'en peux plus…

17

Quand il voit apparaître le trio accompagné d'un chien au fond de la ruelle, le Yougo jette sa énième cigarette et s'accroupit derrière la Mercedes. Bon sang, le géant blond et l'animal n'étaient pas prévus dans le plan. Où les a-t-elle pêchés, cette greluche stupide ? Qu'est-ce qui se passe au juste ? Un instant, le Yougo est tenté de les affronter face à face, ici, au milieu de la rue qui s'obstine à rester déserte. Leur prendre le mouflet, mettre hors de combat le grand crétin et la fille, et filer. Mais cet hercule, décidément, a de quoi faire peur. Un physique de garde du corps. Et quant au chien, comment savoir quelle serait sa réaction ? Le Yougo se domine. Du calme, du calme et du sang-froid. À l'heure qu'il est, la bonne femme de la banque doit être en train de retirer le blé. Et ce jobard de Giangilberto, de savourer d'avance son triomphe. Laissons les choses aller leur train, imaginons un plan alternatif. C'était la même chose à la guerre : quand on réussissait à occuper une maison et à liquider deux ou trois marmots musulmans, il arrivait qu'on se fasse repérer, et il fallait alors une solution de repli. Une autre maison, une cour, une tourelle ou une ruine où reculer. Il faut toujours prévoir une solution de repli, un plan B. C'est dans la capacité d'anticiper les scénarios possibles que réside le secret du succès. Alors, laissons-les faire. Ils sortiront de la ruelle, et ensuite on verra bien. Le mieux serait de les prendre par surprise. Peut-être que la rousse veut mettre le géant dans son lit. Observons. Mais voilà qu'à l'improviste, le groupe se sépare devant l'entrée de l'immeuble où la fille habite. Le géant dit au revoir à l'enfant avec une caresse, l'enfant au chien avec une caresse aussi. La fille et l'otage entrent dans l'immeuble, les deux intrus s'éloignent. Le Yougo attend deux ou trois minutes, puis empoigne son pistolet et se relève. Fausse alerte.

18

« Pourquoi Vitas n'est pas monté avec nous ? »

Carlo regarde autour de lui, l'air déçu. C'est une petite pièce en désordre, avec des posters aux images bouffonnes, en tout cas incompréhensibles, un minuscule canapé, des poufs comme ceux de sa mère, placés au petit bonheur, et une table basse où est posé un petit téléviseur. Adriana s'énerve. Elle a déjà eu tant de mal à lui dire non, à Vitas, et si maintenant le gamin s'en mêle… Mais si Dieu le veut, dans peu, très peu de temps, toute cette histoire sera terminée.

« Parce que maintenant, nous rentrons chez ta maman, répond-elle d'un ton pressé, en consultant sa montre.

– Ils pouvaient venir avec nous, lui et Mamma Irina.

– Peut-être que ta maman n'aurait pas été contente.

– Pourquoi ?

– Voyons, réfléchis un peu. Si elle nous voyait arriver avec un inconnu et en plus avec un chien… Ta mère n'aime pas les chiens, tu me l'as dit ! Et puis, c'est à moi qu'elle t'a confié. C'est moi son amie, non ?

– Tu n'es pas une amie de maman », proteste Carlo qui s'est assis sur le canapé, les bras croisés, sombre et boudeur, comme s'il allait fondre en larmes.

Adriana s'approche et tente de l'amadouer avec une caresse. Mais Carlo la repousse.

« Tu n'es pas une amie de maman. Je ne t'ai jamais vue à la maison.

– C'est parce que nous nous sommes connues au travail.

– Maman n'a pas d'amis à son travail. Et d'ailleurs, maman n'a pas d'amis du tout.

– Oh, et puis pense ce que tu veux ! s'impatiente Adriana, en se levant brusquement. Écoute, voici ce que nous allons faire : je me rafraîchis deux minutes à la salle de bains, puis nous descendons, nous prenons un taxi et je te raccompagne chez ta mère. Le programme te convient ?

– Non.

– Comment ça, non ?

– Tu n'es pas une amie de maman, mais tu es mon amie, maintenant. Je suis bien ici. Je ne veux pas rentrer à la maison ! »

Adriana sourit, de désarroi et de pitié. Quelle triste vie doit avoir ce pauvre gamin pour préférer une inconnue, un vagabond et un chien à sa sécurité de tous les jours…

« Écoute, si je ne te ramène pas, ta maman va s'inquiéter…

– Maman dit toujours que sans moi, elle aurait une vie beaucoup plus agréable. Et puis, il n'y a qu'à téléphoner, non ? Allez, passe-lui un coup de fil et dis-lui que je reste avec toi. »

Adriana se prend la tête entre les mains. De toutes les surprises possibles, celle-ci est la plus folle, la plus… À ce moment, on frappe à la porte. Une voix d'homme se fait entendre, une voix qu'il ne lui semble pas connaître, mais qui l'appelle par son nom.

« Adriana ! Ouvre, Adriana. Je suis un ami de Giangilberto. »

Et, avec un soupir résigné, Adriana va ouvrir. L'homme qu'elle découvre est maigre et sec, très pâle, la joue gauche effilée d'une horrible cicatrice recousue vaille que vaille. Son sourire est encore plus effrayant que l'arme qu'il serre dans son poing.

« *Pusti deckica ili si jedna mrtva kurva !* », lance-t-il en la poussant d'un grand coup d'épaule.

19

Vitas remonte lentement vers le bord du Tibre, accompagné par le prudent grondement de Mamma Irina. Tout en marchand, il s'adresse doucement à sa chienne.

« Tu dis nous aurions dû monter ? Mais Adriana dit non. Seulement, c'est vrai : quand femme dit non, souvent veut dire oui… Tu dis je devais rester, hein ? Mais maintenant, je sais où elle habite. Demain, nous revenons… Mais tu grognes toujours, Mamma Irina ! Tu dis : pourquoi attendre demain ce qu'on peut faire aujourd'hui, c'est ça ? Bon, alors dis-moi ce que je dois faire ! »

C'est simple. Rebrousser chemin. Vitas soupire et fait demi-tour. Il attendra, ou il tentera d'entrer dans la maison où la jeune femme, il le sait, il l'a senti, ne lui dira plus non… Un bref instant, son imagination brille d'images oubliées : une maison, et non plus les ponts et les cartons, une femme, un enfant bien à lui, du travail, pourquoi ne pas rêver… Il a des bras puissants et ne manque pas de cervelle, ce qui ne gâche rien. Il suffit peut-être d'y croire, d'oublier un peu la bouteille, et puis… Et puis la Mercedes le frôle dans un grincement de freins, puis réaccélère, suivie des aboiements furieux de Mamma Irina. Vitas a peine à croire ce qu'ont vu ses yeux, mais se met à courir derrière la voiture, un peu plus loin il y a un feu, mais le conducteur passe au rouge et s'engage dans l'avenue le long du Tibre. Toutefois, il a ralenti le temps d'un autre instantané : non, Vitas ne se trompe pas, sur la banquette arrière il y a Carlo, les mains contre la vitre, le visage blême et tendu. Alors, Vitas siffle Mamma Irina et se met à courir dans la direction de l'immeuble, vite, il est arrivé quelque chose, peut-être quelque chose de grave…

20

Dans le living-room du grand appartement que la Caisse des journalistes lui a procuré, Giangilberto, en sifflotant, extrait avec un soin religieux les liasses de billets du sac de l'ordinateur et les aligne en ordre sur la table. Un dernier regard à son chef-d'œuvre, puis un coup de fil à Laura.

« Voilà, chérie, c'est fait, j'ai laissé la rançon à l'endroit indiqué. Maintenant, il faut absolument que je passe au journal, sinon je vais me faire licencier. Tu verras, tout se passera bien ! »

Laura réussit à se dominer tant que dure la communication, puis elle fond en larmes. Elle est dans la petite chambre de Carlo, au milieu de ses affaires, de ses jeux. Jamais elle n'a éprouvé pour son fils un tel amour désespéré. Toutes ses mauvaises pensées ont été effacées par la souffrance et par la peur. Carlo lui reviendra. Et Giangilberto l'aidera à surmonter cette terrible épreuve. Ils s'installeront ensemble, ils vivront en couple stable. Ce sera un père pour Carlo. Voilà ce que doit être l'avenir. Pourvu qu'il revienne, Seigneur, pourvu qu'il revienne…

Giangilberto met de côté la moitié de la somme. Le Turc sera payé sans délai, pour que cette sale histoire soit réglée une fois pour toutes. Quant à Adriana et au Yougo, il les verra demain. Ce qui s'impose pour le moment, c'est un double whisky pur malt et un rapide coup d'œil aux cotations des chevaux. Si tout se passe sans encombre, dans une petite demi-heure Carlo sera rentré chez lui. Il racontera une histoire à dormir debout de Befana et de restaurant, et sa mère n'y comprendra rien. Il l'aidera à surmonter le choc. Laura a parlé de vendre son appartement. On verra bien. Le portable « sûr » se met à sonner. Giangilberto se rue sur l'appareil.

« Salut, l'Italien ! »

C'est le Yougo. Il doit vouloir être rassuré.

« Tout va pour le mieux, affirme-t-il d'un ton impatient. Nous nous verrons demain.

– Comme tu es pressé ! La hâte est mauvaise conseillère, l'Italien. On ne te l'a jamais dit ? Et on ne t'a jamais dit qu'entre amis on se dit bonjour ?

– Fous-moi la paix, Yougo de mes deux. Tu n'es pas mon ami. Je t'ai dit que tout allait bien, qu'est-ce que tu veux de plus ?

– J'ai le gamin.

– Quoi ?

– Tu as bien compris, tête de con. Tu croyais m'avoir avec ton aumône ? J'ai le gamin. Rendez-vous au cimetière des Anglais dans une demi-heure. Où tu sais. Apporte-moi les cent mille euros et je te rendrai le mouflet. Et ne me rappelle pas. Salut, l'ami ! »

21

Quand les silhouettes de Vitas et de Mamma Irina surgissent dans l'encadrement de la porte, Adriana est au pied du canapé. La chienne aboie très fort, l'homme se précipite sur le pauvre paquet gémissant, voilà, il est penché sur elle, il la redresse avec douceur et lui soulève délicatement la tête. La jeune femme est un masque de sang, un de ses yeux est tuméfié, son nez semble de travers. Vitas réussit à la mettre debout en la prenant sous les aisselles et l'entraîne vers la salle de bains en lui murmurant des paroles de réconfort dans sa langue incompréhensible. Devant le miroir, elle crache un grumeau de sang et de mucus, elle voudrait se dégager, mais Vitas lui plonge la tête sous l'eau jusqu'à ce qu'elle se débatte en secouant furieusement la tête. Alors, il comprend que l'état de choc s'est dissipé et lui tamponne énergiquement le visage avec une serviette, puis la prend dans ses bras sans le plus petit effort et va l'étendre sur son lit.

« Peut-être le nez cassé, peut-être non, mais rien de grave », lui dit-il avec un demi-sourire. Mais sitôt après, son expression se fait sévère, résolue, et Adriana s'effraie du ton sur lequel il ajoute : « Maintenant, tu racontes quoi est vraiment toute cette histoire ! »

Avant qu'elle ait le temps de s'expliquer, le téléphone sonne. Vitas va répondre, et de l'autre côté on raccroche. C'est Giangilberto. Et pour lui, la voix masculine ne peut signifier qu'une chose : il s'agit d'un complice du Yougo. Cet imbécile s'est laissé blouser. Ou bien, ils étaient de mèche depuis le début et lui est tombé dans le panneau, comme un bleu. Mais ça n'arrivera plus. Le Yougo rêve s'il croit vraiment l'avoir doublé. Giangilberto garde chez lui un pistolet, et il sait comment s'en servir. On ne fréquente pas le milieu des courses et du jeu si on ne sait pas se défendre quand il faut.

Adriana, entre-temps, a tout raconté au Lituanien. Et maintenant, elle s'abandonne à des sanglots incontrôlables.

« Pleurer, inutile, la réprimande-t-il. Si tu n'arrêtes pas, je donne gifle, compris ? »

Et Adriana, alarmée de cette menace, réussit à se dominer. Vitas se mouche et secoue sa grosse tête.

« Je ne sais pas si toi stupide ou faire semblant de stupide. Tu comprends, oui ou non, que la chose tu fais s'appelle kidnapping ?

– Mais il m'a dit : garde cet enfant pendant quelques heures et ensuite, ramène-le chez lui…

– Et il est qui pour que tu croies ce que lui te dit ?

– Un homme.

– Ton homme ?

– Non. Un homme, je te dis…

– Comme celui devant le restaurant ? Homme comme ça ? »

Adriana ne répond rien et Vitas se met en colère pour de bon.

« Quand tout ça fini, toi et moi, nous parlons. Toi besoin de quelqu'un qui s'occupe de toi. Toute seule, tu fais seulement désastres ! »

Mais pour le moment se pose un problème plus sérieux. Retrouver l'enfant. Vitas, avec patience, se fait répéter la description de l'homme qui l'a pris. Un drôle d'accent, dit Adriana. Maigre. Avec une grande cicatrice sur la joue et un pistolet.

« Peut-être mille comme lui, à Rome… Ou plus. Nous besoin autres détails. Drôle d'accent, tu dis, mais comment ? Comme moi ? Ou autre ? »

Alors Adriana se rappelle quelque chose.

« Il a dit *mrtva*… Attends, un truc dans ce genre. Oui, ça, je m'en souviens bien : *mrtva kurva*.

– *Mrtva kurva*. Tu es sûre ?

– Tu sais ce que ça veut dire ? C'est du lituanien ?

– Non. Du croate.

– Et comment connais-tu le croate ?

– Quand on marche partout comme moi, on apprend se débrouiller.

– Alors, qu'est-ce que ça veut dire ?

– Chose méchante. Mieux pas traduire.

– Je veux le savoir !

– Ça veut dire tu es putain morte. Excuse-moi, tu as demandé… Mais enfin, il n'y a pas tellement les Croates à Rome. Peut-être bonne piste, peut-être je sais où chercher… »

Vitas siffle. Mamma Irina descend du canapé, où elle s'était blottie autour d'une écharpe bleue, et se place d'un air belliqueux au côté de son maître. Vitas se rappelle avoir vu l'écharpe autour du cou de Carlo et décide de l'emporter. Elle pourrait servir.

« Maintenant, je vais. Toi, reste ici, compris ?

– Je viens avec toi », dit Adriana, décidée.

Vitas la regarde bien, puis il fait oui de la tête. Il y a même dans ses yeux comme un bref éclair de joie. Mais c'est sur un ton sérieux qu'il l'admoneste :

« D'accord, toi viens, mais sans casser couilles, d'accord ? »

22

Il fait un froid polaire devant le cimetière des Anglais, et beaucoup de passants circulent pour faire leurs derniers achats de veille de l'Épiphanie dans la toute proche via Marmorata, parmi des travailleurs étrangers en petites troupes sombres et bavardes. Nous sommes beaucoup trop accueillants avec tous ces gens venus de n'importe où, pense Giangilberto en claquant des dents et battant la semelle, la main serrée sur la crosse de son pistolet, beaucoup trop gentils et compatissants, c'est notre défaut à nous les

Italiens, nous les recevons tous à bras ouverts et ils nous poignardent dans le dos, comme ce fumier de Yougo.

Son portable sonne.

« Salut, l'Italien !

– Allez, connard, dépêche-toi, je crève de froid ici !

– Quand donc apprendras-tu la politesse ? Je t'ai salué, tu dois me saluer aussi.

– Salut, Yougo.

– Voilà, c'est mieux. Désolé de t'avoir fait attendre au cimetière des Anglais, mais voilà, j'ai changé d'idée.

– Comment ça, changé d'idée ?

– Tu connais cette ancienne usine qu'on a transformée en théâtre ?

– Oui, ça s'appelle "Teatro India". Bien sûr que je connais !

– Bon. Je t'attends à l'extérieur. Du côté du cimetière, il y a beaucoup trop de monde. Et fais vite, ma patience est limitée ! »

Giangilberto glisse son portable dans sa poche et s'éloigne à grands pas rageurs. Le Yougo se détache du petit groupe où il était caché, des compatriotes à lui qu'il salue d'un signe de tête, et se dirige vers sa Mercedes. L'Italien est venu seul : très bien. Mais il est armé, on le devine à son agitation, aux regards qu'il lance autour de lui. Moins bien. Il est encore plus bête que prévu. Il pouvait se tirer d'affaire sans trop de dommages, mais il s'amuse à jouer au dur. Tant pis pour lui. Et pour le gamin.

23

Près du Tibre, Vitas a volé une grosse cylindrée portant une plaque du Corps diplomatique. En tirant d'une poche de son énorme pardessus un long morceau de fil de fer, il a forcé la serrure avec une facilité déroutante, puis il a poussé avec toute la force de son corps herculéen sur une boîte noire située sous le volant pour la desceller avec des mouvements rapides et experts. On a entendu un petit « bzzz », comme le râle d'un circuit électrique à l'agonie, puis plus rien.

« Maintenant, antivol mort », a-t-il expliqué. Puis, avec son fil de fer, il a mis le moteur en marche. « Alors, tu viens ? »

Adriana a obéi tandis que Mamma Irina se recroquevillait docilement sur le siège arrière. À présent, Vitas conduit avec assurance dans le soir qui tombe, à une vitesse constante et assez élevée, mais en respectant les signaux.

« On ne sait jamais, il faut être prudent. Mais personne n'arrête Corps diplomatique, au moins quand propriétaire n'a pas encore donné alarme ! »

Adriana, un peu hésitante, lui demande s'il était voleur en Lituanie.

« Voleur ? s'écrie Vitas. Mais qu'est-ce que tu dis ? Moi policier lituanien. Mais de police russe, soviétique. Alors, quand Lituanie est devenue indépendante, on m'a chassé comme animal puant… Par chance, avant, j'ai attrapé beaucoup voleurs. Et aussi appris leurs trucs ! »

Chemin faisant, il lui explique qu'il existe un endroit où se réunissent de nombreux ex-Yougoslaves aux activités peu recommandables. Un bar « au bout du monde », qu'il espère retrouver parce qu'il y est entré une fois et que son sens de l'orientation est « formidable », affirme-t-il. Adriana ne peut qu'admirer son assurance, mais se demande s'ils ne sont pas en train de se tromper sur toute la ligne.

« Nous aurions dû demander à Giangilberto. Lui sait certainement…

– Lui sûrement complice du Croate. Et tu dis grande bêtise. À ton avis, qui envoie Croate chez toi, hein ? Ton ami Giangilberto. Qui, sinon ?

– Je n'y crois pas, Vitas. Giangilberto… Il a besoin d'argent, d'accord, mais ce n'est pas une brute. Il ne ferait jamais de mal à un enfant. Alors que ce type, c'est une bête féroce…

– Oh, oh ! Tu défends ton Giangilberto ? Après ce qu'il fait à toi, tu encore amoureuse de lui ?

– Je ne suis pas amoureuse, ni de lui ni de personne.

– Il y a toujours bon moment pour commencer. »

Mais cette parodie de chamaillerie entre amants ne dure qu'un instant. Quand Vitas abandonne la route principale (la via Salaria ? la via Ardeatina ? Est-on encore à Rome, et l'a-t-elle jamais vraiment connue, cette chère capitale ? Il fallait un flic en fuite pour lui faire découvrir ces faubourgs à donner le frisson…) et s'engage dans un réseau d'étroites artères mal éclairées par des réverbères aux vitres cassées, un sur cinq fonctionne en ce début de nuit d'hiver. Entre eux, c'est l'obscurité, avec des silhouettes de grands immeubles-casernes disposés en îlots tous pareils, de rares vitrines avec des enseignes de magasins fermés, des plates-bandes à l'abandon et des groupes d'adolescents qui jouent au ballon ou font chauffer les moteurs de leurs lourdes motos.

« Regarde, dit Vitas avec une ironie amère, ça aussi, c'est l'Italie ! Mais ressemble beaucoup à Russie, à Lituanie ou à Bulgarie à l'époque du Mur... Ici, je sens presque l'air de chez moi.

– Nous sommes déjà passés par cette rue », hasarde Adriana, timidement.

Vitas freine d'un coup et Mamma Irina, tirée de sa tranquille léthargie par la secousse de l'auto, proteste en grognant sourdement.

« Tu as raison ! dit le Lituanien d'un ton presque désespéré. Je reconnais carrefour... Mais bar de Maimone tout près, je suis sûr, sauf que je n'arrive pas bien à me souvenir.

– Peut-être là, où il y a ces lumières ? suggère Adriana avec espoir.

– Essayons, concède Vitas après un instant de réflexion. Peut-être tu encore raison ! »

24

Le Yougo descend de la Mercedes et marche à la rencontre de Giangilberto avec un rictus goguenard. Un chien hurle à la lune qui se fraie un chemin entre deux couches de nuages passagers. La soirée est claire et glacée. La silhouette d'un gazomètre domine le paysage lunaire d'un chantier à l'abandon.

« Salut, l'Italien ! Tu m'apportes ce que tu sais ?

– Où est le gamin ?

– En lieu sûr.

– Amène-le-moi et tu auras le fric.

– D'abord, montre-le-moi, ce fric. Ensuite, nous irons le chercher. »

Giangilberto fait glisser de son épaule le sac de l'ordinateur.

« Il est là-dedans. »

Il avance lentement vers le Yougo, qui secoue la tête.

« Pas un pas de plus, l'Italien. Jette-moi le sac et recule de deux mètres. Comme ça, c'est bon ! »

Le sac est maintenant aux pieds du Yougo qui, pour le prendre, est obligé de se baisser. Un mouvement rapide, mais sa vigilance est amoindrie. Giangilberto bondit, une main dans la poche pour en tirer son pistolet, et se jette sur le Yougo. Mais le Yougo est un professionnel : il lui suffit d'un petit écart pour éviter le choc. Sa main droite s'abat de côté sur la nuque de Giangilberto. Celui-ci tombe à terre, son arme lui échappe. Le Yougo la ramasse, se mouche et s'écrie, comme avec amertume :

« Dis-moi maintenant, l'Italien, qu'est-ce que je peux faire de toi ? »

Giangilberto essaie de se remettre debout, mais le Yougo l'en empêche d'un coup de pied.

« Trouvons un accord », hasarde Giangilberto.

Le Yougo crache par terre et observe le pistolet, qui brille au clair de lune.

« Oh, oh, un Beretta… Beau matériel, l'Italien ! Et le coup est déjà dans le canon…

– Chez moi, j'ai encore de l'argent… Écoute, Yougo, ne fais pas de conneries. Nous sommes amis, après tout.

– Ah bon, maintenant nous sommes amis ? Mais tout à l'heure, au téléphone, tu disais justement le contraire, non ? Oh, j'ai peut-être mal compris. Quoi qu'il en soit, je regrette, mais c'est toi qui avais raison. Nous ne sommes pas amis. Salut, l'Italien ! »

Le Yougo se penche sur Giangilberto et tire.

25

Le bar Maimone ressemble à la construction en Lego d'un jeune enfant distrait, à laquelle on aurait accroché une inscription peinte à la main. Une baraque en parpaings et en planches perdue au milieu du désert de cette immense banlieue sans nom. Enfermée dans la voiture, gardée à vue par Mamma Irina qui montre les crocs pour tenir à distance les figures sinistres qui paraissent sur le pas de la porte entre deux bières, Adriana allume une cigarette et se jure que si elle sort vivante de cette aventure, si elle parvient à ramener Carlo chez sa mère, elle changera de vie pour toujours. Elle deviendra la compagne de Vitas. Ils trouveront un travail honnête. Ils feront des enfants. Ils se construiront une maison digne de ce nom. Et elle ne lui cachera rien de son passé, même les choses les plus affreuses, les plus sordides. Elle trouvera moyen de lui obtenir un titre de séjour en règle. En se mariant avec lui, peut-être. Et pour la première fois depuis bien des années, Adriana prie humblement un Dieu qui jusqu'ici lui a toujours semblé étranger. Pour qu'il l'aide à retrouver l'enfant et la route perdus. Et fasse d'elle une femme meilleure.

« Assieds-toi derrière », ordonne Vitas en remontant en toute hâte.

Il est suivi d'un homme de petite taille, très sec, qu'il présente sous le nom de Mirko. L'homme s'incline avec un demi-sourire qui révèle une dentition tachée et pleine de trous. Adriana se glisse sur la banquette arrière et Vitas met le moteur en route avec son fil de fer. Mirko, assis à côté, lui indique une espèce de chemin de terre qui s'enfonce à travers des champs en friche. Mamma Irina pose son museau sur les jambes d'Adriana, qui le lui caresse doucement.

« Dis donc, le Russe, elle est belle, ta femme.

– Je ne suis pas russe et elle n'a rien à voir dans tout ça, siffle Vitas, le visage dur.

– Je disais ça histoire de bavarder…

– Ne dis rien et regarde la route », ordonne Vitas.

Mirko rentre la tête dans les épaules et se met à chantonner tout bas. Le chemin s'arrête au pied d'un coteau que la berline a peine à gravir. Mais il faut aller de l'avant. De l'autre côté, une voie ferrée, et sur la voie ferrée, un pont. Au-delà du pont, un groupe de maisons plongées dans la nuit.

« C'est ici », annonce Mirko.

Vitas éteint les phares et avance presque au point mort vers le groupe de maisons. Puis il se tourne pour regarder Mirko.

« Il y a au moins cinquante baraques. Quelle la bonne ?

– Ça, je ne m'en souviens plus. Je sais seulement que le Yougo a un entrepôt par ici. À vous de le trouver ! »

Vitas serre les poings et les veines de son cou gonflent dangereusement. Mirko rit, d'un rire déglingué.

« Peut-être que si ta femme est gentille avec moi, les souvenirs me reviendront… »

Vitas le frappe à la mâchoire, d'un direct bien net. La tête de Mirko heurte la fenêtre et il se met à geindre. Mamma Irina aboie.

« Tout le monde dehors ! ordonne Vitas.

– On va nous voler la voiture, objecte Adriana.

– Voiture fait partie du marché. Lui donne moi le Yougo, je donne lui la voiture. C'est le pacte. Allons-y ! »

Le temps de descendre et Mirko est déjà reparti, avec son bleu au menton et sa voiture volée flambant neuve.

« Mais comment allons-nous retrouver Carlo maintenant ? », proteste Adriana.

Vitas fouille dans son blouson, en tire l'écharpe de l'enfant et la secoue sous le nez de Mamma Irina.

« Le garçon, Irina. Il faut le trouver, compris ? »

Mamma Irina semble acquiescer, flaire l'air de droite et de gauche, puis part résolument, la queue agitée d'un mouvement frénétique.

26

Combien de temps s'est-il écoulé ? Laura raccroche le téléphone, la mort dans l'âme. Au journal, on vient de lui dire qu'on n'a pas vu Giangilberto depuis une semaine. Son portable ne répond pas. Une idée qu'elle se refuse à formuler se fraie un chemin dans son esprit bouleversé. Elle reprend le téléphone, compose le numéro de la police. De longues sonneries sans réponse, puis une voix. Mais aux premiers mots du policier, elle coupe la communication. Son angoisse pour Carlo l'empêche de demander de l'aide.

Elle attendra encore. Dans la cuisine, elle verse dans une tasse d'eau vingt gouttes de tranquillisant, qu'elle avale d'un coup. Puis elle se traîne vers la chambre de son fils, prend contre elle un ours en peluche et s'étend sur le petit lit, dans le noir, les yeux grands ouverts.

27

Les maisons ne sont que des baraques à moitié détruites et l'endroit semble désert à l'exception d'un petit groupe de clochards qui se réchauffent autour d'un feu de cartons en se passant une bouteille de mauvais vin. Adriana se serre contre Vitas, très occupé à mettre en fuite les rats qui courent un peu partout, dérangés dans leur sommeil par la progression pleine d'assurance de Mamma Irina. La chienne a flairé une trace et ne la lâchera pas. À présent, ils se trouvent devant une porte en bois fermée par deux barres de fer croisées. Mamma Irina aboie fort, sa queue s'agite à toute allure. Elle refuse d'aller plus loin.

« Reste en arrière, murmure Vitas. Le Yougo très dangereux. Dans son pays, il tirait sur les gens, comment ça s'appelle… Un *sniper*. Moi, je vais entrer. »

Il lui faut deux puissants coups de pied pour que les barres se tordent, et au troisième la porte cède avec un craquement. Mamma Irina se rue à l'intérieur. Vitas la suit. Personne ne l'attaque, personne ne lui tire dessus. Vitas fait glisser ses doigts le long du mur jusqu'à ce qu'il trouve un interrupteur. Une faible lumière éclaire l'intérieur. En ordre, et même assez digne en comparaison des alentours. Il y a des caisses d'alcools, des téléviseurs, des chaînes hi-fi, des caméscopes et des ordinateurs. Le Yougo fait un peu de recel, apparemment. Mamma Irina frotte son museau contre une trappe dans le sol. Vitas la soulève et descend dans le soubassement.

« Adriana ! Je l'ai trouvé ! »

Adriana s'approche et se penche sur la trappe. Vitas prend l'enfant et le lui passe. Puis il remonte. Carlo dort. Pâle, la respiration à peine perceptible.

« Probable il l'a drogué… Maintenant, vite, l'emmener d'ici ! »

Et les voilà dehors, Vitas avec Carlo tel un ballot sur l'épaule – un ballot qui ne pèse rien pour un géant de son espèce – et Adriana et Mamma Irina qui courent à côté de lui, peinant pour ne pas se faire distancer, allez, plus vite, plus loin, sans reprendre le chemin des champs et risquer de retourner près du bar où le Yougo est chez lui. Une seule possibilité : traverser le pont qui enjambe la voie ferrée et trouver une voiture pour ramener le gamin à sa mère. L'air de la nuit fait du bien à Carlo, qui se réveille avec un faible gémissement. Le premier visage qu'il voit est celui d'Adriana, son sourire, puis, du haut de l'épaule du géant qui le porte, Mamma Irina qui agite la queue. Et Carlo pense que, peut-être, tout cela n'était qu'un rêve, un beau rêve et un mauvais aussi, et qu'à présent tout est fini, et sa main serre très fort le corps immense de Vitas, et le Lituanien lui dit courage, mon garçon, après cette aventure, te voilà devenu un homme… et c'est à ce moment, quand ils sont au milieu du pont, qu'une silhouette se détache devant eux. Un homme qui porte en bandoulière un sac pour ordinateur et dont la main droite tient un pistolet. Le Yougo.

« Tiens, tiens, la belle petite famille ! »

Tout s'est passé en un éclair, se souviendra plus tard Adriana. Mamma Irina aboie et s'élance. Le Yougo perd l'équilibre et laisse partir un coup, trop haut pour être dangereux. Vitas dépose Carlo sur l'asphalte du pont et crie : « Prends-le, prends le gamin et file ! » Elle saisit Carlo encore hébété et l'entraîne vers l'autre extrémité du pont, vers la liberté. Le Yougo se reprend et, d'un coup de pied, repousse au loin Mamma Irina, mais déjà Vitas est sur lui, cent kilos et plus s'abattent sur sa poitrine et l'écrasent contre le parapet du pont, tandis que Mamma Irina revient à l'assaut. Mais le Yougo n'est pas homme à rendre facilement les armes. Un autre violent coup de pied atteint Vitas à l'entrejambe, et il se plie en deux avec un rugissement de douleur. Mamma Irina est écartée d'un poing lancé à toute force, elle vole et s'effondre, étourdie. Vitas est sans allié maintenant, le Yougo est sur lui, son pied s'élance de nouveau et il le saisit par le col. Vitas semble battu, incapable de réagir. Alors le Yougo le prend par les épaules et le traîne vers le côté du pont, l'appuie contre le parapet et pousse, pousse pour le soulever et le faire tomber dans le vide. Et sans doute réussirait-il si Adriana ne s'agrippait à lui en lui bourrant les jambes de coups de pied, les ongles enfoncés dans son cou, avec une force presque sauvage, féroce, qui prend le Yougo par surprise. Maintenant, Adriana s'accroche à la courroie du sac que l'autre porte en bandoulière, et tire, et serre, tant et si bien que le Yougo lâche sa prise sur Vitas, se retourne vers elle, l'éloigne à coups de poing. Adriana s'écroule, mais Vitas a gagné quelques secondes précieuses, il saisit le Yougo à la taille, le Yougo est désorienté et perd l'équilibre à nouveau. Vitas rassemble ses dernières forces, soulève le Yougo et parvient à le faire passer de l'autre côté du parapet. Il tomberait en contrebas si Vitas n'empoignait la courroie du sac pour le retenir. Le Yougo s'y agrippe de toutes ses forces, Vitas tire, tire pour le sauver, le Yougo ne tient plus la courroie que d'une main et sa prise cède inexorablement, il pousse un hurlement et tombe, il tombe de dix ou quinze mètres tandis que le sac reste entre les mains de Vitas, qui se retourne, encore ébahi, le souffle coupé par la lutte. Adriana est par terre, elle pleure et elle rit, elle tremble de tout son corps. Mamma Irina gémit doucement, tandis que Carlo la caresse.

« Espérons qu'elle ne s'est rien cassé », dit-il. Puis, d'un ton sérieux et s'efforçant de retenir ses larmes : « Vous pouvez me reconduire chez moi, s'il vous plaît ? »

28

Tout finit par le retour de Carlo chez lui, à une heure du matin, accompagné par la Befana qui le laisse sur le palier avec un dernier baiser et un sac à la courroie brisée avec cent mille euros à l'intérieur. Tout finit par les pleurs de Laura et sa promesse de devenir une meilleure mère, et par la folle envie de Carlo de lui raconter son étonnante aventure et d'avoir un petit chien rien qu'à lui, et sa certitude qu'au retour des vacances les garçons de l'école qui le traitent en souffre-douleur auront affaire à un Carlo nouveau, un Carlo d'une autre trempe, qui ne se laissera plus marcher sur les pieds. Et tout finit par deux humains qui marchent enlacés vers leur futur, dans une rue de la vieille Rome baisée par le clair de lune, avec une chienne sage, un peu cabossée par sa dernière bataille, qui trotte à côté d'eux en remuant la queue.

IX

Carlo Lucarelli

Le troisième coup de feu

Au milieu de la nuit, elle se leva pour enlever son soutien-gorge. Marco s'était déjà plaint dans son sommeil ; aussi souleva-t-elle lentement les couvertures pour se laisser couler hors du lit, glisser ses mains sous son tee-shirt, dans son dos, et faire jouer le fermoir. Mais ce qui la gênait, ce n'était pas cela, elle le savait ; et quand elle se retrouva la tête posée sur l'oreiller, le corps tout droit, les yeux fixés sur le reflet intermittent du radio-réveil au plafond, elle se dit « Je sais ce qu'il y a », murmurant presque entre ses lèvres sèches de sommeil acide. Elle se releva pour s'asseoir dans le lit, sans se soucier de Marco qui, cette fois, se réveilla et dit « Mais qu'est-ce que tu as », sans point d'interrogation car il s'était déjà rendormi. « Rien », dit-elle du bout des lèvres, alors qu'elle pensait de nouveau « Je sais ce qu'il y a » ; alors elle quitta le lit, passa au salon et s'assit sur le divan, hissant ses pieds nus sur les coussins et appuyant un doigt sur sa joue pour la mordre à l'intérieur, nerveuse, comme si elle voulait y faire un trou.

Elle savait ce qu'il y avait.

Aussi retourna-t-elle dans la chambre à coucher pour y prendre son calepin dans la poche de sa vareuse, suspendue de travers au dossier d'une chaise, et elle le tint un moment contre son ventre, de nouveau allongée sur le lit mais les yeux fermés, cette fois.

Elle ne s'endormit pas pour autant, mais quand elle posa le calepin sur la table de chevet et laissa quelques minutes sa main dessus, ce fut comme si ce contact pouvait la rendre plus forte et l'empêcher de changer d'avis ; et le reste de la nuit, elle se sentit un peu, juste un peu plus calme.

« Qu'est-ce qu'il y a, tu n'as pas assez dormi ? Quel gaillard, ce Marco ! On ne dirait pas comme ça, il a l'air de ces gens qui ne pensent même pas à la chose…

– Fous-moi la paix. Il y pense plutôt trop, comme vous. Et on ne peut pas dire que je n'ai pas assez dormi, puisque je n'ai pas dormi du tout. Mais ça n'a rien à voir avec Marco. »

D'habitude, elle ne parlait pas ainsi. Ou du moins, pas avec lui. Elle le connaissait depuis très longtemps, depuis le temps où elle n'était qu'une « bleue » tout juste débarquée à Bologne et arborait un uniforme si soigneusement repassé qu'elle ressemblait à la couverture d'une revue de l'administration intitulée *Femmes dans la police*. Et encore maintenant, alors que le dos de sa vareuse était aussi chiffonné que la chemise d'un chauffeur de taxi en plein été, après cinq ans dans les brigades volantes et une citation détournée par son arriviste de chef de patrouille, mais qui aurait dû lui revenir, encore maintenant, elle ne manquait pas de lui manifester un peu de respect parce qu'il était son chef de service. Aussi baissat-elle les yeux sur le feuillet qu'elle lui avait apporté et sur son doigt à l'ongle verni de rouge qui le maintenait au-dessus des autres papiers sur son bureau.

Il prit le feuillet et l'examina d'un peu loin, car il ne voulait pas accepter la réalité du temps qui passe et n'était pas encore allé voir un ophtalmologue.

Commissariat principal de Bologne. Service des Brigades volantes. *Je soussignée inspectrice adjointe Lara D'Angelo...*

« Alors ? Je l'ai lu, ton rapport, je l'ai déjà transmis au juge.

– Il y a une erreur. Ou plutôt… Il est incomplet.

– Dans quel sens ?

– Dans le sens où ce que j'ai écrit n'est pas à cent pour cent conforme aux faits.

– Encore une fois, dans quel sens ? »

Elle avait très envie de se mordre l'intérieur de la joue, de la manger, même, parce qu'elle voulait réfléchir ; mais elle était aussi pressée de parler, parce qu'elle craignait encore ce qu'elle pourrait dire, encore tentée de battre en retraite en marmonnant « Non, rien, excuse-moi », et de sortir du bureau.

Finalement, ce fut lui qui parla.

« Reprenons. Le jour et cetera et cetera, autrement dit avant-hier, à minuit et trente-deux minutes, un citoyen de cette ville a appelé le numéro d'urgence de la police parce qu'il avait entendu des coups de feu dans la via Emilia Ponente, au numéro et cetera. Toi et l'agent Giuliano, vous vous êtes rendus sur place et avez découvert la vitrine d'une bijouterie fracassée et deux Albanais étendus par terre. Morts. Sur place, l'inspecteur Garello qui vous attendait vous a remis son pistolet Beretta de service. Il vous a dit qu'il avait tiré parce qu'en rentrant du cinéma, il avait repéré deux Albanais qui fracturaient la vitrine, avait crié “Police !” et les avait sommés de se rendre. Là-dessus, un des deux avait tiré dans sa direction. Garello, qui n'est pas un débutant, s'était mis en position de tir et toum ! toum ! il les avait refroidis. Je me trompe ? »

Lara secoua la tête, sans rien dire. Elle n'aurait pas pu, avec sa bouche toute tordue, lèvres serrées sur le côté, dents collées à la joue.

« Egalement signé par ton collègue Giuliano. Il y a même le témoignage du monsieur qui a téléphoné au numéro d'urgence, un carabinier en retraite, qui te déclare : “J'ai entendu distinctement trois explosions que, compte tenu de mon expérience professionnelle, j'ai aussitôt identifiées comme des coups de feu. Je déclare de surcroît avoir entendu deux coups plus sonores, comme s'ils venaient d'un plus gros calibre, et un coup moins fort, comme d'un calibre plus petit.” Il précise : “deux fois *toum toum* et une fois *tac*”. C'est ce que tu as transcrit. Je me trompe ? »

Une douleur vive à la joue. Lara déglutit et sentit la saveur douceâtre du sang.

« C'est presque ça.

– C'est ce que tu as écrit !

– Oui, mais je n'ai pas tout écrit. J'y ai pensé toute la nuit. Le témoin, le carabinier à la retraite, n'a pas exactement prononcé ces mots.

– Toum, toum, tac. Le 9 mm de Garello et le petit 6.35 de l'Albanais. Ça correspond !

– Non.

– Comment, non ? Les deux toum toum, le tac.

– Justement. Ce qu'il a décrit, c'est bien deux toum toum *et ensuite* un tac. »

Voilà, elle l'avait dit. De la pointe de la langue, elle toucha sa joue blessée et sentit presque une secousse métallique, comme quand on lèche une pile. Mais le commissaire n'avait pas le visage consterné d'un homme qui vient de comprendre.

« L'Albanais tire et Garello répond, reprit Lara. Ça donne tac toum toum. Alors que le carabinier dit toum toum *et puis* tac ! »

Le commissaire n'avait pas l'air consterné, mais plutôt exaspéré. Et même dégoûté.

« Premièrement, dit-il, il se peut que le carabinier se trompe. Deuxièmement, il se peut que toi, tu te trompes. Et troisièmement (il toucha la pointe de son doigt et le tira en arrière comme s'il voulait le casser), admettons par hypothèse, par pure hypothèse, que Garello soit passé par là et ait repéré l'effraction. Et qu'il ait dit "Police, rendez-vous" avec son pistolet à la main. Avec deux types dans ce genre, est-ce que c'est anormal d'avoir un flingue à la main ? Tu aurais sorti le tien, non ? »

Lara acquiesça, la bouche tordue, mais dans l'autre sens, vers sa joue intacte.

« Alors, admettons – par hypothèse, par pure hypothèse – que les deux se soient retournés un peu trop vite, qu'un des deux ait sorti un pistolet, ou que Garello ait eu lui-même un 6.35 en plus de son arme de service, parce qu'on ne sait jamais. À ce moment – hypothèse encore, bien sûr –, Garello tire le premier, comme tout le monde l'aurait fait. Et ensuite, pour s'éviter des ennuis, il tire avec l'arme d'un des Albanais morts. »

Il s'étira, s'adossa à son siège, les mains sur les accotoirs. Il semblait calme, mais on devinait qu'il ne l'était pas.

« Tu connais Garello, n'est-ce pas ? »

Lara fit oui de la tête.

« Et tu crois que nous irions provoquer un procès contre un collègue comme Garello, pour deux salauds d'Albanais ? »

Lara resta immobile. Puis elle secoua la tête.

Le commissaire sourit. À présent, il semblait calme pour de bon.

« Laissons le monde tel qu'il est. Si le juge trouve qu'il y a quelque chose de bizarre, collaboration maximale, bien sûr. Sinon… Ça va comme ça. Et cesse de faire ces grimaces avec ta bouche ! Tu es tellement mignonne, et tu vas finir par te trouer la joue. »

Lara aurait été une belle femme si seulement elle n'avait pas été convaincue de ne pas l'être. Trop longue et trop maigre, disait-elle, et en un sens elle n'avait pas tort. Au premier coup d'œil, en la voyant si grande avec ses cheveux blonds si courts, surtout quand elle portait son uniforme, vareuse bleue à bandoulière blanche et bottes, une tenue de flic et non de belle femme, au premier coup d'œil les hommes se retournaient. Mais au deuxième ils la trouvaient un peu gauche, avec ses épaules voûtées qui aplatissaient sa poitrine, ses bras qui pendaient raides le long de ses flancs, et ils laissaient tomber, la déclassant de jolie fille élancée à grande godiche. En réalité, Lara n'était ni si grande ni si maigre. Mais fuselée et athlétique comme une joueuse de handball, avec des épaules larges, de longues jambes et une poitrine discrète. Et un gentil visage, avec des yeux gris mais doux sous son calot de policière. Mignonne, disait le commissaire. Oui, mignonne.

Le sergent Pasquale Giuliano était tombé amoureux d'elle. Il était un des rares à avoir eu la persévérance de la regarder trois fois. Un autre avait été Marco, mais il l'avait fait le premier.

« Tu m'écoutes ou non ? »

Non, Pasquale ne l'écoutait presque jamais. D'abord parce que au volant, il se concentrait sur la route devant lui : il se savait distrait et s'il ne s'obligeait pas à penser « Ralentis, regarde le panneau, attention au stop », il aurait filé tout droit sans s'arrêter aux carrefours. Et quand c'était elle qui voulait conduire (ce dont elle pouvait se dispenser, puisqu'elle était le chef de patrouille), il ne cessait de la regarder et ne l'écoutait pas non plus. Il aimait sa façon de remuer la bouche quand elle parlait, en abaissant la lèvre inférieure un peu vers la droite, rien qu'un peu. Et il avait plus envie de l'embrasser que de l'écouter.

« Je parlais du syndicat.

– Quel syndicat ?

– Le nôtre. Je pourrais peut-être en parler au syndicat.

– De cette histoire de Garello ? Tu es folle. Tu sais qui est Garello. Et puis, lui aussi est membre du syndicat. »

Lara serra les lèvres. Pasquale ne la voyait pas puisqu'il conduisait, mais il l'imagina à son silence. Il l'avait vue faire tant de fois. La lèvre inférieure sur la lèvre supérieure. Une moue un peu enfantine.

« Si j'avais fait une connerie, dit-elle au bout d'un moment, je parle d'une grosse connerie, est-ce que tu me dénoncerais ?

– Non », dit Pasquale, trop vite et trop fort. Puis il répéta, plus calmement : « Non. Même pas au syndicat.

– Parce qu'on ne dénonce pas un collègue ?

– Non, pas pour ça. Enfin, pas seulement. C'est parce que… Parce que j'ai de l'estime pour toi. »

Lèvre inférieure sur lèvre supérieure, en silence. Pasquale se risqua à tourner la tête, juste un coup d'œil, très vite. Plus de lèvre sur la lèvre. Bouche fermée et un doigt sur la joue, pour mieux mordiller l'intérieur.

Lara réfléchissait. Elle se disait qu'elle aimait bien Garello elle aussi. Que tout le monde l'aimait bien, l'inspecteur-chef Garello. Il avait reçu un éloge solennel lors de la dernière fête de la police, et d'autres par le passé, si nombreux qu'il en avait perdu le compte. Aux Stups, il y avait une photo de lui devant une table chargée d'une cargaison d'héroïne interceptée par ses soins. Non dans son bureau, mais dans celui du patron. Et à la Brigade mobile, une autre, dans le couloir, où on le voyait penché à la fenêtre d'une voiture dans laquelle se trouvait un super-truand menotté. Garello avait la tête cagoulée, mais tout le monde savait que c'était lui, parce que c'était le plus gros. OK, pensa Lara.

« OK.

– OK quoi ? »

De temps en temps, Pasquale l'écoutait.

« OK, c'est tout. Affaire classée. Quelque part, ça me dégoûte, mais après tout je m'en fous. Ce n'est pas mon problème.

– Bravo.

– Laisse-moi conduire un peu. »

Pasquale arrêta la voiture et ils changèrent de place. Ce fut à ce moment que la radio crachota.

« Voiture cinq, appel aux urgences ! »

Pasquale fit mine de reprendre le volant, mais Lara secoua la tête. Elle prit son portable et appela les urgences. Un homme avait signalé d'étranges allées et venues près du marché aux primeurs. Sans doute une bricole, mais pourquoi ne pas aller jeter un coup d'œil, au moins par correction ?

« Nous sommes derrière la gare. Nous y allons tout de suite. »

Via de'Carracci, gauche, gauche et puis tout droit. Une large esplanade où l'on avait rasé un ancien centre social. Il en était resté quelques vieux murs, et on en avait reconstruit trois ou quatre nouveaux. Il faisait sombre : il n'y avait qu'un réverbère un peu plus loin, éteint.

« Je ne vois rien, dit Pasquale.

– Il y a quelqu'un là-bas, dit Lara. Je vois une forme blanche. »

L'instant d'après, le pare-brise éclata. Ou plutôt non : ce fut l'impression de Lara, car son côté se lézarda tout entier et se couvrit d'une toile d'araignée de tesselles de verre irrégulières, comme une mosaïque. Elle fit une embardée et monta sur le trottoir, tandis que Pasquale tombait sur elle, mou, trop mou, visqueux et chaud. Sa tête s'abattit sur ses bras tendus pour conduire, et quand elle les retira, le visage de son collègue s'affaissa entre ses jambes, avec lourdeur et indécence.

Lara vit les trous dans le pare-brise, trois, étoilés mais nets, elle vit que la manche de sa vareuse était toute rouge, et tout rouge aussi le dos de Pasquale. Alors, elle ouvrit la portière, se rua hors de la voiture et se mit à l'abri derrière, à quatre pattes sur l'asphalte, tirant son pistolet qu'elle pointa dans le noir.

Il n'y avait rien, pas même une ombre, pas même un bruissement.

Elle attendit. Plus tard, elle dirait à ses collègues qu'elle voulait être sûre qu'il n'y avait plus personne, mais en réalité elle fut obligée d'attendre, parce qu'elle ne pouvait s'empêcher de trembler. Et quand elle se releva, ce fut parce que le sang sur sa manche avait traversé le tissu et coulé sur la peau de son bras, où il était coagulé et froid. Elle contourna la voiture et regarda par la portière ouverte.

Pasquale était étendu, le visage contre le siège du conducteur. Elle tenta de le soulever, mais il était très lourd et elle ne parvint qu'à le faire rouler sur le flanc, dans une torsion contre nature.

Il avait un trou dans la poitrine, un trou juste au-dessous du cou et il n'avait plus de visage.

Lara le laissa tomber, fit un bond en arrière et se mit à vomir.

Si elle avait été une dure, ou simplement si telle avait été sa façon de réagir, Lara aurait demandé à reprendre aussitôt son service au sein des patrouilles volantes, fût-ce avec son petit pansement sur le nez couvrant la griffure d'un éclat de verre et avec ce léger tremblement qui de temps en temps s'emparait de sa main. Mais Lara n'était pas une dure, pas à ce point ; elle resta chez elle les trois jours d'arrêt de travail que lui prescrivit le médecin et en prit deux autres sur ses vacances, qu'elle alla passer à la mer avec Marco, dont les parents tenaient un petit hôtel sur la côte, à Rimini. L'enquête sur la mort du sergent Pasquale Giuliano était l'affaire de la Brigade mobile, et ils avaient déjà une piste, lui avait dit le commissaire, car le quartier était le territoire de Jari l'Albanais, spécialité : prostitution et drogue. Impossible de savoir quel trafic ils avaient interrompu pour susciter une telle réaction – mais sois tranquille, on les arrêtera. Lara n'avait pas voulu en savoir davantage. Non qu'elle se désintéressât de la mort de Pasquale, mais elle ne voulait pas y penser, elle la refoulait, elle n'était même pas allée aux obsèques. Tôt ou tard, la pleine conscience de cette mort éclaterait en elle, avec ce visage détruit qui avait soudain pesé sur ses cuisses et tellement ensanglanté la fourche de son pantalon qu'elle l'avait jeté sans même tenter de le nettoyer. Tôt ou tard, oui, mais pas tout de suite. Pour le moment, elle restait assise au bord de la mer, à recouvrir ses doigts de pied d'un filet de sable grisâtre qu'elle laissait filtrer, s'écouler de sa main fermée et qu'emportait au loin une brise humide et salée.

Pourtant, elle savait que ce n'était pas tout.

Il y avait quelque chose – et elle savait très bien quoi – qui l'obligeait à détourner ses pensées, à se dire qu'il était temps de passer à un travail de bureau, de retourner à l'université, de changer de métier. De prendre plus au sérieux sa liaison avec Marco, de fonder un foyer, de faire un enfant. D'enlever son soutien-gorge quand elle faisait l'amour, parce que jamais elle ne l'avait ôté, ni avec Marco ni avec un autre. N'importe quoi plutôt que de penser à cette chose-là – qui existait, et elle le savait, mais à laquelle elle ne voulait pas penser. Elle voulait la paix. Une affaire pareille, ce n'était pas pour elle. Cela ne la concernait pas.

Et pourtant si, et elle le savait.

Alors, elle se leva. Elle prit ses chaussures de sport, fit glisser le sable de ses pieds et s'avança vers la passerelle de ciment qui coupait la plage en deux.

C'était la première fois qu'il la voyait en civil, sans sa vareuse et ses bottes, et il pensa : tiens tiens, elle n'est pas aussi dégingandée qu'on pourrait croire au premier regard. Elle est même jolie, Lara, très mignonne. Et elle a même de la poitrine. Il faut la traiter plus gentiment. La mettre dans ma poche. Qui sait ?

« Eh bien, où cachais-tu toutes ces jolies choses ? Je devrais te faire passer à la Brigade mobile, tu sais que tu es beaucoup mieux en civil ? Mais dis-moi ce qui t'amène. Tu as encore un jour de vacances, non ? »

Lara se mordit le coin de la lèvre. Une toute petite morsure, mais cela l'aidait. Elle ne savait par où commencer, et maintenant que le commissaire la regardait de cette façon, avec ce demi-sourire idiot, elle se sentait encore plus gênée. Une autre aurait mis une jupe et non un jean, un haut moulant et court sur le ventre au lieu d'un col roulé, même si celui-ci, à force de lessives, avait un peu rétréci et se tendait sur ses seins – et quel effet sur le commissaire ! Bref, il fallait qu'il lui dise quelque chose avant qu'elle lui dévoilât ses pensées.

« C'est pour l'histoire de Garello », dit-elle.

Le commissaire plissa le front et cessa de regarder ses seins.

« Voilà. J'ai compris que c'était une bêtise, que je me suis peut-être trompée et que de toute façon ce ne sont pas mes affaires. Et donc… je voulais savoir si vous en aviez parlé à quelqu'un.

– Moi ? Certainement pas.

– Par exemple le juge, le divisionnaire…

– Je t'ai dit que non.

– Ou Garello lui-même…

– Et puis quoi encore ? Pourquoi aurais-je dû en parler à Garello ? »

Il avait répondu du tac au tac et sur le même ton, mais quelque chose lui avait échappé, une lueur au coin de l'œil, un reflet instinctif, comme un petit éclair trouble.

« Oh, ma foi, je ne sais pas… Peut-être pour savoir comment les choses s'étaient vraiment passées… Vous comprenez, je ne voudrais pas me trouver en porte-à-faux la prochaine fois que je le rencontrerai, s'il est au courant… »

Cette petite lueur, Lara la connaissait bien. Ce n'était peut-être pas une dure, mais elle avait quand même cinq ans de patrouilles volantes derrière elle, et avant cela à la Brigade des mineurs. Et à force de parler avec des gens qui ne voulaient pas dire la vérité, elle avait appris à repérer à l'œil nu quand quelqu'un lui mentait, qu'il s'agît d'un Sénégalais, d'un petit gitan, d'un drogué ou d'un citoyen au-dessus de tout soupçon. Ou même d'un commissaire.

« Non. Je n'ai rien dit à Garello. Sois tranquille. »

La lueur n'était plus là, mais c'est qu'elle n'apparaît pas à chaque fois. Seulement la première, et il faut être vif pour la saisir au vol.

Lara s'assit sur la chaise devant le bureau et croisa les jambes comme si elle avait porté une minijupe, mais inconsciemment, sans y penser – et si bien que le commissaire jeta un coup d'œil furtif à ses cuisses sous le tissu bleu de son jean délavé.

« Si, vous l'avez dit à Garello. »

Le commissaire resta coi.

« Je le sais. Vous le lui avez dit. »

Le commissaire regarda ailleurs. Puis il plissa les paupières et fixa Lara dans les yeux.

« Écoute, Lara. Toi et moi, nous nous connaissons depuis quelques années. Depuis que je dirige ce bureau et que je te croise quand tu es en service. Un service que tu fais bien, d'ailleurs, je ne dirai jamais le contraire, mais entre nous… Bonjour, bonsoir, deux trois nouvelles et puis c'est tout. Bref, nous sommes collègues : moi le chef, toi la troupière, mais collègues et rien d'autre. Avec Garello, c'est autre chose. On s'est rencontrés à l'Antimafia de Calabre. Depuis que je l'ai retrouvé ici, à Bologne, nous nous voyons toutes les semaines, nous dînons au restaurant, nous partageons des loisirs. Ce n'est pas seulement un collègue, c'est un ami. Alors, il est naturel que si une jeune casse-couilles, une bonne petite femme-flic, ça oui, mais casse-couilles quand même, vient me parler d'un truc qui pourrait le mettre dans le pétrin, eh bien ! que j'aille le prévenir, pour qu'il soit prêt au cas où. Est-ce que tu ne faisais pas la même chose avec Pasquale Giuliano, si j'avais quelque chose à lui reprocher ? »

Lara acquiesça, d'un geste rapide. Mais ce n'était pas à cela qu'elle pensait. Elle se leva.

« Écoute, poursuivit le commissaire, j'ai aussi dit à Garello que tu étais tout sauf bête. Casse-couilles, mais pas bête. En somme, tu as fait ton devoir en venant me dire ce qui te tracassait. Tu as eu raison, et Garello l'a compris aussi. »

Lara acquiesça encore, effrayée, et sortit de la pièce.

Si elle avait pu, Lara aurait dit deux choses au commissaire.

D'abord, qu'en tirant sur Pasquale et sur elle, les agresseurs n'avaient pas visé au hasard, boum boum boum, un coup ici et un coup là, mais trois tirs secs, consécutifs, tous vers un même point.

Le siège du passager. Où elle aurait dû se trouver. En toute logique du moins, puisqu'elle était le chef de patrouille.

Un civil ne connaît pas ces détails. Un collègue, si. Lorsque deux trafiquants qui font leurs petites affaires derrière un mur aperçoivent une voiture de patrouille, ils tirent et ils s'enfuient. Mais si on vise précisément le siège du passager où devrait être assise une casse-couilles qui s'est mis de drôles d'idées en tête, ce n'est peut-être pas par hasard. Un civil ignore ces choses. Un collègue les sait. Un Garello les sait.

Seconde chose : après avoir quitté la plage de Rimini, les orteils encore pleins de sable, elle était montée en voiture et avait filé vers Bologne, chez le carabinier à la retraite, au 16 de la via Emilia Ponente. Elle se rappelait bien l'adresse. Il lui dirait, espérait-elle, qu'elle s'était trompée, qu'il n'avait pas entendu toum toum tac mais tac toum toum, d'abord le 6.35, puis le 9 mm de Garello. Et en effet, c'était ce qu'il lui avait dit : d'abord le petit coup sec puis les deux grands coups sonores, mademoiselle, vous m'avez mal compris en dressant le procès-verbal.

Mais il avait dit cela avec la fameuse lueur au coin de l'œil, et même un demi-sourire un peu crispé aux commissures des lèvres. Elle était sûre que si elle lui avait demandé s'il avait reçu la visite d'un collègue des Stups, un type corpulent en civil, il lui aurait répondu non, mais sa voix aurait tremblé.

Manquait l'ultime confirmation. La certitude que Garello savait qu'elle savait. Mais cela, le commissaire le lui avait dit clairement.

Et maintenant ?

Lara se moucha, car elle sentait qu'elle allait se mettre à pleurer. Elle aurait pu s'adresser au divisionnaire, au juge, au syndicat. Leur faire part des idées qu'elle avait en tête, qui d'ailleurs n'étaient que des soupçons, des soupçons accusateurs, mais peut-être sans fondement. Et quand bien même ils auraient été fondés, aurait-elle cru à un truc pareil si, par exemple, Pasquale lui en avait parlé ? Et pourquoi un type comme Garello aurait-il voulu l'abattre ? Parce qu'elle savait qu'il avait tiré sur les deux Albanais peut-être par erreur ? Mais un type comme Garello n'a pas besoin de liquider une collègue pour la seule raison qu'il a eu la détente facile avec deux salopards d'Albanais. Qu'est-ce qu'il risque ? Une procédure disciplinaire ? Un procès ? Plutôt un siège au Parlement sous les couleurs de la Ligue du Nord.

Lara se mit à pleurer. Il y avait certes beaucoup de gens auxquels elle aurait pu tout raconter, mais ce n'était pas une affaire pour elle, ce n'était pas son genre, elle n'était pas une dure, pas assez. Et elle se sentait seule.

Aussi pleura-t-elle en silence, les yeux embués par les larmes et la bouche déformée par une grimace pour se mordre l'intérieur de la joue. Jusqu'au moment où elle s'aperçut que quelqu'un l'appelait, là, sur la place, juste devant sa voiture.

C'était Garello.

« Bon, les photos, tu les as vues, c'est de la vieille histoire. Les citations, pareil. Mais il me semble que je t'ai croisée à la remise de médailles de l'année dernière, je t'ai remarquée parce que tu es jolie, Laretta, le genre de fille dont on se dit d'abord que c'est une grande perche, puis une grande godiche, mais voilà, on pense ensuite : tiens tiens, mais elle est jolie, quand même. Ne te fâche pas, c'est un compliment. Bref, je te disais : oublie-les, ces photos, tout ça, c'est du passé. Aujourd'hui je suis ici, à Bologne depuis deux ans, aux Stups, et ça marche comme tu n'imagines pas. Ce n'est pas pour me vanter, ce n'est pas pour dire que nous aux Stups nous sommes les meilleurs, je sais que ça peut marcher pour tout le monde du moment qu'on le veut, mais je mets tout le temps dans le mille. Parce que je suis un dur, Laretta, un dur de dur, et parce que j'y crois. Tu sais combien de gros trafiquants j'ai coffrés ici à Bologne ? Seize ! Et cent cinquante kilos de dope interceptés. Avec trois fusillades, en comptant celle de l'autre nuit. Blessé deux fois. On dirait que je n'ai pas de chance, mais que veux-tu y faire ? Je te parle de tout ça parce que tu es une collègue, et puis toi aussi tu as ton expérience, toi aussi on t'a tiré dessus. C'était la première fois ?

– Oui.

– Eh bien, espérons que ce soit aussi la dernière. Tu sais ce que je pense ? Que Jari faisait un échange d'armes avec les Yougos, qu'il y avait peut-être là un gros poisson du milieu serbe, un truc dans ce genre, sinon ils n'auraient pas tiré. Vous aussi, vous avez manqué de chance, surtout ton pauvre collègue, comment s'appelait-il ? Giuliano. Mais c'était son nom ou son prénom ?

– Son nom.

– Et son prénom, c'était quoi ?

– Pasquale. »

Garello arrêta la voiture devant une colonnade, prit l'écriteau « Police » et le plaça sur le tableau de bord. « Comme ça, pas de contravention », dit-il.

Lara resta immobile, à demi écrasée contre la portière comme elle l'avait été durant tout le trajet de la piazza Roosevelt à la via Rizzoli, un peu parce que Garello était vraiment gros, un peu parce qu'elle avait peur. Non, peur n'était pas le mot. Elle était terrorisée.

« Ça te dirait qu'on prenne un café ? », proposa-t-il. Et il descendit.

Devant son café, Lara se sentit bête. Peur de quoi, pensa-t-elle ? Qu'il me tue ici, au pied des Deux Tours médiévales, après m'avoir fait monter sur la place du commissariat ? Allons, Lara… Et puis, il était sympathique. Un gros Romain un peu rustre, massif, un dur de dur, comme il disait, mais simple et chaleureux. À un moment, il s'était levé pour lui montrer la cicatrice de sa première blessure et elle s'était mise à rire de le voir si gros, debout au milieu du bar, avec son chandail relevé jusqu'à l'aisselle pour lui montrer une balafre sur son flanc.

« Qu'est-ce qui te fait rire ? Ça m'a fait mal !

– Excuse-moi. »

Il avait aussi un beau sourire, Garello. Il était laid, trop gros, avec le nez cassé, mais il avait un beau sourire. Et de belles mains, ce qui était inattendu chez un type comme lui : fortes, mais pas grosses. Et chaudes : Lara le sentit quand il les mit sur les siennes pour la regarder dans les yeux.

« Laretta, ma collègue, je te le jure. Ce sont eux qui ont tiré les premiers. Je ne suis pas un assassin, je suis un flic. Tu me crois ?

– Oui », dit Lara, mais Garello secoua la tête.

« Non, tu ne me crois pas. Tu as eu une petite lueur dans les yeux… Si tu me connaissais mieux, tu me croirais. Qu'est-ce que tu fais demain soir, Laretta ? Moi, ce soir, je suis pris. Mais demain, si on sortait pour une petite bouffe ? Pour faire un peu mieux connaissance.

– Je… J'ai un fiancé.

– Ce n'est pas pour te draguer, Laretta, qu'est-ce que tu vas chercher ? Je veux que tu te mettes dans la tête que je ne suis pas un assassin. Demain soir ? Après-demain, non, de nouveau je ne peux pas. Demain ou rien.

– D'accord pour demain », dit Lara – et elle n'avait pas refermé la bouche qu'elle se demandait déjà pourquoi elle avait accepté, et pas fini de se le demander qu'un sourire lui échappa.

Ils ne sortirent pas dîner le lendemain soir, mais la semaine suivante. Lara n'était pas de service et l'apprit par le journal télévisé. On avait mis un terme à la carrière de Jari, trafiquant de stupéfiants et soupçonné du meurtre du sergent Pasquale Giuliano. On l'avait découvert dans une vieille ferme de Vergato, dans les Apennins, et une fusillade avait éclaté. À la télévision, Lara avait vu les images du brancard recouvert d'un drap qu'on glissait dans une ambulance et puis du chef de la Brigade des stups qui parlait, le son de sa voix coupé, doublé par le commentaire du présentateur. Derrière lui se tenait Garello, les bras croisés et l'air sérieux.

Le lendemain, elle fit un saut à la Brigade mobile, où elle avait un document à apporter, et en profita pour jeter un coup d'œil dans le couloir des collègues des Stups. Il était rempli de gens qui allaient et venaient avec affairement, mais Garello n'était pas là. À l'inspecteur qui prit son document, elle demanda comment allaient les choses. Bien, nous envoyons derrière les barreaux toute la bande des Albanais. Cela rendra Bologne plus tranquille, dit Lara, pour gagner du temps et continuer d'allonger le cou en direction du couloir. Peut-être, mais je n'y crois pas beaucoup, répondit l'inspecteur. C'est le principe des vases communicants. Les Albanais de Jari laissent un vide. Et ce vide, les Marocains de Rachid vont s'empresser de le remplir.

Lara partit. Dans l'ascenseur, les mains dans les poches de son pantalon bleu foncé, elle se sentait bizarre, et il lui sembla qu'elle savait ce qui n'allait pas.

C'était que Garello ne l'avait pas appelée pour annuler le rendez-vous. Ça, bien sûr, c'était normal, vu tout ce qui s'était passé. Mais il ne l'avait pas appelée non plus le lendemain. Et c'était ce qui lui donnait cette sensation de bizarrerie : elle se sentait un peu en colère, un peu triste et un peu bête.

Et le pire, c'était qu'elle se sentit heureuse lorsqu'il lui téléphona deux jours plus tard.

Lara savait pourquoi elle tombait amoureuse. C'était quand elle découvrait chez un homme quelque chose d'inattendu, de caché sous la surface, qui l'étonnait, la frappait et l'attendrissait, au-delà de l'aspect physique et même du caractère. Pour Marco, par exemple, ç'avait été un baiser. Quand elle l'avait rencontré, elle avait cru trouver en lui son homme idéal. Pour commencer, il n'était pas policier et c'était une époque où elle ne fréquentait que des collègues, dans son service et en dehors, si bien qu'elle n'en pouvait plus. Et puis, il lui ressemblait, il aimait les mêmes choses, les mêmes films, les mêmes livres, la même musique. Il y avait eu sa stupeur quand elle lui avait dit qu'elle était flic, mais voyons, une fille comme toi, ah oui, et comment ça ? Eh bien, tu es comme moi, et est-ce que j'ai l'air d'un policier ? Et ensuite, dans la voiture, quand elle l'avait raccompagné chez lui, ce baiser, qui aurait dû être un baiser rapide entre deux personnes qui commencent à se plaire sans savoir comment tourneront les choses et qui s'était transformé en un long baiser fort et décidé, qu'elle n'attendait pas d'un garçon comme lui, et ils ne s'étaient pas arrêtés là, et au fil de la soirée, elle avait compris qu'elle tombait amoureuse.

Mais le piège dans l'affaire, c'était que la chose ne se confirmait jamais : au bout de quelque temps, elle se rendait compte que ce qu'elle avait découvert n'était pas là, que c'était elle, sans doute, qui l'avait projeté, et elle s'en apercevait trop tard, quand elle était déjà embarquée dans une histoire.

Mais peut-être le savait-elle d'avance. Peut-être était-ce pour cette raison qu'elle ne s'engageait jamais à fond dans ses liaisons, ne s'abandonnait jamais entièrement, restait toujours un peu sur la réserve. Et que, lorsqu'elle faisait l'amour, elle n'ôtait pas son soutien-gorge.

Pour Garello, c'étaient ses mains qui l'avaient fait tomber amoureuse. Ou plutôt non : ses mains l'avaient intriguée. Elle ne s'attendait pas à les sentir sur les siennes, avec ses yeux dans les siens, et avec ce sourire. Ç'avait été tout un ensemble : elle avait en tête un flic assassin, dans le meilleur des cas un macho de cinéma, et elle s'était trouvée en face d'un homme sympathique et passionné, presque tendre à certains moments. Mais cela l'avait seulement intriguée.

Ce qui l'avait fait tomber amoureuse pour de bon, ç'avait été le compliment qu'il avait fini par lui adresser. Sa façon de le lui dire, en souriant d'abord, puis en baissant le regard, gêné, puis en riant, mais seulement avec les yeux.

« Ton chef dit que tu es mignonne, mais il se trompe. Tu es belle, Laretta, et tu me plais vraiment beaucoup. »

« Enlève ton soutien-gorge, Laretta.

– Je ne sais pas.

– Comment ça, tu ne sais pas, mais qui fait l'amour avec son soutien-gorge ? Enlève-le, Laretta, tu as de très jolis seins, ni trop gros ni trop petits, juste comme je les aime. »

Lara posa ses mains sur la tête de Garello et, doucement, la fit glisser plus bas, arquant le dos pour offrir à ses lèvres son ventre et non ses seins. Garello l'embrassa autour du nombril, fit courir sa langue sur sa peau claire de blonde en hiver, caressa de la pointe ses abdominaux plats de handballeuse, puis remonta à la hauteur du soutien-gorge.

« Allez, Laretta, enlève-le. Qu'est-ce que tu as, c'est un tabou ? Je t'ai dit que tu es belle, je te veux tout entière, Laretta, toute, enlève ton soutien-gorge, ou bien tu veux que je le fasse ?

– Non. »

Lara s'assit sur le lit, tournant le dos à Garello qui s'était soulevé sur un coude et la regardait. Elle plia son bras derrière elle et le bout de ses doigts atteignit le fermoir métallique. Elle le défit, les bretelles glissèrent le long de ses bras et n'allèrent pas plus loin, car elle gardait avec les mains l'étoffe des bonnets plaquée contre ses seins, comme à la mer, quand elle changeait de position sur sa serviette. Elle resta un moment ainsi, le plus longtemps qu'elle put, puis se leva du lit et, d'un geste rapide, ragrafa le soutien-gorge.

« Excuse-moi.

– Quoi, excuse-moi, tu es devenue folle ?

– Excuse-moi, je ne peux pas.

– Mais pourquoi ?

– Je ne sais pas. Je ne peux pas. J'ai un fiancé.

– Écoute, je t'en prie !

– Je ne sais pas. Je ne peux pas. Pas comme ça. »

Elle prit sa jupe, son petit haut moulant et s'enfuit hors de la pièce.

« Alors va te faire foutre, salope ! », cria Garello derrière elle, sans même se lever du lit.

Quelques nuits d'affilée, elle rêva qu'au cours d'une baignade en mer, une vague arrivait qui lui arrachait le haut de son maillot. La gifle froide de l'eau sur sa peau lui donnait un frisson de plaisir, mais ensuite la vague la jetait sur la plage, elle se mettait à courir parmi les parasols et le soleil chaud sur ses seins les faisait gonfler au point qu'ils devenaient énormes et turgescents, à faire pâlir Pamela Anderson. Puis elle se réveillait. Ce n'était pas vraiment un cauchemar, un de ces rêves dont on sort haletant et en sueur, mais il était désagréable, gênant, et surtout elle se sentait un peu idiote.

Elle ne vit plus Garello, sauf une fois où elle le croisa sur le parking, juste une seconde, et il lui lança un regard méchant, un regard de bête féroce, mais en cage. Elle aurait voulu s'approcher pour lui parler, lui dire quelque chose, même un rien, mais il était avec deux autres personnes et monta aussitôt dans sa voiture.

Et puis, un jour, le commissaire l'appela et lui dit que le chef de la Brigade des stups voulait la voir.

Lara ne comprenait pas l'arabe, personne dans ce bureau ne le comprenait, ni le chef, ni Garello, qui la regardait avec des yeux sans expression. Mais il y avait un interprète. Tout ce que Lara parvint à comprendre dans les crachotements et les interférences fut son nom, clair et net, précédé de son prénom.

« C'est une communication sur un portable intercepté, d'un trafiquant nord-africain, un membre de la bande de Rachid, qui serait… Peu importe. Nous ne savons pas avec qui il parle, mais, comme tu as entendu, il prononce ton nom. Il dit… Qu'est-ce qu'il dit précisément ? »

L'interprète prononça les mots en arabe, puis en italien.

« Elle doit mourir.

– Oui, mais pas comme ça, il le dit avec un point d'interrogation, comme s'il posait la question. "Elle doit mourir ?" »

Lara s'appuya de la main au dossier d'un siège, car, point d'interrogation ou non, elle se sentait défaillir. Elle doit mourir.

« Comment ça, je dois mourir ? Et pourquoi ?

– C'est à vous que nous le demandons. Parce qu'il ne dit pas que cela, notre ami. Il dit aussi… Quoi ? »

Cette fois, l'interprète ne dit les mots qu'en italien.

« Elle doit mourir, la putain des Albanais. »

Lara s'assit.

« Ici à Bologne, il y a une violente rivalité entre les Albanais de Jari et les Marocains de Rachid. Si les Albanais sont bien disposés envers quelqu'un, les Marocains lui veulent du mal, et inversement. »

Elle n'aimait pas la façon dont le chef des Stups la regardait. Garello aussi la regardait, mais c'était différent. Il y avait dans ses yeux une rancœur contenue, et une foule d'autres choses, mais pas ce qu'elle percevait dans le regard de son patron.

« Écoute, Lara, je me permets de te tutoyer parce que tu pourrais être ma fille, si tu as quelque chose à nous dire, il vaut mieux que ce soit maintenant. Parce que c'est bizarre, cet intérêt des Marocains. Et aussi ton implication avec les Albanais. Tu passais par là avec ton malheureux collègue et vous vous êtes fait tirer dessus. Pourquoi ? De quelle embrouille vous êtes-vous mêlés ? Et maintenant, les autres qui annoncent vouloir ta mort… Est-ce que tu as quelque chose à nous dire ? »

Lara ne répondit pas. De toute façon, elle n'aurait pas pu, parce que la voix lui manquait. Elle sentait un grand froid à l'intérieur. Elle tremblait, même.

« Et puis, il y a ce problème avec l'inspecteur-chef Garello…

– Non, excusez-moi… »

Mais le chef leva une main et Garello haussa les épaules.

« Nous avions dit qu'on n'en parlerait pas, marmonna-t-il.

– Mais cette histoire aussi est bizarre. Lara, c'est encore toi et le sergent Giuliano qui êtes arrivés sur les lieux quand l'inspecteur-chef a été obligé de se défendre contre deux Albanais, pas de simples voleurs, des trafiquants, et qui trafiquaient pour qui ? Pour Jari, naturellement.

– On nous y a envoyés, murmura Lara. Le central des urgences…

– Et vous y êtes allés, là-dessus rien à dire, nous avons le rapport de service. Mais ensuite, qu'est-ce que tu as fait ? Tu as changé de version et tu t'es mise à accuser l'inspecteur. Pourquoi ? Tu sais comment ça s'appelle, Lara ? Ça s'appelle brouiller les pistes. Même dans l'hypothèse où ce que tu dis serait vrai, parce que nous l'admettons par hypothèse. À moins que tu n'aies quelque chose à me dire. Il y a quelque chose, Lara ? »

Elle sentit les larmes glisser sur ses joues avant même qu'elles lui voilent la vue. Elle s'abstint de se moucher et même de renifler. C'étaient des pleurs secs, seulement deux larmes, et un soupir qui était un demi-sanglot, comme celui d'un enfant.

Le chef attendit encore un peu. Puis :

« Bien, dit-il. Ou plutôt non, pas bien du tout. Écoute-moi. Je vais demander qu'on te mute dans une autre ville, pour un travail de bureau, parce qu'un autre flic mort, franchement, nous n'en voulons pas. Tu recevras bientôt un avis sur l'enquête que j'ouvre sur toi et sur ce pauvre Giuliano. En attendant, réfléchis à ceci : il n'y a que nous qui puissions te protéger. Souviens-t'en. Tu n'as personne d'autre que nous. »

Lara leva le regard et croisa celui de Garello.

Qui sourit, mais seulement avec les yeux.

Elle pensait : je me suis fait avoir.

Je ne suis pas une fille comme ça, une femme-flic comme dans les films. Moi, j'ai peur. Je ne comprends rien à rien et j'ai peur. Je sais parler aux maris qui maltraitent leur femme, aux petites frappes qui se bagarrent dans les boîtes, je sais reconnaître un toxico qui risque l'overdose, une voiture maquillée, je n'ai jamais laissé une empreinte sur le lieu d'un crime, même pas avec mes chaussures, je trouve ce qu'il faut trouver, les couteaux dans les poches, la cocaïne cachée dans les voitures… Et puis je connais tous les disques de U2, tous les livres d'Alessandro Baricco, je sais marquer des buts foudroyants au handball, mais je ne suis pas une femme-flic comme dans les films, qui réfléchit dans son coin et comprend tout ce qui se passe. Moi, je rédige des rapports. Mais des rapports pour qui, maintenant que je suis la suspecte ?

Elle pensait : je n'ai rien compris et je ne comprends rien à rien.

Elle pensait : qu'est-ce que je peux faire à présent ?

Elle prit une douche. Puis attendit que Marco rentre de son travail à la bibliothèque, et elle lui raconta tout.

Et à mesure qu'elle lui faisait son récit, elle cessa de pleurer et se rendit compte que, petit à petit, même si elle n'était pas une femme-flic comme dans les films, elle commençait à comprendre.

« Tu es folle, Laretta ? »

Oui, pensa Lara, mais elle n'en dit rien. Elle pointait son pistolet sur Garello, une main posée sur l'autre, comme on l'enseignait à l'Académie de police.

« Range ça. Et enlève ton doigt de la détente, sinon tu vas tirer sans le vouloir. »

Elle aurait bien aimé. Mais elle savait qu'elle ne le ferait pas. Elle n'avait jamais tiré sur personne.

« Tu as déjà abattu quelqu'un, Laretta ? murmura Garello. Le résultat n'est pas beau du tout, même si tu as un tas de raisons pour le faire. Tu peux me croire.

– Allez, on monte chez toi. Retourne-toi. Et pas de blagues.

– "Pas de blagues" ? Mais tu te crois où, Lara ? Dans un film ? »

Pendant toute la montée en ascenseur et après, quand il ouvrit la porte, Lara pensa que grand et fort comme il était, il aurait très bien pu lui sauter dessus et lui arracher son arme, mais, allez savoir pourquoi, il n'en fit rien. Une fois dans l'appartement, elle referma la porte et resta debout dans l'entrée.

« Dans cette pièce là-bas, nous avons presque fait l'amour, tu te souviens ? dit Garello en lui indiquant une porte au fond du couloir.

– Tu m'as fait mettre au placard, dit Lara. Pourquoi moi ? Tu travailles pour Rachid, je le sais. »

Garello ne répondit rien et fit une grimace pleine de suffisance. Lara comprit aussitôt. Elle se mit à déboutonner sa chemisette et l'ouvrit, en sortant les pans de son jean. De sa main gauche, elle la souleva et se retourna à demi pour lui montrer son dos.

« Je n'ai pas de micro. Si tu veux, j'enlève tout.

– Pourquoi pas ?

– Tu es un porc !

– Je ne plaisante pas. Je ne sais pas ce que tu veux, Laretta, mais si tu espères parler avec moi, il faut que je sois en sécurité. Sinon, tu n'as qu'à me descendre et bonsoir. »

Lara serra les lèvres, se les mordilla, arrachant quelques bribes de peau douloureuses. Puis, avec la pointe d'une de ses chaussures de sport, elle fit glisser l'autre de son pied, enleva sa chaussette et recommença l'opération avec son pied nu et l'autre chaussure. Elle ôta sa chemisette, une manche puis l'autre, en faisant passer son pistolet dans sa main gauche. Elle déboutonna son jean, le fit tomber et agita les jambes jusqu'à ce qu'il tombe sur le sol. Elle resta en culotte et soutien-gorge.

Garello sourit et haussa les sourcils avec intérêt.

« Tu es un porc », répéta Lara.

Elle saisit l'élastique de la culotte entre le pouce et l'index, la fit descendre le long de ses jambes et l'écarta avec son pied. Ne restait que le soutien-gorge.

Garello secoua la tête.

« On fait des micros tout petits, de nos jours. Et il me semble que ton sein gauche est plus gros que ton sein droit. »

Lara se mordit cruellement l'intérieur de la bouche. Si fort qu'elle sentit sa joue comme endormie. Un instant, elle eut envie de pleurer. Puis elle fit glisser les bretelles du soutien-gorge, saisit les bonnets de la main et les fit tomber jusqu'à son ventre, les lèvres serrées dans une grimace, comme si elle arrachait quelque chose de son corps et que cela lui faisait mal, très mal. Elle fit passer le fermoir sur son ventre, le dégrafa et laissa choir le soutien-gorge sur le sol.

Maintenant, elle était nue. À part son pistolet.

« Oui, je travaille pour Rachid, dit Garello. J'ai passé un accord avec lui, contre les Albanais. Si tu avais vérifié, tu te serais rendu compte que toutes les grosses opérations que j'ai menées avaient pour cible Jari et sa bande, alors que pour les Marocains, je me suis contenté de confisquer quelques bricoles, avec l'accord de Rachid. Mais tu n'as pas à t'en faire, personne n'a jamais vérifié. »

Lara fit passer le poids de son corps d'une jambe sur l'autre. Immobile au milieu de l'entrée, nue, les bras tendus pour tenir Garello en joue, elle commençait à avoir froid. Mais il lui semblait que ce froid se concentrait sur sa poitrine, sur ses seins glacés et durcis.

« Les deux Albanais que j'ai liquidés, c'était parce que deux jours plus tôt ils avaient abattu un des fidèles de Rachid. Fracturer la vitrine d'une bijouterie, ils n'y pensaient même pas. C'étaient des gros poissons, ces deux-là. Rachid voulait leur mort, mais sans trop attirer l'attention, alors c'est moi qui m'en suis occupé. Je les ai refroidis tous les deux, j'ai jeté une brique dans la vitrine. Rien de tel qu'un vrai policier pour régler leur compte à deux trafiquants… Seul problème : la femme-flic casse-couilles. Mais si nous allions nous asseoir par là ? On parlera plus à notre aise. »

Lara acquiesça et suivit Garello dans le salon, pointant toujours son pistolet sur lui. Il s'assit sur le canapé, elle dans un fauteuil. Il ôta son pistolet de son étui sous son aisselle et le posa sur la table basse, lentement, comme elle le lui ordonna. Lara le prit et, faute de pouvoir en tenir deux, elle laissa le sien à côté d'elle et garda celui de Garello.

« Dis donc, tu sais que tu as de beaux nichons ? lança Garello. Quelle bêtise d'avoir voulu te liquider aussi, Laretta… Mais voilà, c'était comme un coup de sang. Ça arrive, tu sais, quand on vient de tuer quelqu'un. Ou on a une petite descente, ou l'adrénaline continue à bouillonner. Et moi, j'appartiens à la seconde catégorie. Malheureusement. Et j'ai commis une erreur. J'ai l'impression que si je n'avais rien fait, tu ne m'aurais pas dénoncé. Il se passait quelque chose entre nous, pas vrai ? Ou je me trompe ? Qu'est-ce que tu es venue faire ici, Laretta ? Tu n'as pas l'intention de me tuer.

– Non, dit Lara. J'étais venue pour te parler. Je voulais te dire que j'avais compris ce que tu viens de m'expliquer, que tout s'était imbriqué dans ma tête, et qu'après tout ça m'était bien égal. Je sais, ce n'est pas juste, et j'étais triste pour Pasquale, je voudrais te savoir en taule, mais voilà, comment faire ? Les choses ont suivi leur cours et maintenant, c'est moi qui suis mise au placard, et soupçonnée. Vous m'avez bien piégée avec ce faux coup de téléphone, vous pourriez même me descendre dès que vous en auriez envie. Alors, j'étais venue te demander de me laisser tranquille, te promettre de ne rien dire. D'ailleurs, qu'est-ce que je pourrais dire ? C'est moi qu'on veut mettre en prison, est-ce que je suis encore un danger ? Je voulais te dire que je resterais sage, que je laisserais passer la bourrasque, que je quitterais même la police, parce que j'ai eu ma dose. Je voulais me marier avec Marco et aller entraîner une équipe de hand-ball dans un lycée. Oui, c'est pour te dire tout ça que j'étais venue, mais ensuite j'ai changé d'avis. »

Garello plissa le front. Il ne dit rien, car il avait vu quelque chose dans les yeux de Lara. Pas la lueur, quelque chose d'autre. Quelque chose de froid.

« Ce qui veut dire ? demanda-t-il.

– Que j'ai compris que maintenant, je suis capable de te tuer. Je ne sais pas pourquoi. Je crois que c'est à cause du soutien-gorge. Tout à coup, c'était trop.

– Attends, Laretta… », dit Garello.

Mais le coup de feu l'interrompit net. Son corps fut projeté en arrière, un bras levé, la nuque heurtant avec violence le mur au-dessus du dossier, et resta ainsi quelques secondes, raidi contre les coussins, puis son bras retomba et glissa mollement de côté, puis par terre sur la moquette.

Lara avait les oreilles qui sifflaient. Elle se leva très vite, exprès, pour ne pas avoir le temps de penser. Elle se rhabilla, prit les deux pistolets, regarda dans l'escalier s'il y avait quelqu'un et descendit par l'ascenseur.

Si personne ne l'avait vue, elle rentrerait chez elle et prendrait aussitôt une douche, bien qu'elle ne se fût pas salie. Si personne ne l'avait vue, elle jetterait le pistolet de Garello et démissionnerait de la police. Si personne ne l'avait vue, elle pourrait se marier avec Marco et aller entraîner une équipe de hand-ball dans un lycée. Ils auraient un enfant. Et peut-être, désormais, ferait-elle l'amour sans soutien-gorge.

Si personne ne l'avait vue. Sinon, ce soir même, elle verrait arriver les gars de la Brigade mobile, avec un mandat d'arrêt et des menottes.

Mais personne ne l'avait vue.

Table

RÉALISATION : NORD COMPO À VILLENEUVE-D'ASCQ
IMPRESSION : CPI BRODARD ET TAUPIN À LA FLÈCHE
DÉPÔT LÉGAL : JANVIER 2011. N° 104066. (60359)
Imprimé en France

Éditions Points

Collection Points Roman noir

P237. Un nom de torero, *Luis Sepúlveda*
P611. Un enfant de Dieu, *Cormac McCarthy*
P667. Pleine lune, *Antonio Muñoz Molina*
P1522. Train, *Pete Dexter*
P1814. Ils sont votre épouvante, et vous êtes leur crainte *Thierry Jonquet*
P1815. Paperboy, *Pete Dexter*
P1816. Bad city blues, *Tim Willocks*
P1817. Le Vautour, *Gil Scott Heron*
P1818. La Peur des bêtes, *Enrique Serna*
P1836. Un doux parfum de mort, *Guillermo Arriaga*
P1837. Bienvenue en enfer, *Clarence L. Cooper*
P1838. Le Roi des fourmis, *Charles Higson*
P1897. Train perdu, wagon mort, *Jean-Bernard Pouy*
P1898. Cantique des gisants, *Laurent Martin*
P1937. L'Immense Obscurité de la mort, *Massimo Carlotto*
P1938. Hackman blues, *Ken Bruen*
P2014. Les Exagérés, *Jean-François Vilar*
P2050. Pimp, *Iceberg Slim*
P2051. Graine de violence, *Evan Hunter (alias Ed McBain)*
P2065. Commis d'office, *Hannelore Cayre*
P2066. American Gangster, *Max Allan Collins*
P2067. Le Cadavre dans la voiture rouge *Ólafur Haukur Símonarson*
P2093. Retour au noir, *Patrick Raynal*
P2094. L'Escadron Guillotine, *Guillermo Arriaga*
P2123. Les Rois écarlates, *Tim Willocks*
P2124. Arrivederci amore, *Massimo Carlotto*
P2218. Déjanté, *Hugo Hamilton*
P2219. La Récup, *Jean-Bernard Pouy*

P2252. God's pocket, *Pete Dexter*
P2253. En effeuillant Baudelaire, *Ken Bruen*
P2280. Trick Baby, *Iceberg Slim*
P2281. Perdre est une question de méthode, *Santiago Gamboa*
P2293. Le Bal des débris, *Thierry Jonquet*
P2294. Beltenebros, *Antonio Muñoz Molina*
P2295. Le Bison de la nuit, *Guillermo Arriaga*
P2359. Julius Winsome, *Gerard Donovan*
P2360. Speed Queen, *Stewart O'Nan*
P2361. Dope, *Sara Gran*
P2409. La Route de tous les dangers, *Kriss Nelscott*
P2410. Quand je serai roi, *Enrique Serna*
P2462. Triste Flic, *Hugo Hamilton*
P2463. Last exit to Brest, *Claude Bathany*
P2514. Mama Black Widow, *Iceberg Slim*
P2515. Un amour fraternel, *Pete Dexter*
P2516. À couper au couteau, *Kriss Nelscott*
P2534. Padana City, *Massimo Carlotto, Marco Videtta*
P2535. Mexico, quartier Sud, *Guillermo Arriaga*
P2536. Petits Crimes italiens, *Ammaniti, Camilleri, Carlotto, Dazieri, De Cataldo, de Silva, Faletti, Fois, Lucarelli, Manzini*
P2557. Cotton Point, *Pete Dexter*
P2558. Viens plus près, *Sara Gran*

DERNIERS TITRES PARUS

P2363. Les Ghettos du Gotha. Au cœur de la grande bourgeoisie
Michel Pinçon et Monique Pinçon-Charlot
P2364. Je dépasse mes peurs et mes angoisses
Christophe André et Muzo
P2365. Afrique(s), *Raymond Depardon*
P2366. La Couleur du bonheur, *Wei-Wei*
P2367. La Solitude des nombres premiers, *Paolo Giordano*
P2368. Des histoires pour rien, *Lorrie Moore*
P2369. Déroutes, *Lorrie Moore*
P2370. Le Sang des Dalton, *Ron Hansen*
P2371. La Décimation, *Rick Bass*
P2372. La Rivière des Indiens, *Jeffrey Lent*
P2373. L'Agent indien, *Dan O'Brien*
P2374. Pensez, lisez. 40 livres pour rester intelligent
P2375. Des héros ordinaires, *Eva Joly*
P2376. Le Grand Voyage de la vie.
Un père raconte à son fils
Tiziano Terzani
P2377. Naufrages, *Francisco Coloane*
P2378. Le Remède et le Poison, *Dirk Wittenbork*
P2379. Made in China, *J. M. Erre*
P2380. Joséphine, *Jean Rolin*
P2381. Un mort à l'Hôtel Koryo, *James Church*
P2382. Ciels de foudre, *C.J. Box*
P2383. Robin des bois, prince des voleurs, *Alexandre Dumas*
P2384. Comment parler le belge, *Philippe Genion*
P2385. Le Sottisier de l'école, *Philippe Mignaval*
P2386. « À toi, ma mère », Correspondances intimes
sous la direction de Olivier et Patrick Poivre d'Arvor
P2387. « Entre la mer et le ciel », Rêves et récits de navigateurs
sous la direction de Olivier et Patrick Poivre d'Arvor

P2388. L'Île du lézard vert, *Eduardo Manet*
P2389. « La paix a ses chances », *suivi de* « Nous proclamons la création d'un État juif », *suivi de* « La Palestine est le pays natal du peuple palestinien »
Itzhak Rabin, David Ben Gourion, Yasser Arafat
P2390. « Une révolution des consciences », *suivi de* « Appeler le peuple à la lutte ouverte »
Aung San Suu Kyi, Léon Trotsky
P2391. « Le temps est venu », *suivi de* « Éveillez-vous à la liberté », *Nelson Mandela, Jawaharlal Nehru*
P2392. « Entre ici, Jean Moulin », *suivi de* « Vous ne serez pas morts en vain », *André Malraux, Thomas Mann*
P2393. Bon pour le moral ! 40 livres pour se faire du bien
P2394. Les 40 livres de chevet des stars, The Guide
P2395. 40 livres pour se faire peur, Guide du polar
P2396. Tout est sous contrôle, *Hugh Laurie*
P2397. Le Verdict du plomb, *Michael Connelly*
P2398. Heureux au jeu, *Lawrence Block*
P2399. Corbeau à Hollywood, *Joseph Wambaugh*
P2400. Pêche à la carpe sous Valium, *Graham Parker*
P2401. Je suis très à cheval sur les principes, *David Sedaris*
P2402. Si loin de vous, *Nina Revoyr*
P2403. Les Eaux mortes du Mékong, *Kim Lefèvre*
P2404. Cher amour, *Bernard Giraudeau*
P2405. Les Aventures miraculeuses de Pomponius Flatus
Eduardo Mendoza
P2406. Un mensonge sur mon père, *John Burnside*
P2407. Hiver arctique, *Arnaldur Indridason*
P2408. Sœurs de sang, *Dominique Sylvain*
P2409. La Route de tous les dangers, *Kriss Nelscott*
P2410. Quand je serai roi, *Enrique Serna*
P2411. Le Livre des secrets. La vie cachée d'Esperanza Gorst
Michael Cox
P2412. Sans douceur excessive, *Lee Child*
P2413. Notre guerre. Journal de Résistance 1940-1945
Agnès Humbert
P2414. Le jour où mon père s'est tu, *Virginie Linhart*
P2415. Le Meilleur de « L'Os à moelle », *Pierre Dac*
P2416. Les Pipoles à la porte, *Didier Porte*
P2417. Trois tasses de thé. La mission de paix d'un Américain au Pakistan et en Afghanistan
Greg Mortenson et David Oliver Relin
P2418. Un mec sympa, *Laurent Chalumeau*
P2419. Au diable vauvert, *Maryse Wolinski*
P2420. Le Cinquième Évangile, *Michael Faber*
P2421. Chanson sans paroles, *Ann Packer*

P2422. Grand-mère déballe tout, *Irene Dische*
P2423. La Couturière, *Frances de Pontes Peebles*
P2424. Le Scandale de la saison, *Sophie Gee*
P2425. Ursúa, *William Ospina*
P2426. Blonde de nuit, *Thomas Perry*
P2427. La Petite Brocante des mots. Bizarreries, curiosités et autres enchantements du français, *Thierry Leguay*
P2428. Villages, *John Updike*
P2429. Le Directeur de nuit, *John le Carré*
P2430. Petit Bréviaire du braqueur, *Christopher Brookmyre*
P2431. Un jour en mai, *George Pelecanos*
P2432. Les Boucanières, *Edith Wharton*
P2433. Choisir la psychanalyse, *Jean-Pierre Winter*
P2434. À l'ombre de la mort, *Veit Heinichen*
P2435. Ce que savent les morts, *Laura Lippman*
P2436. István arrive par le train du soir, *Anne-Marie Garat*
P2437. Jardin de poèmes enfantins, *Robert Louis Stevenson*
P2438. Netherland, *Joseph O'Neill*
P2439. Le Remplaçant, *Agnès Desarthe*
P2440. Démon, *Thierry Hesse*
P2441. Du côté de Castle Rock, *Alice Munro*
P2442. Rencontres fortuites, *Mavis Gallant*
P2443. Le Chasseur, *Julia Leigh*
P2444. Demi-Sommeil, *Eric Reinhardt*
P2445. Petit déjeuner avec Mick Jagger, *Nathalie Kuperman*
P2446. Pirouettes dans les ténèbres, *François Vallejo*
P2447. Maurice à la poule, *Matthias Zschokke*
P2448. La Montée des eaux, *Thomas B. Reverdy*
P2449. La Vaine Attente, *Nadeem Aslam*
P2450. American Express, *James Salter*
P2451. Le lendemain, elle était souriante, *Simone Signoret*
P2452. Le Roman de la Bretagne, *Gilles Martin-Chauffier*
P2453. Baptiste, *Vincent Borel*
P2454. Crimes d'amour et de haine
Faye et Jonathan Kellerman
P2455. Publicité meurtrière, *Petros Markaris*
P2456. Le Club du crime parfait, *Andrés Trapiello*
P2457. Mort d'un maître de go.
Les nouvelles enquêtes du Juge Ti (vol. 8)
Frédéric Lenormand
P2458. Le Voyage de l'éléphant, *José Saramago*
P2459. L'Arc-en-ciel de la gravité, *Thomas Pynchon*
P2460. La Dure Loi du Karma, *Mo Yan*
P2461. Comme deux gouttes d'eau, *Tana French*
P2462. Triste Flic, *Hugo Hamilton*
P2463. Last exit to Brest, *Claude Bathany*

P2464. Mais le fleuve tuera l'homme blanc, *Patrick Besson*
P2465. Lettre à un ami perdu, *Patrick Besson*
P2466. Les Insomniaques, *Camille de Villeneuve*
P2467. Les Veilleurs, *Vincent Message*
P2468. Bella Ciao, *Eric Holder*
P2469. Monsieur Joos, *Frédéric Dard*
P2470. La Peuchère, *Frédéric Dard*
P2471. La Saga des francs-maçons
Marie-France Etchegoin, Frédéric Lenoir
P2472. Biographie de Alfred de Musset, *Paul de Musset*
P2473. Si j'étais femme. Poèmes choisis
Alfred de Musset
P2474. Le Roman de l'âme slave, *Vladimir Fédorovski*
P2475. La Guerre et la Paix, *Léon Tolstoï*
P2476. Propos sur l'imparfait, *Jacques Drillon*
P2477. Le Sottisier du collège, *Philippe Mignaval*
P2478. Brèves de philo, *Laurence Devillairs*
P2479. La Convocation, *Herta Müller*
P2480. Contes carnivores, *Bernard Quiriny*
P2481. « Je démissionne de la présidence », *suivi de* « Un grand État cesse d'exister » *et de* « Un jour je vous le promets »
Richard Nixon, Mikhaïl Gorbatchev, Charles de Gaulle
P2482. « Africains, levons-nous ! », *suivi de* « Nous préférons la liberté » *et de* « Le devoir de civiliser »
Patrice Lumumba, Sékou Touré, Jules Ferry
P2483. « ¡ No pasarán ! », *suivi de* « Le peuple doit se défendre » *et de* « Ce sang qui coule, c'est le vôtre »
Dolores Ibárruri, Salvador Allende, Victor Hugo
P2484. « Citoyennes, armons-nous ! », *suivi de* « Veuillez être leurs égales » *et de* « Il est temps »
Théroigne de Méricourt, George Sand, Élisabeth Guigou
P2485. Pieds nus sur les limaces, *Fabienne Berthaud*
P2486. Le renard était déjà le chasseur, *Herta Müller*
P2487. La Fille du fossoyeur, *Joyce Carol Oates*
P2488. Vallée de la mort, *Joyce Carol Oates*
P2489. Moi tout craché, *Jay McInerney*
P2490. Toute ma vie, *Jay McInerney*
P2491. Virgin Suicides, *Jeffrey Eugenides*
P2492. Fakirs, *Antonin Varenne*
P2493. Madame la présidente, *Anne Holt*
P2494. Zone de tir libre, *C.J. Box*
P2495. Increvable, *Charlie Huston*
P2496. On m'a demandé de vous calmer, *Stéphane Guillon*
P2497. Je guéris mes complexes et mes déprimes
Christophe André & Muzo
P2498. Lionel raconte Jospin, *Lionel Jospin*

P2499. La Méprise – L'affaire d'Outreau, *Florence Aubenas*
P2500. Kyoto Limited Express, *Olivier Adam avec des photographies de Arnaud Auzouy*
P2501. « À la vie, à la mort », Amitiés célèbres *dirigé par Patrick et Olivier Poivre d'Arvor*
P2502. « Mon cher éditeur », Écrivains et éditeurs *dirigé par Patrick et Olivier Poivre d'Arvor*
P2503. 99 clichés à foutre à la poubelle, *Jean-Loup Chiflet*
P2504. Des Papous dans la tête – Les Décraqués – L'anthologie
P2505. L'Étoile du matin, *André Schwarz-Bart*
P2506. Au pays des vermeilles, *Noëlle Châtelet*
P2507. Villa des hommes, *Denis Guedj*
P2508. À voix basse, *Charles Aznavour*
P2509. Un aller pour Alger, *Raymond Depardon avec un texte de Louis Gardel*
P2510. Beyrouth centre-ville, *Raymond Depardon avec un texte de Claudine Nougaret*
P2511. Et la fureur ne s'est pas encore tue, *Aharon Appelfeld*
P2512. Les Nouvelles Brèves de comptoir, tome 1 *Jean-Marie Gourio*
P2513. Six heures plus tard, *Donald Harstad*
P2514. Mama Black Widow, *Iceberg Slim*
P2515. Un amour fraternel, *Pete Dexter*
P2516. À couper au couteau, *Kriss Nelscott*
P2517. Glu, *Irvine Welsh*
P2518. No Smoking, *Will Self*
P2519. Les Vies privées de Pippa Lee, *Rebecca Miller*
P2520. Nord et Sud, *Elizabeth Gaskell*
P2521. Une mélancolie arabe, *Abdellah Taïa*
P2522. 200 dessins sur la France et les Français, *The New Yorker*
P2523. Les Visages, *Jesse Kellerman*
P2524. Dexter dans de beaux draps, *Jeff Lindsay*
P2525. Le Cantique des innocents, *Donna Leon*
P2526. Manta Corridor, *Dominique Sylvain*
P2527. Les Sœurs, *Robert Littell*
P2528. Profileuse – Une femme sur la trace des serial killers, *Stéphane Bourgoin*
P2529. Venise sur les traces de Brunetti – 12 promenades au fil des romans de Donna Leon, *Toni Sepeda*
P2530. Les Brumes du passé, *Leonardo Padura*
P2531. Les Mers du Sud, *Manuel Vázquez Montalbán*
P2532. Funestes carambolages, *Håkan Nesser*
P2533. La Faute à pas de chance, *Lee Child*
P2534. Padana City, *Massimo Carlotto, Marco Videtta*
P2535. Mexico, quartier Sud, *Guillermo Arriaga*

P2536. Petits Crimes italiens
Ammaniti, Camilleri, Carlotto, Dazieri, De Cataldo, de Silva, Faletti, Fois, Lucarelli, Manzini
P2537. La guerre des banlieues n'aura pas lieu, *Abd Al Malik*
P2538. Paris insolite, *Jean-Paul Clébert*
P2539. Les Ames sœurs, *Valérie Zenatti*
P2540. La Disparition de Paris et sa renaissance en Afrique, *Martin Page*
P2541. Crimes horticoles, *Mélanie Vincelette*
P2542. Livre de chroniques IV, *António Lobo Antunes*
P2543. Mon témoignage devant le monde, *Jan Karski*
P2544. Laitier de nuit, *Andreï Kourkov*
P2545. L'Évasion, *Adam Thirlwell*
P2546. Forteresse de solitude, *Jonathan Lethem*
P2547. Totenauberg, *Elfriede Jelinek*
P2548. Méfions-nous de la nature sauvage, *Elfriede Jelinek*
P2549. 1974, *Patrick Besson*
P2550. Conte du chat maître zen
(illustrations de Christian Roux), Henri Brunel
P2551. Les Plus Belles Chansons, *Charles Trenet*
P2552. Un monde d'amour, *Elizabeth Bowen*
P2553. Sylvia, *Leonard Michaels*
P2554. Conteurs, menteurs, *Leonard Michaels*
P2555. Beaufort, *Ron Leshem*
P2556. Un mort à Starvation Lake, *Bryan Gruley*
P2557. Cotton Point, *Pete Dexter*
P2558. Viens plus près, *Sara Gran*
P2559. Les Chaussures italiennes, *Henning Mankell*
P2560. Le Château des Pyrénées, *Jostein Gaarder*
P2561. Gangsters, *Klas Östergren*
P2562. Les Enfants de la dernière chance, *Peter Høeg*
P2563. L'homme qui voulait être coupable, *Henrik Stangerup*
P2564. Mémoires d'un antisémite, *Gregor von Rezzori*
P2565. L'Astragale, *Albertine Sarrazin*
P2566. L'Art de péter, *Pierre-Thomas-Nicolas Hurtaut*
P2567. Les Miscellanées du rock
Jean-Éric Perrin, Jérôme Rey, Gilles Verlant
P2568. Les Amants papillons, *Alison Wong*
P2569. Dix mille guitares, *Catherine Clément*
P2570. Les Variations Bradshaw, *Rachel Cusk*
P2571. Bakou, derniers jours, *Olivier Rolin*
P2572. Bouche bée, tout ouïe – ou comment tomber amoureux des langues, *Alex Taylor*
P2573. La grammaire, c'est pas de la tarte !
Olivier Houdart, Sylvie Prioul
P2574. La Bande à Gabin, *Philippe Durant*